I

»Einer Waise stehen nur zwei Wege offen, ein anständiges Leben zu führen«, hatte Schwester Agnes gesagt. »Entweder sie heiratet einen einfachen, strebsamen Mann, oder sie sucht sich eine Anstellung, die ihren Fähigkeiten angemessen ist.«

Als ich an meinem einundzwanzigsten Geburtstag das Arbeitshaus für immer verließ, befand ich mich auf dem zweiten Weg, hauptsächlich deshalb, weil ich wohl nie die Gelegenheit haben würde, den ersten auszuprobieren. In der rechten Hand trug ich einen mittelgroßen Koffer aus abgewetztem Leder, der meine wenigen Habseligkeiten enthielt: einen dunkelbraunen Rock aus derbem Wollstoff, eine einfache graue Bluse, zwei Garnituren Unterwäsche und ein etwas besseres Kleid, das ich die letzten zwei Jahre beim sonntäglichen Kirchgang getragen hatte. Mein drittes und damit letztes Kleidungsstück, ein dunkelblaues, schlichtes Kleid mit einem eiersch
t-
zenkragen, hatte ich
n
Weg zu meiner erst
-
lungsschreiben von H
s
Arbeitshauses, bewahr
.
de in dem Stoffbeutel
umklammerte.

W0400911

Lucille Hardy, geboren ... ebruar 1876 als Tochter der Witwe Verity Hardy im Arbeitshaus Half-Moon-Alley, London.

Weiter unten war in einer anderen Handschrift wie in großer Eile hinzugefügt worden: *Verity Hardy verstarb drei Tage nach der Geburt.*

Das war alles, was ich über meine Herkunft wusste. Die Urkunde wies meine Mutter als Witwe aus, doch wer mein Vater gewesen und wie er ums Leben gekommen war, darüber gab es keine Informationen, ebenso wenig, aus welcher sozialen Schicht meine Eltern stammten. Einzig, dass ich in dem Jahr, als Königin Viktoria zur Kaiserin von Indien gekrönt worden war, das Licht der Welt erblickte, erfüllte mich ein wenig mit Stolz.

»Deine Eltern waren auf jeden Fall sehr arme Leute«, meinte Schwester Agnes, als ich sie auf die Geburtsurkunde ansprach. »In einem Arbeitshaus suchen nur solche Menschen Zuflucht, die sonst elend am Straßenrand verhungern würden.«

So wurde das Arbeitshaus im Kirchspiel von St. Mary-le-Bow, inmitten der Londoner City, mein Zuhause. Die Aufsicht oblag der besagten Kirche, und wir sprachen die Betreuerinnen mit »Schwester« an, obwohl sie keine Nonnen waren. Seit der Reformation unter König Heinrich VIII. im sechzehnten Jahrhundert gab es keine Klöster mehr. Selbstverständlich wurde ich nach den strengen Regeln der viktorianischen Moral und der englischen Kirche erzogen. Das Arbeitshaus stand unter der Leitung von Hochwürden Dickens, dem Pfarrer für das gesamte Kirchspiel. Seinen schwabbeligen Wangen und der roten Nase nach zu schließen, war er selbst der beste Konsument des Messweins. Jeden Samstagnachmittag inspizierte er an der Seite von Harriet Channing das Arbeitshaus. Wir mussten uns dann alle in eine Reihe stellen und unaufgefordert die Hände nach vorne strecken. Hochwürden achtete sehr auf Sauberkeit, wehe denjenigen, bei denen er Dreck unter den Fingernägeln fand! Ich habe einmal einen Jungen in einer eiskalten Winternacht draußen die Steinplatten schrubben sehen, einzig aus dem Grund, weil er hingefallen war und dabei seine Hände beschmutzt hatte. Hochwürden Dickens besaß eine hohe Meinung von seiner amtlichen Wichtigkeit! Harriet Channing oblag die Oberaufsicht im Haus. Keiner wusste etwas über ihre Herkunft, aber es schien, als hätte sie ihr ganzes Leben hier verbracht. Wie alt sie eigentlich war, wusste niemand. Ihr hageres Gesicht mit den eingefallenen Wangen und das dünne, mit grauen Strähnen durchsetzte Haar machten sie seltsam alterslos. Sie war stets in Schwarz gekleidet. Hier eiferte sie wohl der Königin nach, die seit dem Tod ihres Gemahls ihre schwarzen Gewänder nicht mehr ablegte.

Bei Mrs. Channing allerdings wurde nie etwas von einem eventuell existierenden Gemahl erwähnt.

Das Arbeitshaus war ein weitläufiges Gebäude aus georgianischer Zeit, einst das Stadthaus eines Regierungsbeamten. Wir Mädchen hielten uns im Westflügel auf, während die Jungen im Ostflügel untergebracht waren. Es gab zwischen den Geschlechtern so gut wie kein Zusammentreffen, darauf achteten die Schwestern streng. Das Arbeitshaus beherbergte etwa zwanzig Mädchen. Wir schliefen alle in einem großen, im Winter zugigen Saal. Wenn ich abends in meinem Bett lag und die Vorhänge darum herum geschlossen hatte, fühlte ich mich wie auf einer einsamen Insel. Das war mein Reich, ein Platz, der mir ganz allein gehörte! Das Bett in der Größe von einem auf zwei Meter war einundzwanzig Jahre lang meine Zuflucht. In klaren Nächten konnte ich durch ein Fenster die Sterne funkeln sehen und stellte mir vor, dass meine Eltern von irgendwo dort oben auf mich herabblickten. In meinen Träumen nahmen sie Gestalt an, verfügten über schöne und gütige Gesichter.

Beim sonntäglichen Gottesdienst predigte Hochwürden Dickens jedes Mal, dass wir täglich auf unseren Knien Gott dafür danken sollten, einen Platz im Arbeitshaus gefunden zu haben.

»Hunderte von Waisen müssen auf Londons Straßen verhungern, oder sie führen ein unsittliches Leben. Nicht selten endet dieses nach kurzer Zeit am Galgen«, mahnte er mit erhobenem Zeigefinger. »Darum betet jeden Morgen und Abend, und dankt denjenigen, die euch Nahrung und Kleidung geben, wie es einem Christenmenschen geziemt!«

So, wie Hochwürden es darstellte, schien es, als gebe es auf der Welt keinen besseren Platz als das Arbeitshaus *Half-Moon-Alley*. Heute möchte ich mich auch nicht darüber beklagen, ich hätte es wahrlich schlechter treffen können. Harriet Channing achtete, neben Reinlichkeit und Demut, auch auf eine gewisse Bildung. Das bedeutete einen großen Vorteil gegenüber anderen elternlosen Kindern. Von meinem sechsten bis zum dreizehnten Lebensjahr erhielt ich pro Tag eine Stunde Unterricht in Lesen,

Schreiben und Rechnen. Dabei bewies ich eine rasche Auffassungsgabe, und ich verfügte über ein gutes Gedächtnis. Schon bald brachte mir Schwester Agnes hin und wieder ein kleines Buch aus der Bibliothek des Kirchspiels mit. Uns war es zwar streng verboten, diesen Raum zu betreten, doch Schwester Agnes hatte meinen Wissensdurst bemerkt.

»Unsere Möglichkeiten, Wissen zu vermitteln, sind beschränkt, doch aus Büchern kannst du alles lernen, was du möchtest.«

Wir achteten darauf, dass Mrs. Channing nichts davon erfuhr. Instinktiv wusste ich, dass sie es nicht gutheißen würde.

Was das Essen betraf, wurden wir nicht verwöhnt. Wenn ich an die Jahre im Arbeitshaus zurückdenke, so fällt mir in erster Linie ein, dass ich eigentlich immer hungrig war. Wochentags gab es Haferbrei, wässrige Gemüsesuppe, dunkles, trockenes Brot, manchmal einen Apfel oder eine Birne und Wasser. Nur am Sonntag nach dem Kirchgang wurde das Mittagessen zu einem Festmahl. Das Stück Rind- oder auch Schweinefleisch war zwar meistens zäh, die Kartoffeln zerkocht und das Gemüse geschmacklos, dennoch mundete es mir wie das zarteste Filet. Allerdings war es mir immer zu wenig. Ich weiß nicht, welcher Teufel mich damals an einem Sonntag geritten hat. Ich muss etwa zwölf, dreizehn Jahre alt gewesen sein. Nachdem ich mein karges Mahl verspeist hatte, war ich aufgestanden, nach vorne zu Mrs. Channing getreten und hatte ihr den leeren Teller entgegengestreckt.

»Bitte, ich möchte noch eine Portion!«

Alle in dem großen Saal hielten die Luft an. Mrs. Channing wurde erst bleich, dann schoss eine flammende Röte in ihre eingefallenen Wangen.

»Wie kannst du es wagen, du ungezogenes Kind!«

Sie erhob drohend die Hand. Einen Moment lang fürchtete ich, sie würde mich schlagen, und zog den Kopf ein, doch Mrs. Channing packte mich so fest am Oberarm, dass dort noch Tage später dunkle Male zu sehen waren, und zerrte mich hinter sich die steile Stiege zum Dachboden hinauf. Dort wurde ich für drei Tage in eine dunkle Abstellkammer voller Gerümpel gesperrt. Es gab keine Heizung, kein Wasser und auch keine Toilette. Einmal am Tag wurden mir von einem schweigsamen Mädchen ein Krug Wasser und ein Kanten trockenes Brot durch die Tür geschoben. Nach meiner Gefangenschaft musste ich in der Kirche mehrere Stunden auf den Knien verbringen und Gott für meine Sünden um Verzeihung bitten. Hochwürden Dickens ließ mich dabei nicht aus den Augen. Nach diesem Vorfall bat ich Mrs. Channing niemals wieder um etwas, doch die Nächte, in denen ich vor Hunger nicht einschlafen konnte, kann ich heute nicht mehr zählen.

Ansonsten war ich ein gehorsames Kind, betete fleißig jeden Morgen und Abend, so dass ich der Überzeugung war, dass meine Eltern allen Grund hatten, auf mich stolz zu sein. Ja, ich war gehorsam … bis auf ein weiteres Mal! Die Strafe, die ich dafür erhielt, war so grausam, dass sie den Rest meines Lebens prägen sollte. Was waren dagegen ein paar Tage Gefangenschaft auf einem zugigen Dachboden?

»Es war der Wille Gottes, dich für deine Sünde zu bestrafen«, hatte Mrs. Channing streng bemerkt. »Es wird dir hoffentlich eine Lehre sein.«

Die meisten Mädchen verließen im Alter von vierzehn, fünfzehn Jahren das Arbeitshaus. Entweder gingen sie in die Fabriken, oder sie fanden eine Anstellung als Küchenmädchen in den herrschaftlichen Häusern der Stadt. Jungen war ein solch langer Aufenthalt nicht vergönnt. Waren sie kräftig genug, wurden sie nicht selten bereits mit sieben Jahren zu einem Kaminkehrer in die Lehre gegeben. Dann mussten sie durch die Schlote kriechen, um diese von innen zu reinigen. Oft geschah es, dass die Kinder dabei abstürzten und in das heiße Feuer fielen.

Viermal im Jahr kamen Männer ins Arbeitshaus, die sich unter den Mädchen die größten und kräftigsten für diverse Anstellungen heraussuchten. Eine der Schwestern hatte mir einmal das Buch *Onkel Toms Hütte* zum Lesen gegeben. Seitdem verglich ich die Auswahl der Arbeitskräfte mit einem Sklavenmarkt, hütete aber meine Zunge, etwas Diesbezügliches zu äußern. Auch ich saß jedes Mal, wenn die Männer kamen, auf einem Stuhl in der Halle und malte mir aus, welches Bild sie sich wohl von mir machten, sofern sie sich mich überhaupt anschauten. Sie sahen ein junges Mädchen, hoch gewachsen und sehr schlank, mit mausbraunem, glattem Haar und einem durchschnittlichen Gesicht, das weder zu rund noch zu schmal war. Hin und wieder sprach mich einer an, der mir eine Stellung offerieren wollte. Dabei beobachtete ich, wie er meine Hände mit den feingliedrigen Fingern und den ovalen Nägeln kritisch musterte. Aber wir alle hier waren an harte Arbeit gewöhnt, Putzen, Wäschewaschen oder die Gartenarbeit wurden von uns Waisen erledigt. Deshalb nickte der Betrachter meist wohlwollend, wiesen doch die Schwielen an meinen Händen darauf hin, dass ich zupacken konnte. Aber spätestens, wenn ich mich erhob, huschte ein Erschrecken über ihre Gesichter, und schnell wandten sie sich dem nächsten Mädchen zu. Wer wollte schon jemanden einstellen, der offensichtlich ein Bein nachzog?

Ich war elf Jahre alt, als die Königin ihr goldenes Thronjubiläum feierte. Es war uns – natürlich unter strengster Aufsicht – erlaubt worden, den pompösen Zug durch die Straßen zu bestaunen. Viel zu schnell war es vorbei, doch ich hatte einen kurzen Blick auf die Königin erhaschen können. Trotz des feierlichen Anlasses war sie wie üblich ganz in Schwarz gekleidet, einzig die weiße Schleierhaube stach den Zuschauern aus dem Dunkel der geschlossenen Kutsche ins Auge. Sie lächelte nicht, hob nur ab und zu die Hand, um ihren getreuen Untertanen zuzuwinken. Den ganzen Tag feierten die Londoner ausgelassen, durch die dicken Mauern des Hauses drangen bis in den späten Abend Musik und Lachen von der Straße herein.

»Da draußen ist es so lustig, ich wünschte, ich könnte dabei sein!«

Mit sehnsüchtigem Blick stand Katherine am Fenster und starrte in die Dunkelheit. Ich trat neben sie, doch außer einem fernen Lichtschein war von der Fröhlichkeit, die auf den Straßen herrschte, nichts zu sehen. Katherine, drei Jähre älter als ich, würde in zwei Wochen in eine Waffenfabrik nach Wapping gehen. Sie war, nachdem ihre Eltern beide an einem Fieber gestorben waren, vier Jahre im Arbeitshaus gewesen.

»Warum gehen wir dann nicht nach draußen?«, mischte sich nun Enid in das Gespräch. Sie und Katherine waren bereits junge Mädchen, während ich noch ein kleines Kind war.

»Wir dürfen das Haus nicht verlassen! Außerdem ist das Tor schon längst verschlossen«, sagte ich.

Katharine lachte.

»Das ist es immer, sobald es dunkel wird! Aber glaubst du, das hat mich jemals daran gehindert, Spaß zu haben?«

Ich schüttelte verwirrt den Kopf. Aber vielleicht durfte man ja, wenn man älter war, Dinge tun, die sonst von den Schwestern streng verboten waren? Enid klatschte in die Hände.

»Ja, lass uns gehen! Das ganze Land feiert seine Königin, nur wir sind hier wie in einem Gefängnis eingesperrt!«

»Aber wie wollt ihr das Haus verlassen?«, wandte ich ein.

»Im südlichen Garten steht ein Apfelbaum. Mit etwas Geschick gelangt man über seine Äste auf die Mauer. Auf der anderen Seite ist dann ein weiterer Baum, über den man hinunterklettern kann. Man muss nur aufpassen, dass sich niemand in dem angrenzenden Kirchgarten befindet.«

Mein Herz begann aufgeregt zu klopfen.

»Aber ist das nicht schrecklich gefährlich?«

Katharine lachte und strich mir mitleidig übers Haar.

»Natürlich ist es gefährlich, du Baby! Aber sonst wäre es auch nicht interessant, oder? Was soll mir schon geschehen, wenn die Schwestern mich erwischen? In wenigen Tagen verschwinde ich sowieso von hier.«

Bis heute weiß ich nicht, ob Katherine und Enid mich aufforderten, sie zu begleiten, oder ob ich mich einfach den älteren Mädchen anschloss. Auf jeden Fall hinderten sie mich nicht, auf den Baum zu klettern. Beide hatten die Mauer längst erreicht, ich streckte ein Bein aus, um Halt zu finden, als der Ast unter mir brach. Ich spürte nur einen harten Schlag an meinem Kopf, und ein furchtbarer Schmerz schoss durch mein rechtes Bein.

Als ich erwachte, predigte Harriet Channing von der Strafe Gottes und dass ich dankbar sein sollte, jetzt nicht aus dem Arbeitshaus gewiesen zu werden, obwohl wegen meiner Ungehorsamkeit aller Grund dazu bestand. Aber das Kirchspiel hatte sich dazu durchgerungen, ein verkrüppeltes Kind nicht auf die Straße zu werfen.

Seitdem hinkte ich. Mein Bein war mehrmals gebrochen, und als ich Wochen später wieder aufstehen und erste Schritte machen konnte, war es einige Zentimeter kürzer geworden. Ich habe für mein kleines Abenteuer, das vorbei war, bevor es begonnen hatte, bitter bezahlen müssen.

Aus diesem Grund gab es niemanden, der mich in seine Dienste nehmen wollte. Man traute einer hinkenden Person eben nicht zu, dass sie flink und wendig war. Da ich aber nicht ewig von der Güte der Kirche leben konnte, besorgte man mir eine Näharbeit, die ich im Waisenhaus ausüben konnte. Ich besaß ein gewisses Geschick für Nadelarbeiten. Zweimal suchte ich eine Nähstube in der Stadt auf, um dort meine Arbeit zu verrichten, doch ich brauchte auf Grund meiner Behinderung für den Weg dorthin so lange, dass man mich gleich wieder entließ. Natürlich besaß ich kein Geld, um mit der Pferdetram zu fahren. So waren die Schwestern froh, dass eine Weberei sich bereit erklärte, wöchentlich Hemden und Krägen zu liefern. Tagein, tagaus, von morgens bis abends war es nun meine Aufgabe, Krägen an Hemden zu nähen. Was das Kirchspiel für meine Arbeit bekam, wusste ich nicht. So eintönig diese Aufgabe auch war, ich tat sie gerne, hatte ich doch jetzt das Gefühl, meinen Lebensunterhalt zu verdienen. Manchmal blieb ein Faden übrig, den ich dazu verwandte, ein schlichtes Taschentuch zu besticken. Schwester Agnes machte Hochwürden Dickens darauf aufmerksam, und ich durfte fortan an einer neuen Altardecke mitwirken. Offenbar machte ich meine Arbeit gut, wenn auch kein Lob je mein Ohr erreichte. Meine Zukunft als Näherin war damit beschlossene Sache.

An dem Tag, als das Arbeitshaus für immer seine Pforten hinter mir schloss, löste sich der Nebel nur langsam auf. Doch kaum war ich auf die belebte Straße getreten, kitzelte ein Sonnenstrahl meine Wange. Ich nahm das als gutes Omen für den Aufbruch in ein neues Leben. Nun lag es ganz allein in meiner Hand, welchen Weg ich in Zukunft beschreiten würde.

Der Name *Hutsalon Madam Mellyn* war großartiger als das Geschäft selbst. Beim Eintreten erkannte ich sofort, dass die ausgestellten Kreationen mehr auf ein Kundenklientel von wohlhabenden Kaufmannsfrauen als auf adlige Damen hinwiesen. Grace Mellyn war eine Frau mittleren Alters. Von Schwester Agnes hatte ich erfahren, dass sie seit dem Tod ihres Mannes vor rund zehn Jahren diesen Hutsalon betrieb. Sie musterte mich von oben bis unten und drückte kurz meine Hand, die ihrige war eiskalt.

»Du kommst also vom Arbeitshaus in St. Mary-le-Bow.« So, wie Mrs. Mellyn es aussprach, hörte es sich an, als sei es eine Schande, Waise zu sein. »Zeig mir das Empfehlungsschreiben!«

Ich tat es und wartete gespannt auf ihre Reaktion. Nicht, dass es für mich die Erfüllung meines Berufswunsches gewesen wäre, in diesem Geschäft zu arbeiten. Doch was blieb mir für eine andere Wahl, wenn ich nicht bettelnd durch die Straßen ziehen wollte? Nach einigen bangen Minuten räusperte sich Grace Mellyn.

»Nun gut. Harriet Channing ist mir persönlich als gute Menschenkennerin bekannt. Sie schreibt, dass du dich recht geschickt mit Nadel und Faden anstellst. Ich hoffe, du bist freundlich, zurückhaltend und rechtschaffend? Ehrlich, sauber und bescheiden?«

»All das, Mrs. Mellyn«, antwortete ich mit gesenktem Blick.

»Madam!«

Ich verstand nicht sogleich und blickte fragend auf.

»Man spricht mich mit Madam an«, wies sie mich zurecht.

Ich nickte. Es war mir zwar neu, dass eine einfache, nicht dem Adelsstand entstammende Frau so angeredet wurde, aber wenn es ihr Wunsch war, würde ich mich selbstverständlich fügen.

»Ich werde es mit dir versuchen, Mädchen. Dein Lohn beträgt einen Schilling, sechs Pence die Woche bei freier

Kost und Logis. Du wirst dir das Zimmer im Souterrain mit meinem zweiten Mädchen Kitty teilen.«

Als hätte die Erwähnte hinter der Tür gewartet, betrat sie jetzt den Raum. Auf den ersten Blick weckte Kitty in mir die Erinnerung an Katherine, um ihren Mund lag der gleiche leichtfertige Zug. Ansonsten war sie ein hübsches, dralles Mädchen, kaum älter als ich selbst. Sie zwinkerte mir, wie es schien, verschwörerisch zu, so dass ich mich fragte, wie Kitty wohl mit der gestrengen Grace Mellyn zurechtkam.

»Kitty, das ist Lucille Hardy. Sie wird ab sofort hier arbeiten. Zeig ihr euer Zimmer, damit sie sich frisch machen kann. Ich erwarte euch in zehn Minuten wieder hier. Ist das klar?«

Kitty knickste.

»Selbstverständlich, Madam!«

Wir wandten uns zur Tür, doch Mrs. Mellyn rief mich noch einmal zurück.

»Eines muss ich gleich klarstellen, Lucille, ich dulde keine Männergeschichten! Weder hier in diesem Haus noch außerhalb. Sollte mir diesbezüglich etwas zu Ohren kommen, kannst du sofort deine Sachen packen.« Bevor ich antworten konnte, fiel ihr Blick auf mein rechtes Bein. »Aber ich denke, da brauche ich mir bei dir ohnehin keine Sorgen zu machen.«

Ich fühlte, wie mir die Röte in die Wangen schoss. Deutlich hatte mir ihr Blick zu verstehen gegeben, dass sie es für ausgeschlossen hielt, dass sich je ein Mann für mich interessieren würde. Warum sollte ich es ihr verübeln? Ich hielt es ja selbst für unmöglich.

Das Zimmer, das ich mir mit Kitty teilen sollte, lag im Kellergeschoss des Geschäftes und wurde über ein paar Stufen direkt von der Straße aus betreten. Durch das kleine Fenster fiel nur wenig Licht in den Raum, der zweckmäßig und ganz ohne Komfort eingerichtet war. Als Schlafstatt gab es nur ein Bett, das aber für zwei Menschen breit genug war. Außer einem Kleiderschrank, einem Tisch mit zwei Stühlen und einer wackligen Anrichte, auf der eine Waschschüssel stand, war kein Mobiliar vorhanden. Gekocht werden konnte auf einem gusseiserenen Herd in der Ecke. Trotzdem erschien es mir wie das Paradies auf Erden. Endlich hatte ich ein eigenes Reich! Nun ja, fast ein eigenes. Aber ein Zimmer mit nur einem anderen Menschen zu teilen war für mich ein Luxus, den ich niemals zuvor genossen hatte.

Rasch wusch ich mir die Hände und richtete mein Haar. Den Rest des Tages führte mich »Madam« in das Einnähen von Schweißbändern in die Hutkrempen ein. Nach zwei, drei Versuchen kam ich damit gut zurecht. Stolz bemerkte ich, wie Madam wohlwollend nickte.

»Mrs. Channing scheint nicht zu viel versprochen zu haben. Gut, du wirst genügend zu tun haben. Aber du wirst hier im Hinterzimmer arbeiten. Für die Kundschaft bin nur ich, in Ausnahmefällen auch Kitty, zuständig. Ich wünsche nicht, dass du dich vorne im Laden blicken lässt.«

Bitter nickte ich. Ich hatte keinen Zweifel daran, warum ich nicht in Erscheinung treten sollte. Wer wollte schon von einer hinkenden Verkäuferin bedient werden?

Jahrelang an das Nähen gewöhnt, machte es mir nichts aus, den ganzen Tag über Stoffe und Hüte gebeugt zu arbeiten. Kitty und ich saßen bereits vor Sonnenaufgang im Hinterzimmer. Abends fiel ich todmüde ins Bett, so dass ich kaum Gelegenheit hatte, etwas mehr über meine Zimmergenossin zu erfahren. Während der Arbeit hatte Madam das Schwatzen streng untersagt. So vergingen die ersten Tage nahezu schweigsam, und dann war es Sonntag, der einzige freie Tag, den wir hatten. Für mich war es selbstverständlich, den Vormittagsgottesdienst zu besuchen. Während ich mich ankleidete, räkelte sich Kitty verschlafen im Bett.

»Gehst du nicht in die Kirche?«, fragte ich sie.

Sie antwortete mir mit einem verächtlichen Laut.

»Du meine Güte! Sonntag ist der einzige Tag, an dem ich ausschlafen und mich dem süßen Nichtstun hingeben kann! Da kann ich mir wirklich angenehmere Beschäftigungen vorstellen, als dem hirnlosen Geschwätz irgendeines Pfaffen zu folgen!«

Ich fragte Kitty nicht, was sie den Tag über vorhatte, und machte mich auf den Weg. Der Morgen war kalt, aber klar. Auf den Straßen herrschte noch nicht viel Betrieb. Automatisch lenkte ich meine Schritte in Richtung St. Mary-le-Bow, so wie ich es jahrelang getan hatte. Doch dann stockte ich und erblickte eine andere Kirche auf der gegenüberliegenden Straßenseite. Nein, ich würde nicht dorthin zurückkehren, wo ich hergekommen war. Ich war jetzt frei! Keiner konnte mich länger zwingen, Hochwürden Dickens' Predigten von Sünde, Tod und Verderben anzuhören! Ich lächelte und straffte die Schultern. Es war einfach, stets den Anweisungen von anderen Menschen Folge zu leisten, einfach und bequem. Doch das war für mich endgültig vorbei! Es stand mir nun frei, eigene Entscheidungen zu treffen. Je eher ich damit anfing, desto besser! Und so betrat ich das mir unbekannte Gotteshaus, aber die Predigt war auch nicht besser oder schlechter als die von Hochwürden Dickens. Als ich die Kirche gegen Mittag verließ, hatte sich das Wetter geändert. Nieselregen und Wind machten ein Umherschlendern wenig attraktiv, darum ging ich zum Salon zurück. Vielleicht war Kitty ja noch da, so dachte ich, und wir könnten gemeinsam etwas unternehmen, vielleicht ein Museum besuchen. Seit jeher war es mein Wunsch gewesen, einmal die Ausstellungen im Britischen Museum zu sehen. Hoffentlich würde es nicht viel Eintritt kosten, denn mit meinem schmalen Gehalt konnte ich mir keine größeren Ausgaben erlauben.

Als ich das Zimmer betrat, fuhr ich erschrocken zurück. Ja, Kitty war noch da, sie lag sogar noch immer im Bett, aber sie war nicht allein! Der Mann, der bei meinem Eintreten wie von der Tarantel gestochen in die Höhe gefahren war, war nackt und funkelte mich wütend an.

»Wer zum Teufel ist das?«

Kitty, die nicht die Spur von Verlegenheit zeigte, zog sich die Decke über ihre vollen Brüste.

»Ach, nur meine Mitbewohnerin. Ich dachte, sie würde den ganzen Tag fortbleiben.«

Der Mann sprang aus dem Bett und fuhr in seine Hose, die zerknüllt auf dem Boden lag. Dabei konnte ich nicht umhin, einen Blick auf sein bloßes Hinterteil zu werfen.

Sofort stieg mir die Schamröte in die Wangen, schnell drehte ich mich um. Am liebsten wäre ich einfach davongelaufen, aber meine Beine waren wie gelähmt. Zudem war dies hier ebenso mein Zimmer wie das von Kitty. Der Mann drückte sich an mir vorbei. Dabei streifte er meinen Arm, und ich zuckte zurück.

»Ich hoffe, sie ist keine Schwatzbase!« Zu meinem Entsetzen kniff er mir in die Wange. »Kleine, du bist auch nicht zu verachten. Wenn auch etwas mager für meinen Geschmack. Beim nächsten Mal klopfst du aber vorher an!«

Dann war er so schnell verschwunden, dass ich beinahe dachte, einem Trugbild erlegen zu sein, wären da nicht das zerwühlte Bett und Kittys aufgelöste Haare gewesen.

»Wie kannst du nur!«

Sie lachte und verschränkte die Arme unter dem Kopf.

»Komm, hör auf, hier den Moralapostel zu spielen, Lucille! Es tut mir Leid. Ich dachte, an deinem ersten freien Tag würdest du länger in der Stadt bleiben.«

»Es regnet und stürmt«, murmelte ich, kam dann aber auf den Punkt zu sprechen: »Es tut dir also nur Leid, dass ich euch überrascht habe? Nicht, was du getan hast?«

Kittys Blick war der eines Unschuldsengels.

»Die Menschen haben eben unterschiedliche Auffassungen, wie sie den Sonntag verbringen.«

Vom ersten Tag an hatte ich gespürt, dass Kitty etwas Leichtfertiges anhaftete.

»Werdet ihr heiraten?«, fragte ich.

Ich erntete ein erneutes, diesmal spöttisches Lachen.

»Heiraten? Gott bewahre! Er ist bereits verheiratet und hat fünf schreiende Bälger und eine Frau, die aus dem Stillen nicht mehr herauskommt. Da sucht sich jeder gesunde, kräftige Mann eben anderweitig sein Vergnügen.«

Empört schnappte ich nach Luft. Wären Kitty und dieser Mann ihrer Leidenschaft erlegen und hätten nicht mehr warten können, bis sie vor Gott ein Paar waren, so hätte ich dafür gewisses Verständnis aufbringen können, auch wenn ich es nicht billigte. Meine jahrelange, prüde Erziehung unter Hochwürden Dickens und Harriet Channing war dafür zu tief in mir verwurzelt. Dass sich Kitty aber wie ein leichtes Mädchen einfach so wegwarf, konnte ich nicht akzeptieren.

»Warum tust du so etwas, Kitty?«, fragte ich und setzte mich auf einen Stuhl. »Möchtest du nicht auf den Mann warten, der dich von Herzen liebt und dich zu seiner Frau machen möchte?«

Langsam stand Kitty auf und hatte wenigstens den Anstand, sich einen Morgenmantel überzuziehen. Dann ging sie zum Herd und setzte den Teekessel auf. Um ihre Lippen lag ein wehmütiges Lächeln.

»Ach, Lucille! Ich weiß ja, dass dir das Glück der Liebe versagt bleiben wird.« In ihrer Stimme lag Bedauern, und ich wusste, dass sie auf mein verkürztes Bein anspielte. »Aber es gibt eben Frauen, und zu denen gehöre ich, die die Männer brauchen. Genauso wie die Männer Frauen wie mich brauchen. Wir haben beide unseren Spaß, ohne Verpflichtungen, weißt du.«

»Aber was willst du einmal deinem Ehemann sagen?«

Kitty setzte sich ebenfalls und stützte ihr Kinn in die Hände. Grübelnd nagte sie an ihrer Unterlippe.

»Ich glaube nicht, dass ich zur Ehe tauge. Es gibt so viele gut aussehende, starke Männer, wieso sollte ich mich da an einen binden? Jahr für Jahr ein Kind großziehen, mit jedem dicker um die Hüften werden und nichts mehr vom Leben haben, außer Windeln zu wechseln?«

Ich war entsetzt, fühlte aber zugleich eine mir bisher unbekannte Erregung. Natürlich wusste ich, was sich zwischen Mann und Frau unter der Bettdecke abspielte. Na ja, in groben Zügen jedenfalls. Aber *das* taten doch nur Leute, die verheiratet waren! Deutlich klangen mir noch die Worte von Schwester Agnes in den Ohren, die mich stets vor dem Laster und der Unmoral gewarnt hatte. War Kitty ein so leichtes Mädchen? Nahm sie vielleicht sogar Geld dafür? Ich wagte nicht, sie danach zu fragen. Schließlich lebte und arbeitete ich mit ihr zusammen. Ich erkannte, dass mein Aufbruch in ein neues, unbekanntes Leben nun endgültig begonnen hatte. Was für Abgründe, von denen ich bisher nichts geahnt hatte, würden sich noch vor mir auftun?

»Wie lange geht das schon?«, fragte ich. »Hast du denn keine Angst, dass Madam Mellyn davon erfährt? Sie würde dich sofort auf die Straße setzen!«

Ihre Augen funkelten vor Vergnügen.

»Madam Mellyn? Ach, die ist bei weitem nicht so unschuldig und tugendhaft, wie sie dir vielleicht erscheinen mag. Sie versteht es nur gut, den Moralapostel zu spielen, um ihr Ansehen bei den Kundinnen nicht zu gefährden. Aber wenn du wüsstest …«

»Wenn ich wüsste? Was meinst du damit?«

Kitty lachte kehlig.

»Unsere nach außen hin so tugendhafte Grace Mellyn befindet sich jeden Sonntag draußen in Chelsea. Bereits vor Sonnenaufgang wird sie von einer komfortablen Kutsche abgeholt, die sie erst spät am Abend wieder heimbringt. Und dabei handelt es sich nicht um harmlose Besuche bei Verwandten.«

»Willst du damit etwa andeuten, dass Madam …«

»… ebenfalls eine Liaison hat«, vollendete sie meinen Satz. »Irgendein Mitglied des Parlaments. Das darf natürlich niemand wissen, denn der gute Herr verfügt nicht nur über ein herrschaftliches Anwesen irgendwo auf dem Land, sondern auch über die entsprechende Frau samt Kindern darin.«

»Und woher weißt du das?«

»Der Mann, den du mit deinem plötzlichen Erscheinen vergrault hast, ist ein Bediensteter des besagten Politikers. So schließt sich der Kreis.«

Verwirrt schüttelte ich den Kopf. In was für einen Sumpf war ich da hineingeraten? Kitty dachte auch keinen Moment daran, ihre Beziehung zu dem Mann abzubrechen.

»Da du sonntags in die Kirche gehst, schlage ich vor, dass du nicht vor zwei Uhr zurückkehrst«, sagte sie. »Bis dahin gehört das Zimmer mir! Von zwei bis acht Uhr werde ich dann verschwinden, so dass du hier machen kannst, was du willst!«

Empört schnappte ich nach Luft.

»Willst du damit vielleicht andeuten, dass ich …«

Lachend legte mir Kitty eine Hand auf die Schulter. Ihr Blick ruhte auf meinem rechten Bein.

»Nein, ganz sicher nicht! Aber ich denke, wir können beide mit diesem Abkommen leben, oder? Ich hoffe sowieso, bald genügend Geld zu verdienen, um aus diesem Loch hier herauszukommen. Dann nehme ich mir eine eigene kleine Wohnung!«

Ich fragte Kitty nicht, wie und wo sie zu so viel Geld kommen wollte. Der Verdienst bei Madam würde dazu niemals reichen. Nein, in diesem Moment steckte ich meinen Kopf in den Sand. Ich wollte es nicht wahrhaben, dass Kitty ihren Körper für Geld verkaufte, dass die Frau, für die ich arbeitete, ein heimliches Verhältnis mit einem verheiraten Mann hatte. Ich wusste nur, dass ich mich so schnell wie möglich nach einer anderen Arbeitsstelle umsehen musste.

Drei Monate später arbeitete ich immer noch bei Madam Mellyn und teilte mir mit Kitty das feuchte, kleine Zimmer. Zweimal hatte ich tatsächlich versucht, anderswo eine Anstellung als Näherin zu finden, doch jedes Mal wurde ich ohne Begründung abgelehnt. Das war gegenüber einer Waise aus dem Arbeitshaus auch nicht notwendig. So arrangierte ich mich mit Kitty, hielt mich an unsere Sonntagsaufteilung und verrichtete im Salon fleißig und sauber meine Arbeit. Längst nähte ich nicht mehr nur Schweißbänder in die Hüte ein. Für die Frühjahrskollektion hatte ich mir etwas Besonderes ausgedacht. Aus Stoffresten und Wollfäden fertigte ich kleine Früchte: rotbackige Äpfel, grüne Birnen, Kirschen, kleine Bananen und sogar Ananasfrüchte. So entstand ein richtiges Obstarrangement, das ich anschließend auf die Krempen nähte. Madam Mellyns Kundschaft war begeistert. Die Kreationen waren so begehrt, dass ich oft bis spät in die Nacht stickte und nähte. Es machte mir nichts aus, denn so hatte ich das Gefühl, etwas Sinnvolles zu tun. Wenn Kitty mir bei der Arbeit zuschaute, wurden ihre Augen rund vor Bewunderung.

»Ich wünschte, ich könnte das auch«, seufzte sie. Sie arbeitete zwar genauso fleißig und korrekt, doch fehlte es ihr an der notwendigen Fantasie, etwas Kreatives auszuprobieren.

Einmal saßen wir im Nähzimmer, das nur durch einen schweren Vorhang vom Verkaufsraum abgeteilt war, als eine Kundin den Laden betrat. Sie wurde von Madam Mellyn überschwänglich begrüßt. Die Frau eines wohlhabenden Bankiers kaufte jede Saison mindestens vier Hüte in dem Salon.

»Madam Mellyn! Sie sind eine wahre Künstlerin!«, lobte die ältliche Dame mit hoher, piepsiger Stimme. »All meine Freundinnen sind begeistert von den Fruchthüten.« Sie kicherte. »So nenne ich Ihre Kreationen. Sie werden in der nächsten Zeit eine Menge zu tun haben, denn ich habe Ihren Salon mindestens einem Dutzend Damen empfohlen!«

»Ich danke Ihnen.« Madam Mellyns Stimme klang demütig, aber es schwang auch eine gute Portion Stolz darin. Ich presste meine Lippen aufeinander und beugte mich tiefer über den Hut, an dem ich gerade eine Efeuranke aufstickte. Die Bankiersfrau lachte erneut.

»Sie sind zu bescheiden, Madam! Viel zu bescheiden! Wer über so viel Kunstfertigkeit verfügt, sollte sein Licht nicht unter den Scheffel stellen. Hier, sehen Sie diesen Hut. Die kleine Ananas ist entzückend, einfach umwerfend! Ich beneide Sie wirklich um Ihre geschickten Finger.«

»Es ist mir eine Freude, wenn meine Arbeit dazu dient, Ihr gutes Aussehen zu verschönern, auch wenn das kaum möglich ist«, biederte Madam Mellyn sich an. Im Hinterzimmer schoss mir die Röte in die Wangen. Nein, ich war nicht böse, dass Madam Mellyn meine Arbeit als die ihrige ausgab, dass sie nicht richtig stellte, dass in Wahrheit nicht sie, sondern eine Angestellte die Obstarrangements kreierte und herstellte. Ich wusste, dass mein Platz im Hintergrund war. Trotzdem gab es mir einen leichten Stich ins Herz.

»Warum sagt sie nicht, dass du es entworfen hast?«, flüsterte mir Kitty zu. »Sie heimst den ganzen Ruhm und auch das Geld für etwas ein, was sie nur dir zu verdanken hat. Du solltest ein höheres Gehalt von ihr fordern!«

»Ich befinde mich nicht in der Situation, Forderungen stellen zu können«, antwortete ich scheinbar gleichgültig und fuhr mit dem Sticken fort, doch ich stach die Nadel fester in den Stoff, zog den Faden straffer an und fragte mich nicht zum ersten Mal, was mich eigentlich noch hier hielt.

Inzwischen war es Frühling geworden, und in den zahlreichen Parks der Stadt erwachte neues Leben. Nach wie vor ging ich sonntags in die Kirche, danach schlenderte ich meistens ziellos durch die Straßen. Gerne stand ich am Ufer der Themse und betrachtete die neu errichtete Brücke mit ihren beiden wuchtigen gotischen Brückentürmen. Zu gerne hätte ich einmal den Fußgängersteg, der in schwindelnder Höhe die beiden Türme verband, erklommen, aber die Besichtigung der Tower Bridge kostete so viel Eintritt, wie ich in einer Woche verdiente. So begnügte ich mich damit, staunend zuzusehen, wie sich mehrmals täglich die breite Fahrbahn hob, um Schiffen die Durchfahrt in den Hafen zu ermöglichen.

Als die Tage wärmer wurden, nahm mich Kitty in den Vergnügungspark Vauxhall am südlichen Ufer der Themse mit. Dort lockten Alleen und überdachte Promenaden Spaziergänger an. In kleinen, grün gestrichenen Erfrischungsbuden wurden Wein und Punsch, Tabak und Schnupftabak, Schinkenaufschnitt und halbe gebratene Hühnchen verkauft. Unter den knospenden Bäumen spazierten jeden Sonntag Scharen von Männern und Frauen. Manche Damen schienen allerdings von zweifelhafter Herkunft und Moral zu sein, denn ihre Wangen waren zu rot und die Kleider zu weit ausgeschnitten, als dass man ihnen Ehrbarkeit nachsagen konnte. Zuerst war ich schockiert, dass Kitty freundlich nach rechts und links grüßte, mal bei der einen, dann bei der anderen »Dame« zu einem Schwätzchen verweilte. Doch die letzten Monate hatten mich gelehrt, dass das wahre Leben, wie es sich mir in London darbot, so weit von den Lehren des Arbeitshauses entfernt war wie der Mond von der Erde. Es dauerte nicht lange, bis zwei Gentlemen – einer offenbar ein Bekannter meiner Zimmergenossin – uns an einen Tisch luden, wo man leichten, hellen Wein servierte. Sie stellten sich als Henry und Peter vor. Bestimmt waren die Namen falsch, ebenso wie ihre fadenscheinigen Anzüge mit den durchgescheuerten Ellenbögen und ausgebleichten Westen darauf schließen ließen, dass sie nur am Sonntag die feinen Herren spielten. Kitty flirtete ohne Hemmungen mit beiden, derweil ich mich zurückhielt. Nur ab und zu nippte ich an dem Wein, denn ich wollte auf jeden Fall einen klaren Kopf behalten.

»Sie arbeiten also auch bei Madam Mellyn?«, versuchte Peter ein Gespräch zu beginnen.

»Ja«, antwortete ich einsilbig.

Ich fand den »Herrn« nicht sonderlich attraktiv, auch wenn er auf andere Frauen vielleicht interessant wirkte. Mit seiner schlanken Figur und den gut geschnittenen Gesichtszügen war er gewiss nicht abstoßend, doch die Kinnpartie war zu weich, die Tränensäcke unter seinen grauen Augen waren zu dick, und sein Lachen war zu laut, um Eindruck auf mich zu machen. Am liebsten wäre ich aufgestanden und nach Hause gegangen, aber ich wollte Kitty nicht alleine in der Gesellschaft der Männer lassen, obwohl ich mir sagte, dass sie alt genug sei, um zu wissen, was sie zu tun und lassen hatte. Peter schien meine abweisende Haltung eher zu ermuntern, als dass er das Interesse an mir verloren hätte.

»Kommen Sie jeden Sonntag hierher, Lucille?«, fragte er ganz ungeniert. Es ärgerte mich, dass er einfach meinen Vornamen benutzte. Andererseits hatte Kitty uns auch nur mit diesem vorgestellt.

»Ich habe meine Kollegin begleitet und muss zugegeben, dass es eine schöne Anlage ist«, antwortete ich nun etwas freundlicher. Peter konnte ja nicht wissen, dass ich Kittys »Neigungen« keinesfalls teilte.

Er begann nun, über die zahlreichen Vergnügungen, die London bot, zu plaudern, und ich konnte mich damit begnügen, ab und zu ein »Ach, wirklich?«, »Das ist ja interessant!« oder »Nein, das wusste ich noch nicht« einzuwerfen. Derweil beobachtete ich aus den Augenwinkeln, wie Henry seinen Stuhl so dicht neben Kittys schob, dass sie beinahe schon auf seinem Schoß saß. Er hatte einen Arm um ihre Hüfte gelegt, die andere Hand tätschelte ihr Knie. Kitty sah ihn mit geröteten Wangen und einem Blick an, der mir verheißungsvoll erschien. Henry leckte sich in regelmäßigen Abständen die rissigen, spröden Lippen. Es war eindeutig, welche Absichten er verfolgte. Im nächsten Moment spürte ich, wie Peter seinen Arm um meine Schultern legte.

»Ich denke, wir sollten das Etablissement wechseln«, flüsterte er mir ins Ohr. »Henry und ich teilen uns eine kleine Wohnung ganz in der Nähe. Unsere Vermieterin ist zu Besuch bei Verwandten auf dem Lande.«

Ich erhob mich so ruckartig, dass mein Stuhl polternd zu Boden fiel.

»Was erlauben Sie sich!« Vor Empörung zitterte ich am ganzen Körper und griff nach Kittys Arm. »Komm, ich möchte sofort nach Hause!«

»Spinnst du?«, fauchte mich Kitty an und schüttelte unwillig meine Hand ab. »Wenn dir Peter nicht gefällt, kannst du auch Henry haben. Ich finde euch beide entzückend! Ich denke, wir werden zusammen viel Spaß haben. Sei doch nicht so prüde, Lucille!«

Kess schenkte sie erst Henry, dann Peter ein Lächeln, das in meinen Augen einfach nur ordinär und lüstern aussah. Nein, das war nicht meine Welt und würde es niemals sein! Lieber würde ich meine freie Zeit künftig im Britischen Museum oder in einer öffentlichen Bibliothek verbringen, als noch einmal diesen lasterhaften Garten zu betreten!

»Dann gehe ich eben allein. Du musst selbst wissen, was du tust, Kitty!«

Während ich den dreien den Rücken kehrte und fortging, hörte ich deutlich Peters verächtliche Stimme:

»Die Kleine ist nicht nur verklemmt, sondern auch noch ein Krüppel!«

Worauf Henry kichernd antwortete: »Eigentlich sollte sie froh sein, wenn sich zwei gut aussehende Burschen wie wir herablassen, ihr unsere kostbare Zeit zu widmen.«

Wider Willen schossen mir die Tränen in die Augen. Ich hatte mich zwar bereits daran gewöhnt, von den Menschen wegen meines Ganges verspottet zu werden, dennoch tat es jedes Mal erneut weh.

Vielleicht war es meiner äußerst sensiblen Verfassung an diesem Tag zuzuschreiben, dass ich den Mann am Tor von Vauxhall bemerkte. Normalerweise wäre er mir nicht aufgefallen, doch aufgrund des eben Erlebten meinte ich, jeder Passant würde sich nach mir umdrehen und mich neugierig anstarren. Dieser Mann tat es ohne Zweifel! Zudem fiel auch er mir ins Auge, was nicht an seiner dunkelbraunen, einfachen Kleidung, sondern an der Art lag, wie er den Kopf trug. Sein Hals schien beinahe nicht vorhanden zu sein, es sah so aus, als säße sein breiter Schädel direkt zwischen den Schultern. Als sich unsere Blicke kreuzten, senkte er schnell den Kopf.

Eine Missgeburt hat eine andere getroffen, dachte ich mit einem Anflug von Sarkasmus. Als ich jedoch im Salon angekommen war, hatte ich die kurze Begegnung bereits wieder vergessen.

Erst am kommenden Sonntag wurde ich wieder an den Mann erinnert. Als ich zur Kirche ging, meinte ich für einen Moment, ihn auf der gegenüberliegenden Straßenseite gesehen zu haben. Doch als ich näher hinschaute, war er verschwunden. Während des Gottesdienstes konnte ich mich nicht auf die Worte des Pfarrers konzentrieren, immer wieder schweiften meine Gedanken ab. Ich stellte Überlegungen über meine Zukunft an. Es konnte und durfte nicht mein Ziel sein, den Rest meines Lebens in Madam Mellyns Hutsalon zu verbringen. Aber welche anderen Möglichkeiten boten sich mir? Vielleicht sollte ich versuchen, eine Arbeit in einer der Fabriken im East End zu bekommen? Die Arbeit war zwar schwer, aber gut bezahlt. An diesem Tag verspürte ich wie nie zuvor ein ziehendes Gefühl von Sehnsucht nach einer Familie, nach Menschen, zu denen ich gehörte, von denen ich geliebt und geachtet wurde. Doch das würde mir wohl Zeit meines Lebens verwehrt bleiben. Meine Überraschung stand mir deutlich ins Gesicht geschrieben, als ich beim Verlassen des Kirchenschiffes den geheimnisvollen Fremden mit dem dicken Kopf in der letzten Bank sitzen sah. War es Zufall, dass er den gleichen Gottesdienst besucht hatte? So schnell ich konnte, lenkte ich meine Schritte nach Hause. Ich wusste, dass Kitty heute keinen »Freund« eingeladen hatte. Auf der Straße wandte ich mich mehrmals um. Folgte der Mann mir? Tatsächlich meinte ich, zwei, drei Mal seinen dunklen Mantel in der Menschenmenge zu sehen.

Außer Atem erreichte ich das Zimmer.

»Ich werde verfolgt«, platzte ich vor der überraschten Kitty heraus und schloss die Tür hinter mir ab.

Kitty sprang auf.

»Wie meinst du das?«

Ich deutete mit der Hand nach draußen.

»Ein Mann beobachtet und verfolgt mich! Ich sah ihn letzten Sonntag zum ersten Mal. Heute habe ich ihn in der Kirche gesehen, dann ist er mir hierher gefolgt!«

»Oh!« Kitty drängte sich an mir vorbei und spähte aus dem Fenster. Da gab es außer dem Bürgersteig mit hastig vorbeieilenden Füßen nicht viel zu sehen. »Ist er hübsch?«, fragte sie gespannt.

Wider Willen musste ich lächeln. So war Kitty eben – unbekümmert und unbeschwert.

»Nein, ganz im Gegenteil! Außerdem ist er bestimmt schon fünfzig oder noch älter.« Ich griff nach ihrer Hand. »Kitty, ich bin kein ängstlicher Mensch, aber ich bin überzeugt, dass er mich wirklich verfolgt hat!«

Kitty grinste breit.

»Wahrscheinlich hast du sein Interesse geweckt. Warum auch nicht? Vielleicht ist er ja schrecklich reich, dann muss er nicht unbedingt mehr in der Blüte seines Lebens stehen.«

»Du bist unmöglich!«, hielt ich ihr entgegen. »Wie soll das nur eines Tages mit dir enden?«

Ihre Augen blitzten vor Übermut.

»Nun, ich werde einen reichen Mann heiraten. Vielleicht sogar einen Lord oder Earl! Dann werde ich in einem herrschaftlichen Haus jeden Nachmittag eine Teegesellschaft geben, wozu ich nur die ersten Damen des Landes bitten werde. Wir werden dann kleine zierliche Tassen mit elegant abgespreiztem kleinem Finger zum Mund führen und uns denselbigen über die Londoner Gesellschaft zerreißen. Selbstverständlich wirst du auch eingeladen werden.«

Gerührt schloss ich Kitty in die Arme. Auch wenn die Vorstellungen des Mädchens fern jeglicher Realität, ihr Verhalten mehr als naiv, manchmal sogar ordinär war, irgendwie hatte sie etwas an sich, weswegen ich sie gern hatte. Vielleicht, weil sie der erste Mensch auf der Welt war, der mich nicht spüren ließ, dass mein Hinken mich zum Menschen zweiter Klasse stempelte.

»Wenn du willst, begleite ich dich ins Museum«, wechselte Kitty plötzlich das Thema. »Die alten Mumien würde ich mir gerne noch einmal ansehen. Wenn ich mir vorstelle, dass das wirklich einmal lebende Menschen waren, die geatmet, gelacht und geliebt haben …«

Erfreut stimmte ich zu, und wenige Minuten später verließen wir das Haus. Von dem Mann war nichts mehr zu sehen, und für den Rest des Tages vergaß ich den seltsamen Fremden.

Ich saß im Hinterzimmer und arbeitete konzentriert, obwohl es beinahe unerträglich heiß war. Seit Tagen brannte die Sonne von einem wolkenlosen Himmel, und die Gerüche der Stadt verwandelten sich in einen furchtbaren Gestank. Jeder, der es sich leisten konnte, war aufs Land gefahren, um dort den Sommer zu verbringen. Nur gut, dass wir bereits an der Herbstkollektion arbeiteten. Durch die Hitze waren meine Finger schweißnass, und ich hätte unmöglich helle, luftige Sommerhüte besticken und benähen können. Mindestens jede halbe Stunde wuschen Kitty und ich uns die Hände, dennoch schwitzten wir bereits nach wenigen Minuten wieder. Madam Mellyn hatte Kitty für einige Besorgungen nach Covent Garden gesandt. Kitty war voller Freude, dem stickigen Laden für einige Stunden entfliehen zu können, gegangen.

Da die meisten Damen des Kundenkreises aus der Stadt aufs Land gefahren waren, war im Salon nicht viel zu tun. Obwohl die Mittagsstunde bereits überschritten war, hatte heute noch keine Kundin den Laden betreten. Madam Mellyn saß in einer Ecke, blätterte in Modezeitschriften und fächelte sich von Zeit zu Zeit Luft zu.

»Vielleicht gibt es heute ein Gewitter«, murmelte sie gerade in dem Moment, als die Türglocke anschlug. Schnell fuhr sie sich glättend über ihr Haar, strich sich über den Rock und trat dann mit einem verbindlichen Lächeln auf dem Gesicht in den Verkaufsraum.

»Guten Tag, Mrs. Mellyn«, konnte ich zu meiner Verwunderung eine männliche Stimme vernehmen. Es kam höchst selten vor, dass ein Herr den Salon betrat, und wenn, dann höchstens in Begleitung seiner Frau, doch ich vernahm keine weitere weibliche Stimme.

»Womit kann ich Ihnen dienen?«, fragte Madam. Deutlich hörte ich ihrem Tonfall an, dass sie über die einfache Anrede »Mrs. » indigniert war. »Suchen Sie etwas für Ihre Frau?«

»Ich bin nicht verheiratet.«

»Ach? Dann vielleicht für Ihre Frau Mutter oder Schwester?«

Madam Mellyns Stimme ließ keinen Zweifel daran, dass der Kunde offenbar nicht ihrer sonstigen Klientel entsprach. Ich legte den Hut beiseite und erhob mich leise. Neugierig spähte ich durch den Spalt im Vorhang in den Verkaufsraum, um gleich darauf wie von einer Nadel gestochen zurückzuweichen. Im Laden stand der Mann, der mich seit Tagen verfolgte! Es bestand kein Zweifel! Wieder war er in dunkles Braun gekleidet, trug trotz der Hitze einen Schal und einen Hut, der seinen Kopf noch grotesker aussehen ließ. Mein Herz pochte aufgeregt. Was wollte der Fremde von mir? Seine nächsten Worte trugen nicht gerade zu meiner Beruhigung bei, denn er sagte:

»Arbeitet bei Ihnen eine Miss Lucille MacHardy? Vom Arbeitshaus bei St. Mary-le-Bow wurde mir diese Adresse genannt.«

»MacHardy? Es tut mir Leid, aber das Mädchen, das ich großzügigerweise in mein Haus aufgenommen habe, heißt zwar Lucille, aber Hardy mit Nachnamen.« Ich spähte wieder durch den Spalt und sah, wie ihre Miene eine abweisende Haltung angenommen hatte. »Was wollen Sie von ihr?«

Der Mann lächelte, was sein rundes Gesicht gleich etwas freundlicher erscheinen ließ.

»Das, Mrs. Mellyn, würde ich ihr gern selber sagen. Ist Miss MacHardy zu sprechen?«

Madam Mellyn runzelte die Stirn.

»Es ist nicht üblich, dass meine Mädchen hier Männer empfangen«, antwortete sie scharf. »Sie werden mir schon sagen müssen, worum es sich handelt. Schließlich bin ich für das Wohl und Heil der mir anvertrauten Personen verantwortlich!«

Pah, dachte ich, spiel dich nur nicht so auf! Bei deinem Lebenswandel bist du genau die Richtige dafür. Entschlossen schob ich den Vorhang zur Seite und trat in den Laden. Ich wollte nun tatsächlich wissen, warum der Mann mich verfolgte.

»Ich bin Lucille *Hardy*«, sagte ich mit fester Stimme, die meine innerliche Aufregung nicht verriet. »Den Namen MacHardy habe ich noch nie gehört.«

Zu meinem Erstaunen verbeugte sich der Mann vor mir, dann streckte er mir seine Hand entgegen. Zögernd ergriff ich sie. Sein Händedruck war warm und fest. Aus der Nähe betrachtet, war er gar nicht so hässlich, obwohl sein Hals tatsächlich sehr kurz geraten war. Ich schätzte ihn auf ungefähr fünfzig Jahre, seine Kleidung war zwar einfach und altmodisch geschnitten, aber von erlesener Qualität.

»Wenn wir vielleicht nach hinten gehen können?«, fragte er mit Blick auf Madam Mellyn. Es ließ sich nicht vermeiden, dass sie uns in das Hinterzimmer begleitete und sich wieder in den Sessel am Fenster setzte. Der Mann nahm auf einem Stuhl mir gegenüber Platz.

»Mein Name ist Kinnley. Gordon Kinnley«, sagte er zu mir, ohne Madam Mellyn weiter zu beachten. »Mir gehört eine kleine Anwaltskanzlei in der City.«

»Sie sind Anwalt!« Madam Mellyn fuhr hoch. »Hat sie etwas angestellt? Ist sie womöglich mit dem Gesetz in Konflikt geraten? Ich kann gleich sagen, dass ich damit nichts zu tun habe! Ich will keine Polizei im Haus haben.«

Mr. Kinnley lächelte schwach und zwinkerte mir unauffällig zu.

»Das Gegenteil ist der Fall, Mrs. Mellyn. Ich würde gerne mit Miss MacHardy unter vier Augen sprechen«, sagte er bestimmt. Doch Madam Mellyn setzte sich wieder, verschränkte die Arme vor der Brust und erwiderte:

»Lucille hat keine Geheimnisse vor mir, Mr. Kinnley. Ich werde sie auf keinen Fall mit einem fremden Mann alleine lassen.«

Den Anwalt schienen die Worte nicht aus der Ruhe zu bringen. Offenbar schätzte er den neugierigen Charakter von Madam Mellyn richtig ein.

»Nun gut. Wenn es Ihnen recht ist, Miss MacHardy, spreche ich auch in Gegenwart Ihrer Arbeitgeberin. Es handelt sich allerdings um eine Familienangelegenheit.«

Ich spürte ein flaues Gefühl in meiner Magengrube.

»Es tut mir Leid, Mr. Kinnley, aber ich habe keine Familie mehr. Zudem lautet mein Name nicht MacHardy. Es liegt offensichtlich eine Verwechslung vor.«

»Das dachte ich zuerst auch, doch nun bin ich sicher, dass Sie die Person sind, die ich seit Wochen suche. Sie müssen nämlich wissen, dass ich Sie in den letzten Tagen beobachtet habe.«

Ich runzelte die Stirn.

»Das, Mr. Kinnley, ist mir nicht verborgen geblieben!«, sagte ich. »Wenn Sie vielleicht zur Sache kommen würden?«

Er nahm seinen Hut ab und kratzte sich umständlich am Kopf.

»Ach, ich wusste, dass ich nicht das Zeug zum Detektiv habe. Meistens arbeite ich in solchen Fällen mit einem guten Privatschnüffler zusammen, aber dieses Mal wurde ich gebeten, keine weiteren Personen über die Angelegenheit zu informieren.«

Ich beugte mich weit nach vorne und sah dem Anwalt fest in die Augen.

»Um welche Angelegenheit handelt es sich? Ich erwähnte bereits, dass ich eine Waise ohne jegliche familiären Bindungen bin.«

Mr. Kinnley lehnte sich entspannt zurück und schenkte mir ein weiteres freundliches Lächeln.

»Leider kann ich Ihnen nicht allzu viel sagen, denn ich handle im Auftrag eines alten Freundes und Studienkollegen. Reginald Grampson lebt und arbeitet in Inverness.

Das liegt in Schottland. Wir haben nur wenig Kontakt, ich habe ihn bestimmt an die fünf Jahre nicht mehr gesehen.«

Nervös trommelte ich mit den Fingernägeln auf der Tischplatte. Du meine Güte! Wenn Mr. Kinnley als Anwalt vor Gericht auch so lange brauchte, bis er die Tatsachen offen legte, mussten die Prozesse ja Jahre dauern! Auch Madam Mellyns Geduld schien sich zu erschöpfen.

»Mr. Kinnley! Sie werden sicher verstehen, dass Miss Lucille ihre Zeit hier nicht vertrödeln kann. Es wartet eine Menge Arbeit auf sie, also sagen Sie endlich, was Sie wollen, und dann verschwinden Sie wieder!«

»Sicher, sicher.« Er nickte und holte dann ein paar Papiere aus der Innentasche seines Rockes. »Nun, von meinem Freund Grampson erhielt ich vor drei Monaten einen Brief, in dem er mich darum bat, ein eventuelles Kind eines gewissen Alexander MacHardy und seiner Frau Verity zu suchen.«

»Meine Mutter hieß Verity!« Vor Aufregung war ich aufgesprungen. »Aber den Namen meines Vaters kenne ich nicht! Meine Mutter war bereits Witwe, als ich geboren wurde.«

»Ihr Vater, Miss Lucille, war Alexander MacHardy, und er starb in Irland an Typhus, als seine Abteilung dort stationiert war. Er war nämlich Offizier der königlichen Armee.«

»Und woher wollen Sie das alles wissen?« Mit skeptisch zusammengezogenen Augenbrauen musterte Madam Mellyn den Anwalt.

»Mein Freund in Schottland ist der Anwalt von Fitzroy MacHardy, Alexanders Vater, also Ihrem Großvater, Miss Lucille. Vielmehr muss ich sagen *war*, denn der alte Herr ist leider ebenfalls verstorben.«

»Aha! Und wenn das alles tatsächlich stimmen sollte, warum hat sich dann dieser ominöse Großvater nicht schon längst um seine Enkelin gekümmert?«

Zum ersten Mal war ich Madam Mellyn für ihre Angewohnheit, sich in fremde Angelegenheiten zu mischen, dankbar. Die gleichen Fragen lagen mir auch auf der Zunge, aber mein Mund war wie ausgedörrt. Ich war unfähig, etwas zu sagen, unfähig, etwas Reales zu denken. Zu groß war meine Verwirrung darüber, zum ersten Mal den Namen meines Vaters gehört zu haben. Ich hatte also die ganzen Jahre eine Familie gehabt, zumindest einen Großvater!

»Aber warum trage ich denn den Namen Hardy?«, krächzte ich schließlich mit belegter Stimme. »Was macht Sie so sicher, dass es sich bei mir um die Gesuchte handelt?«

Mr. Kinnley legte die Fingerspitzen übereinander und betrachtete seine breiten, runden Nägel.

»Nun, es war und ist durchaus üblich, dass Schotten hier im Süden des Landes das Mac ihres Namens unterschlagen. Es gibt doch noch das eine oder andere Vorurteil. Genauso wie wir Engländer in weiten Gebieten in Schottland keine gern gesehenen Gäste sind, auch wenn die Liebe der Königin für dieses karge, kalte Land viel zur Verständigung beider Völker beigetragen hat.« Er rutschte auf dem Stuhl umher. »Mrs. Mellyn, es ist sehr heiß heute. Vielleicht könnte ich ein Glas Wasser bekommen?«

Madam Mellyn erhob sich und kehrte gleich darauf mit einer Karaffe Zitronenlimonade und drei Gläsern zurück. Es war offensichtlich, dass sie keine Minute des Gesprächs versäumen wollte. Erst als die kühle Flüssigkeit meine Kehle hinabrann, merkte ich, wie durstig ich war. Mr. Kinnley sprach weiter, und so erfuhr ich, wie er mich gefunden hatte. Der Anwalt aus Inverness hatte ihm eine Adresse mitgeteilt, unter der meine Mutter zuletzt gelebt haben musste. Natürlich konnte sich in dem Haus niemand mehr an sie erinnern, es lag schließlich einundzwanzig Jahre zurück. Aber da sich das Haus in einer sehr ärmlichen Gegend befand, war zu vermuten, dass sich eine junge Witwe, die zudem noch schwanger war, an das Arbeitshaus im jeweiligen Kirchspiel gewandt hatte. Dort fand Mr. Kinnley tatsächlich den Hinweis, der auch auf meiner Geburtsurkunde stand. Zusätzlich war angegeben, dass das Kind – ein Mädchen – in das Arbeitshaus von St. Mary-le-Bow gebracht worden war. Da ich dieses erst vor einigen Monaten verlassen hatte, erfuhr Mr. Kinnley von Harriet Channing, dass ich nun bei Madam Mellyn arbeitete.

»Trotzdem habe ich mir erlaubt, Sie etwas zu beobachten, Miss Lucille«, fuhr er fort, »wobei ich mich ja recht ungeschickt angestellt habe.«

Ich erwiderte sein Lächeln. Trotz oder wegen seiner Verwachsung war er mir sympathisch, denn auch ich stand wegen meiner Behinderung stets am Rande der Gesellschaft.

»Sie sagten, dass dieser Fitzroy MacHardy zwischenzeitlich gestorben sei. Wenn es sich tatsächlich um meinen Großvater handeln sollte, warum hat er erst jetzt nach mir suchen lassen? Jetzt kann ich ihn leider nicht mehr kennen lernen.«

»Mein Freund Grampson schrieb mir, der alte Mann sei lange Zeit krank gewesen. Wahrscheinlich wollte er vor dem Tod seine Angelegenheiten regeln. Mehr kann ich Ihnen leider nicht sagen. Oder doch! Ach, das hätte ich beinahe vergessen!« Er griff in seine Rocktasche und holte einen verknitterten Umschlag hervor. »Diesen Brief sollte ich Ihnen geben, wenn ich Sie gefunden habe. Er ist von Fitzroy MacHardy.«

Hastig, mit zitternden Fingern riss ich das Kuvert auf. In Madam Mellyns Augen glühten Funken der Neugierde. Ich bemerkte, wie sehr sie sich beherrschte, mir beim Lesen nicht einfach über die Schulter zu sehen.

Mein Enkel, oder meine Enkelin … stand da in steilen, aufrechten Buchstaben … *Wenn Du diesen Brief jemals erhalten und lesen wirst, werde ich bereits tot sein und meine Sturheit und Unnachgiebigkeit vor einem höherem als einem weltlichen Gericht zu verantworten haben. Ich weiß nicht einmal, ob Du ein Sohn oder eine Tochter von meinem geliebten Alexander bist. Durch einen schrecklichen Fehler – einen Fehler, den ich einzig und allein mir zuzuschreiben habe – habe ich erst jetzt erfahren, dass mein einziger Sohn nicht ohne Nachkommen von dieser Welt gegangen ist. Ich hoffe, es ist noch nicht zu spät, und ich lege die Angelegenheit meinem Anwalt Reginald Grampson in die Hände. Er soll – und wird! – Dich finden!*

Warum ich Dir das schreibe? Nein, ich kann nicht erwarten, dass Du für mich irgendwelche Gefühle entwickelst, zudem uns nun die Möglichkeit genommen wird, uns auf dieser Welt zu begegnen. Aber da außer Alexanders Kind kein weiterer Mensch des einst mächtigen MacHardy-Clans mehr existiert, möchte ich, dass nach meinem Tod mein Haus Dir gehört. Es ist nicht besonders groß, aber schon lange Zeit im Besitz der Familie. Aus diesem Grund hoffe ich, dass Du – egal, ob Junge oder Mädchen – nach Schottland kommst, um Dein Erbe anzutreten.

Dein unbekannter und inzwischen verstorbener Großvater
Fitzroy MacHardy

Mit dem Ärmel wischte ich mir die Tränen fort, damit sie nicht auf den Brief tropften und die Tinte verwischten. Es waren einfache, schlichte Worte, die mein Herz bis ins Innere aufwühlten. Unfähig, selbst etwas zu sagen, reichte ich den Brief an Madam Mellyn. Warum sollte sie ihn nicht lesen?

»Du hast also ein Haus geerbt«, bemerkte sie.

»Ich nehme an, das Haus befindet sich in Schottland, nicht wahr?«, wandte ich mich an den Anwalt.

Er nickte.

»Über die näheren Umstände kann ich Ihnen allerdings nicht mehr sagen. Dazu müssen Sie Mr. Grampson in Inverness aufsuchen.«

Ein Haus, das meinem Großvater – meiner Familie! – gehört hatte! Ein Haus, in dem mein Vater geboren wurde! Die Wärme, die sich in mir ausbreitete, kam nicht von dem Sommertag, sondern sie war etwas, das in mir entstand. Zum ersten Mal in meinem Leben verspürte ich, wie es sein könnte, wenn man einen Platz hat, den man als seine Heimat bezeichnen kann.

»Ob es wohl ein Schloss ist?«, fragte Madam Mellyn. Ich war über ihren gierigen Ausdruck in den Augen belustigt und antwortete schmunzelnd:

»Bestimmt nicht! Mein Großvater war kein reicher Mann, denn sonst hätte sich sein einziger Sohn nicht in der Armee verdingt, und meine Mutter hätte bei der Familie ihres Mannes gelebt. Nein, es ist wahrscheinlich ein kleines Haus. Eine Kätnerhütte, bestenfalls ein kleines Bauernhaus.«

»Mit eingefallenem Dach und kaputten Fenstern! Inmitten des wilden Hochlandes!«, warf Madam Mellyn spöttisch ein. »Die einzigen Nachbarn sind die Ratten und Mäuse der Umgebung.«

Langsam stand ich auf und strich meinen Rock glatt. Das geschah mehr aus Nervosität denn aus Notwendigkeit.

»Nun, ich werde es herausfinden.«

»Du willst nicht ernsthaft nach Schottland reisen?« Madam Mellyn schüttelte verständnislos den Kopf. »Mr. Kinnley, bestimmt können Sie sich darum kümmern, dass das Haus für einen anständigen Preis verkauft wird. Wer weiß, Lucille, vielleicht ergibt sich ja ein kleines Auskommen für dich.«

Ich fuhr auf. Wie kam sie dazu, einfach über meinen Besitz zu entscheiden? Bevor ich etwas sagen konnte, antwortete der Anwalt:

»Ich kann in dieser Sache gar nichts mehr tun, Mrs. Mellyn. Meine Aufgabe bestand einzig und allein darin, Alexander MacHardys Kind zu finden. Wenn Sie, Miss Lucille, sich mit dem Gedanken eines Verkaufes tragen, müssen Sie mit Mr. Grampson in Schottland Kontakt aufnehmen.« Er stand auf und deutete eine Verbeugung in Richtung Madam Mellyn an. »Wenn Sie mich jetzt entschuldigen wollen. Miss Lucille, suchen Sie mich doch bitte in den nächsten Tagen in meiner Kanzlei auf.« Er holte eine Karte aus seiner Tasche und gab sie mir. »Bei mir ist eine gewisse Summe Bargeld hinterlegt, die ich Ihnen aushändigen kann, um Ihre Reisekosten nach Inverness zu decken. Wenn Sie sich allerdings dazu entscheiden, nicht zu reisen, so muss ich das Geld wieder zurücksenden.« Er hob bedauernd die Schultern. »Es tut mir Leid, aber so lauten meine Anweisungen.«

Als er gegangen war, ließ ich mich völlig perplex in einen Sessel sinken. Zu viel war heute geschehen. Die Erkenntnis, dass ich die ganzen Jahre über einen lebenden Verwandten besessen hatte, trieb mir die Tränen in die Augen, keine Tränen der Traurigkeit, sondern der Wut. Warum hatte sich mein Großvater nicht früher bei mir gemeldet? Warum hatte er bis zu seinem Tod gewartet? Wenn ihm die Adresse meiner Mutter bekannt gewesen war, hätte er sie doch nach dem Tod meines Vaters zu sich holen können ... Fragen über Fragen, auf die es keine Antwort gab. Ich wusste, wenn ich überhaupt eine Chance hatte, etwas Licht in das Geheimnis meiner Geburt zu bringen, so würde mir das nur in Schottland gelingen.

»Also, ich würde das Haus sofort verkaufen«, drängte sich Madam Mellyns Stimme in meine Überlegungen. Sie legte ihre Hand auf meine Schulter. »Ich meine es ja nur gut mit dir.«

Ungehalten schüttelte ich ihre Hand ab und stand auf.

»Ich werde so bald wie möglich nach Schottland reisen!«, sagte ich mit fester Stimme.

»Du? Ganz allein?« Sie sah mich erstaunt und auch ein wenig belustigt an. Ihr Blick wanderte über meinen Körper und blieb an meinem rechten Bein hängen. »Glaubst du nicht, dass du deine Fähigkeiten etwas überschätzt?«

Ich straffte die Schultern und warf den Kopf in den Nacken.

»Ich mag zwar hinken, habe aber keinesfalls vor, den ganzen Weg zu Fuß zu laufen, Mrs. Mellyn.« Ich sah, wie sie bei der Anrede zusammenzuckte, was mir eine diebische Freude bereitete. Ich hatte endgültig genug davon, mich von anderen Leuten herumkommandieren zu lassen. »Vielleicht haben Sie schon gehört, dass es eine Erfindung gibt, die man allgemein als Eisenbahn bezeichnet. Genau diese gedenke ich für meine Reise zu benützen!«

Mrs. Mellyn lief vor Zorn rot an.

»Du undankbares Mädchen! Ich habe dich in meinem Haus aufgenommen, dir Arbeit, Essen und ein Dach über dem Kopf gegeben, obwohl deine Herkunft mehr als zweifelhaft war! Ja, ich habe mich dazu herabgelassen, in meinem eleganten Geschäft einen Krüppel zu beschäftigen, obwohl mir das viele Kunden übel genommen hätten, wenn sie davon erfahren hätten. Und das ist nun der Dank!«

Ich wandte mich um und hinkte zur Tür. Immer, wenn ich aufgeregt war, zog ich mein Bein stärker als sonst nach, was mir in diesem Moment deutlich bewusst wurde. »Ja, trage jetzt nur deine Nase hoch, Lucille!«, rief sie mir nach. »Du fühlst dich wohl als reiche Erbin, siehst dich schon die

Goldstücke ausgeben. Doch du wirst nichts weiter als eine verfallene Hütte voll mit Kuhdung und Läusen geerbt haben!«

Ich blieb stehen und wandte mich zu ihr um.

»Ich weiß wirklich nicht, warum Sie jetzt so zu mir sprechen. Stets habe ich meine Arbeit sauber und korrekt gemacht. Warum verstehen Sie nicht, dass ich wissen möchte, woher ich komme? Wo meine Wurzeln sind?«

Eigentlich wusste ich ganz genau, warum Mrs. Mellyn nicht wollte, dass ich nach Schottland reiste. Wer würde dann ihre Kreationen besticken? Wer die Hüte mit Früchten und bunten Blumen benähen? Die Bankiersfrau hatte ihr schließlich einen großen Auftrag beschafft, den sie ohne meine Hilfe niemals würde ausführen können. Wenn ich fort war, würde Mrs. Mellyn wohl oder übel eingestehen müssen, dass sie nicht die Schöpferin der Motive war, für die sie sich gut bezahlen ließ.

Hatte ich bis jetzt noch gezweifelt, so stand mein Entschluss nun endgültig fest.

»Ich bitte Sie, mich noch diese Nacht hier schlafen zu lassen, Mrs. Mellyn. Gleich morgen früh werde ich Mr. Kinnley aufsuchen und mit dem nächsten Zug nach Schottland fahren!«

II

Während mich der Zug durch das hügelige Land von Yorkshire trug, hatte ich kaum Muße, die Schönheit der vor dem Fenster vorbeirauschenden Landschaft zu betrachten. Seit dem frühen Morgen, als ich in London den Zug bestiegen hatte, war meine Gefühlswelt in ein hoffnungsloses Durcheinander geraten. Was mir vor wenigen Tagen noch als spannendes Abenteuer erschienen war, erwies sich jetzt als haarsträubende Idee. Madam Mellyn gegenüber hatte ich offenbar meinen Mund zu voll genommen und eine Selbstsicherheit gezeigt, über die ich augenscheinlich nicht verfügte. Mein ganzes Leben war ich gewohnt, dass andere Menschen für mich dachten und handelten. Stets war mein Tagesablauf von festen Normen und Regeln geprägt gewesen. Jetzt war ich zum ersten Mal ganz allein auf mich selbst gestellt und reiste in eine ungewisse Zukunft, dazu noch in ein Land, das in den Augen vieler Engländer noch immer rückständig und barbarisch war. Doch mit jeder Meile, die sich die ratternden Räder mit ihrem monotonen Geräusch nach Norden bewegten, wurde mir bewusster, dass es für eine Umkehr zu spät war.

»Wenn sich das Haus als unbewohnbare Ruine entpuppt, dann kehre ich einfach nach London zurück.« Wohl schon ein Dutzend Mal hatte ich mir diesen Satz seit dem Morgen gesagt. Ein schwacher Versuch, mir Mut zuzusprechen, wusste ich doch, dass das Geld, das mir Mr. Kinnley für die Reise ausgehändigt hatte, kaum für eine Rückfahrt reichen würde. Außerdem – was wollte ich in London beginnen, selbst wenn ich zurückkehrte? Madam Mellyn hatte mir unmissverständlich klar gemacht, ich solle es ja nicht wagen, je wieder einen Fuß in ihr Haus zu setzen.

»So viel Undankbarkeit ist mir in meinem ganzen Leben noch nie begegnet«, waren ihre letzten Worte gewesen.

»Du meinst wohl, eine reiche Erbin zu sein, wie? Na, du wirst dich schon noch wundern, was dich in Schottland erwartet!«

Der chronische Geldmangel war auch der Grund, warum ich in Edinburgh den Nachtzug nach Inverness nahm. Zwar hätte ich gerne einige Tage in der alten Stadt mit der auf einem Bergkamm majestätisch thronenden Burg verweilt, aber eine Übernachtung lag fern meiner finanziellen Mittel. So blieben mir nur drei Stunden Aufenthalt, die ich nutzte, um beeindruckt durch die Royal Mile zu schlendern. Die schnurgerade alte Straße, die eigentlich aus vier verschiedenen Abschnitten bestand, verband die mittelalterliche Burg mit dem trutzigen Bau des Holyrood Palastes. Die Waverley Station hatte den Ruf, der wohl zugigste Bahnhof der ganzen Welt zu sein, was ich an diesem sommerlich warmen Tag nicht bestätigen konnte. Nachdem ich einen Blick auf den ehemaligen Königspalast geworfen hatte, ging ich langsam die königliche Meile hinauf – Canongate, High Street, Lawnmarket bis schließlich Castlehill – hier wurden einst Hexen verbrannt – und betrat die große Esplanade vor der Festung. Leider blieb mir für eine Besichtigung der Burg keine Zeit mehr. Trotz dieses flüchtigen Eindrucks von der Stadt spürte ich eine Art Verbundenheit mit Edinburgh. Obwohl auf den Straßen und in den zahlreichen größeren und kleineren Geschäften hektische Betriebsamkeit herrschte, konnte der Unterschied zu London nicht größer sein. Hier und da schwirrten Fetzen von Gesprächen an meinen Ohren vorbei, und ich hatte häufig den Eindruck, eine völlig andere Sprache zu hören, so stark war der Dialekt einzelner Personen. Natürlich wusste ich aus Büchern von der bewegten Vergangenheit der Stadt, und ich beschloss, sollte ich in Schottland bleiben, Edinburgh in naher Zukunft wieder zu besuchen, um länger zu verweilen.

Kaum hatte der Zug die mächtige Stahlgitterbrücke über den Firth of Forth überquert, begann es zu dunkeln. Obwohl ich seit nahezu vierzehn Stunden unterwegs war, verspürte ich keinerlei Müdigkeit. Auch meine Selbstzweifel schienen zu schwinden, es machte sich nun eine Art aufgeregte Ungewissheit in mir breit, die aber nicht unangenehm war. Beinahe war es, als sei mit dem Überschreiten des Tweeds, des Flusses, der England von Schottland trennt, alle Angst von mir abgefallen.

»Ist das die Stimme des Blutes?«, flüsterte ich meinem Spiegelbild in der dunklen Scheibe des Abteilfensters zu. Es antwortete mir lediglich mit dem Abbild eines schmalen, langen Gesichtes mit großen, fragenden Augen. Meine väterlichen Vorfahren waren Schotten gewesen, und vielleicht begann ich, die jahrhundertealte, tiefe Verbundenheit der Bewohner mit ihrem Land zu spüren.

Der Zug war vom Komfort her in keiner Weise mit dem von London zu vergleichen. Er verfügte lediglich über zwei Wagen, in denen es nur eine Klasse gab. Die Bänke waren aus Holz und hart. Zudem schien er, obwohl es Nacht war, an jedem noch so kleinen Flecken zu halten. Manchmal stöhnte und ächzte die Lokomotive, wenn es bergan ging, und verfiel in eine Geschwindigkeit, die weniger als Schritttempo betrug. Dauernd wurde ich auf der Bank durchgeschüttelt, so dass mir bald jeder Knochen wehtat. Jetzt bedauerte ich, dass ich wegen der Dunkelheit nichts von der Landschaft erkennen konnte. Gegen Mitternacht hatten wir an einer Station eine gute Stunde Aufenthalt, die ich dazu nützte, mich in dem kleinen Waschraum frisch zu machen. Die Nacht war mild und klar. Tausende von Sternen funkelten am Firmament, es schien mir, als bräuchte ich nur die Hand auszustrecken, um einen von ihnen herabzuholen. Seit zwanzig Jahren an die Geräusche einer Großstadt gewöhnt, lauschte ich fasziniert in die Nacht und hörte den heiseren Ruf des Käuzchens und andere Tierstimmen, die ich nicht zuordnen konnte. Gerne hätte ich an diesem verwunschenen Platz noch etwas verweilt, doch der Schaffner drängte zum Einsteigen, und der Zug ratterte weiter durch die finstere Nacht gen Norden.

Erst gegen Nachmittag des folgenden Tages erreichten wir Inverness, die Hauptstadt des schottischen Hochlands.

Das Büro von Mr. Grampson befand sich in einem schmalen, hohen Gebäude nur wenige Gehminuten von der Bahnstation entfernt. Die steilen Stufen in den dritten

Stock bereiteten mir einige Schwierigkeiten, so dass ich außer Atem war, als ich an die schlichte Holztür klopfte. Als hätte direkt dahinter jemand gewartet, wurde sie unverzüglich geöffnet.

»Sie wünschen?«

Ein hoch aufgeschossener Junge, kaum älter als sechzehn oder siebzehn Jahre, blickte mich freundlich an.

»Mein Name ist Lucille Hardy … MacHardy«, verbesserte ich mich. Es fiel mir noch immer schwer, mich an meinen neuen Namen zu gewöhnen. »Ich komme aus London. Ein Anwalt hat mir mitgeteilt, dass Mr. Grampson mich in der Angelegenheit meines Großvaters Fitzroy MacHardy sprechen möchte.«

Der junge Mann bat mich, Platz zu nehmen.

»Darf ich Ihnen einen Tee anbieten? Mein Name ist übrigens Stuart Grampson.«

Ich nahm dankbar an und fühlte, wie sich die Spannung in meinem Magen zu einem unangenehmen Kribbeln verstärkte. Es konnte sich bei dem jungen Mann doch unmöglich um den besagten Anwalt handeln? Als der Tee serviert und eingeschenkt worden war, nahm er mir gegenüber Platz und schlug seine langen, dünnen Beine übereinander.

»Mein Vater ist leider nicht in der Stadt.« Er hob mit einer bedauernden Geste die Hände. »Leider weiß ich nicht, ob ich Ihnen helfen kann. Ich kümmere mich hier lediglich um den leidigen Bürokram, bevor ich im Herbst an die Universität gehen werde. Natürlich werde ich Jura studieren, um die Kanzlei eines Tages zu übernehmen«, fügte er stolz hinzu.

Erleichtert lächelte ich. Es wäre mir schon sehr suspekt erschienen, hätte ein solch junger Mensch bereits Anwaltspflichten ausgeübt.

»Nun, dann werde ich auf Ihren Vater warten, Mr. Grampson. Wann erwarten Sie ihn denn zurück?«

»Oh, nicht vor einer Woche, Miss MacHardy. Eventuell könnte er auch länger ausbleiben. Er befindet sich zu einem Prozess in Aberdeen.«

Eine Woche! Mindestens! Schnell überschlug ich meine Finanzen und kam zu dem Ergebnis, dass ich es mir unmöglich leisten konnte, für eine Woche ein Zimmer in der Stadt zu mieten. Der junge Mr. Grampson musste meine Enttäuschung gesehen haben, denn er sagte pflichtbeflissen:

»Vielleicht kann ich Ihnen doch dienen. Um was handelt es sich denn?«

Ich zeigte ihm die Papiere und das Schreiben meines Großvaters.

»Ich wurde in London informiert, dass er mir sein Haus hinterlassen hat. Nun würde ich gerne so schnell wie möglich nach Cromdale House fahren.« Weil ich nämlich völlig mittellos bin und dringend ein Dach über dem Kopf brauche, dachte ich, sprach es aber natürlich nicht aus.

»Hm ...« Mr. Grampson stand auf, öffnete zwei, drei Schubladen in einem wuchtigen Büroschrank, bis er endlich mit einem »Ah! Da haben wir es ja!« einen konzentrierten Blick in eine dünne Akte warf. Er überflog kurz die Schriftstücke, blickte dann auf meine Geburtsurkunde und den Brief des Londoner Anwalts.

»Ja, ich erinnere mich, dass mein Vater seinen alten Freund Mr. Kinnley auf Wunsch des Verstorbenen beauftragt hat, nach dem Letzten der MacHardys zu suchen. Es freut mich zu sehen, dass seine Mission von Erfolg gekrönt war.«

Seine gedrechselten Worte entlockten mir ein Lächeln, und die Spannung fiel von mir ab. Offenbar hatte alles seine Richtigkeit.

»Wo befindet sich das Haus eigentlich?«

Er warf einen weiteren Blick auf die Unterlagen.

»In der Nähe von Grantown-on-Spey. Die kleine Stadt liegt etwa vierzig Meilen südöstlich von Inverness. Aber die Postkutsche fährt nur an drei Tagen in der Woche nach Grantown. Sie haben Glück, morgen früh geht die nächste, dann sind Sie am Nachmittag in Grantown.«

Nun gut, eine Nacht in einem Hotel würde ich mir leisten können. Außerdem begann jetzt die Müdigkeit, meine Glieder schwer wie Blei zu machen. Schließlich war ich bereits seit dreißig Stunden auf den Beinen und sehnte mich zunehmend nach einem weichen und warmen Bett und einer anständigen Mahlzeit.

»Haben Sie den Schlüssel von Cromdale House?«, fragte ich.

Er schüttelte den Kopf.

»Es befindet sich keiner in den Unterlagen. Aber das ist nicht ungewöhnlich, Miss MacHardy. Hier in den Highlands ist es nicht notwendig, die Häuser zu verschließen. Bestimmt haben sich seit dem Tod Ihres Großvaters freundliche Nachbarn um das Haus gekümmert, so dass Sie es in einem angenehmen Zustand vorfinden werden.«

Na hoffentlich, dachte ich wenig optimistisch. Wahrscheinlich handelte es sich um eine einfache Kate mit zersprungenen Fensterscheiben und einem Loch im Dach.

»Leider ist mir nichts Weiteres bekannt«, fuhr der Junge fort. »Mein Vater war mit Fitzroy MacHardy persönlich bekannt. Ich habe den alten Herrn nur ein- bis zweimal gesehen. Mein Vater kann Ihnen detailliertere Auskünfte geben. Vielleicht möchten Sie doch seine Rückkehr abwarten?«

Ich lehnte ab und erhob mich. Sofort sprang der Junge an meine Seite und ergriff stützend meinen rechten Ellbogen. Er hatte bisher kein Wort über mein Hinken verloren, doch jetzt huschte eine leichte Röte über seine bartlosen Wangen. Anscheinend war er der Meinung, dass ich Hilfe beim Gehen benötigte. Langsam trat ich einen Schritt zur Seite.

»Können Sie mir eine gute Unterkunft für die Nacht empfehlen?«

»Selbstverständlich«, versicherte er hastig und erleichtert, dass der peinliche Moment vorüber war. »Das *Ness View* wird Ihre Zustimmung finden. Zwar hält der Name nicht, was er verspricht – Sie können von dort aus weder den Fluss noch den See sehen –, aber es bietet anständige Zimmer zu einem angemessenen Preis. Ich begleite Sie gerne dorthin. Es sind nur wenige Minuten die Straße hinauf.«

Ich nahm seine Begleitung dankbar an und war über seine Feinfühligkeit, die er trotz seiner Jugend ausstrahlte, erstaunt. Auf der Straße passte er sich meinem langsamen Schritt an. Wir zwei bildeten ein seltsames Paar! Der junge Grampson war für sein Alter viel zu rasch in die Höhe geschossen, so dass sein Gang durch die zu langen Gliedmaßen unkontrolliert wirkte. Ich hielt meinen Blick starr geradeaus gerichtet und meinte, alle Passanten würden sich nach uns umdrehen und zu tuscheln beginnen. Erleichtert betrat ich die kleine, blitzblanke Hotelhalle. Mr. Grampson vergewisserte sich noch, dass für mich ein Zimmer frei war, nannte mir die Abfahrtszeit der Postkutsche am nächsten Vormittag und verabschiedete sich dann mit einer Verbeugung.

Mein Zimmer war klein, aber gemütlich und zweckmäßig in der Einrichtung. Es gab allerdings kein Badezimmer, nur eine Anrichte mit einer großen Waschschüssel aus blau bemaltem Porzellan. Ich sehnte mich nach einem heißen Bad, um den Staub der langen Reise abwaschen zu können. Doch wahrscheinlich würde ein solcher Luxus extra kosten. Da ich nicht wusste, was mich in Cromdale House erwartete, musste ich meine knappen Ersparnisse zusammenhalten. Meine Vermutung bestätigte sich zehn Minuten später, als ein Mädchen mit einem Krug heißem Wasser das Zimmer betrat.

»Sie möchten sich sicher frisch machen, Miss. Wenn Sie möchten, kann ich Ihnen auch ein Bad richten. Das kostet dann zwei Schillinge extra.«

Ich versicherte, das Wasser würde ausreichend sein, und erkundigte mich nach dem Abendessen.

»Ab halb neun im Speisezimmer«, antwortete das Mädchen. »Wenn Sie aber lieber in Ihrem Zimmer speisen wollen, kann ich Ihnen das Essen auch heraufbringen.«

Ich dankte und erwiderte, dass ich später herunterkommen würde.

So gut es ging, wusch ich mich und richtete mein Haar. Dann legte ich mich auf das Bett, um mich ein paar Minuten auszuruhen. Als ich erwachte, war es bereits nach acht Uhr! Ich hatte mehrere Stunden tief und fest geschlafen, fühlte mich aber dadurch erfrischt. Zudem gab mein Magen so laute Geräusche von sich, dass ich meinte, man könnte es bis hinunter in die Gaststube hören. Ich beschloss, mein gutes Sonntagskleid mit dem Spitzenkragen anzuziehen. Warum nicht, dachte ich. Obwohl das Hotel zur Mittelklasse zählte, konnte es nicht schaden, sich zum Essen umzukleiden. Danach richtete ich erneut mein widerspenstiges Haar, das durch das Liegen durcheinander geraten war, und ging in den Speisesaal hinab, in dem zu meiner Überraschung reger Betrieb herrschte. Das Mädchen von vorhin führte mich zu einem einzelnen Tisch direkt neben dem Kamin, in dem ein anheimelndes Feuer brannte. Ich wählte aus der Tageskarte auf der Tafel als Suppe eine Scotch Broth und als Hauptgang Lachs mit Kartoffeln und verschiedenem Gemüse. Dazu bestellte ich eine Limonade. Bei den Düften, die aus der Küche in den Raum drangen, lief mir das Wasser im Mund zusammen. Mir war gerade die kräftige, wohlschmeckende Suppe serviert worden, als die Hotelbesitzerin an meinen Tisch trat.

»Entschuldigen Sie bitte, Miss. Würden Sie Ihren Tisch mit einem weiteren Gast teilen? Wir haben heute Abend einen unerwarteten Andrang im Restaurant.«

Ich blickte auf und direkt in zwei eisblaue Augen. Das Verwunderlichste daran war, dass sie von einem Kranz dichter, schwarzer Wimpern umgeben waren. Die Augen sahen mich spöttisch, ja beinahe herausfordernd an und schienen direkt auf den Grund meiner Seele zu blicken. Nie zuvor hatte ich einen solch intensiven Blick bei einem anderem Menschen gesehen! Ich murmelte meine Zustimmung und ergriff die muskulöse, zugleich schlanke Männerhand. Obwohl die Berührung weniger als eine Sekunde dauerte, fuhr ein warmer Strom durch meinen Körper.

»Das ist sehr freundlich von Ihnen. Mein Name ist MacGinny. Harrison MacGinny«, sagte der Mann, der mich sicher um einen Kopf überragte. Dabei war ich alles andere als kleingewachsen. »Ungewöhnlich voll heute Abend.« Erstaunt bemerkte ich, dass mein Blick immer noch an seinen blauen Augen hing, und senkte rasch den Kopf, um meine volle Aufmerksamkeit wieder der Suppe zu widmen. Nicht nur seine Wimpern, sondern auch sein Haar war pechschwarz. Entgegen der herrschenden Mode fiel es ihm in unordentlichen Locken bis auf die breiten Schultern. Aber was wusste ich schon von der Mode in Schottland? Dass dieser Mann ein Schotte war, hatte ich an seinem ausgeprägten Akzent bemerkt. Plötzlich begann mein

Herz, aufgeregt zu flattern. Tatsächlich saß ich zum ersten Mal in meinem Leben mit einem Mann zusammen in einem Restaurant. Hoffentlich erwartete er keine geistreiche Konversation. Das war anscheinend nicht der Fall, denn er bestellte ein Gericht von der Tageskarte, und wir schwiegen, bis sein Essen serviert wurde. Zwischenzeitlich hatte ich den zarten, rosigen Lachs gegessen, ohne genau zu registrieren, was ich eigentlich auf dem Teller hatte. Ich schob meine Verwirrung der Müdigkeit zu, doch seltsamerweise fühlte ich mich auf einmal gar nicht mehr erschöpft. Es war, als würde prickelndes Feuer durch meine Adern fließen.

»Trinken Sie keinen Wein?«, fragte er plötzlich und deutete auf mein Limonadenglas.

Ich schüttelte den Kopf. Verflixt, ich konnte ihm unmöglich sagen, dass ich so gut wie noch nie in meinem Leben Alkohol getrunken hatte!

»Es erwartet mich morgen ein anstrengender Tag. Da muss ich einen klaren Kopf bewahren.« Irgendwo hatte ich einen ähnlichen Satz gelesen und fand, dass er recht passabel klang. MacGinny hob überrascht eine Augenbraue.

»Sie sind Engländerin, nicht wahr? Besuchen Sie Verwandte in der Gegend?«

Ich runzelte die Stirn. Was ging das den Fremden an?

»Das könnte man so ausdrücken«, entgegnete ich kühl. Tatsächlich hatte ich nicht gelogen, aber mehr wollte ich dieser Zufallsbekanntschaft nicht preisgeben. Doch MacGinny ließ nicht locker.

»Woher kommen Sie? Aus dem Süden, nehme ich an?«

»Aus London«, stimmte ich widerwillig zu und sah suchend nach der Bedienung, um die Rechnung zu verlangen. Insgeheim schalt ich mich ein dummes, naives Gänschen, dessen Gefühlswelt durch eine alltägliche Konversation völlig in Verwirrung geriet. Allerdings war Harrison MacGinny eine außergewöhnliche Erscheinung! Ich schätzte ihn gute zehn Jahre älter als mich.

»Trägt man in der Hauptstadt das Haar so streng?«, fragte er und musterte mich eingehend. »Sie sollten sich ein paar Locken in die Stirn kämmen. Dann würden Sie nicht wie eine sittsame Gouvernante aussehen!«

Hörbar schnappte ich nach Luft. Am liebsten wäre ich aufgesprungen und aus dem Saal geflüchtet, aber ich blieb unruhig sitzen. Es war zwar absolut lächerlich, aber ich wollte auf keinen Fall, dass er meine Behinderung bemerkte.

»Ich wüsste nicht, was Sie das angeht«, zischte ich leise zurück.

Doch MacGinny machte keine Anstalten, das Thema auf sich beruhen zu lassen.

»Habe ich etwa ins Schwarze getroffen, und Sie sind tatsächlich auf dem Weg, eine Stellung als Erzieherin anzutreten? Viele alte schottische Familien lassen ihre Sprösslinge von gebildeten Engländerinnen unterrichten.«

Einzig die Tatsache, dass er mir offensichtlich eine gewisse Bildung zuschrieb, hinderte mich daran, meinem Verlangen, ihm den Rest der Limonade mitten ins Gesicht zu schütten, nachzugeben. Zudem wollte ich nicht die Aufmerksamkeit der anderen Gäste erregen. Krampfhaft überlegte ich, wie ich es anstellen sollte, den Raum zu verlassen, um zu Bett zu gehen. Im gleichen Moment erklang aus dem Nebenraum Musik.

»Ah! Hören Sie?«, machte er mich darauf aufmerksam. »In der Bar wird musiziert! Sie müssen mit herüberkommen. Vielleicht wird sogar getanzt!«

Getanzt! Du meine Güte! Ich würde in meinem Leben niemals tanzen! Wie sollte ich auch? Es war einfach grotesk, mich mit meinem hinkenden Bein auf dem Tanzboden vorzustellen. MacGinny musste die Ablehnung in meinem Gesicht gelesen haben, denn er stand ohne weitere Worte auf und griff nach meinem Arm. Mühelos, als hätte ich das Gewicht einer Gänsefeder, zog er mich von dem Stuhl hoch.

»Nun kommen Sie schon! Wenn Sie das erste Mal in unserem schönen Schottland sind, dürfen Sie sich das Schauspiel nicht entgehen lassen. Hören Sie, die Männer singen in Gälisch, unserer alten Sprache. Sie dürfen es nicht ausschlagen, dass ich Sie zu einem guten Whisky einlade!«

Da er meinen Arm nicht freigab, musste ich ihm willenlos durch das Restaurant folgen. Ich fühlte, dass meine Kniegelenke so weich wie Pudding waren, wodurch ich bei den wenigen Schritten in die Bar hinüber stärker als sonst hinkte. Plötzlich blieb MacGinny stehen und sah mir ins Gesicht.

»Deswegen sind Sie also so verschlossen.« Er deutete auf meinen rechten Fuß. »Wie lange haben Sie das schon? Von Geburt an?«

Dunkle Röte schoss mir ins Gesicht. Dieser Mann hatte wahrlich nicht das Benehmen eines Gentlemans. Jeder andere hätte meine Behinderung zwar bemerkt, wäre jedoch kommentarlos darüber hinweggegangen. Wahrscheinlich erkannte er jetzt, dass es mit einem kurzweiligen Tanzvergnügen nichts werden würde. Ich schluckte zweimal und sagte dann, ohne seinem durchdringenden Blick zu begegnen:

»Ich bin wirklich sehr müde, Mr. MacGinny, und möchte jetzt zu Bett gehen. Ich danke Ihnen für Ihr Angebot.«

Er lächelte.

»Schade, dass ich Sie nicht zu einem Schlummertrunk bewegen kann. Es wäre sicher ein netter Abend geworden, bevor Sie Ihre strenge Stellung antreten müssen. Wir werden uns allerdings morgen beim Frühstück nicht mehr sehen, denn ich reise bei Sonnenaufgang ab.«

Unverschämter Kerl! Wie kam er auf die Idee, dass ich am kommenden Morgen Wert auf seine Gesellschaft legen könnte? Verärgert über meine Unsicherheit dem anderem Geschlecht gegenüber, drehte ich mich einfach um und ließ ihn stehen. Während ich durch den Raum hinkte, war es mir, als hinterließen seine blauen Augen brennende Male auf meinem Rücken.

Morgen würde ich nach Cromdale House reisen und keinen Gedanken mehr an Harrison MacGinny verschwenden.

Wenn ich in dem Moment gewusst hätte, was mir am folgenden Tag bevorstand, hätte ich vermutlich den nächsten Zug zurück nach London bestiegen.

Am frühen Nachmittag erreichte die Postkutsche die kleine Stadt Grantown-on-Spey. Bis Tomatin genoss ich die angenehme Gesellschaft einer älteren Dame, die auf dem

Weg zu ihren Enkelkindern war. Sie erzählte pausenlos aus ihrem Leben, was mir nicht unangenehm war, denn so wurde ich von meinen Gedanken an den unverschämten Fremden des gestrigen Abends abgelenkt. Nach kurzer Rast in dem kleinen Dorf stieg der Weg in das Hochland an. Obwohl es neblig und trüb war, konnte ich mich der kargen Schönheit des Landes nicht verschließen. Links und rechts der Straße erhoben sich kahle Hügel, als einzige Vegetation schmückten Erikasträucher die Weiten. Manchmal sah ich ein einsames Cottage, aus dessen Schornstein Rauch aufstieg. Tausende von Schafen, die wie weiße Wattetupfen in der braunen Landschaft standen, waren zeitweise die einzigen Lebewesen. Die Atmosphäre war einsam, zugleich wirkte sie auf mich heimelig. Was für ein krasser Gegensatz zu der lauten Hektik der Stadt! In London pulsierte das Leben, kaum ein Quadratmeter, auf dem sich keine Menschen befanden. Ob Cromdale House ebenfalls in einer solch einsamen Gegend lag?

Die Stadt Grantown-on-Spey bestand aus nur einer Hauptstraße mit schlichten Häusern aus grauem Granit, an deren Ende sich eine wuchtige Kirche erhob. Die Kutsche hielt vor dem einzigen Gasthaus. Ich erkannte eine Bäckerei und einen Gemischtwarenladen. Ein paar Frauen standen plaudernd um den Brunnen, und ein älterer Mann zog rumpelnd einen Leiterwagen mit Fässern hinter sich her. Auf den ersten Blick erschien es mir wie die Idylle schlechthin.

»Wissen Sie, wo sich das Cromdale House befindet?«, wandte ich mich an den Postkutscher, der meinen Koffer aus dem Gepäcknetz lud.

»Leider nein, Miss. Aber da drüben können Sie ein Fuhrwerk mieten. Sicher kann der Kutscher Sie zu Ihrem Ziel bringen.«

Er deutete kurz auf die Remise neben dem Gasthaus. Ich dankte und ging auf den betagten Mann mit schlohweißem Haar zu.

»Entschuldigen Sie bitte, aber ich suche eine Fahrmöglichkeit zum Cromdale House. Es muss hier ganz in der Nähe liegen. Ist es Ihnen bekannt?«

Der Kutscher schob seine Schirmmütze zurück und kratzte sich ausgiebig am Haaransatz. Dabei rieselten weiße Schuppen auf den dunklen Kragen seiner nicht ganz sauberen Jacke, etwas, das ihn mir nicht gerade sympathisch und vertrauenswürdig machte.

»Garreoch scho weet drroelach ...«

»Wie bitte?«

»Ioch sarrgte, dadoerrch scho eet drroelach!«

Verzweifelt blickte ich mich um. Offenbar war der Mann geistesgestört. Vielleicht handelte es sich bei ihm um den Dorftrottel? Dagegen sprach allerdings das Fuhrwerk mit dem kräftigen Rappen, an dessen Rand er gelehnt stand. Ich konnte weit und breit keine andere Kutsche erkennen. Und meine finanziellen Mittel würden auf keinen Fall eine weitere Übernachtung in einem Gasthaus erlauben.

»Es tut mir Leid, Sie belästigt zu haben«, sagte ich und entfernte mich dabei rückwärts langsam von dem seltsamen Mann. »Man hat sich offensichtlich geirrt, als man mir sagte, dass ich bei Ihnen einen Wagen mieten kann.«

»Ach, Sie sind Ausländerin«, sagte der Mann plötzlich in einer Sprache, die dem Englischem so nahe kam, dass ich sie verstehen konnte. Allerdings klangen die Worte tief und kehlig, beim »r« schien sich ein Knoten im Kehlkopf zu knüpfen. Doch unweigerlich erinnerte mich seine Ausdrucksweise an die von Harrison MacGinny, der ähnlich gesprochen hatte. Verflixt, warum beschäftigten sich meine Gedanken immer noch mit diesem Mann?

»Ich möchte zum Cromdale House«, versuchte ich es erneut, jetzt überzeugt, keinem Schwachsinnigen, sondern lediglich einem Gälisch Sprechenden gegenüberzustehen.

Er räusperte sich, um dann fortzufahren:

»Ich sagte, dass es ganz schön weit draußen liegt, Miss. Was wollen Sie denn da?«

Offenbar lag es in der Natur der Schotten, neugierig zu sein. Doch wie es den Eindruck hatte, war ich auf die Hilfe dieses seltsamen Kauzes angewiesen. Darum antwortete ich freundlich:

»Es gehörte meinem Großvater, Fitzroy MacHardy. Ich habe es geerbt.«

Der Mann stieß einen anerkennenden Pfiff aus, wobei sich seine Augen erstaunt weiteten.

»Sie sind die Enkelin vom altem Fitzroy?« Er ergriff so schnell meine Hand und drückte sie, dass ich sie nicht zurückziehen konnte. Deutlich konnte ich seine Schwielen spüren. »Freut mich! Mich nennen sie Mitch, den Schmied. Ich habe auch das einzige Fuhrwerk in der Umgebung. Für einen Schilling fahre ich Sie nach Cromdale hinaus.«

Einen Schilling konnte ich noch entbehren, es war weniger, als ich erwartet hatte. Bisher war ich allerdings davon ausgegangen, das Haus meines Großvaters läge direkt in Grantown-on-Spey. Was, wenn es sich tatsächlich um eine einsame Hochland-Hütte handelte?

»Vielleicht sollte ich noch Lebensmittel besorgen?«, fragte ich den Schmied und Kutscher in einem.

Er schüttelte den Kopf.

»Wird nich' nötig sein, Mylady. Glenda war erst vor zwei Tagen zum Einkaufen in der Stadt.«

Wer zum Teufel war Glenda? Und warum nannte er mich auf einmal Mylady? Ein Verdacht stieg in mir auf. Als wir langsam über die Straße in östlicher Richtung hinauszockelten, fragte ich:

»Cromdale House steht doch leer, oder?«

»Natürlich nich', Mylady. Glenda kümmert sich drum. Würde sonst noch mehr verfallen. Sie wissen doch, wenn alte Häuser nicht bewohnt werden, dann sterben sie. Die Seele meine ich. Verstehn Se?«

Das tat ich zwar nicht, hütete mich jedoch, mit Mitch eine Diskussion darüber anzufangen, ob ein Haus eine Seele hatte oder nicht. Etwas anderes interessierte mich viel mehr.

»Ist diese Glenda so etwas wie eine Haushälterin?«

Er nickte und schnalzte mit der Zunge.

»War dem alten MacHardy sein Wille. Aber sie ist ja auch schon seit Jahrzehnten dort und hat sich immer um alles gekümmert. Wenn auch …« Der Rest ging in unverständliches Gemurmel über, doch sein Gesichtsausdruck war nicht sehr freundlich. Danach versiegten Mitchs Worte, und ich fragte nicht weiter. Meine Gedanken schlugen Purzelbäume. Einerseits war es eine tröstliche Vorstellung, nicht in ein kaltes, schmutziges Haus zu kommen. Auf der anderen Seite wusste ich nicht, wer diese Glenda war und welche Stellung sie bei Großvater tatsächlich eingenommen hatte. Gleichzeitig stellte sich ein Gefühl von Freude und Abenteuerlust ein. Wenn die Frau schon so lange im Haus war, dann hatte sie Fitzroy MacHardy gut gekannt und konnte mir etwas über ihn erzählen!

Nach etwa einer Stunde Fahrt durch einsames Hügelland erkannte ich am Straßenrand ein mittelgroßes, zweistöckiges Haus neben einem schmiedeeisernen Tor, an dessen Stäben ein großes Holzschild hing: *Cromdale House*. Mein Herz tat einen Sprung. Doch beim Näherkommen sah ich, dass die Steine an vielen Stellen beschädigt und die meisten Fensterscheiben gesprungen waren. Aus dem Kamin stieg kein Rauch, das Haus lag einsam und verlassen da.

Mitch hielt direkt darauf zu. Das also war Cromdale House! Es war größer, als ich erwartet hatte, allerdings entsprach sein Zustand ganz meinen Vorstellungen. Nun, Hauptsache, das Dach war dicht und ich würde im Kamin ein Feuer machen können. Alles andere würde sich dann schon zeigen.

»Diese Glenda scheint nicht da zu sein«, sagte ich, sonst hätte sie unsere Ankunft sicher längst bemerkt und wäre uns entgegengekommen. Zu meinem Erstaunen lenkte Mitch das Fuhrwerk durch das offene Tor und passierte das Haus.

»Warum halten wir nicht?«, fragte ich verwirrt.

Mitch lachte und zeigte dabei drei schwarze Zahnstummel.

»Das ist doch nich' Cromdale, Mylady! Is' nur das Pförtnerhaus. Steht aber seit Jahren leer. Seit der alte Fitzroy zu krank war, um Gesellschaften zu geben, wurde auch kein Pförtner mehr gebraucht. Wozu sollte jemand hier wohnen, wenn niemand mehr zu Besuch kommt?« Es war, als griffe eine kalte Hand nach meinem Herzen. Pförtnerhaus? Gesellschaften?

Das Fuhrwerk rumpelte jetzt über einen schlecht befestigten Feldweg durch einen parkähnlichen Garten, der hoffnungslos von Unkraut überwuchert war. Mehrmals musste ich mich krampfhaft am Sitz festhalten, um nicht hinauszustürzen, wenn die Räder über Wurzelwerk und durch Schlaglöcher rumpelten. Dann, nach einer starken

Rechtskurve, standen so plötzlich massive Mauern vor mir, dass ich einen Schrei ausstieß.

»Du meine Güte!«

Direkt vor mir ragte eine mittelalterliche Burg aus dunklem, fast schwarzem Granit mit fünf Stockwerken in die Höhe. Das quadratische Hauptgebäude war an zwei Seiten von jeweils einem runden Turm abgeschlossen, den ab der vierten Etage kleine Erker zierten. Schmale Fenster, kaum mehr als Schießscharten, durchbrachen die massiven Mauern. Die Zinnen und schwarzen Pechnasen ließen darauf schließen, dass von dort oben einst siedendes Öl und Teer auf etwaige Angreifer gegossen worden waren. Mitch hielt auf dem mit Grasbüscheln und Unkraut durchsetzten Kies vor der Tür.

»Cromdale House, Mylady!« Seine Stimme verriet eine Spur von Stolz.

»Aber … das ist ja ein Schloss«, stotterte ich und fuhr mir verwirrt über die Augen. Doch das Bild verschwand nicht. Ich fühlte mich um Jahrhunderte in die Vergangenheit zurückversetzt.

»Aye, Mylady. Wurde im vierzehnten Jahrhundert erbaut. Und nie erobert. Obwohl es viele versucht haben. Auch die Engländer!« Er spuckte in hohem Bogen aus, dann stellte er meinen Koffer auf den Boden. Plötzlich wurde er sehr ernst, nahm seine Mütze ab und verbeugte sich vor mir. »Willkommen daheim, Herrin von Cromdale!« Dann murmelte er noch ein paar Worte, offensichtlich auf Gälisch, die ich nicht verstand. Seinem Gesichtsausdruck zufolge waren es jedoch freundliche Worte.

Ich wartete, bis Mitch mitsamt seinem Wagen hinter der Wegbiegung verschwunden war, dann betätigte ich den schweren eisernen Türklopfer. Einige Minuten vergingen, und ich wollte soeben ausprobieren, ob die Tür nicht vielleicht offen war, als ich Schritte hörte. Es wurde geöffnet, und ich sah mich einer älteren, hoch gewachsenen, hageren Frau gegenüber. Ihre schwarzen Haare waren von unzähligen grauen Strähnen durchzogen. Das musste Glenda sein, dachte ich. Ihr ablehnender Blick und die gerunzelte Stirn machten es mir nicht gerade leicht, dennoch bemühte ich mich um ein freundliches Lächeln.

»Guten Tag. Mein Name ist Lucille MacHardy. Mein Großvater hat mir das Haus hinterlassen. Und Sie sind bestimmt Glenda, nicht wahr? Mitch, der Schmied und Kutscher aus der Stadt, hat mir erzählt, dass Sie sich um das Haus kümmern.«

Vor lauter Aufregung redete ich zu viel und zu schnell. Im selben Moment, als ich geendet hatte, wusste ich, dass es falsch gewesen war, derart mit der Tür ins Haus zu fallen. Aber Mitchs Bezeichnung »Herrin von Cromdale« klang mir noch in den Ohren. Die nächsten Worte der Frau holten mich sogleich auf den Boden der Tatsachen zurück.

»Das ist eine Lüge! Fitzroy hatte keine Verwandten. Das Schloss gehört meinem Sohn und mir!«

»Aber …«, versuchte ich einen Einwand, der sogleich mit einer herrischen Handbewegung unterbrochen wurde.

»Verschwinden Sie, wer immer Sie sind! Hier ist kein Platz für Sie!«

»Was ist denn, Mutter?«, erklang eine Stimme im Hintergrund, die mir seltsam vertraut vorkam. »Wer ist denn an der Tür?«

»Ach, nur so eine Herumtreiberin! Ich sagte bereits, dass sie wieder gehen soll.« Ich bemerkte eine Bewegung im Hintergrund, dann schob sich eine hohe, schlanke Gestalt hinter Glenda, und ich blickte in ein Paar eisblaue Augen.

»Das ist mein Sohn – der Herr von Cromdale!«, sagte sie stolz.

Der Erwähnte trat aus dem Schatten, und in seinen blauen Augen tanzten funkelnde Sprenkel, als er sagte:

»Guten Tag, meine schöne Unbekannte. Es freut mich zu sehen, dass Sie keine Gouvernante sind.«

Der Boden begann unter meinen Füßen zu schwanken, denn vor mir stand Harrison MacGinny!

Seit Minuten fixierte ich das überlebensgroße Porträt von Fitzroy MacHardy über dem Kamin. Die grauen Augen starrten mich spöttisch, aber auch ein wenig belustigt an. Seine Mundwinkel waren leicht nach oben gezogen, als ob er mich auslachte. Seine ganze Haltung drückte Ungeduld aus. Wahrscheinlich war er es leid, dem Maler Stunde um Stunde Modell zu sitzen. Es war das einzige Bild an den sonst kahlen Wänden. Einzig ein paar staubige, verblichene Gobelins verbargen stellenweise die steinernen Mauern. Die Halle hatte eindeutig schon einmal bessere Zeiten gesehen. Jetzt war sie nur zweckmäßig und äußerst dürftig eingerichtet. Allerdings waren die Sitzflächen der Stühle in einem dunkelblau karierten Stoff mit gelben und roten Streifen bezogen. Ich vermutete zu Recht, dass es sich dabei um die Farben von Cromdale beziehungsweise der MacHardys handelte.

Obwohl Glenda MacGinnys ganze Haltung darauf schließen ließ, dass sie mir am liebsten die Tür vor der Nase zugeknallt hätte, war ich schließlich doch ins Haus gebeten worden. Ihre Gastfreundschaft ging sogar so weit, mir eine Tasse heißen Tee zu servieren, der sehr wohlschmeckend und erfrischend war. Trotzdem fiel die Anspannung nicht von mir ab. Ich hatte große Mühe, die Tasse, ohne allzu sehr zu zittern, an den Mund zu führen.

»Ist er das?«, war meine erste Frage gewesen, als mein Blick beim Betreten der Halle auf das Porträt fiel.

»Fitzroy Archibald Douglas MacHardy! Der neunte Laird of Cromdale.« Der Stolz in Glendas Stimme war unüberhörbar.

Mein Großvater musste so um die fünfzig gewesen sein, als das Bild entstand. Er war ein stattlicher, gut gewachsener Mann mit dichtem, dunklem Haar gewesen, das an den Schläfen ergraut war. Mich fröstelte, und ich wandte den Blick ab. Einerseits bedauerte ich es, nie mehr die Möglichkeit zu bekommen, ihn kennen zu lernen. Auf der anderen Seite konnte ich mir lebhaft vorstellen, welch strenges Regiment er einst geführt hatte. Sein Blick ließ darauf schließen, dass er in seiner Gegenwart keinen Widerspruch geduldet hatte.

Nun studierten Harrison MacGinny, der mich mit einem spöttischen Lächeln in die Halle geführt hatte, und seine Mutter die Papiere, die ich ihnen vorlegte. Die ganze Situation kam mir vor wie in einem schlechten Traum. Die letzten Tage war ich davon ausgegangen, hier in

Schottland ein kleines Cottage inmitten einer ländlichen Dorfgemeinschaft vorzufinden. Nun befand ich mich in einem mittelalterlichem Schloss, dass sich – soweit ich es bisher feststellen konnte – in einem ziemlich desolaten Zustand befand. Zu alledem erhob der Mann, dessen Blicke mich seltsam nervös machten, ebenfalls Besitzansprüche. Nun, es würde sich bestimmt alles so schnell wie möglich klären!

Ich hatte den MacGinnys von dem Londoner Anwalt und meiner Reise nach Schottland erzählt, aber nur ablehnende Blicke geerntet. Glendas Haltung ließ keinen Zweifel daran, dass sie mir kein Wort glaubte.

»Mr. Grampson, MacHardys Anwalt, befindet sich derzeit in Aberdeen. Das hat mir sein Sohn gesagt. Ich schlage vor, dass wir eine Nachricht nach Inverness schicken und ihn bitten, so bald wie möglich herzukommen.«

Harrison MacGinny runzelte die Stirn. »Es wird uns nichts anderes übrig bleiben, Mutter. Soweit ich es beurteilen kann, scheinen die Papiere echt zu sein.«

»Pah! Was beweist das schon? Ich bin überzeugt, es sind Fälschungen!«

»Mrs. MacGinny, ich verstehe durchaus Ihre Verwirrung …« Mein Versuch, sie zu beruhigen, wurde von ihr abrupt unterbrochen. Sie stand so ruckartig auf und stieß an den Tisch, dass mein Tee aus der Tasse schwappte.

»*Sie* verstehen gar nichts, sie hergelaufene Person! Ich weiß, dass Fitzroy so etwas niemals getan hätte! Nie im Leben! Mag er die letzten Monate krank an seinem Leib gewesen sein, sein Verstand war bis zum Schluss brillant.« Die Tatsache, dass eine Haushälterin meinen Großvater beim Vornamen nannte, beunruhigte mich. Was, wenn sie ihm wirklich nahe gestanden hatte? Hatte nicht auch Mitch etwas in der Richtung angedeutet?

»So, wie die Dinge stehen, haben wir im Moment keine andere Möglichkeit«, mischte sich Harrison ein. »Ich werde sofort einen Brief nach Inverness schreiben und hoffen, dass dieser Mr. … äh … wie war noch mal sein Name?«

»Grampson. Die Anschrift ist Nummer neun, Skylane.«

Harrison nickte und öffnete eine Anrichte, der er Papier und Tinte entnahm. Seine Haltung drückte eine unerschütterliche Ruhe aus, die mich erstaunte. Ließ es ihn wirklich kalt, dass eine Fremde Anspruch auf das Schloss erhob, oder war er nur ein guter Schauspieler? Seine Mutter und er hatten offensichtlich keine Ahnung davon gehabt, dass Fitzroy MacHardy seine Enkelin gesucht hatte. Mit einem Anflug von Unbehagen dachte ich an den vergangenen Abend. Mit keinem Wort, keiner Geste hatte Harrison seiner Mutter gegenüber erkennen lassen, dass wir uns bereits begegnet waren. Ich war ihm dankbar dafür.

Glenda MacGinny hatte sich inzwischen wieder auf den Stuhl fallen lassen. In theatralischer Verzweiflung rang sie die Hände und starrte an die Decke, ganz so, als wolle sie Fitzroy MacHardy im Himmel anflehen.

»Sechsundzwanzig Jahre habe ich in diesem Hause gedient! Über ein Vierteljahrhundert! Und nun so etwas! Man will mich aus meinem Heim vertreiben!«

»Aber Mrs. MacGinny! Keiner möchte Sie von hier vertreiben! Ich denke, es wäre ganz im Sinne meines Großvaters, wenn Sie und Ihr Sohn hier …« Ich stockte. Was hatte sie soeben gesagt, wie lange sie bereits in Cromdale House lebte? Ich vergaß meine Antipathie und sah sie atemlos an. »Wenn Sie bereits so viele Jahre hier sind, dann kennen Sie womöglich noch meinen Vater?«

Aufgeregt hämmerte mein Herz. Glenda lächelte, doch es war kein warmes Lächeln, höhnisch erwiderte sie:

»Und ob ich ihn kannte, den schönen Alexander MacHardy! Der hatte vor nichts und niemandem Respekt. Am wenigsten vor seinem eigenen Vater. Darum hat ihn Fitzroy auch enterbt. Ihn und seine gesamten Nachkommen. Deshalb werde ich niemals glauben, dass es sich Fitzroy anders überlegt haben soll!«

»Gibt es von Alexander … meinem Vater … auch ein Porträt?«

Glenda machte eine vage Handbewegung.

»Vielleicht oben in der Galerie. Aber er war ja noch sehr jung, als er mit der Armee in den Süden ging. Da hat er dann dieses leichte Mädchen kennen gelernt. Fitzroy traf beinahe der Schlag, als sein Sohn ihm von seiner Vermählung mit einer Engländerin in Kenntnis setzte. Ich dachte damals, sein Herz würde stehen bleiben oder es würde ihn der Schlag treffen! Krebsrot war er im Gesicht! Ungesund krebsrot, sage ich Ihnen. Hat mich viele Nächte und Mühen gekostet, ihn wieder gesund zu pflegen.«

»Meine Mutter war eine anständige Frau!«, warf ich empört ein. Was Glenda mit den »Mühen in der Nacht« meinte, wollte ich lieber nicht genau wissen. »Wie können Sie es wagen, in einer derartigen Weise über meine Mutter zu sprechen? Haben Sie sie jemals kennen gelernt?«

»Nein, Gott bewahre! Fitzroy hat seinem Sohn verboten, jemals wieder einen Fuß auf das Land der MacHardys zu setzen. Er teilte ihm mit, dass er ihn niemals im Leben wiedersehen wollte.«

Verständnislos schüttelte ich den Kopf.

»Aber was war denn daran so schlimm, dass er meine Mutter geheiratet hat? Wenn Großvater sie nie gesehen hat, war es ihm doch unmöglich, ein Urteil über sie zu fällen.«

Glenda stieß einen schnaubenden Laut aus.

»Alexander war so gut wie verlobt! Und zwar mit einem anständigen, guten, schottischen Mädchen aus Dufftown. Alter Adel und viel Geld! Schauen Sie sich doch hier um. Ihr Vater – wenn er denn tatsächlich Ihr Vater war! – ist daran schuld, dass sich Cromdale in einem solchen Zustand befindet! Dieses Mädchen hätte genügend mit in die Ehe gebracht, um den Glanz vergangener Zeiten wieder einziehen zu lassen. Doch Alexander MacHardy war nicht bereit, seine Pflicht und Schuldigkeit als einziger Sohn gegenüber seinem Vater zu erfüllen. Damit hat er Fitzroy das Herz gebrochen.«

»Nun übertreibe mal nicht, Mutter«, warf Harrison ein, während er den Brief in einen Umschlag steckte. »Ich war damals noch ein kleiner Junge, kann mich aber daran erinnern, dass Alexander immer guter Laune und lustig war. Zuerst hat er mich auf seinen Knien reiten lassen. Später, ich muss so vier oder fünf Jahre alt gewesen sein, setzte er mich zum ersten Mal auf ein richtiges Pferd. Ich habe die sture Haltung des Lairds nie verstanden und noch weniger gebilligt.«

Durch mein Herz zog ein warmes und dankbares Gefühl, dass Harrison meinen Vater verteidigte. Ob er wohl, wenn Cromdale House endgültig mein Eigen war, bereit war, als Verwalter hier zu bleiben? Verwundert fragte ich mich, warum mir das im Moment so wichtig erschien.

»Auf jeden Fall hat mir Fitzroy versprochen, dass ich mir um meine Zukunft keine Gedanken machen muss«, riss mich Glenda aus meinen Überlegungen. »Darum bin ich überzeugt, dass er niemals dieser Frau da …«, ihr hagerer Finger zeigte direkt auf meine Brust, »… seinen Besitz hinterlassen hat! Er hätte mich nicht dermaßen im Stich gelassen.«

Harrison legte den Brief zur Seite.

»Ich nehme ihn noch heute Abend mit zur Poststation im Dorf.«

»Ach, du willst noch fort?«, fragte seine Mutter.

»Rüber zu den Grindles. Ich habe etwas mit James, dem sturen Bock, zu besprechen.« Er zog sich eine Jacke, die auf der Stuhllehne gehangen hatte, über. Dabei konnte ich beobachten, wie sich sein Leinenhemd über der muskulösen Brust spannte. Schnell wandte ich den Blick ab. »Es erscheint mir allerdings wirklich seltsam, dass MacHardy in seinem Testament Mutter und mich nicht bedacht haben soll. Sie schneien hier so einfach herein und behaupten, die Herrin zu sein, ohne dass Sie irgendeine Legitimation vorweisen können. Darum dürfen Sie es uns nicht übel nehmen, dass wir Ihrer Geschichte sehr skeptisch gegenüberstehen.«

Der Anflug von Sympathie für Harrison verflog ebenso schnell, wie er gekommen war. Stolz warf ich den Kopf in den Nacken und sagte:

»Wir werden wohl die Ankunft des Anwalts abwarten müssen. Bis dahin werde ich allerdings hier in diesem Haus bleiben. Oder haben Sie etwas dagegen? Das Haus scheint ja groß genug zu sein.«

Ich hoffte, meine Worte hatten überzeugender geklungen, als mir zumute war. Auf jeden Fall schnappte Glenda hörbar nach Luft.

»Sie können aber nicht erwarten, dass wir Sie bedienen! Wir sind nicht auf Gäste eingerichtet, folglich müssen Sie selbst sehen, wie Sie zurechtkommen.«

Ich nickte langsam. »Glauben Sie mir, Mrs. MacGinny, ich bin nicht verwöhnt. Ich habe zeit meines Lebens schwer für mein Essen und ein Dach über dem Kopf gearbeitet. Wenn Sie mir jetzt vielleicht das Zimmer, in dem ich schlafen kann, zeigen würden? Ich würde mich gerne ausruhen.« Du meine Güte, du klingst ja bald wirklich wie eine Schlossherrin, dachte ich nicht ohne Stolz.

Glenda ergriff eine kleine Silberglocke, die ich bisher nicht bemerkt hatte, und klingelte. Einen Augenblick später öffnete sich die Tür, und ein junges Mädchen betrat die Halle. Sie hielt den Blick gesenkt und knickste.

»Rosie wird Ihnen den Raum zeigen«, sagte Glenda, und dann zu dem Mädchen gewandt: »Führe die Frau in das Turmzimmer im vierten Stock. Später kannst du ihr dann etwas zum Essen bringen.«

Erstaunt sah ich Rosie an. Die Beschäftigung eines Hausmädchens hatte ich nicht erwartet. Man hörte Glendas Ton an, dass sie es gewohnt war, Befehle zu erteilen.

»Ach, und übrigens, Miss: Es ist zwecklos, das Mädchen auszufragen. Sie ist nämlich stumm!«

Es blieb mir nichts anderes übrig, als Rosie nun zu folgen. Ich ergriff meinen Koffer und verließ die Halle. Ich war bereits an der Tür, als mir Glenda nachrief:

»Sie verstehen sicher, wenn ich Ihnen keinen angenehmen Aufenthalt wünsche? Denn je früher Sie wieder abreisen, desto eher tun Sie uns einen Gefallen!« Ich ignorierte die Bemerkung. Kaum war die Tür hinter mir ins Schloss gefallen, hörte ich erneut Glendas Stimme: »Mein Gott, ein Krüppel als Herrin von Cromdale House! Das werde ich niemals zulassen!«

Als mich Rosie am Fuß der Treppe passieren ließ, trafen sich für einen Moment unsere Blicke. Der ihrige war verständnisvoll, vielleicht auch ein wenig mitleidig. Sie hatte die Worte also auch gehört. In dem Moment flog mein Herz dem Mädchen zu. Langsam stieg ich die ausgetretenen Stufen hinauf. Wir waren beide vom Schicksal benachteiligt worden: ich ein hinkender Krüppel und sie nicht der Sprache mächtig, als Behinderte von der Gesellschaft verachtet und ausgestoßen.

Trotz der unangenehmen Aufregungen des vergangenen Tages schlief ich tief und traumlos. Ich erwachte erst, als Rosie mit einer Kanne warmem Wasser zum Waschen ins Zimmer trat. Man hatte mir einen kleinen Raum zugewiesen, der den Glanz vergangener Tage noch erahnen ließ. Die grünen Bettvorhänge mussten einst teuer und elegant gewesen sein. Jetzt waren der Samt brüchig und die Satineinfassung fadenscheinig und glanzlos. Auf dem unebenen Dielenboden lag ein einfacher Flickenteppich, und die Einrichtung bestand lediglich aus einem geräumigen Schrank, einem kleinen Schreibtisch mit zwei Stühlen, einer Waschkommode und einem Sessel, der mit dem Cromdale-Tartan bezogen war. Trotzdem fühlte ich mich wie im Paradies! Nie zuvor hatte ich in einem solch großen Bett, in dem gut und gerne vier Menschen Platz gefunden hätten, geschlafen.

Wenig später brachte mir Rosie ein Tablett mit dem Frühstück. Es gab Eier mit knusprigem Speck, zwei Scheiben Weißbrot, Butter und eine Tasse warme Milch. Das Mahl war, ebenso wie das Essen am Abend zuvor, nichts Besonderes, aber reichhaltig und kräftig gewürzt. Während ich es mir schmecken ließ, beobachtete ich Rosie, wie sie mit geschickten Handgriffen das Bett machte. Sie war klein, ihre Figur etwas gedrungen, doch hatte sie ein offenes, freundliches Gesicht.

»Seit wann arbeitest du in Cromdale House?«, fragte ich sie.

Rosie zog überlegend ihre niedrige Stirn kraus, dann streckte sie zwei Finger einer Hand aus.

»Also zwei Jahre«, nickte ich. »Stammst du aus der Gegend?« Sie nickte. Ich hätte sie gerne gefragt, aus welcher Familie sie kam und warum sie hier arbeitete, doch ihre Stummheit verhinderte eine normale Konversation. Glenda MacGinny hatte Recht gehabt, als sie sagte, dass es sinnlos war, das Mädchen auszufragen. Dann hatte ich eine Idee. »Kannst du lesen und schreiben?«

Bedauernd hob Rosie die Schultern und schüttelte den Kopf. Armes Ding, dachte ich. Sie hat also keine Möglichkeit, sich anderen Menschen mitzuteilen.

»Wenn du willst, bringe ich es dir bei!« Erst als die Worte ausgesprochen waren, wurde mir bewusst, was ich gesagt hatte. Zwar verfügte ich über eine gute Bildung, doch hatte ich keinerlei Erfahrung im Unterrichten. Dazu kam, dass ich nicht wusste, wie lange ich eigentlich in Cromdale House bleiben würde. Ich war in der Hoffnung hierher gekommen, ein Heim und eine Zukunft zu finden. Selbst wenn Mr. Grampson die Richtigkeit meiner Erbschaft bestätigen würde – woran ich keinen Moment zweifelte –, war es fraglich, ob ich es aushalten würde, mit den MacGinnys unter einem Dach zu leben. Andererseits wusste ich jetzt schon, dass ich es nicht fertig bringen würde, sie einfach auf die Straße zu setzen. Ich seufzte und wünschte mir in dem Moment, bei Madam Mellyn in London geblieben zu sein.

Mein spontanes Angebot zauberte ein Leuchten in Rosies hellbraune Augen. Sie machte allerdings eine fragende Handbewegung.

»Sicher hast du hier im Haus viel zu tun?«, fragte ich nach. Ein erneutes, bedauerndes Nicken. »Nun, wir werden sehen.« Ich brachte es nicht übers Herz, das Mädchen zu enttäuschen. »Wenn du eine Stunde Zeit hast, komm einfach zu mir. Dann fangen wir an, ja?«

Als Rosie mich verlassen hatte, trat ich ans Fenster und schaute hinaus. Der gestrige Tag war neblig-trüb gewesen, doch heute war das Wetter umgeschlagen. Es regnete nicht nur, nein, es goss, als hätte Gott die zweite Sintflut über das schottische Hochland geschickt. Ich konnte kaum den Burghof vier Stockwerke unter mir erkennen, so dunkel war es, obwohl es noch früh am Morgen war. Dazu pfiff der böige Wind durch die undichten Fenster und ächzte und stöhnte in dem alten Gebälk. Mit weniger guten Nerven hätte ich durchaus gedacht, ein rastloser Geist wandere durch die Mauern. Neben dem Fenster schloss sich ein kleiner, runder Vorbau, eine Art Erker, an. Ich hatte diese kleinen angebauten Türmchen bereits bei meiner Ankunft bemerkt. Augenscheinlich erfüllten sie keinen bestimmten

Zweck, waren nur als Zierrat gebaut worden. Ich trat zu der Nische und spähte hinein. Vier kleine Fenster boten bei schönem Wetter sicher einen fantastischen Blick übers Land. Allerdings war hier das Mauerwerk bröcklig, und ich vermied es, in den Erker zu treten. Unschlüssig ging ich in meinem Zimmer auf und ab. Was sollte ich jetzt tun? Zwar sehnte ich mich nach einem langen, ausgiebigen Spaziergang, doch bei dem Regen würde ich binnen weniger Minuten bis auf die Haut durchnässt sein. Plötzlich fiel mir Glendas Bemerkung über ein eventuelles Porträt von Alexander MacHardy ein. Schade, dass Rosie nicht mehr hier war. Sie hätte mir bestimmt zeigen können, wo sich die Galerie befand. Kurz entschlossen trat ich auf den Flur. Dann würde ich sie eben alleine finden! Zudem hatte ich das Recht dazu, das Schloss zu erkunden. Schließlich gehörte es mir! Oder?

In der nächsten Stunde erhielt ich einen ersten Überblick über die Weitläufigkeit der Burg. Die Halle kannte ich bereits, an der Ostseite lag die große Küche, in der sich seit Jahrzehnten nichts geändert haben musste. Daneben befanden sich die Vorratsräume, die allerdings nicht gerade üppig gefüllt waren. Bei meinem weiteren Rundgang stellte ich fest, dass die Burg Baustile aus mehreren Epochen in sich vereinigte. Eindeutig der älteste Teil war der Wohnturm, in dessen Erdgeschoss sich die große Halle befand. Der Anbau mit mehreren kleineren Räumen musste später erfolgt sein, ebenso wie die beiden Rundtürme aus späterer Zeit datierten. Über eine Wendeltreppe gelangte ich wieder auf den Gang, wo sich mein Zimmer befand. Hier im vierten Stock gab es noch drei weitere Schlafräume. Alle machten einen vernachlässigten und staubigen Eindruck. Über eine weitere schmale Wendeltreppe mit in der Mitte ausgetretenen Steinstufen ging ich wieder nach unten. Dort schaute ich in einen großen Raum, der wohl einmal das Billardzimmer gewesen sein musste. Es gab zwar keinen Tisch mehr, aber an der Stirnseite hingen noch die Tafel und einige Queues.

Im zweiten Stock wurde ich auf der Suche nach einer Gemäldegalerie fündig. In einem langen, schmalen Raum, der die gesamte Fläche dieser Etage einnahm, hingen Bilder aus verschiedenen Epochen. Die Farben waren zum Teil stark nachgedunkelt, und über allen lag eine dicke Staubschicht. Nicht nur die Rahmen bedurften einer dringenden Restauration. Durch die schmalen Fenster fiel kaum Licht, so dass ich Mühe hatte, die Gesichtszüge zu erkennen. Warum hatte ich auch nicht eine Kerze aus meinem Zimmer mitgenommen? Doch dann sah ich ihn! Wie angewurzelt blieb ich vor dem Bild stehen. Es hätte nicht des kleinen Messingschildes mit dem Namen bedurft, um zu wissen, dass ich vor dem Porträt meines Vaters stand! Es war mir, als schaute ich in einen Spiegel. Alexander MacHardy hatte die gleiche hohe Stirn, braunes Haar kräuselte sich wild um seine Ohren, und mitten im Gesicht ragte seine Stupsnase wie ein Stöpsel, den man willkürlich hingesetzt hatte, empor. Die Oberlippe seines Mundes war wie bei mir etwas größer, was ihm einen sinnlichen Ausdruck gab. Seltsam, bei mir hatte ich dieses Merkmal niemals als sinnlich, sondern eher als unvorteilhaft empfunden. Er trug auf dem Bild einen Kilt in den Farben der Cromdales, dazu ein weißes Hemd mit einer breiten Schärpe. Er musste kaum älter als achtzehn Jahre gewesen sein, als er dem Maler Modell stand. Je länger ich das Konterfei meines Vaters betrachtete, umso mehr war ich verwundert. Denn ich sah einen ausgesprochen gut aussehenden Mann vor mir, gleichzeitig aber auch einen Mann, der mir selbst sehr ähnlich war. Nie zuvor wäre ich auf die Idee gekommen, hübsch, vielleicht sogar gut aussehend zu sein.

Direkt neben dem Bild entdeckte ich das Porträt einer ebenfalls attraktiven Frau, deren Ähnlichkeit mit Alexander MacHardy verblüffend war. Noch bevor ich auf dem Messingschild den Namen *Lucille MacHardy* entzifferte, wusste ich, dass es sich bei der eleganten Dame um meine Großmutter handelte. Man hatte mich also nach ihr benannt! Ein Gefühl von Stolz durchflutete mich, und ich wandte mich wieder dem Bild meines Vaters zu.

»Ich hätte dich so gerne kennen gelernt«, flüsterte ich.

»Trotz seiner Jugend eine beindruckende Erscheinung, nicht wahr?«

Vor Schreck schrie ich auf, wirbelte herum und prallte direkt an die Brust von Harrison MacGinny. Ich hatte ihn nicht kommen gehört. Schnell wich ich zurück und tastete zitternd nach Halt am Fenstersims.

»Schade, dass ein solcher Mensch so früh hat sterben müssen. Aber es heißt doch: Die Besten holt Gott zuerst«, fuhr Harrison fort.

Ich konnte seine Züge im Dämmerlicht nicht genau erkennen. Seine große, breite Gestalt stand wie eine Statue, um deren Kopf sich die Locken ringelten. Unwillkürlich drängte sich mir der Vergleich mit einem griechischen Gott auf, dessen Statuen ich im Britischen Museum gesehen hatte. Es dauerte einen Augenblick, bis ich meine Sprache wiedergefunden hatte.

»Wissen Sie, woran er gestorben ist? Man sagte mir etwas von Typhus.«

Harrison trat zu dem Bild und strich leicht über den unteren Rahmenrand. Dabei wirbelte er eine Wolke von Staub auf.

»Das Mädchen sollte hier einmal sauber machen«, wich er meiner Frage aus. Plötzlich trat er auf mich zu. »Und Sie sollten bei einem solchen Wetter nicht ohne Lampe durch das Haus schleichen. Sie könnten womöglich in der Dunkelheit über eine Stufe stolpern und sich das Genick brechen!«

So unerwartet er erschienen war, so schnell war er jetzt wieder verschwunden. Mein Herz pochte schnell und unregelmäßig, ich verspürte eine nie zuvor gekannte Beklemmung.

»Sie könnten sich das Genick brechen …« Die Worte hallten in meinen Ohren nach, und mir wurde mit einem Schlag klar, dass es die MacGinnys nicht bedauern würden, sollte mir tatsächlich etwas zustoßen. Ich war definitiv die Letzte aus dem Geschlecht der MacHardys. Glenda hatte von der ersten Sekunde an keinen Hehl daraus gemacht, dass sie mich zum Teufel wünschte. Und Harrison? Eigentlich war er mir recht freundlich begegnet. Was hatte ich denn erwartet? Dass ich mit offenen Armen aufgenommen und umhegt werden würde? Ich lachte bitter auf. Obwohl Cromdale House dringend einiger Reparaturen bedurfte, stellte es bestimmt einen gewissen Wert dar. Einen Wert, mit dem die MacGinnys seit dem Tod meines Großvaters sicher gerechnet hatten. Plötzlich tauchte eine fremde Frau auf – noch dazu eine Engländerin! – und sagte: »Guten Tag, ich bin jetzt die Herrin des Schlosses!« In welchem Verhältnis hatte Glenda zu Fitzroy gestanden? Hatte mein Großvater ihr tatsächlich irgendwelche Versprechungen gemacht? Obwohl ich am vergangenen Tag nur wenige Stunden mit ihr gesprochen hatte, machte sie auf mich nicht den Eindruck einer Frau, die kampflos auf etwas verzichten würde. Zumindest nicht, wenn sie der Meinung war, dass es ihr zustand. Und Harrison? Er war groß und stark. Ohne Zweifel eine beeindruckende Persönlichkeit. Das hatte ich bereits in Inverness festgestellt. Seinem Äußeren nach perfekt als Herr über einen großen Besitz geeignet. Was würde geschehen, wenn mir etwas zustieße? Wer würde mich vermissen? Madam Mellyn? Sicher nicht, ebenso wenig Kitty oder Schwester Agnes. Mr. Grampson war zwar Anwalt, doch wie leicht konnten hier im schottischen Hochland bedauerliche Unfälle geschehen?

Obwohl ich ein warmes Plaid um die Schultern trug, fror es mich plötzlich, und meine Zähne schlugen klappernd zusammen. »Sie könnten stürzen und sich das Genick brechen …«

In diesem Moment wünschte ich, so weit wie möglich von Cromdale House entfernt zu sein.

III

Außer Glenda und Rosie gab es kein weiteres Personal in Cromdale House. Natürlich noch Harrison, aber es fiel mir schwer, ihn zum Kreis der Domestiken zu zählen. Nach der unerfreulichen Begegnung in der Galerie beschloss ich am kommenden Tag, die Burg erneut näher zu erkunden. Dieses Mal nahm ich vorsorglich eine Petroleumlampe mit, die ich in einem Nebenraum der Halle gefunden hatte. Außer diesen Lampen, Kerzen und einigen altmodischen Talglichtern gab es keine weiteren Beleuchtungsquellen im Haus. Mit einem Anflug von Wehmut dachte ich Madam Mellyns Salon. Sie verfügte in allen Räumen über das praktische Gaslicht, welches offenbar noch nicht den Weg ins schottische Hochland gefunden hatte. Aber die Verhältnisse hier in Schottland konnte man in keinem Bereich mit denen der Hauptstadt gleichsetzen.

Die Halle und zwei weitere im Erdgeschoss liegende Räume hatte ich bereits kennen gelernt. In dem einen lagerte allerhand Gerümpel, der andere war bis auf einen wuchtigen Tisch und sechs Stühle leer. Überall lag der Staub fingerdick, die Vorhänge waren verschlissen. Dennoch strahlte die Holztäfelung Wärme aus, was man von den Steinwänden der Halle nicht behaupten konnte. Spontan entschloss ich mich, diesen Raum künftig als Speisezimmer zu nutzen. Mit einem Feuer im Kamin und ein paar Kerzen bot er sicher eine heimelige Atmosphäre. Allerdings musste er zuerst gründlich geputzt werden. Ich suchte und fand Rosie und bat sie, heißes Wasser zu bereiten. Eine halbe Stunde später rutschte ich Seite an Seite mit dem Mädchen auf den Knien über die alten Holzbohlen, um diese von jahrealtem Schmutz zu befreien.

»Was in aller Welt tun Sie da?«

Ich richtete mich auf und blickte direkt in die entsetzten Augen von Glenda MacGinny.

»Ich versuche, diesen Raum bewohnbar zu machen«, antwortete ich kühl.

Ihre Lippen kräuselten sich ironisch.

»Wenn Sie damit andeuten möchten, dass es die angebliche Herrin nötig hat, selbst über den Boden zu robben, weil die Haushälterin ihre Pflichten vernachlässigt ...«

»Mrs. MacGinny! Das habe ich nicht gesagt!«, unterbrach ich sie. »Ich sehe ein, dass zwei Frauen unmöglich die ganze Arbeit hier schaffen können. Und ich bin mir nicht zu schade, selbst Hand anzulegen. Ich bin an harte Arbeit gewöhnt. Ich möchte das Speisezimmer hier einrichten, denn die Halle ist kalt und zugig.«

»Ach?« Verächtlich legte Glenda den Kopf schief. »Wie ich sehe, sind Sie schon ganz in Ihre Rolle als Herrin geschlüpft und fleißig dabei, Veränderungen im Haus vorzunehmen.« Ihre Stimme ließ keinen Zweifel daran, dass sie nicht bereit war, mich in dieser Position anzuerkennen. Ich konnte nur hoffen, dass Mr. Grampson recht bald eintreffen und der Sache ein Ende machen würde. Bis dahin würde mein angeborenes Harmoniebedürfnis dafür sorgen, mit den MacGinnys auf einer für beide Seiten erträglichen Basis zu verkehren. Glenda nahm mir den Putzlappen aus der Hand. »Ich werde mich darum kümmern. Sie haben sicherlich wichtigere Dinge zu erledigen.«

Das hatte ich keineswegs, und Glenda wusste das. Dennoch dankte ich ihr mit einem Kopfnicken und verließ den Raum. Ich war für die Position einer Burgherrin weder geboren noch erzogen worden, aber ich wusste, wenn ich Glenda gegenüber mein Gesicht wahren wollte, dann musste ich so schnell wie möglich alles lernen, was meiner Rolle angemessen war. Mit einem tiefen Seufzer wandte ich mich in Richtung Treppe und überlegte, womit ich mir den Rest des Tages vertreiben sollte. Harrison MacGinny trat so leise und überraschend aus einer dunklen Nische vor mich, dass ich erschrocken aufschrie. Seine eisblauen Augen funkelten belustigt.

»Sie sollten weniger schreckhaft werden, Mylady!« Er sprach die Anrede derart spöttisch aus, dass ich merkte, wie wenig ernst er mich nahm. »Wenn Sie daran denken, länger in Cromdale zu verweilen, dann werden Sie früher oder später dem Geist der Burg begegnen. Dafür sollten Sie gewappnet sein.«

»Geist?« Ich runzelte die Stirn. »Sie wollen mir nicht weismachen, dass es hier spukt.«

»Natürlich haben wir ein Gespenst! Ein sehr altes sogar. Jedes schottische Schloss, das etwas auf sich hält, beherbergt einen eigenen Geist.«

Ich lachte befreit auf. Natürlich glaubte ich ihm kein Wort, zumal mir sein Blick sagte, dass die Worte nicht ernst gemeint waren. Trotzdem fragte ich interessiert und auf seinen Tonfall eingehend:

»Vielleicht wären Sie so freundlich, mir mehr über die Dame oder den Mann zu erzählen? Man möchte schließlich wissen, mit wem man unter einem Dach lebt.«

Nun funkelten seine Augen wie ein glasklarer Bergsee, und beim Lachen entblößte er zwei Reihen makelloser weißer Zähne. Ich konnte mich eines Anflugs von Sympathie für Harrison MacGinny nicht erwehren. Als er nach meinem linken Ellbogen griff, trat ich nicht zurück, denn die kaum spürbare Berührung löste wiederum ein Gefühl von Wärme und Geborgenheit in meinem Körper aus. Harrison MacGinny war ein Mann, in dessen Gegenwart man sich beschützt und sicher fühlte.

»Kommen Sie! Am besten erzähle ich Ihnen die Geschichte in dem Zimmer, in dem die unglückliche Lady Mabel einen schrecklichen Tod erleiden musste.«

Er führte mich über die Wendeltreppe in den östlichen Turm in ein kleines Zimmer hinauf, das bis auf eine alte Truhe leer und schmutzig war. In der folgenden Stunde erfuhr ich, dass vor etwa dreihundert Jahren die wunderschöne und zarte Mabel MacHardy über ein Jahr lang hier eingesperrt worden war. Gefangen von ihrem eigenen Vater, weil sie sich weigerte, den ihr von den Eltern zugedachten Mann zu ehelichen. In Wahrheit gehörte ihr Herz einem einfachen Wanderschuster, der ihr natürlich nicht ebenbürtig war.

»Der Clan hätte einer solchen Verbindung niemals zugestimmt. Als der Vater erkannte, dass seine Tochter ihr Herz niemals von dem jungen Burschen abwenden würde, ließ er ihn kurzerhand ermorden, brachte Mabel seine Leiche und warf sie ihr vor die Füße.«

»Das ist ja barbarisch!«

Harrison lächelte. »Für damalige Zeiten nicht sonderlich. In Schottland herrschten eigene Gesetze. Die Clanoberhäupter hatten mehr Macht als der König selbst. Sie bestimmten über Leben und Tod, über Recht und Unrecht und hielten eigene Gerichtstage ab. Wenn jemand ihre Pläne zu durchkreuzen versuchte, wurde dieser kurzerhand aus dem Weg geräumt.«

»Wie ging es weiter?«, fragte ich ungeduldig. Auch wenn ich den Wahrheitsgehalt der Geschichte gering einschätzte, so hatte sie doch mein Interesse geweckt.

»Nach dem Tod ihres Geliebten weigerte sich Lady Mabel erst recht, einem anderen die Hand zu reichen. Dennoch wurde ein Hochzeitstermin vereinbart und versucht, das Mädchen mit täglichen Schlägen dazu zu zwingen. Irgendwann gab sie scheinbar nach, aber am Morgen ihres Hochzeitstages fand man sie erhängt in diesem Zimmer. Seitdem geht die unglückliche Seele von Mabel in Cromdale House um und sucht nach dem geliebten Burschen. Da dieser von Mabels Vater nicht in geweihter Erde begraben, sondern an einem unbekannten Ort verscharrt wurde, können die beiden auch im Jenseits nicht zueinander finden. Besonders in Vollmondnächten kann man Lady Mabel jammern und klagen hören, manchmal sieht man sie auch in ihrem weißen Gewand suchend durch die Gänge huschen.«

Nun grinste ich amüsiert. »Und Sie sind ihr sicher schon begegnet?«

Harrison hob mit einem bekümmerten Blick die Schultern. »Nein, leider nicht. Aber ich hätte gerne das Vergnügen, wenn ich auch bezweifle, dass die Dame nach dreihundert Jahren noch genauso hübsch ist, wie die Legende erzählt. Leider befindet sich kein Porträt von der Dame in der Galerie. Schade.«

Nun prustete ich über seinen spitzbübischen Gesichtsausdruck laut los. »Es heißt doch, dass Gespenster nicht altern. Ich an Ihrer Stelle würde die Hoffnung nicht aufgeben!«

Wir lachten so laut, dass mir der Bauch schmerzte. Es kam mir vor, als wäre eine Barriere zwischen uns gefallen. Harrison MacGinny war ein sympathischer Mann mit viel Charme und Witz, und ich konnte nicht mehr verstehen, warum ich noch am Vortag vor ihm Angst gehabt hatte. Doch schon mit seinen nächsten Worten machte er mein gerade aufkeimendes Vertrauen wieder zunichte.

»Eine wundervolle romantische Geschichte, nicht wahr? Dass Sie eine Frau mit Sinn für Romantik sind, habe ich bereits im Hotel in Inverness bemerkt.« Es war das erste Mal, dass er unsere erste Begegnung ansprach. »Aber Sie sollten sich in Acht nehmen! Die arme Lady Mabel braucht regelmäßig die Seelen von jungen Frauen, um weiter existieren zu können. So kann es durchaus geschehen, dass man Sie eines Tages zu Tode erschrocken in irgendeinem Winkel der Burg findet. Das geschieht in diesem Land häufig, denn Schottland ist nicht England, am wenigsten ist es mit London zu vergleichen.«

»Das habe ich bereits bemerkt!«

Unwillkürlich wich ich einen Schritt zurück. Ein völlig anderer Mann stand vor mir. Sein Gesichtsausdruck hatte sich verdüstert, alle Freundlichkeit war aus ihm gewichen. Hart starrten mich seine Augen an. Wie konnte sich ein Mensch binnen weniger Sekunden so sehr verändern? Lag in seinen Worten nicht eine erneute versteckte Drohung? Wollte er mir sagen, dass ein eventueller plötzlicher Tod meiner Person in dieser Gegend nicht hinterfragt oder untersucht werden würde?

»Ich … muss jetzt gehen«, stotterte ich und tastete mich rückwärts zur Tür. Erleichtert spürte ich die Klinke in meiner Hand, drückte sie herunter und floh regelrecht auf den Gang. Harrison MacGinny lachte hinter mir her, aber dieses Mal klang es nicht heiter, sondern schadenfroh und voller Hohn.

Die nächsten Tage wurden zu einem endlosen Warten. Es regnete ununterbrochen, die Welt außerhalb des Hauses schien in den Fluten zu versinken. Glenda MacGinny hatte Recht, wenn sie behauptete, der Anwalt könne bei einem solchen Wetter nicht nach Cromdale reisen. Ein Lichtblick war, dass Rosie täglich etwas Zeit fand, um mit dem versprochenen Unterricht zu beginnen. Es gelang mir tatsächlich, ihr in kurzer Zeit beizubringen, ihren Namen zu schreiben. Voller Stolz hielt sie das Blatt hoch und strich andächtig über den Schriftzug. Gerne hätte ich ihren Nachnamen erfahren, aber bevor Rosie nicht das ganze Alphabet kannte, gäbe es kaum eine Möglichkeit dazu. So schrieb ich ihr noch meinen Namen und die der MacGinnys auf. Als sie mühsam die Buchstaben *Harrison* nachmalte, huschte ein glückliches Lächeln über ihre Lippen. Für einen Moment hatte ich den Verdacht, Rosie könnte in den Verwalter verliebt sein. Aber nein, sagte ich mir sogleich, dazu ist sie viel zu jung! Auch machte mir Harrison nicht den Eindruck, dass er sich mit einem stummen Mädchen abgeben würde. Dennoch … der Stachel des Zweifels blieb, worüber ich mich ärgerte. Von mir aus konnte dieser unverschämte Mensch doch drei Dutzend Liebschaften haben, was ging es mich an?

Weder von Harrison noch von Glenda sah und hörte ich viel. Zwar bemerkte ich, wie nach und nach ein Zimmer nach dem anderen geputzt wurde, auch das Essen stand stets pünktlich auf dem Tisch. Von den wenigen Stunden, in denen ich Rosie unterrichtete, abgesehen, war ich mir selbst überlassen. So blieb mir nichts anderes übrig, als mir die Zeit mit Streifzügen durch das Haus zu vertreiben oder mir Lektüre aus der reichhaltigen Bibliothek zu besorgen. Ich fand Literatur fast aller Genres, wenn ich auch glaubte, dass die vollständigen Bände von Jane Austen wohl von einer Dame angeschafft worden waren. Vielleicht war es meine Großmutter Lucille gewesen? Während ich den Titel *Stolz und Vorurteil* betrachtete, schob sich Harrison in meine Gedanken. Nie zuvor hatte ein Mensch den Begriff Stolz so ausgeprägt verkörpert wie er. Betrat er den Raum, so schien er ihn zu beherrschen, alles andere trat in den Hintergrund. Harrison MacGinny könnte direkt einem wilden Hochlandclan vergangener Zeit entstiegen sein. Verwirrt schüttelte ich über diese Gedanken den Kopf und wandte mein Interesse wieder den

Bücherregalen zu. Leider hatte ich bisher keine Chronik über das Haus gefunden. Es wäre sicher interessant, mehr über die Familie, die seit Jahrhunderten diesen Landstrich besiedelte, zu erfahren. Ob die geheimnisvolle Mabel tatsächlich existiert hatte? In Cromdale House war die Vergangenheit allgegenwärtig. Oft dachte ich, im nächsten Moment müsste mir aus einer dunklen Ecke ein Ritter in voller Rüstung mit gezogenem Schwert entgegentreten. Lebhaft konnte ich mir in der mittelalterlichen Halle rauschende Feste und ausschweifende Gelage mit fahrenden Sängern und Possenspielern vorstellen. Eines Nachts glaubte ich, Schritte zu hören. Es ist nichts, sagte ich mir, und weigerte mich, an die Geschichte von Lady Mabel zu denken. In einem alten Haus knarren die Dielen manchmal. In der Stille der Nacht war es öfters zu hören. Aber ging da nicht eine Tür auf? Ich zog Morgenrock und Pantoffeln an, öffnete meine Zimmertür und lauschte. Es war alles ruhig. Dennoch war ich davon überzeugt, mir die Geräusche nicht eingebildet zu haben. Es lebten allerdings weitere drei Menschen in dem Schloss. Ganz bestimmt war jemand in die Küche gegangen, um sich ein Glas Wasser oder eine Tasse Milch zu holen. Ich legte mich wieder ins Bett, allerdings dauerte es einige Zeit, bis ich in einen unruhigen Schlaf fiel.

Am Morgen meines achten Tages in Cromdale House weckte mich ein Sonnenstrahl, der mir mitten ins Gesicht schien. Schnell warf ich die Decke beiseite und lief barfuß und im Nachthemd ans Fenster. Der Anblick, der sich mir bot, nahm mir den Atem. Vor meinem Auge breitete sich eine unberührte Landschaft aus. Kilometerweit erstreckten sich die Lilatöne der blühenden Heide, die mit dem Grau der majestätisch aufragenden Felsen am Horizont ein harmonisches Gesamtbild ergaben. Kaum einen Kilometer entfernt machte ich ein Wäldchen aus, an dessen Rand dunkles, torfiges Wasser um unregelmäßige Steinbrocken sprudelte. Mein ganzes Leben hatte ich nichts anderes als die von Tausenden von Schornsteinen rußgeschwängerte Luft Londons gekannt. Hier erschien mir der stahlblaue Himmel zum Greifen nah. Nachdem ich das Fenster geöffnet hatte, meinte ich, niemals zuvor eine reinere, bessere

Luft geatmet zu haben. Weit lehnte ich mich heraus, und sofort wurde mir schwindlig. Viele Meter unter mir lag der gepflasterte Hof. Unwillkürlich krallte ich mich am Fensterbrett fest. Im gleichen Moment öffnete sich eine Tür, und Harrison MacGinny trat in den Hof. Er trug Reitkleidung und in der rechten Hand eine kurze Peitsche. Obwohl ich mich völlig still verhalten hatte, blickte er plötzlich nach oben. Für einen Moment trafen sich unsere Blicke, und er verbeugte sich in meine Richtung, dann wurde mir bewusst, was für einen Anblick ich ihm bot! Mein Haar hing mir offen und wirr von der Nacht um die Schultern. Mein Nachthemd aus derbem Leinen war gewiss keine Aufmachung, in der sich eine Dame vor einem Herrn zeigte. Schnell wich ich in mein Zimmer zurück und fühlte, wie mir eine heiße Woge in die Wangen stieg. Verflixt, warum war es mir wichtig, in welchem Aufzug Harrison mich sah? In seinen Augen war ich doch nichts anderes als eine verkrüppelte Erbschleicherin, die zu Unrecht auf etwas Anspruch erhob, das aus moralischer Sicht ihm gehörte! Ich biss mir so fest auf die Unterlippe, dass ich den Geschmack von Blut spürte. Plötzlich schien die Sonne nicht mehr so strahlend. Dunkle Schatten drängten sich in den Tag.

Trotzdem beschloss ich, nachdem ich mich gewaschen, angekleidet und ein wenig gefrühstückt hatte, einen Spaziergang zu machen. Ich verspürte den unbändigen Drang, hinaus in die Natur zu gehen und das Beklemmende des Hauses zumindest für einige Stunden hinter mir zu lassen. Wenn doch endlich Mr. Grampson kommen würde!

Vom Fluss aus bot sich mir ein faszinierender Blick auf Cromdale House, und zum ersten Mal nahm ich die Burg in ihrer ganzen Pracht wahr. Aus der Ferne waren die Schäden an der Fassade und der abbröckelnde Putz nicht zu erkennen. Das Sonnenlicht spiegelte sich in den zahlreichen kleinen Fensterscheiben und ließ sie wie Dutzende von Diamanten funkeln. Stolz auf meine Familie erfüllte meine Brust. Was waren das für Menschen gewesen, die ein solches Anwesen geschaffen hatten? Direkt neben dem Fluss führte ein schmaler Feldweg an einem Wäldchen entlang zu einer Ansammlung kleinerer, aus Granit gebauter Häuser. Aus einzelnen Kaminen stieg Rauch auf, denn obwohl es August war, wehte ein kühler Wind. Ich hatte mich gerade entschieden, in das Dorf zu gehen, als ich hinter mir Pferdehufe und eine laute Stimme hörte:

»Brrh! Bleib stehen! Hörst du?«

Im nächsten Moment tauchte ein riesiges Pferd unvermittelt vor mir auf. Es gelang mir, rechtzeitig zur Seite zu springen, um nicht unter seine Hufe zu geraten. Dabei strauchelte ich über eine Wurzel und stürzte zu Boden. Ich hörte lautes Wiehern und gemurmelte Flüche eines Mannes. Ich rappelte mich gerade wieder auf, als der Mann das Pferd endlich zum Stehen gebracht hatte. Mit einem Satz sprang er ab und reichte mir seine Hand, um mir aufzuhelfen.

»Es tut mir unendlich Leid, dass Diva Sie zu Fall gebracht hat! Ein Kaninchen hat sie so sehr erschreckt, dass sie durchgegangen ist. Sie müssen wissen, dass ich Diva erst seit zwei Wochen habe.«

Aha, dachte ich, Diva war wohl der Name der rassigen Fuchsstute, die jetzt friedlich grasend am Wegesrand stand. Dankbar ergriff ich die ausgestreckte schmale Hand und blickte in ein paar warme, dunkle Augen in einem jugendlichen Gesicht.

»Haben Sie sich verletzt?«, fragte er jetzt besorgt. »Soll ich Sie zu einem Arzt bringen?«

Ich klopfte feuchtes Laub von meinem Rock und versicherte, dass mir nichts geschehen war. Außer einer kleinen Abschürfung am Handballen verspürte ich keinerlei Schmerz.

»Ich habe mich nur erschreckt. Ich wähnte mich hier allein und war deswegen überrascht, als Sie angeprescht kamen.«

Er lächelte und entblößte dabei zwei Reihen weißer, makelloser Zähne. Mit einem Blick erfasste ich, dass es sich bei dem Fremden um einen gut aussehenden Mann in etwa meinem Alter handelte.

»Unter anderen Umständen hätte ich mich auch niemals auf das Land der MacGinnys gewagt. Aber Diva war es völlig gleichgültig, ob wir hier gerne gesehen werden oder nicht. Mein Name ist übrigens James Grindle. Meinen Eltern gehört der Grindle-Hof dort drüben.« Er deutete vage in Richtung der Häuser. Es überraschte mich, dass James Grindle mir gegenüber so offen davon sprach, dass zwischen ihm und Harrison anscheinend kein gutes Verhältnis bestand.

Eine Bemerkung ließ mich allerdings stutzen. »Sie sagten ›Das Land der MacGinnys‹. Soviel ich weiß, handelt es sich bei Harrison MacGinny nur um den Verwalter von Cromdale House. Der Besitz hat dem verstorbenen Fitzroy MacHardy gehört.« Ich wusste, es war jetzt an der Zeit, meinen Namen zu nennen und mich vorzustellen. Doch etwas hielt mich zurück.

James Grindle lachte.

»Ja, der alte Fitzroy! Nun, da er tot ist, werden sich wohl Glenda und Harrison alles unter den Nagel reißen. Es ist ja niemand von der Familie mehr da, der Anspruch erheben könnte. Schade, Cromdale House hätte einen würdigeren Nachfolger verdient.«

Nun reckte ich mich zu meiner vollen Größe auf und streckte das Kinn vor.

»Mein Name ist Lucille MacHardy. Mein Vater war Alexander MacHardy, und ich bin gekommen, das Erbe meiner Vorfahren anzutreten.«

James Grindle stieß einen Pfiff aus und sah mich bewundernd an.

»Also hat der Alte seinen Sohn doch nicht enterbt, wie allgemein angenommen wurde. Im Dorf wurde bereits darüber gesprochen, dass eine Dame nach Cromdale gekommen ist. Ich hätte aber nicht gedacht, dass Sie so jung sind. Wie kommen Sie mit den MacGinnys zurecht? Das muss ein empfindlicher Schlag für die beiden gewesen sein, denn sie haben fest damit gerechnet, Cromdale zu bekommen. Hat Harrison Sie so einfach akzeptiert?«

Obwohl James Grindle den Nagel auf den Kopf getroffen hatte, erschien es mir ungehörig, mit einem Fremden über die internen Angelegenheiten von Cromdale zu sprechen. Überhaupt befremdetet es mich, dass er einer Unbekannten gegenüber so offene Worte verwendete. Daher sagte ich schlicht:

»Ich muss jetzt ins Haus zurückkehren. Sicher wartet man bereits auf mich.«

Das entsprach zwar nicht der Wahrheit, aber ich würde ihm keinesfalls sagen, dass die MacGinnys mich zum Teufel wünschten. Schließlich kannte ich den jungen Mann erst wenige Minuten, wenn er mir auch sehr sympathisch war. James Grindle machte eine elegante Verbeugung.

»Ich würde Sie ja gerne begleiten. Aber ich bin nicht scharf darauf, Harrisons Flinte zu begegnen. Wenn Sie mal Zeit haben, besuchen Sie mich doch auf dem Hof. Meine Eltern und meine Schwester würden sich bestimmt freuen.«

Warum nicht, dachte ich und schenkte ihm ein Lächeln, um meinen kühlen Ton von eben wettzumachen. In der Lage, in der ich mich befand, konnte es nicht schaden, ein paar Freunde zu haben. Jetzt fiel mir auch wieder ein, wo ich den Namen Grindle schon einmal gehört hatte: An meinem ersten Abend hatte Harrison erwähnt, zu einer Besprechung mit James Grindle zu gehen. Was mich jetzt, nachdem ich die offensichtliche Abneigung des jungen Mannes gespürt hatte, doch etwas verwunderte. Ich nickte ihm kurz zu und entfernte mich einige Schritte. Einen Augenblick später war er jedoch an meiner Seite und griff nach meinem Ellenbogen.

»Sie haben sich bei dem Sturz doch verletzt!« Seine Miene drückte ehrliche Besorgnis aus, während er auf mein rechtes Bein deutete. »Ich denke, es ist besser, wenn ich Sie ins Dorf zum Arzt bringe.«

Die Röte schoss mir ins Gesicht, als ich antwortete:

»Ich bin nicht verletzt. Ich hinke immer.« Zu meiner Erleichterung wandte James Grindle sofort den Kopf zur Seite, dennoch konnte ich erkennen, wie auch er errötete. Die Situation war ihm sichtlich peinlich, darum fügte ich rasch hinzu: »Ich danke Ihnen für Ihre Fürsorge, aber ich kann durchaus alleine zurückkehren. Auf Wiedersehen!«

Während ich langsam in Richtung des Hauses hinkte, dachte ich daran, wie Harrison in Inverness reagiert hatte, als er auf meine Behinderung aufmerksam wurde. Bei James Grindle schien es sich um einen Gentleman zu handeln, der wusste, wie man mit peinlichen Situationen umging. In diesem Moment beschloss ich, in den nächsten Tagen tatsächlich seiner Familie einen Besuch abzustatten.

In der folgenden Nacht war ich mir ganz sicher, schwere Schritte und das Zufallen einer Tür zu hören. Rasch warf ich mir den Morgenmantel über, schlüpfte in meine Pantoffeln und huschte auf den Gang. Hier war alles ruhig. Ich hatte bewusst kein Licht mitgenommen, um mich durch den Schein nicht zu verraten. Im Dunkeln tappte ich die Wendeltreppe nach unten. Es war niemand zu sehen, auch hörte ich keine Geräusche mehr, doch in der Halle sah ich, dass ein Wandvorhang beiseite geschoben war. Zu meinem Erstaunen erkannte ich dahinter eine Tür, von deren Existenz ich bisher keine Ahnung gehabt hatte. Sie stand einen Spalt weit offen, dahinter führten Stufen offenbar in die Kellerräume. Muffige, feuchte Luft schlug mir entgegen, als ich in die undurchdringliche Dunkelheit starrte. Mein Herz pochte heftig, und ich wagte kaum zu atmen. Ich war etwa zehn, zwölf Stufen hinabgestiegen, als ich deutliche Geräusche hörte. Etwas klirrte, es folgte ein Klopfen, und dann hörte es sich an, als ob etwas Schweres mühsam über den Boden gezogen wurde. Wenn man in einem Arbeitshaus inmitten der Millionenstadt London aufgewachsen war, neigte man gewiss nicht dazu, an die Existenz von Gespenstern oder anderen Spukgestalten zu glauben. Auch die Geschichte der unglücklichen Lady Mabel hatte mich in keiner Weise beunruhigt. Aber jetzt erlebte ich, was es heißt, wenn einem das Blut in den Adern gefriert. Immerhin befand ich mich in einer jahrhundertealten Burg mitten im schottischen Hochland. Es war allgemein bekannt, dass hier jedes alte Haus mindestens einen Geist beherbergte. Zudem war es wenige Minuten nach Mitternacht. Vielleicht handelte es sich tatsächlich um die ruhelose Seele der Unglücklichen, die nicht mit ihrem Liebsten zusammen sein konnte und sich deswegen das Leben genommen hatte? Oder war ihr Liebhaber gar irgendwo unten im Keller eingemauert worden? Tausende von Gedanken schossen mir durch den Kopf. Deine Fantasie geht mit dir durch, Lucille, sagte ich mir, trotzdem wollte ich am liebsten hinauf in mein Zimmer laufen und mir die Decke über den Kopf ziehen. Stattdessen stand ich wie erstarrt, es war, als wüchsen aus den steinernen Stufen kalte Hände, die sich um meine Fesseln legten und mich daran hinderten, auch nur einen Schritt zu tun. Meine Zähne klapperten laut, was nicht allein der Kälte zuzuschreiben war. Das Klirren und Klopfen verstärkte sich, ich meinte, auch eine leise Stimme zu hören. Plötzlich sah ich am Ende des Ganges einen Lichtschein. Grenzenlose Erleichterung überkam mich, die zugleich meine Erstarrung löste: Geister brauchten keine Lampen! Also musste hier ein ganz normaler Sterblicher sein Unwesen treiben. So schnell, wie ich konnte, huschte ich leise die Treppe hinauf, keinesfalls wollte ich entdeckt werden. In der Halle verbarg ich mich in dem Küchenkorridor. Ich musste nicht lange warten. Der Lichtschein kam näher, dann tauchte eine große, breite Gestalt im Türrahmen auf. Mehr als einen Schatten konnte ich nicht erkennen. Die Tür wurde geschlossen, sorgsam drehte der Schatten einen Schlüssel im Schloss, den er dann in seine Hosentasche steckte. Nachdem er den Wandbehang wieder über die Tür gebreitet hatte, lag die Halle so vor mir, wie ich sie kannte. Dann hob die Gestalt die Petroleumlampe, und für einen Moment fiel das Licht auf das Gesicht von Harrison MacGinny. Ich schnappte in meinem Versteck nach Luft. Was in aller Welt hatte er mitten in der Nacht im Keller zu suchen? Ich befürchtete, er würde mein pochendes Herz hören, doch Harrison durchschritt die Halle mit wenigen großen Schritten und war verschwunden. Dennoch wartete ich noch einige Minuten, bis ich mich selbst auf den Rückweg in mein Zimmer wagte. Dutzende von Fragen schwirrten in meinem Kopf. Warum verbarg man den Eingang zu den Kellerräumen hinter einem Behang? Handelte es sich vielleicht um eine Geheimtür? Und was war dort unten gelagert? Das Haus verfügte über zahlreiche Wirtschaftsräume, in denen eigentlich alles vorrätig war. Eine berechtigte Scheu hielt mich davon ab, Glenda oder Harrison danach zu fragen. Aber es war und blieb geheimnisvoll!

An Schlaf war in dieser Nacht nicht mehr zu denken.

Nach einem leichten Mittagessen übte ich mit Rosie eine halbe Stunde das Alphabet, dann musste sie zu ihrer Arbeit zurückkehren. Ich schlang mir das Schultertuch um und ging nach draußen. Trotz der Sonne wehte ein kühler Wind, unwillkürlich lenkte ich meine Schritte schneller in Richtung Dorf. Auf halber Strecke erinnerte ich mich an James Grindles Einladung. Ob sie wohl ernst gemeint war? Konnte ich einfach die Familie besuchen, ohne von der Dame des Hauses dazu aufgefordert geworden zu sein? Ich kannte mich mit den Spielregeln in den oberen Gesellschaftsschichten nicht aus. James Grindle hatte von einem Hof gesprochen, er selbst sah allerdings mehr wie ein Gentleman als wie ein Bauer aus. Als die ersten Häuser in Sicht kamen, fragte ich einen Jungen nach dem Weg zum Grindle-Hof. Er sah mich mit großen Augen an, kicherte – was wohl an meinem Dialekt liegen musste, der mich eindeutig als Engländerin auswies – und deutete dann die Straße hinunter.

»Das letzte Haus. Hinter dem großen Tor!«

Als ich wenig später das besagte Tor passierte, hielt ich überrascht die Luft an. Ich hatte mir unter der Bezeichnung »Hof« ein ländliches Anwesen vorgestellt, doch jetzt stand ich vor einem entzückenden Herrenhaus. Ich datierte das dreistöckige Gebäude aus hellen Quadersteinen mit vier dorischen Säulen vor dem Eingang auf das ausgehende achtzehnte Jahrhundert. Natürlich war es nicht so wuchtig und dominierend wie Cromdale House, es strahlte aber eine schlichte Eleganz und Gemütlichkeit aus. Hinter dem Haus befanden sich verschiedene Stallungen und Wirtschaftsgebäude. Was mich am meisten überraschte, waren die Gebäude auf der linken Seite. Auf ihren Dächern saßen kurze, rechteckige Kamine, die sie wie Fabrikgebäude aussehen ließen. In einem gepflasterten Hof stapelten sich wohl Hunderte von Fässern. Auch bemerkte ich einen strengen, nicht unangenehmen Geruch, der aus dem Rauch der Kamine kommen musste. Ich zögerte. Hatte der Junge mir einen falschen Weg gewiesen? Die Tür wurde von einem Mädchen mit blütenweißer Schürze geöffnet, das ich nach Mrs. Grindle fragte. Sie knickste freundlich.

»Madam befinden sich im Salon. Bitte treten Sie ein!«

Die Eingangshalle war klein und geschmackvoll mit viel Holz und hellen Fliesen. Das Mädchen war gerade dabei, die Salontür zu öffnen, als James Grindle die breite Treppe herabkam.

»Ah, Miss MacHardy! Wie schön, dass Sie uns besuchen kommen! Meine Mutter und Schwester freuen sich bestimmt sehr. Sie sind schon ganz gespannt auf Sie. Meinen Vater müssen Sie allerdings entschuldigen. Er ist auf den Feldern, um nach der Ernte zu sehen. Dieser schreckliche Regen hat hoffentlich nicht zu viel Schaden angerichtet.« Bevor ich etwas erwidern konnte, führte er mich in den Salon, der ganz in Grün und Weiß gehalten war.

»Mutter, Carla, schaut mal, wen ich euch hier bringe! Darf ich vorstellen: Miss MacHardy, die Herrin von Cromdale, meine Mutter und meine Schwester Carla.«

Mrs. Grindle war eine rundliche Frau mit gütigen Augen, die mich freundlich begrüßte. Trotz ihrer Fülle konnte man erkennen, dass sie in jungen Jahren sehr schön gewesen sein musste. James' Schwester schätzte ich auf fünfzehn, sechzehn Jahre. Sie schaute mich nur kurz an, reichte mir mit ungelenken Bewegungen die Hand und murmelte ein paar Worte, die ich nicht verstand.

Das Mädchen, das mir geöffnet hatte, servierte Tee und Gebäck, bei dessen Anblick mir das Wasser im Mund zusammenlief. Es gab kleine Himbeertörtchen und noch warmen Apfelkuchen. Herzlich bat Mrs. Grindle zuzugreifen, und ich verspürte nach wenigen Minuten eine solche Vertrautheit, als ob ich sie bereits seit langem kennen würde. Entspannt plauderten wir über die Wetteränderung und darüber, dass der Dauerregen aufgehört hatte.

Nachdem wir uns gestärkt hatten, lehnte sich Mrs. Grindle mit vor der Brust verschränkten Armen zurück. »Sie sind also die Enkelin des alten Fitzroy.« Ein Lächeln umspielte ihre Lippen. »Die Nachricht hat unsere ruhige Gemeinde ganz schön in Aufregung versetzt. Das können Sie mir glauben!«

»Ob ich tatsächlich das Erbe antreten kann, ist noch nicht geklärt. Es gibt da …«, ich stockte, »… gewisse Widerstände.«

Mrs. Grindle lachte laut auf.

»Das kann ich mir vorstellen! Nicht wahr, James? Ich sagte gleich zu meinem Mann, als James von Ihrer Ankunft berichtete, dass Sie gegen die MacGinnys keinen leichten Stand haben werden.«

Obwohl ich erstaunt war, dass sie nach kurzer Bekanntschaft bereits so offen wie ihr Sohn zu mir sprach, merkte ich doch, dass ihre Worte ehrlich gemeint waren.

»Ich bin sicher, Miss MacHardy wird sich nicht die Butter vom Brot nehmen lassen«, bemerkte James Grindle und griff nach einem weiteren Törtchen. »Ich für meinen Teil freue mich, dass man Glenda und Harrison mal zeigt, dass nicht immer alles nach ihren Köpfen gehen kann.«

»Sie mögen die MacGinnys wohl nicht besonders?«, fragte ich zögernd.

»Damit haben Sie den Nagel auf den Kopf getroffen! Diese Glenda führt sich hier seit Jahren auf, als gehöre ihr Cromdale und alles, was dazugehört.«

»Aber Harrison sieht umwerfend gut aus.«

Es war das erste Mal, dass Carla die Stimme erhob. Mrs. Grindle verdrehte belustigt die Augen, ohne auf ihre Bemerkung einzugehen. Wahrscheinlich schwärmte das junge Mädchen für den Verwalter, was auch kein Wunder war, wie ich mir eingestehen musste. Obwohl ich mir noch nicht darüber im Klaren war, was ich von Harrison MacGinny halten sollte, konnte ich nicht umhin, ihm eine gewisse Attraktivität zuzugestehen.

»Ich hörte, dass Glenda bereits seit über zwanzig Jahren in Cromdale House lebt«, knüpfte ich an unser Gespräch an.

Mrs. Grindle nickte. »Ich kann mich gut daran erinnern, ich war damals selbst noch ein junges Mädchen. Eines Tages stand sie da, mit einem kleinen Kind an der Hand. Sie sagte, sie sei Witwe und käme von der Black Isle. Da Ihre Großmutter kurz zuvor gestorben war, konnte Cromdale House eine Haushälterin gebrauchen. Ja, gut war und ist Glenda! Mit den Jahren schaffte sie es, sich für den Haushalt und auch für Fitzroy unentbehrlich zu machen.«

»Meinen Sie, dass sie und mein Großvater …« Ich stockte über meine Offenheit, wusste aber nicht, wie ich die

Frage, die mich brennend interessierte, formulieren sollte. Aber Mrs. Grindle hatte verstanden.

»Dass sie miteinander das Bett geteilt haben? Nein, nein, das kann ich mir nicht vorstellen. Trotz seiner Freundlichkeit hat Ihr Großvater stets auf Konventionen geachtet. Eine Verbindung mit einer Angestellten wäre er nie eingegangen. Aber zweifelsohne war ihm Glenda stets eine Stütze und Hilfe, besonders in den letzten Monaten, als er schon sehr krank war. Man kann Glenda mögen oder auch nicht, aber man muss ihr zugestehen, dass sie sich stets aufopfernd um Fitzroy gekümmert hat.«

»Woran ist er eigentlich gestorben?« Im gleichen Moment, als ich es ausgesprochen hatte, wusste ich, wie seltsam es klingen mochte, dass ich nicht wusste, woran mein Großvater gelitten hatte.

»Es war das Herz«, antwortete James. »Dazu litt er seit Jahren an Gicht, die sich immer mehr verschlimmerte. Zum Schluss konnte er sich keinen Schritt mehr fortbewegen. Glenda musste ihn im Rollstuhl durch die Gärten fahren. Vor vier Jahren hat Harrison damit begonnen, sich um das Gut zu kümmern. Nun, ich muss zugeben, dass er seine Aufgabe gut macht.«

Nun erzählte Mrs. Grindle von dem im September stattfindenden Kirchenbasar. Sie war eine unterhaltsame Plauderin, James warf die eine oder andere Anekdote ein, einzig Carla hielt sich zurück. Ich bemerkte, wie sie mich häufig von der Seite musterte. Nur zu gut konnte ich mich daran erinnern, wie ich mich in den jungen Jahren, wenn man vom Kind zur Frau heranreift, gefühlt hatte.

Unsere Gespräche wurden vom Eintreten eines älteren Mannes unterbrochen. Die Ähnlichkeit mit James war verblüffend, so dass ich gleich wusste, dass es sich um Mr. Grindle handelte. Nachdem er mich begrüßt hatte, sagte er zu James:

»Die Gerste hat weitgehend keinen Schaden erlitten. Bis Ende der Woche werden wir alles eingebracht haben.« Er wandte sich an mich. »Hat Ihnen mein Sohn die Destillerie schon gezeigt? Sie müssen unbedingt das Wasser des Lebens kennen lernen! Auf Gälisch heißt es übrigens *Uisge beathe*, schon beim Klang dieser Worte bekommt jeder waschechte Schotte auf der ganzen Welt leuchtende Augen!«

Wie Schuppen fiel es mir von den Augen: Whisky! Natürlich! Die Grindles betrieben eine Whiskybrennerei. Das erklärte die Fabrikgebäude und den seltsamen Geruch, der selbst hier drinnen im Salon zu bemerken war. Mein Blick fiel auf die Uhr auf dem Kaminsims, und ich erschrak.

»Du meine Güte, es ist bereits nach sechs Uhr! Es tut mir Leid, Sie so lange aufgehalten zu haben.«

Mrs. Grindle ergriff meine Hand und drückte sie kurz.

»Wir haben selten einen so angenehmen Nachmittag verlebt. Nicht wahr, Carla? Hier auf dem Lande gibt es nicht viele Abwechslungen, darum sind wir für jeden sympathischen Nachbarn dankbar. James kann Ihnen bei Ihrem nächsten Besuch die Destillerie zeigen. Aber nur, wenn es Sie interessiert.«

Ich bestätigte, dass ich großes Interesse daran hätte, mehr über die Whiskyherstellung zu erfahren, jetzt aber nach Cromdale zurückkehren müsste.

»Ich hole den Wagen und fahre Sie selbstverständlich hinüber«, sagte James. »Sicher werden Sie bereits zum Essen erwartet.«

Ich verzichtete auf die Bemerkung, dass das nicht der Fall sein dürfte, und dankte James für sein Angebot.

Als ich wenig später neben ihm in dem bequemen Einspänner saß, lief Carla aus dem Haus auf uns zu.

»Miss MacHardy, Sie haben Ihren Schal vergessen!« Mit einem Lächeln dankte ich ihr, und sie errötete vor Verlegenheit. Dennoch wusste ich, dass ich ihre Sympathie besaß. Während der kurzen Fahrt ließ ich den Nachmittag noch einmal Revue passieren. Ich konnte mich nicht daran erinnern, wann ich zuletzt so viel gelacht hatte. Ja, ob ich überhaupt jemals so vergnügt gewesen war.

»Harrison MacGinny erwähnte, dass er Geschäfte mit Ihnen tätigt«, bemerkte ich schließlich. »Angesichts Ihrer Äußerungen kann ich mir das allerdings kaum vorstellen.«

James zog ein grimmiges Gesicht.

»Tatsächlich versucht er seit einem knappen Jahr, uns die alte Mühle unten am Dorback Burn abzuschwatzen. Das ist der Name des Flusses, an dem wir uns zum ersten

Mal begegnet sind. Obwohl ich ihm wiederholt sagte, dass wir nicht verkaufen wollen, lässt er nicht locker.«

Ich konnte mich erinnern, am Fluss eine Mühle gesehen zu haben. Allerdings waren die Gebäude nicht mehr als Ruinen.

»Die Mühle ist doch sicherlich nicht mehr in Betrieb, oder? Was für einen Nutzen hätte Harrison davon?«

»Das weiß der Teufel«, brummte James. »Man kann sie eigentlich nur abreißen und eine neue errichten. Dabei verfügt Cromdale bereits über zwei Mühlen auf dem Besitz. Ich weiß wirklich nicht, was er an der alten Bruchbude findet. Vielleicht ist es nur Stolz, denn im sechzehnten Jahrhundert gehörte die Mühle tatsächlich zum Besitz von Cromdale. Erst hundert Jahre später ging sie in den Besitz der Grindles über.«

»Aber warum verkaufen Sie nicht, wenn Ihnen die Mühle nichts mehr bedeutet?«

James sah mich amüsiert an.

»Ganz einfach: Wenn man hier im Hochland etwas besitzt, dann trennt man sich nur im äußersten Notfall davon. Egal, wie viel dafür geboten wird. Das Land rund um die Mühle befindet sich mittlerweile seit Jahrhunderten im Besitz unserer Familie. Und so wird es auch bleiben. Aber wenn ich Harrison noch einmal erwische, wie er sich dort unten rumtreibt, dann kann er was erleben!« Die Antipathie stand James eindeutig ins Gesicht geschrieben. Harrison MacGinny war offensichtlich kein Mann, der viele Freunde hatte.

Ich verließ James Grindle am Tor zum Cromdale House, nicht ohne ihm das Versprechen zu geben, seine Familie recht bald wieder zu besuchen. Während ich die Auffahrt entlangging, dachte ich daran, dass keiner meine Behinderung auch nur mit einem Wort erwähnt hatte, obwohl sie jeder bemerkt haben musste. Was für höfliche und rücksichtsvolle Leute die Grindles doch waren. So ganz anders als Harrison! Dennoch erschien mir James Grindle trotz seines guten Aussehens und seiner formvollendeten Manieren im Vergleich zu Harrison blass und farblos.

Durch den unterhaltsamen Nachmittag beschwingt, betrat ich die Halle. Meine gute Laune wurde aber von Glenda sofort zerstört, die wie eine Furie aus einer Ecke auf mich zugeschossen kam.

»Da sind Sie ja endlich! Mr. Grampson wartet seit Stunden auf Sie! Wie können Sie es wagen, so lange auszubleiben, ohne mich zu informieren, wo Sie sind! Jetzt muss der Anwalt nicht nur zum Essen, sondern auch über Nacht hier bleiben. Und alles nur, weil Sie sich in der Gegend herumtreiben.«

Nach einer heftigen Aufwallung von Zorn beschloss ich, sie zu ignorieren, und betrat das Esszimmer, wo ich richtigerweise Mr. Grampson vermutete. Er war ein älterer Herr mit bereits ergrautem Haar. Er erhob sich und begrüßte mich mit festem Händedruck.

»Lady Lucille MacHardy! Wie schön, Sie zu sehen! Es tut mir Leid, dass ich Sie letzte Woche in Inverness nicht willkommen heißen konnte. Aber dringende Geschäfte ... Sie verstehen?«

Ich bedankte mich und versicherte, sein Sohn hätte mir ausreichend geholfen. »Ich muss mich meinerseits entschuldigen, Sie heute so lange warten gelassen zu haben. Ich wusste nicht, dass Sie angekommen waren, sonst hätte ich meinen Besuch bei den Nachbarn verkürzt.«

»Sollten wir jetzt nicht endlich zum geschäftlichen Teil kommen?«, fragte Glenda genervt. Im gleichen Augenblick trat Rosie ein und begann, den Tisch zu decken, es war Zeit für das Abendessen. Mr. Grampson rieb sich erfreut die Hände.

»Vielleicht sollten wir uns erst stärken. Mit vollem Magen spricht es sich doch viel besser, oder etwa nicht?«

Grimmig stimmte Glenda zu, und wir setzten uns zu Tisch. Es gab eine klare Hühnersuppe und frisches Brot. Gerade, als Rosie den Hauptgang – Rindfleisch in einer hellen Soße und Kartoffeln – servierte, trat Harrison ein. Er begrüßte Mr. Grampson und sagte dann:

»Ich bin aufgehalten worden. Gut, dass ihr nicht auf mich gewartet habt. Mutter, wie wäre es mit Rotwein zum Essen?«

Widerspruchslos stand Glenda auf, holte die Flasche von der Anrichte und füllte die Gläser.

Die Mahlzeit verlief schweigend. Einzig Mr. Grampson schien mit gutem Appetit zuzugreifen, derweil ich nur angespannt in den Speisen herumstocherte. Es war das erste Mal, dass ich mit den MacGinnys zusammen aß. Rechts neben mir saß Harrison. Wenn er das Fleisch schnitt, erkannte ich das Muskelspiel auf seinen Handrücken, die mit dichten, schwarzen Härchen bewachsen waren. Er hatte lange, schlanke Finger mit gepflegten Nägeln. Ein Schauer rann über meinen Rücken. Es war das gleiche Gefühl, das ich bei meinem ersten Treffen mit Harrison damals im Hotel verspürt hatte. Es kam mir vor, als sei diese Begegnung bereits Jahre her. Was war seither nicht alles in meinem Leben geschehen!

Endlich räumte Rosie die Teller – meiner war noch halb voll – ab. Mr. Grampson räusperte sich vernehmlich und tupfte seine Lippen mit der Serviette ab.

»Nun, Ihre Nachricht hat mich nicht verwundert, Mr. MacGinny«, begann er. »Es ist durchaus verständlich, dass es für Sie eine Überraschung war, dass Fitzroy MacHardy den Besitz seiner Enkelin vermacht hat. Es war für mich nicht weniger verwunderlich. Schließlich wusste jeder, wie er der Heirat seines Sohnes mit einer unbekannten Engländerin gegenüber eingestellt war. Trotzdem kann ich Ihnen sagen, dass alles rechtens ist.«

Glenda beugte sich vor und funkelte den Anwalt an.

»Warum hat mir Fitzroy nichts davon gesagt, dass er Sie beauftragt hatte, nach Erben zu suchen? Warum diese Heimlichkeit? Ich kann mich noch sehr genau an den Tag erinnern, als Fitzroy seinen Sohn enterbt hat! Auch haben Sie nach seinem Tod mit keiner Silbe erwähnt, dass es noch Verwandte geben könnte. Warum haben Sie uns in dem Glauben gelassen, dass es niemanden gibt, der sich um Cromdale House kümmert?«

Mr. Grampson zuckte mit den Schultern. »Ich muss zugeben, dass das meine Schuld war. Als Sir Fitzroy meine Kanzlei damit beauftragte, nach seinem Enkel oder seiner Enkelin zu forschen, dachte ich nicht, dass die Bemühungen von Erfolg gekrönt sein würden. Immerhin waren einundzwanzig Jahre vergangen. Unwahrscheinlich, dass man nach so langer Zeit einen Menschen findet. Außerdem gab es keinen Hinweis, ob das Kind überhaupt überlebt hatte.«

»Es hat, wie man sieht«, warf Harrison sarkastisch ein. »Dann müssen wir uns wohl damit abfinden, eine neue Herrin zu haben.«

Mr. Grampson nickte. »Natürlich steht es Ihnen frei, das Testament anzufechten. Aber ich kann Ihnen jetzt schon sagen, dass Sie viel Mühe und Geld sparen, wenn Sie davon Abstand nehmen, denn es ist unmöglich, dass Sie einen entsprechenden Prozess gewinnen würden. Fitzroy MacHardy hatte zwar ein schwaches Herz, aber sein Verstand war zu hundert Prozent gesund, als er sein Testament bei mir hinterlegte.«

Der Anwalt richtete seine blinzelnden Augen auf mich. »Ihr Großvater übergab mir einen Brief, den ich Ihnen hiermit aushändigen möchte. Er wird wohl einiges klären.«

Zitternd nahm ich das Schreiben. Die Handschrift war nüchtern, etwas steil:

London, im September 1876

Mein geliebter Vater,

auch wenn Du mir in Deinem letzten Brief diese Anrede aberkannt und mir mitgeteilt hast, dass ich nicht länger Dein Sohn sei, wage ich es doch, Dich, meinen Vater, so anzusprechen. Ich schreibe diesen Brief in der Hoffnung, dass Du ihn nicht ungeöffnet fortwerfen wirst, und ich bete zu Gott, dass die Zeilen Deine Seele und auch Dein Herz erreichen werden.

Ich weiß, Du kannst mir nicht verzeihen, dass ich Lady Fiona nicht geheiratet habe, so wie Du und Fionas Vater es bei unserer Geburt beschlossen habt. Aber ich habe nie tiefere Gefühle für sie empfunden. Niemals hätte ich vor Gott den Treueschwur, sie stets zu lieben und zu ehren, ablegen können!

Meine Frau Verity, Deine Schwiegertochter, ist die Frau, von der ich immer geträumt habe. Zärtlich, liebevoll, das Herz auf dem rechten Fleck. Auch wenn sie in Deinen Augen für einen MacHardy nicht standesgemäß ist, so lass Dir gesagt sein, dass es kaum eine würdigere Frau auf dieser Welt gibt! Veritys Vater war ein Pfarrer. Nach dem Tod ihrer Eltern musste sie sich ihren Lebensunterhalt selbst verdienen. Sie tat es als Gouvernante von drei ungezogenen Kindern. Obwohl ihre Stellung wahrlich nicht einfach und angenehm war, kam niemals ein Wort der Klage über ihre Lippen. Im Gegenteil! Stets lacht sie und ist guter Dinge und versprüht einen Optimismus, der täglich aufs Neue mein Herz rührt. Wenn ich da an Lady Fiona denke, wie schrecklich es für sie ist, wenn ihr ein Fingernagel abbricht oder der Tee auch nur eine Minute zu spät serviert wird …

Mein lieber Vater, ich sehe Dich vor mir, wie sich Dein Gesicht unwillig verzieht, wenn Du diese Zeilen liest. Trotzdem komme ich als Bittsteller zu Dir, flehe Dich um Deine Hilfe an! Nein, ich bitte nicht für mich, sondern für meine geliebte Frau und unser ungeborenes Kind, Deinen Enkel oder Deine Enkelin!

Unser Regiment wird auf unbestimmte Zeit nach Irland verlegt. Die Armee fragt nicht danach, ob ich eine mittellose Frau, die ein Kind unter dem Herzen trägt, in London zurücklassen muss. Mein Sold reicht kaum, um Verity eine anständige Wohnung zu bezahlen, und ich weiß nicht, ob ich rechtzeitig weitere Gelder aus Irland schicken kann.

Darum bitte ich Dich: Öffne Dein Herz und empfange Verity in Deinem Haus! Gib Deinem Enkel oder Deiner Enkelin die Möglichkeit, in Cromdale House geboren zu werden. So wie alle MacHardys. Noch kann Verity reisen. Aber ich werde sie nicht ohne Deine Zustimmung nach Schottland schicken. Sie würde auch niemals fahren. Ihr Stolz steht Deinem in nichts nach! Ihr wisst gar nicht, wie ähnlich Ihr Euch seid.

Bitte, nimm meine Frau in Dein Heim auf! Steh ihr als Schwiegervater zur Seite, solange ich, ihr Ehemann, nicht bei ihr sein kann! Die Adresse, unter der Du sie erreichen kannst, habe ich dem Brief unten angefügt.

Wir haben übrigens beschlossen, dass das Kind, wenn es ein Junge werden sollte, auf den Namen Alexander Archibald getauft wird. Es ist Veritys Wunsch, einem Mädchen den Namen Lucille, nach meiner Mutter, zu geben. Du siehst, dass meine Frau stets an andere und zuletzt an sich selbst denkt.

Eine endgültige Entzweiung zwischen uns würde mir das Herz brechen, Vater! Bitte schließe meine Frau in Deine Arme und sorge gut für sie!

In Liebe
Dein Sohn Alexander

Tränen rollten über meine Wangen. Rasch wischte ich sie fort, damit sie die ohnehin bereits verblasste Tinte nicht verwischten.

»Er hat es nicht getan«, murmelte ich. »Er hat die Bitte seines einzigen Sohnes einfach ignoriert.« Meine Ergriffenheit über die Worte meines Vaters wandelten sich in grenzenlose Wut auf den sturen alten Mann. Am liebsten hätte ich mein Glas mitten in das Porträt von Fitzroy MacHardy geworfen.

»Er hat den Brief erst kurz vor seinem Tod gelesen«, sagte Mr. Grampson leise. »Als der Laird ihn erhielt, wollte er das Schreiben tatsächlich zuerst ungeöffnet fortwerfen. Aber dann legte er es in eine Schublade und vergaß es im Groll gegen seinen Sohn. Er fand es zwanzig Jahre später wieder. Das war der Grund, warum er mich erst dann beauftragte, nach Verity und ihrem Kind zu suchen.«

»Sie wissen, worum ihn mein Vater gebeten hat?«

Mr. Grampson nickte.

»Fitzroy gab mir den Brief zum Lesen. Es ist für Sie kein Trost, Mylady, aber Fitzroy MacHardy hat es zutiefst bereut, dass er dem Wunsch seines Sohnes nicht entsprochen hat. Er hatte sich im Laufe der Jahre verändert, war weicher, nachgiebiger geworden. Das Erbe ist ein Versuch, etwas von alledem wieder gutzumachen.«

»Ha! Die sentimentale Anwandlung eines alten, kranken Mannes!« Glenda MacGinny lachte höhnisch auf. »Wenn das wirklich stimmt, warum hat er darüber nie mit mir gesprochen? Warum hat Fitzroy mir und Harrison verschwiegen, dass das Haus und das ganze Land an eine Fremde gehen soll, von der es nicht einmal sicher ist, ob sie überhaupt eine echte MacHardy ist?«

»Mutter! Jetzt gehst du wirklich zu weit!« In Harrisons Stimme schwang Unwillen mit. »Ich denke, dass der Brief Beweis genug ist. Außerdem – hast du dir Lucille richtig angesehen? Sie ist ihrem Vater wie aus dem Gesicht geschnitten.«

»Aber Harrison«, begehrte Glenda auf. »Du willst doch nicht einfach so mir nichts, dir nichts auf alles verzichten, was aus moralischer Sicht dir zusteht? Fitzroy hat dich stets wie einen eigenen Sohn behandelt. Es ist dein Verdienst, dass Cromdale nicht völlig bankrott ist. Tagtäglich sorgst du dafür, dass wir ein Dach über dem Kopf und genügend zu essen haben!«

Zutiefst angewidert von der entwürdigenden Situation stand ich auf. Enttäuscht sagte ich:

»Ich kam in der Hoffnung hierher, ein Heim und die Wurzeln meiner Familie zu finden. Einundzwanzig Jahre meines Lebens gab es niemanden, zu dem ich gehört habe. Es ist nicht meine Absicht, Sie beide aus dem Haus zu vertreiben. Im Gegenteil! Cromdale braucht einen tüchtigen Verwalter, und Sie, Mrs. MacGinny, sind eine hervorragende Haushälterin. Warum können wir nicht alles so lassen, wie es ist?« Erneut stiegen mir Tränen in die Augen, doch keinesfalls wollte ich Harrison meine Schwäche zeigen und weinen. Resignation überkam mich. Glenda drehte verächtlich den Kopf zur Seite und trommelte mit ihren Fingerspitzen nervös auf der Tischplatte.

»Im Moment sieht es wirklich so aus, als könnte ich nichts an der Situation ändern. Aber wir werden sehen …«

Ich straffte die Schultern. »Es ist spät, ich werde mich zurückziehen. Mr. Grampson, ich danke Ihnen für Ihr Kommen! Wir sehen uns morgen? Ich denke, dass es noch viel zu besprechen gibt.«

Hoheitsvoll nickte ich dem Anwalt zu und verließ mit hocherhobenem Kopf die Halle. Konnte ich unter diesen Umständen wirklich in Cromdale House bleiben?

Nachdem mir Mr. Grampson die finanzielle Lage des Schlosses dargelegt und ich unzählige Bilanzen und Tabellen studiert hatte, wischte ich mir seufzend über die Stirn.

»Das heißt mit anderen Worten, dass es um Cromdale nicht sonderlich gut bestellt ist«, stellte ich fest.

»Nun, bankrott ist der Besitz nicht gerade, aber in einer sehr angespannten finanziellen Lage. Wie Sie selbst feststellen konnten, wurden bereits viele Gegenstände aus dem Schloss verkauft. Zudem fallen dringend notwendige Renovierungsarbeiten an. Fitzroy MacHardy weiterte sich, technische Neuerungen zu übernehmen, so werden die

Felder noch heute mit der Sense gemäht statt mit Hilfe von Maschinen in einem Bruchteil der Zeit. So kommt eines zum anderen.«

»Was kann ich Ihrer Meinung nach tun?«

Ein hilfloses Schulterzucken war die ganze Antwort.

»Sie haben sich von den MacGinnys bestimmt schon ein Bild machen können. Einzig Harrison ist es zuzutrauen, aus Cromdale einen profitablen Wirtschaftsbetrieb zu machen. Man mag über seinen Charakter und Stolz geteilter Meinung sein, aber er ist ein hervorragender Verwalter. Ich glaube allerdings nicht, dass er im Schloss bleiben wird. Er ist kein Mensch, der sich unterordnet. Ihr Großvater hat ihm seit Jahren in allen Bereichen freie Hand gelassen, so war er zwar nicht offiziell, aber bei der Arbeit sein eigener Herr.«

Und ganz sicher wird er sich nicht einer Frau unterordnen, die zudem ein Krüppel ist, ergänzte ich seine Worte in Gedanken.

»Dann wäre es wohl das Beste, Cromdale zu verkaufen?«

»Hm ... vielleicht. Aber das ist ganz allein Ihre Entscheidung. Trotz der angespannten Situation dürfte der Besitz einen Gewinn abwerfen, mit dem Sie in Zukunft ein sorgenfreies Leben führen könnten.«

Mr. Grampson hatte Recht. Er hatte in seiner Funktion als Anwalt alles getan, was in seiner Macht stand. Wie es nun weitergehen sollte, lag in meiner Hand. Wie sehr wünschte ich mir in diesem Moment, Cromdale House wäre tatsächlich nur eine kleine Hütte, in der ich unbeschwert leben könnte. Nie hätte ich es mir träumen lassen, eines Tages die Herrin einer Raubritterburg zu sein! Ich unterschrieb noch einige Papiere, darunter eine Bankvollmacht. Der Anwalt versprach, mir in den nächsten Tagen eine größere Summe Geld zukommen zu lassen. Das würde reichen, um die laufenden Kosten der nächsten Wochen zu decken.

Als Mr. Grampson gegen Mittag abgefahren war, suchte ich nach Harrison. Ich fand ihn über einen Berg Papiere gebeugt im Kontor.

»Mr. MacGinny, wir müssen miteinander reden!«, begann ich forsch. Hoffentlich würde er meine Unsicherheit, die mich immer in seiner Nähe befiel, nicht bemerken.

»Harrison!«

»Wie bitte?«

»Sie können mich Harrison nennen.«

»*Mr. MacGinny*«, fuhr ich betont fort. »Sie wissen, dass ich den Besitz ohne Ihre Hilfe nicht führen kann. Mein Großvater hat Ihnen in allen Bereichen vertraut. Darum möchte ich Sie bitten, weiterhin Ihre Aufgaben wie bisher zu erledigen. Selbstverständlich werden Sie das gleiche Gehalt wie unter meinem Großvater erhalten. Das gilt auch für Ihre Mutter.«

»Geld! Pah!« Er sprang auf und trat so dicht vor mich, dass ich die Wärme seines Körpers spüren konnte. Das trug nicht gerade zu meiner Beruhigung bei. »Was wissen Sie denn schon davon, was es bedeutet, hier in Schottland Land zu besitzen?« Seine Worte erinnerten mich an James Grindle, der Ähnliches geäußert hatte. Plötzlich griff er an mein Kinn und hob es hoch. Der Druck seiner Finger war fest, aber nicht schmerzhaft. So war ich gezwungen, in seine blaue Augen zu sehen. »Warum gehen Sie nicht zurück nach London? Was wollen Sie auf dem Land? Hier gibt es keine kurzweiligen Vergnügungen wie Musik, Tanz und Theater. Hier regiert das harte Leben! Im Winter sind wir manchmal wochenlang von der Außenwelt abgeschnitten.«

»Ich habe in London nie an Vergnügungen teilgenommen«, entgegnete ich kühl und versuchte, mich aus seinem Griff zu befreien. Plötzlich ließ Harrison mich so ruckartig los, dass ich nach hinten taumelte. Mit hochgezogenen Augenbrauen musterte er ungeniert mein rechtes Bein.

»Ach ja, ich vergaß! Natürlich haben Sie gute Gründe, dem Tanzboden fernzubleiben. Nun, vielleicht ist das auch der Grund, warum Sie sich im schottischen Hochland vergraben möchten. Sie laufen vor dem wahren Leben davon, und dafür kommt Ihnen Cromdale gerade recht. Sie meinen, sich hier verstecken und in Selbstmitleid wegen der lächerlichen Behinderung schwelgen zu können. Aber eines kann ich Ihnen versichern: Auf meine Hilfe können Sie nicht zählen! Niemals!« Mit drei Schritten war er an der Tür, die er so heftig hinter sich zuknallte, dass die eingesetzte Glasscheibe klirrte.

Zitternd, mit Tränen des Zorns in den Augen, blieb ich mitten im Raum stehen. Ein Teil meiner Wut richtete sich auch darauf, dass er nicht ganz Unrecht hatte. Hatte ich nicht tatsächlich mein verkürztes Bein stets als Manko angesehen und mich von vielen Dingen ausgeschlossen? Aber wie konnte er es wagen, es als lächerliche Behinderung zu titulieren! Er war ja kräftig und gesund, frei von jeglicher körperlicher Beeinträchtigung, dazu kam noch ein ausgeprägtes Selbstbewusstsein, das anscheinend durch nichts zu erschüttern war. Nein, Harrison MacGinny war kein Mann, der sich unterordnete, für jemanden den Lakaien spielte. Er war dazu geboren, selbst Herr zu sein.

Am nächsten Vormittag schaute ich mir die Stallungen an. Drei lang gestreckte, eingeschossige Gebäude gruppierten sich um einen Innenhof. In der Mitte befanden sich ein Ziehbrunnen und zwei Pferdetränken. In den Boxen war gut und gerne Platz für über zwanzig Tiere. Ein Zeichen, dass Cromdale House einst ein sehr wohlhabender Besitz gewesen sein musste. In einem Schuppen entdeckte ich einen Einspänner. Ich sah mich um, konnte aber kein weiteres Beförderungsmittel erkennen. Als ich den Stall betrat, musste ich blinzeln, um mich an die Dunkelheit zu gewöhnen. Ein fröhliches Wiehern von einem kleinen, aber kräftigen Tier mit geflecktem Fell begrüßte mich. Das Holzschild über der Box verriet mir, dass die Stute auf den Namen Jenny hörte. Offensichtlich wurde Jenny zum Ziehen des Einspänners benutzt. In der Nachbarbox stand ein Wallach, der auf den seltsamen Namen Bachelor hörte. Ich nahm gerade einen Apfel aus der Futterkrippe, als die Tür aufging und ich das Schnauben eines Pferdes hörte.

»Ist ja gut, mein Alter! Du bekommst gleich eine große Portion Hafer.«

Zu meinem Erschrecken betrat Harrison MacGinny den Stall. Er führte einen großen, pechschwarzen Hengst, dessen Fell wie Samt glänzte. Als er mich erblickte, schien Harrison ebenso überrascht, doch nach einem Augenblick verzogen sich seine Lippen zu einem Grinsen.

»Ich würde Ihnen Jenny oder Bachelor empfehlen. Von Diavolo lassen Sie lieber die Finger. Außer, Sie sind eine perfekte Reiterin!«

Wie passend! Das Pferd sah wirklich wie der Teufel persönlich aus. Für einen Moment stellte ich mir das Bild vor, wie Harrison mit wallender Mähne auf dem Hengst über die Felder galoppierte, sicher ein faszinierender Anblick! Schnell wischte ich den Gedanken beiseite und sagte:

»Es sind drei sehr schöne Tiere. Werden sie regelmäßig geritten?«

Harrison tätschelte Jennys Blesse und antwortete:

»Meistens reite ich Diavolo. Jenny hier nehmen wir eigentlich nur für den Einspänner. Unser armer Bachelor kommt leider etwas zu kurz, aber das wird sich jetzt ja ändern. Er steht Ihnen zur Verfügung. Ich hoffe, Sie können selbst ein Pferd satteln, denn wie Sie unschwer erkennen, verfügen wir nicht über einen Stallburschen.« Er deutete durch das Fenster auf ein weiteres Gebäude. »Dort befinden sich eine schöne Kutscherwohnung und zwei weitere Räume. Aber leider werden sie seit Jahren nicht mehr bewohnt.«

Die Aussicht, künftig mit einem Wagen ins Dorf oder zum Grindle-Hof fahren zu können, entzückte mich. Allerdings gab es ein Problem. Verlegen senkte ich den Kopf.

»Ähem … vielleicht würden Sie mir zeigen, wie man Jenny anschirrt?«

Harrison stutzte. »Sie können doch einen Wagen lenken, oder?« Mein Stirnrunzeln war ihm Antwort genug. Er schlug sich mit der Hand gegen die Stirn. »Du meine Güte! Sie können es nicht! Wie steht es mit dem Reiten?«

Trotzig stampfte ich mit dem Fuß auf. Warum befiel mich in Harrisons Anwesenheit immer das Gefühl absoluter Unzulänglichkeit?

»Wie Sie wissen, Mr. MacGinny, komme ich aus London. Dort war es nicht nötig, Pferd und Wagen zu haben. Wie und wann hätte ich reiten lernen sollen? Ich habe mein bisheriges Leben mit harter Arbeit verbracht!«

»Ich sagte Ihnen bereits, es wäre das Beste, Sie gingen in die Stadt zurück. Wenn der Winter kommt, ist es zwingend notwendig, dass Sie sich auf einem Pferd bewegen können. Der Schnee ist dann so hoch, dass Sie selbst mit einem Wagen keinen Meter vorankommen!«

»Ach?« Ich hob den Kopf und sah ihm in die Augen. Eisblau erwiderte er meinen Blick, doch dieses Mal hielt ich ihm stand. »Dann glauben Sie also, dass ich bis zum Winter noch hier sein werde?«

Harrison grinste. »Das, verehrte Lucille, bezweifle ich nicht!«

Ich mochte es nicht, wenn er meinen Vornamen sagte. Aber wie hätte ich ihm nachdrücklich klarmachen können, er solle mich mit dem mir zustehenden Titel Mylady ansprechen? In seiner Gegenwart beschlich mich immer das Gefühl, nur ein ungebetener Gast zu sein. Was ich am Ende ja auch war.

»Ich denke, Sie führen immer das zu Ende, was Sie sich in Ihren trotzigen kleinen Kopf gesetzt haben«, fuhr er fort. »Irgendwie bewundere ich das, wenn auch ich in diesem Fall der Leidtragende bin.«

Ruckartig wandte ich mich um. Ich hatte keine Lust, mir diese Beleidigungen länger anzuhören. »Ich weiß, dass Sie und Ihre Mutter mich zum Teufel wünschen«, gab ich zurück. »Aber es wird langsam Zeit, dass Sie sich mit den Tatsachen abfinden! Mein Großvater wünschte, dass Sie auf Cromdale bleiben. Nun, ich werde diesen Wunsch selbstverständlich respektieren. Aber wenn Sie von sich aus gehen möchten, werde ich Sie sicher nicht daran hindern!«

Mit einem Schritt war er neben mir. Als sich seine feste, starke Hand auf meine bebende Schulter legte, durchfuhr es mich heiß.

»Jetzt spielen Sie hier nicht die Beleidigte, Lucille! Tatsache ist doch, dass Sie einen Wagen und auch ein Pferd benötigen, um im Hochland beweglich zu sein. Also schlage ich vor, dass wir sogleich mit dem Unterricht anfangen.«

Ich wirbelte herum und stieß dabei seine Hand fort. »Was wollen Sie damit sagen?«

Sein Grinsen verstärkte sich, kleine Sprenkel hüpften in seinen Augen auf und ab. »Nun, bei aller Bescheidenheit wage ich doch zu sagen, dass ich ein ganz guter Lehrer bin.

Ich habe jetzt noch zwei Stunden Zeit. Mit was wollen Sie anfangen? Wagen oder Bachelor?«

Atemlos starrte ich ihn an. Schließlich aber sah ich die Notwendigkeit, beweglich zu sein, ein. Natürlich hätte ich auch James Grindle fragen können, ob er mir Reitstunden geben wollte. Aber er war in der Destillerie sehr beschäftigt.

»Nun gut. Es wäre wohl sinnvoll, wenn Sie mir zeigen, wie man einen Einspänner lenkt.«

Zwanzig Minuten später saß ich neben Harrison auf dem schmalen Kutschbock. Jenny war wirklich ein lammfrommes Tier, das sich offensichtlich freute, zu einer Ausfahrt zu kommen. Willig ließ sie sich anschirren. Die Handgriffe waren einfach, so dass ich sicher war, es beim nächsten Mal bereits allein zu können. Langsam zuckelten wir über den gepflasterten Hof auf die Straße hinaus. Bedingt durch die Enge spürte ich Harrisons Oberschenkel an meinem. Ein Gefühl, das nicht gerade dazu beitrug, dass meine Hände ruhig die Zügel übernahmen. Jenny reagierte auf jeden kleinen Zug und Zuruf. Es war wirklich nicht sonderlich schwer, den kleinen Wagen zu lenken. Allerdings rechnete ich fest damit, dass mir die Reitstunden, die Harrison für den kommenden Vormittag vorgeschlagen hatte, mehr Probleme bereiten würden.

Als wir wieder im Stall angekommen waren, Jenny ausgeschirrt und abgerieben hatten, tippte sich Harrison kurz an die Stirn.

»Die Arbeit wartet auf mich, Lucille. Ich muss schon sagen, dass Sie sich für das erste Mal ganz gut angestellt haben. Vielleicht wird ja doch noch eine brauchbare Landfrau aus Ihnen!«

Ich wusste nicht, ob ich über diese Bemerkung geschmeichelt oder wütend sein sollte. Schließlich entschied ich mich für das Letztere, denn der Tonfall, in dem er gesprochen hatte, kam eher einer Beleidigung gleich.

Nach einem leichten Mittagessen, das ich wie immer allein einnahm, und einer Übungsstunde mit Rosie beschloss ich, meine neu erworbenen Kenntnisse gleich auszuprobieren.

Jenny begrüßte mich mit leisem Wiehern, und ich hatte tatsächlich keine Mühe, den Wagen anzuspannen. Auf den ersten Metern klopfte mein Herz noch vor Aufregung, doch als ich den Grindle-Hof erreichte, war ich sehr stolz auf mich.

Mrs. Grindle war erfreut, mich zu sehen. »Schön, dass Sie uns besuchen kommen! Wenn Sie möchten, wird Sie James später durch die Brennerei führen.«

Ich stimmte dankbar zu. Während wir Tee tranken, erzählte ich Mrs. Grindle von dem Besuch des Anwalts und dass ich nun offiziell Besitzerin von Cromdale House war.

Mrs. Grindle wiegte nachdenklich den Kopf. »Das ist eine große Verantwortung. Aber ich bin sicher, Sie werden sie meistern! Werden die MacGinnys Ihnen eine Hilfe sein?« Sie bemerkte meinen skeptischen Blick und fuhr fort: »Auf jeden Fall brauchen Sie mehr Personal! Nur eine Haushälterin und ein stummes Mädchen sind viel zu wenig! Wenn Sie möchten, höre ich mich gerne nach geeigneten Personen um.«

Dankbar drückte ich ihre Hand. Tatsächlich hatte ich mir bereits Gedanken gemacht, wie ich Cromdale House bewirtschaften sollte. So stimmte ich Mrs. Grindles Vorschlag, eine Köchin, ein zweites Hausmädchen und einen Stallburschen einzustellen, zu. Sie nahm mir auch die Bedenken wegen der Kosten.

»Das Hausmädchen und der Stalljunge werden gegen Kost und Logis arbeiten. Nur einer guten Köchin müssen Sie ein angemessenes Gehalt bezahlen.«

»Wissen Sie eigentlich, ob Rosie bereits stumm geboren wurde, oder kommt es von einer Krankheit?«

Mrs. Grindle seufzte.

»Ach, das war eine schreckliche Sache! Sie liegt etwas über zwei Jahre zurück. Davor war Rosie ein ganz normales Mädchen aus dem Dorf. Ihr Vater ist der Schuster. Eines Tages erschien Harrison MacGinny mit dem bewusstlosen Mädchen auf dem Arm beim Doktor. Rosie hatte mehrere Prellungen und blutete stark aus einer Kopfverletzung. Tagelang schwebte sie zwischen Leben und Tod und erlangte nicht das Bewusstsein. Auf die Befragung der Polizei gab MacGinny an, sie in diesem Zustand in den

Stallungen von Cromdale gefunden zu haben. Es wurde darüber sehr viel gemunkelt ...«

Ich hielt kurz die Luft an. »Sie meinen, dass Harrison etwas damit zu tun hatte?«

»Er leugnete es, sagte, das Mädchen sei bereits verletzt gewesen, als er es fand. Aber Sie wissen ja, wie die Gerüchteküche ist. Einige meinten, MacGinny habe sie wohl bedrängt, und als sie ihm nicht zu Willen sein wollte, habe er sie geschlagen!«

»Aber dann hätte er sie doch nicht zum Arzt gebracht! Außerdem war Rosie damals noch ein Kind.«

Ich merkte gar nicht, wie ich in meiner Erregung aufgesprungen war und im Zimmer auf und ab lief. Die Vorstellung, Harrison würde sich an einem unschuldigen Mädchen vergreifen, war einfach zu absurd! Anderseits kannte ich ihn kaum, wusste nicht, was in seinem Kopf vorging.

»Beruhigen Sie sich, Lucille«, bat Mrs. Grindle weich. »Als Rosie erwachte, war sie stumm. Sie hat seitdem kein Wort mehr gesprochen. Ihr Gehirn war allerdings unverletzt, so dass sie auf den Verdacht, Harrison könnte sie überfallen haben, mit heftigem Kopfschütteln antwortete. Sie dementierte sämtliche Vorwürfe, so dass MacGinny rehabilitiert war. Aber es war nicht aus ihr herauszubringen, was damals wirklich geschehen war. Fitzroy war von der Tatsache, dass ein Kind auf seinem Grund und Boden angegriffen worden war, so erschüttert, dass er das Mädchen in die Burg holte. Seitdem arbeitet sie dort.«

»Also hat Harrison nichts damit zu tun?«

Warum war ich darüber so erleichtert? Warum hüpfte mein Herz vor Freude, dass Harrison MacGinny kein Mädchenschänder war? Eigentlich traute ich ihm so einiges zu. Sogar, dass er mich am liebsten aus dem Weg räumen würde.

»Die Gerüchte verstummten allerdings nie. Aber es scheint wirklich so zu sein, dass MacGinny das Mädchen gerettet hat, denn seit dem Tag hegt sie eine Art Verehrung ihm gegenüber. Das würde sie bestimmt nicht tun, wenn Harrison sie in diese Lage gebracht hätte.«

Ich überlegte. Tatsächlich fielen mir zwei, drei Situationen ein, in denen ich bemerkt hatte, dass Rosie Harrison mit beinahe unterwürfiger Verehrung angesehen hatte. Mein Verdacht, dass das stumme Mädchen in ihn verliebt war, verdichtete sich. Zumindest schwärmte sie für Harrison. Aber selbst wenn meine Vermutungen der Wahrheit entsprachen, gab es absolut keinen Grund für mich, mir darüber weitere Gedanken zu machen.

»Und man hat nie erfahren, was damals tatsächlich geschehen ist?«, fragte ich.

»Nein. Vielleicht war es ein Landstreicher, der Rosie überfiel. Auf jeden Fall haben Sie in dem Mädchen eine wirklich treue Seele gefunden!« Ich bestätigte, dass das so sei, und erzählte Mrs. Grindle, dass ich Rosie Lesen und Schreiben lehrte. »Dann hat das arme Ding wenigstens eine Möglichkeit, sich auszudrücken.«

Mrs. Grindle stimmte mir zu, dass dies eine hervorragende Idee sei, wenn sie es auch etwas befremdlich finde, dass die Herrin von Cromdale einer Dienstmagd Unterricht gab. »Aber die Zeiten ändern sich, Lucille. Außerdem ist hier in Schottland vieles anders als jenseits des Tweeds.«

James Grindle kam und freute sich, mich durch die Destillerie führen zu können. Als wir das Fabrikgelände betraten, roch ich sofort den starken Duft nach Torf und Alkohol.

»Das ist der *Angels' share*«, erklärte James. »Im Laufe der Lagerung geht durch die Verdunstung viel verloren, was in die Lüfte aufsteigt. Darum sind die Engel über Schottland auch die glücklichsten der Welt, wenn sie auch stets torkelnd durch die Lüfte fliegen.« Er griff nach meinem Ellbogen, und ich stimmte in sein Lachen ein. »Aber lassen Sie uns vorne anfangen, damit Sie die Zusammenhänge begreifen. Das Verfahren, Whisky zu brennen, ist so alt wie das Land selbst. Natürlich verfügen wir heutzutage über eine Reihe von modernen Maschinen, aber im Grunde genommen hat sich an der Herstellung seit Jahrhunderten nichts geändert.«

James führte mich in eine große Halle, in der Unmengen von Getreide ausgebreitet waren.

»Wir verwenden hier ausschließlich Gerste. Darum heißt unserer Whisky auch *Grindle Single Malt*. Zuerst wird das Getreide drei Tage lang in Wasser eingeweicht und dann hier auf den Malzböden vorgekeimt. Dabei müssen wir darauf achten, dass es regelmäßig gewendet wird.«

Dies wurde von zwei Männern getan, die James freundlich begrüßten. Danach betraten wir einen weiteren großen Raum, in dem vier riesige Holzbottiche standen. Hier roch es beinahe wie in einem Gasthaus. James bemerkte, wie ich schnuppernd die Nase kräuselte, und erklärte:

»Das sind die *Wash Backs*. Hier wird das gemahlene Malzschrot mit Wasser vermischt, das ziemlich genau siebzig Grad heiß ist. Dabei verwandelt sich die Stärke in Zucker. Wir setzen Hefe hinzu, und die zuckrige Flüssigkeit wird vergoren.« Er trat zu einem Bottich und öffnete eine Luke. Ich schaute hinein und erkannte eine weiße Mischung, auf der sich immer wieder Blasen bildeten. Es roch nun intensiv nach Bier.

»Bis hierher kommt alles der Herstellung von Bier ziemlich gleich«, bestätigte James meine Vermutung. »Aber jetzt führe ich Sie direkt in das Herz einer jeden Brennerei. Seien Sie vorsichtig, dass Sie nicht ausrutschen! Der Boden ist stellenweise feucht und glitschig.« Um mich zu stützen, legte er seinen Arm leicht um meine Schultern. Es war ein angenehmes Gefühl.

Vor Überraschung sperrte ich die Augen auf, als wir die nächste Halle betraten. Deckenhohe, glänzende kupferne Kolben reihten sich aneinander. Einige waren dick und klobig, andere schlank und schmal. Irgendwie sahen sie alle wie überdimensionale Zwiebeln aus. Dutzende von Arbeitern liefen geschäftig hin und her. James und ich sprangen mehrmals zur Seite, um nicht umgerannt zu werden.

»Die in den Wash Backs entstandene, schwach alkoholhaltige Lösung wird hier destilliert. Zuerst in den größeren Kesseln, dann ein zweites Mal in den schmaleren. Dabei ist es von absoluter Wichtigkeit, dass die Temperatur keinerlei Schwankungen unterliegt! Eine Abweichung von nur drei Grad könnte eine ganze Destillation zunichte machen. Erst nach dem zweiten Brennvorgang gewinnen wir den reinen, klaren Whisky.« James zeigte mir einen kleinen Glaskasten, der mit einer Plombe gesichert war. Darin befanden sich mehrere Röhrchen, durch die eine glasklare Flüssigkeit rann. »Das ist der so genannte Whisky-Safe.

Hier kommt die leidige Steuer ins Spiel, die von jedem Liter einen ordentlichen Anteil bekommt. Mit dem Whisky-Safe ist sichergestellt, dass die Arbeiter nicht das eine oder andere Fässchen von dem Lebenswasser für ihre eigenen Bedürfnisse abzweigen.«

»Immer wenn ich Whisky gesehen habe, so war er gold- bis dunkelbraun«, warf ich ein. »Doch das hier sieht anders aus, wie frisches Quellwasser.«

»Und dennoch handelt es sich um puren Alkohol mit einem Gehalt von rund fünfundsiebzig Prozent. Die Farbe erhält der Whisky erst durch seine jahrelange Reife in bereits benutzten Fässern. Wir verwenden hierfür ausschließlich Sherryfässer aus Spanien, in denen er mindestens sechs Jahre lagern muss. Der gute Grindle Single Malt reift allerdings mindestens zwölf Jahre, das ist Tradition. Kommen Sie, ich zeige Ihnen das Lagerhaus.«

Wir traten wieder auf den Hof hinaus und in ein großes Gebäude, dessen Türen mit zahlreichen Sicherheitsschlössern versehen waren. Jetzt standen sie allerdings offen, denn auch hier herrschte, wie überall auf dem Gelände, hektische Betriebsamkeit. Dann sah ich Hunderte von Fässern, alle bis zum Rand mit Whisky gefüllt. Auf jedem Fass standen eine Nummer und ein Jahr. Ganz hinten in der rechten Ecke entdeckte ich die Jahreszahl »1817«.

»Was hat das zu bedeuten?«, fragte ich.

James lächelte stolz und strich beinahe zärtlich über das Holz des Fasses.

»Das ist die erste Abfüllung, die aus dieser Destille geflossen ist. Das Fass wird niemals geöffnet, sondern von Generation zu Generation weitergegeben.«

Von seinen Worten berührt, dachte ich, wie wunderbar es sein musste, zu so einer alten Familie zu gehören und sich seiner Vorfahren und Wurzeln bewusst zu sein. Ich hätte viel dafür gegeben, Fitzroy MacHardy kennen gelernt zu haben.

Danach erklärte mir James noch, dass die Fässer nach der jahrelangen Reifung nach Glasgow verschickt würden, wo der Alkohol mit Wasser verdünnt und in Flaschen abgefüllt wurde. Damit war der Rundgang beendet. Es war für mich sehr interessant und beeindruckend gewesen. Im

Vorraum holte James eine Flasche hervor. Goldbraun rann der Whisky in die geschliffen Gläser. Von meiner Abwehr wollte James nichts wissen.

»Nur einen kleinen Schluck, Lucille! Wie sonst sollten Sie verstehen, warum meine Familie das alles hier aufgebaut hat?«

Er hob sein Glas und prostete mir zu.

»Slainte mbath!«

Vorsichtig nippte ich an dem Getränk, das zugegebenermaßen köstlich duftete. Doch beim Schlucken brannte der Whisky unsäglich in meiner Kehle, und ich begann zu husten. Hastig griff ich nach dem Glas mit Wasser, das James mir reichte.

»Jetzt weiß ich, warum die Indianer in Amerika den Alkohol Feuerwasser nennen«, krächzte ich, als ich mich wieder gefasst hatte.

James lächelte verständnisvoll. »So geht es den meisten beim ersten Mal. Aber keine Sorge, Sie werden sich daran gewöhnen!«

Nun, das hatte ich nicht vor. Obgleich ich zugeben musste, dass mir nach wenigen Minuten der Whisky warm durch die Adern rann und mir ein wohliges Gefühl im Magen bescherte. Zu meinem Entsetzen erkannte ich, dass ich so ziemlich das gleiche Gefühl am Vormittag neben Harrison MacGinny auf dem Kutschbock empfunden hatte. Folglich war Whisky genauso ungesund und schädlich wie die Gegenwart Harrisons.

IV

In den nächsten Tagen war ich zwischen gespannter Erwartung und rastloser Unruhe hin- und hergerissen. In dieses Gefühl geriet ich täglich zwischen zwei und drei Uhr, denn Harrison hatte auf seinem Angebot, mir Reitstunden zu erteilen, bestanden. In einem Zimmer fand ich einen ganzen Schrank voll mit kostbaren Gewändern, darunter auch ein Reitdress. Von Glenda erfuhr ich, dass es einst das Zimmer meiner Großmutter gewesen war. Gerührt und vorsichtig probierte ich die Kleider, in denen noch ein leichter Duft nach Lavendel hing, und ich fühlte mich dadurch meiner Vorfahrin sehr nahe. Sie musste ungefähr die gleiche Figur wie ich gehabt haben, denn die Sachen passten mir perfekt. Zwar waren die Schnitte völlig aus der Mode, doch für meine Zwecke reichte das Reitkostüm aus. Schließlich ging ich nicht zu einer Jagdgesellschaft, sondern nur auf die Koppel, wo der treue Bachelor bereits schnaubend auf mich wartete.

Täglich konnte ich aufs Neue feststellen, was für eine sanfte Hand Harrison mit Pferden hatte. Er flüsterte Bachelor etwas ins Ohr, was ich nicht verstand, worauf der Hengst freudig die Mähne schüttelte und mit seinem mächtigen Kopf auf und ab nickte. So kam es mir wenigstens vor. Beim ersten Mal nahm mich Harrison vor sich auf den Rücken des Pferdes. Seine Arme umschlossen meine Taille, seine Hände kreuzten sich auf meinem Bauch. Während wir langsam um die Koppel ritten, spürte ich durch die Lagen des Stoffes seine Wärme.

»Sie müssen ein Gefühl dafür bekommen, Ihren Körper den Bewegungen des Pferdes anzupassen. Obwohl das Tier Ihren Befehlen gehorchen wird, behält es seinen Bewegungsrhythmus stets bei. Wenn Sie sich nicht darauf einstellen, landen Sie unweigerlich im Gras.«

Seine Wildlederjacke roch nach Pferden und Tabak, und ich spürte, wie sich Harrisons Muskeln bei jeder Bewegung hoben und senkten. Er hatte offenbar kein Gramm Fett zu viel auf seinen Knochen, dennoch war sein Körper weich und geschmeidig. In mir erwachte ein bisher nicht gekannter Ehrgeiz, Harrison MacGinny zu beweisen, dass ich eine gute Reiterin werden konnte. Ob es allein mein Wille war oder ob ich tatsächlich ein angeborenes Talent hatte, mit Pferden umzugehen, weiß ich nicht. Es durchströmte mich ein starkes Glücksgefühl, als ich bereits am dritten Tag auf Bachelor an Harrisons Seite ins Dorf ritt. Ich erkannte neben dem Gemischtwarenladen auch einen Kurzwarenhändler, eine kleine Metzgerei und eine Backstube. Vor dem Gasthaus saßen drei Männer mit Gläsern voll dunklem Bier in der Sonne und sahen uns interessiert entgegen. Als wir sie passierten, meinte ich die Worte »Das ist die Herrin von Cromdale« zu hören. Stolz warf ich den Kopf in den Nacken. Dabei musste ich wohl etwas zu heftig an den Zügeln gezogen haben, denn Bachelor stieß ein Wiehern aus und begann, nervös zu tänzeln. Sofort griff Harrison zu mir herüber, wobei sein Unterarm kurz meine Brust streifte. Mich durchfuhr ein heißer Schreck, dennoch war die unbeabsichtigte Berührung nicht unangenehm. Bachelor bewies, dass er wirklich ein ruhiges Tier war, denn wenig später trug er mich wieder brav zur Burg zurück. Im Stall verabschiedete sich Harrisons kurz angebunden, und mir war, als miede er meinen Blick. Ich presste mein Gesicht in das Fell des Pferdes und musste aufkommende Tränen zurückhalten. Eben hatte sein Gesicht so undurchdringlich, wie aus Stein gemeißelt gewirkt, dabei waren wir uns vorhin so nahe gewesen. Was war nur los mit mir?

Mrs. Grindle hatte Wort gehalten und mir einige vertrauenswürdige Frauen geschickt. Der eine Trupp bestand aus fünf kräftigen Mädchen, die binnen drei Tagen die ganze Burg von oben bis unten schrubbten und wienerten und dafür lediglich zwei warme Mahlzeiten am Tag verlangten. Bald roch es im Treppenhaus und in den Zimmern nach

Bienenwachs, in den Fensterscheiben spiegelte sich die Sonne und die kräftigen Farben der Teppiche kamen wieder zur Geltung, nachdem diese stundenlang auf der Wiese hinter dem Haus ausgeklopft worden waren. Mrs. Anderson stellte ich, nachdem ich nur wenige Sätze mit ihr gewechselt hatte, sofort als Köchin ein. Sie entsprach in ihrer ganzen Erscheinung dem Klischee einer Köchin: klein, untersetzt, dabei wieselflink, mit dicken, runden Apfelbäckchen. Mrs. Anderson hatte bereits in verschiedenen Herrenhäusern gedient, zuletzt in der Nähe von Aberdeen. Ihre Referenzen waren ausgezeichnet, ebenso ihre Kochkünste, wie ich noch am gleichen Abend feststellen durfte. Ein junges, wenig attraktives Mädchen würde künftig Rosie zur Hand gehen und ebenfalls in der Burg wohnen. Ob Glenda MacGinny mit meiner Wahl einverstanden war, wusste ich nicht. Aber es war mir auch gleichgültig. Während ich mit Mrs. Anderson und Wilma sprach, stand sie stumm daneben. Sie neigte nur zustimmend den Kopf, als ich sagte:

»Der Haushalt wird von Mrs. MacGinny geführt. Bitte wenden Sie sich bei Unklarheiten an sie. Sie verwaltet die Schlüssel für die Wäschekammer und die Vorratsräume. Mrs. MacGinny wird auch dich, Wilma, in deine Aufgaben einweisen.«

So war es also beschlossene Sache und ich Herrin über nunmehr fünf Domestiken – wenn ich Harrison mit einrechnete, was mir aber nach wie vor schwer fiel. Trotzdem gestaltete sich Cromdale House langsam, aber sicher zu einem wohnlichen Heim, in dem ich mich zunehmend wohl zu fühlen begann. Ich hatte jeglichen Gedanken, nach London zurückzukehren, längst aufgegeben, überhaupt war es mir unvorstellbar, jemals wieder in einer luftverschmutzten und lauten Stadt zu leben.

Durch die vielen Änderungen war ich sehr beschäftigt, so dass ich kaum noch Zeit fand, die Familie Grindle zu besuchen. Einmal traf ich bei einem Ausritt James am Rande des Wäldchens, denn ich bewegte Bachelor mindestens zwei Stunden täglich, um meine Kenntnisse zu schulen und zu festigen. James lobte meine Reitkünste, und wir ritten eine halbe Stunde Seite an Seite. Dabei bemerkte ich, wie mir James immer wieder bewundernde Blicke zuwarf.

»Sie kommen mit allem zurecht, Lucille?«, fragte er plötzlich. »Sie wissen, dass Sie jederzeit mit meiner Hilfe rechnen können. Mit der meiner Eltern selbstverständlich auch«, fügte er rasch hinzu.

Gerührt sah ich, wie eine leichte Röte über seine Wangen huschte, was meine Sympathien für ihn nur noch steigerte. Ich dankte ihm und versicherte, dass ich mit jedem Tag mehr das Leben hier genoss.

»Die Unkompliziertheit der Menschen hier, nicht zuletzt die Ihrer Familie, macht es einem leicht, gerne hier zu leben.«

»Und Glenda und Harrison?«, fragte James vorsichtig.

Ich zuckte mit den Schultern.

»Beide erfüllen ihre Aufgaben zu meiner vollen Zufriedenheit. Glenda lässt zwar keine Gelegenheit verstreichen, mir ihre angebliche Überlegenheit zu zeigen, aber ich gehe ihr meistens aus dem Weg.«

James berührte kurz meine Hand.

»Sie schaffen das, Lucille! Da bin ich ganz sicher.«

Ich atmete tief die frische, nach Tannennadeln duftende Luft ein. Es war schön, einen solchen Freund zu haben!

Das neue Mädchen Wilma meldete mir, Mrs. Grindle und ihre Tochter seien soeben eingetroffen und erwarteten mich im Salon. Rasch richtete ich mein Haar und eilte nach unten. Mrs. Grindle kam mir mit ausgestreckten Händen entgegen.

»Meine liebe Lucille! Ich gebe es zu, ich habe es nicht mehr ausgehalten! Meine Neugier trieb mich hierher, um zu sehen, wie Sie mit der neuen Situation fertig werden. Ich wollte mich mit eigenen Augen überzeugen, ob alles stimmt, was man sich so erzählt.«

»So, was erzählt *man* sich denn so?«, fragte ich freundlich und bat sie, Platz zu nehmen. Ich war dankbar, seit kurzer Zeit über einen Raum, den man durchaus als Salon bezeichnen konnte, zu verfügen. Zwar war die Einrichtung spartanisch und stammte hauptsächlich aus zusammengetragenen Möbeln verschiedener unbenutzter Räume, doch in einem Schrank hatte ich festen goldgelben Stoff gefunden und mit Rosies Hilfe Vorhänge genäht, die den Raum hell und freundlich machten. Die Kommode und das Beistelltischchen schmückten zwei bestickte Deckchen aus dem gleichen Stoff.

»Wie Sie mit den MacGinnys fertig geworden sind«, beantwortete Mrs. Grindle meine Frage. »Niemand hätte gedacht, dass Glenda sich so widerspruchslos einer neuen Herrin unterordnet, hat sie doch hier viele Jahre lang selbst die Rolle der ersten Dame gespielt.«

Ich glaubte zwar nicht, dass Glenda mich akzeptiert hatte, sprach es aber nicht aus. Nach wie vor war ich vor ihr auf der Hut, auch wenn sich unser Kontakt auf ein Minimum beschränkte.

Wilma brachte Tee und Gebäck, dann setzten wir uns in die Sitzgruppe vor den Kamin.

»Es tut mir Leid, Mrs. Grindle, dass ich Sie in den letzten Tagen nicht mehr besucht habe. Aber es gibt hier so schrecklich viel zu tun!«, entschuldigte ich mein Fernbleiben.

Sie lächelte verständnisvoll.

»Ich habe schon gehört, dass Sie eine Generalreinigung der Burg veranlasst haben. Auch haben Sie neues Personal eingestellt. Das ist gut, sehr gut!« Sie sah meinen verwunderten Blick und fuhr fort: »In unserer Gegend ist nicht viel los, wir leben hier sehr abgeschieden. Darum sprechen sich Neuigkeiten schnell herum. Augenblicklich sind Sie und Cromdale House natürlich *das* erste Gesprächsthema. Das führt mich auch zum Grund meines Besuches.«

»Wir geben eine Abendeinladung«, platzte Carla heraus.

»Nun, ganz so großartig wird es wohl nicht werden. Aber wir planen tatsächlich am Samstag kommender Woche ein kleines Dinner im Kreis von Freunden. Auch im Namen meines Mannes und James' möchte ich Sie herzlich dazu einladen!«

Ich war verblüfft. In meinem ganzen Leben war ich noch nie bei einer Abendeinladung gewesen, wusste gar nicht, wie man sich dabei benimmt und was man anzieht …

»Ich danke Ihnen, aber ich passe bestimmt nicht in Ihren Kreis«, sagte ich sekptisch.

Doch so leicht wollte Mrs. Grindle eine Ablehnung nicht akzeptieren.

»Aber Lucille, *Sie* sind jetzt die Herrin von Cromdale! Wenn man die gesellschaftliche Stellung bedenkt, die Sie jetzt einnehmen, so stehen Sie weit über uns Grindles! Wir sind nur einfache Leute aus dem Mittelstand, die eine Whiskybrennerei betreiben. Eine profitable zwar, trotzdem ist mein Mann ein Unternehmer ganz ohne Titel und so weiter. Wenn Sie einer Einladung in unser bescheidenes Haus folgen, würde das eine große Ehre für uns bedeuten.«

Gegen meinen Willen prustete ich los. Mrs. Grindle hatte die Worte zwar mit großem Ernst gesprochen, dabei aber so lustig mit den Augen geblinzelt, dass ich mir den Bauch vor Lachen halten musste.

»Aber ich habe nichts anzuziehen«, wagte ich einen weiteren Einwand, der sogleich widerlegt wurde:

»Das habe ich bedacht, Lucille. Es gibt in Grantown eine ganz hervorragende Schneiderin. Ihr Name ist Miss Kendall. Sicher, Ihre Schnitte können nicht mit der gängigen Stadtmode mithalten, aber für unser geruhsames Landleben leistet sie gute Arbeit. Ich werde ihr noch heute eine Nachricht schicken. Bestimmt kann sie morgen schon hier eintreffen.«

Ich zögerte und wagte gar nicht an die Kosten zu denken. Aber Mrs. Grindle hatte sicher Recht. Die Sachen, die ich im Arbeitshaus getragen hatte, waren für die Herrin eines Gutes wirklich nicht geeignet.

»Reverend Donaldson wird auch kommen«, lies sich Carla wieder vernehmen. Ich zog fragend eine Augenbraue in die Höhe. Mrs. Grindle beugte sich vor und flüsterte mir leise ins Ohr:

»Der Reverend ist ein noch recht junger Mann. Ich glaube, meine Tochter schwärmt für ihn.«

Verschwörerisch blinzelte sie mir zu. Ich verstand. Jugendliche im Alter von Carla, nicht mehr Fisch, aber auch noch nicht Fleisch, entdeckten nun ihr Interesse für das andere Geschlecht.

»Ich bin bisher noch nicht dazu gekommen, in die Kirche zu gehen«, versuchte ich eine vage Entschuldigung dafür, dass mir Reverend Donaldson nicht bekannt war. Mit Beschämung dachte ich an meine regelmäßigen Kirchgänge in London, aber hier in Schottland war ich von so vielen anderen Eindrücken und Erfahrungen in Anspruch genommen, dass ich meinen Glauben schändlich vernachlässigte.

»Darum sollten Sie die wichtigsten Menschen unserer Gemeinde kennen lernen. Dazu bietet ein zwangloses Dinner eine hervorragende Plattform. Außerdem habe ich da so eine Idee, was den Kirchenbasar betrifft, die ich gerne mit Ihnen und dem Reverend besprechen möchte.«

Ich erinnerte mich, Mrs. Grindle schon einmal von dem jährlich im September stattfindenden Basar sprechen gehört zu haben.

»Wenn ich Sie dabei unterstützen kann, mache ich es gerne«, bot ich mich an.

Sie lehnte sich entspannt zurück.

»Tatsächlich denke ich, dass es ein guter Gedanke wäre, den Basar in Cromdale House stattfinden zu lassen. So war es damals, als Ihre Großmutter noch lebte, üblich. Erst nach ihrem Tod wurde die Angelegenheit auf den Grindle-Hof verlegt, weil Fitzroy kein Interesse mehr daran hatte. Der Rasen hinter dem Haus würde sich vorzüglich eignen.«

In Cromdale House! Du meine Güte, das würde bestimmt mit erheblichen Kosten verbunden sein! Augenscheinlich war Mrs. Grindle über meine finanzielle Situation nicht ausreichend informiert. Aber es war mir schrecklich peinlich, die Sache anzusprechen. Die Last auf den Schultern einer Burgherrin war doch größer, als ich sie mir hätte träumen lassen. Vielleicht hatte Harrison Recht, und ich sollte zurück in den Süden gehen?

»Mrs. Grindle, ich glaube nicht, dass ich dazu in der Lage sein werde …«, begann ich zögerlich.

»Keine Angst, Lucille! Der Basar kostet Sie keinen Penny.« Erneut war ich über ihre umwerfende Direktheit erstaunt. Mrs. Grindle nannte die Dinge stets beim Namen, dennoch kam kein Gefühl der Peinlichkeit auf. »Die Speisen und Getränke werden von den Dorfbewohnern gespendet. Ebenso zahlreicher Krimskrams wie selbst gehäkelte Untersetzer, Teewärmer oder Decken. Der Erlös kommt Reverend Donaldson zugute, der das Geld dringend für eine Sanierung des Chorgestühls und des Taufbeckens benötigt. Sie müssen einzig und allein Ihren Garten zur Verfügung stellen. Um alles andere kümmern sich die Damen vom Komitee und meine Wenigkeit schon selbst. Natürlich rechnen wir mit Ihrer Unterstützung! Sie werden sehen, dass es Ihnen eine Menge Spaß machen wird.«

Gegen diese Worte war ich machtlos. Wohl hundert Mal habe ich mir vorgestellt, wie meine Mutter wohl gewesen sein mochte. Aber in diesem Moment wusste ich, sie hätte wie Mrs. Grindle sein sollen. Dankbar drückte ich ihre Hand und versicherte, zuerst nächste Woche zum Dinner zu kommen, um dort auch die Einzelheiten für den Basar auf dem Grund und Boden von Cromdale durchzusprechen. Auf *meinem* Grund und Boden! Wie das klang! Würde ich mich jemals daran gewöhnen?

Mrs. Grindle hatte nicht zu viel versprochen. Tatsächlich kam am nächsten Vormittag eine Dame mittleren Alters von kleiner Statur nach Cromdale, die sich als Miss Kendall vorstellte. Die Schneiderin musste unverzüglich, nachdem sie die Nachricht erhalten hatte, von Grantown aufgebrochen sein. Wahrscheinlich noch vor Morgengrauen. Sie war mit einem eigenen kleinen Wagen gekommen, der mit Stoffmustern, Ballen, Kästchen und Schachteln so vollgestopft war, dass ich das Pferd bedauerte, das diese Last den ganzen Weg hatte ziehen müssen.

»Mrs. Grindle teilte mir mit, dass Sie bereits in neun Tagen ein Abendkleid benötigen. Nun, das ist knapp, sehr knapp! Aber wenn wir uns ranhalten, dann werden wir es schaffen. Ihre anderen Kleider werden wir erst danach anfertigen, Mylady! Am besten, wir beginnen sofort! Wo ist mein Zimmer, damit ich mich vorbereiten kann?« Sie redete wie ein Wasserfall, ihre dunklen Knopfaugen huschten dabei hin und her und schienen jedes noch so kleine Detail wahrzunehmen.

Ich spürte sofort, dass die Schneiderin eine sehr bestimmende Person war, die keinen Widerspruch duldete. Alles in allem machte Miss Kendall den Eindruck, dass sie ganz genau wusste, was sie wann zu tun hatte. Rigoros gab sie Rosie Anweisungen, wie der ihr zugedachte Raum umzuräumen war, damit sie genügend Platz zum Arbeiten hatte. Bereits am Nachmittag legte sie mir verschiedene Stoffmuster vor. Wir tranken beide eine Tasse Tee, und ich muss zugeben, dass es mir großen Spaß bereitete, meine Finger über kühle, schimmernde Seide, weichen Samt oder kunstvoll gearbeiteten Brokat gleiten zu lassen. Eine halbe Stunde zuvor hatte sie an mir Maß genommen und auf dem Papier mit wenigen Strichen ein Kleid entworfen, das in meinen Augen elegant, aber auch ein wenig verrucht war. Das Modell zeigte nämlich ein offenherziges Dekolleté und ließ die Schultern frei.

»Ich schlage dieses Grün hier vor, Mylady. Es spiegelt genau die Farbe Ihrer Augen wider. Als Einfassung können wir ein elfenbeinfarbenes Band nehmen.« Sie zeigte mir beides, und ich stimmte begeistert zu. Die zartgrüne Spitze erschien mir wunderschön. Nie wäre ich auf die Idee gekommen, dass meine Augen in derselben Farbe schimmern könnten. »Natürlich brauchen Sie noch passende Accessoires sowie Schuhe und Handtasche. Das ist aber kein Problem. Ich schicke eine entsprechende Stoffprobe nach Grantown, der dortige Schuhmacher wird die Teile anfertigen.«

Dann nannte sie mir einen Preis, der ein weiteres elegantes Kleid und drei hübsche Nachmittagsroben beinhaltete. Ich war über die Summe angenehm überrascht. Augenscheinlich konnte man die Lebenshaltungskosten in Schottland wirklich nicht mit den Preisen in London vergleichen. So stimmte ich gerne zu, und Miss Kendall begab sich sogleich an die Arbeit. Bereits zwei Tage später hatte sie die ersten Teile des Kleides zugeschnitten und zusammengeheftet. Sie kam zur Anprobe in mein Zimmer, und ich schlüpfte in die Bahnen von Stoff, die sich für mich immer noch wie ein Traum anfühlten. Ich war es nicht gewohnt, längere Zeit still zu stehen. Daher war ich für eine Unterbrechung sehr dankbar, als Miss Kendall sagte:

»Hier am Saum muss ich noch etwas abstecken. Dazu benötige ich aber spezielle Nadeln, die ich in meinem Zimmer habe. Wenn Sie erlauben, gehe ich sie schnell holen, Mylady.«

Sie half mir, aus dem Kleid zu schlüpfen, und verließ mit schnellen Schritten mein Zimmer. Ich trat im Unterrock an mein Fenster und schaute hinaus. Geballte, dunkle Wolken ließen auf neuen Regen schließen. Hoffentlich regnet es am Samstag nicht, dachte ich in Gedanken an den offenen Wagen, den ich für die Fahrt zu den Grindles würde benutzen müssen. Vielleicht wäre die Anschaffung einer geschlossenen Kutsche möglich? Jetzt im August schien der Winter zwar noch fern, aber später wäre es bestimmt kein Vergnügen, im Gig auszufahren. Das Klappen der Tür unterbrach meine Gedanken. Überrascht, dass Miss Kendall so rasch zurück war, wandte ich mich um – und stand Harrison MacGinny gegenüber!

»Oh!« Er musterte mich mit spöttisch nach oben gezogenen Augenbrauen von oben bis unten. So schnell ich konnte, hechtete ich zum Bett und griff nach einer Decke, die ich mir vor den Körper presste.

»Wie können Sie es wagen …!«

»Jetzt spielen Sie mal nicht die Prüde, Lucille! Ich habe schon öfters junge Damen in Unterröcken gesehen.«

»Das bezweifle ich keinen Moment!«, zischte ich zurück.

Harrison wandte seinen Blick nicht von mir, und ich selbst starrte wie gebannt in seine Augen. Bisher waren sie mir eisblau erschienen. Doch Eis war kalt. Jetzt aber lag Wärme in ihnen, und sie ähnelten eher einem Bergsee an einem strahlenden Sommermorgen als einem Gletscher. Endlich gelang es mir, den Kopf zur Seite zu drehen.

»Bitte, gehen Sie!«

»Aber Lucille … Sie haben tatsächlich eine entzückende Figur! Sie sollten diese nicht immer unter den schlichten Kleidern verbergen.«

»Genau zu dem Zweck ist die Schneiderin hier!«

Zu meiner grenzenlosen Erleichterung betrat in diesem Moment Miss Kendall das Zimmer. Sie riss Augen und Mund auf.

»Ja, was erlauben Sie sich? Hinaus mit Ihnen! Aber sofort! Wie können Sie es wagen, das Schlafzimmer einer Dame zu betreten!«

Sie stürmte auf den gut und gerne drei Köpfe größeren und mindestens doppelt so schweren Harrison zu und drückte ihn mit beiden Händen nach draußen.

Ich musste wider Willen schmunzeln, denn die Szene erinnerte mich ein wenig an David und Goliath. Tatsächlich wehrte sich Harrison nicht und erhob auch keine Einwände. Miss Kendall schloss nachdrücklich die Tür.

»So, das wäre erledigt!«, sagte sie bestimmt. »Jetzt schlüpfen Sie wieder in das Kleid, damit ich den Rock noch heute fertig machen kann.«

Während sie mit Nadel und Faden hantierte, ging mir Harrisons Blick nicht aus dem Sinn. Er war ähnlich gewesen wie damals im Stall, als wir uns einen Moment an Bachelors Box nahe gekommen waren. Ich merkte, wie ich am ganzen Körper zitterte. Hoffentlich bemerkte Miss Kendall nichts davon! Dabei wusste ich gar nicht, warum. Ich zitterte nicht vor Ärger über Harrisons ungebührliches Verhalten. Auch nicht aus Angst vor ihm. Seltsam, obwohl er so groß, stark und überlegen war, verspürte ich in seiner Gegenwart keine Furcht, sondern vielmehr ein seltsames Gefühl in der Magengrube, das ich vorher nicht gekannt hatte. Es war kein unangenehmes Gefühl, trotzdem war ich beunruhigt. Erst viel später fiel mir ein, dass ich Harrison nicht gefragt hatte, was er eigentlich in meinem Zimmer wollte.

So vergingen die Tage in reger Betriebsamkeit. Ehe ich mich versah, war der Samstag gekommen. Tatsächlich war das Kleid rechtzeitig fertig geworden. Miss Kendall würde sich jetzt noch zwei Wochen meiner weiteren Garderobe widmen. Die beiden Mädchen hatten mir am Nachmittag ein heißes Bad gerichtet. Dann zog ich mein neues Kleid an. Als ich vor dem Spiegel saß und Rosie vertrauensvoll mein Haar überließ, betrachtete ich überrascht mein Spiegelbild. Miss Kendall hatte Recht behalten. Die grüne Seide entsprach genau dem erwartungsvollen Schimmer meiner Augen. Zwar fühlte ich mich mit freien Schultern schrecklich nackt, aber ich würde später noch ein passendes Tuch umlegen. Mein Hals erschien lang und schlank, meine Brust eher größer. Oder lag es daran, dass sie sich vor Aufregung heftig hob und senkte? Nachdem Rosie fertig war, trat sie ehrfurchtsvoll einen Schritt zurück. Deutlich sah ich die Bewunderung in ihren Augen. Ich wusste, wenn sie sprechen könnte, hätte sie mir ein Kompliment gemacht. Ich warf einen letzten Blick in den Spiegel. War die junge Frau mit der grazilen Figur in dem eleganten Kleid und der aufgetürmten Frisur, aus der sich einzelne Strähnen im Nacken kringelten, wirklich ich? Vor Aufregung waren meine Wangen rosa angehaucht und wechselten zu einem tiefen Rot, als ich unwillkürlich dachte: So sollte dich Harrison sehen! Ich wich schnell vom Spiegelbild zurück. Natürlich waren die MacGinnys nicht eingeladen worden. Jeder wusste von der Antipathie zwischen den Familien. Zudem war Harrison nur ein Angestellter. Ich kannte jedoch Mrs. Grindles Mentalität inzwischen so gut, dass ich wusste, dass Letzteres kein Hinderungsgrund für eine entsprechende Einladung gewesen wäre. Der einzige Wermutstropfen war meine Behinderung. Wenn diese nicht gewesen wäre, hätte man mich tatsächlich für eine gut aussehende Frau halten können.

Als ich pünktlich bei den Grindles eintraf, stellte ich zu meiner Erleichterung fest, dass ich die Erste war.

»Meine Mutter meinte, es sei für Sie angenehmer, den Gästen nach und nach vorgestellt zu werden«, raunte mir James zu. »Daher hat sie jeden im Abstand von fünfzehn Minuten eingeladen. Raffiniert, nicht wahr?«

Ich erwiderte sein Zwinkern, und meine Sympathie für Mrs. Grindle wuchs.

Als Erster erschien Reverend Donaldson. Ich konnte Carlas Bewunderung sofort verstehen. Er war noch jung, kaum älter als Mitte zwanzig und von angenehmer Gestalt. Wir plauderten belanglos über das Wetter, und er sagte:

»Nach dem Essen werden wir Gelegenheit haben, über den Basar zu sprechen. Mrs. Grindle war so freundlich, mir mitzuteilen, dass er dieses Jahr wie in alten Zeiten in Cromdale House stattfinden soll. Ich selbst habe es zwar nicht erlebt, aber mein Vater hat mir davon berichtet.«

»Hoffentlich regnet es nicht«, wandte Carla neben mir ein. Sie ließ den Reverend nicht aus den Augen. Ich musste zugeben, dass sie in ihrem rosafarbenen Kleid allerliebst, allerdings auch noch sehr kindlich aussah.

»Nun, wir werden sehen«, wich ich aus, keinesfalls überzeugt, dass der Basar tatsächlich auf Cromdale stattfinden würde, obwohl der Gedanke daran schon einen gewissen Reiz für mich ausmachte.

Nach und nach trafen die weiteren Gäste ein, und wir wurden einander vorgestellt. Da waren Dr. Craig mit seiner Frau, der für das körperliche Wohlergehen der Bewohner dieser Gegend zuständig war und mir versicherte, dass ich aufgrund meiner blühenden Gesichtsfarbe seine Dienste sicher nicht würde in Anspruch nehmen müssen. Das Ehepaar Erradale lebte am anderen Ende des Tales und betrieb ein landwirtschaftliches Gut, wobei sie alles andere als einen bäuerlichen Eindruck machten. Bei Mr. Kenmore, einem Herrn mittleren Alters, handelte es sich um den Parlamentsabgeordneten. Er vertiefte sich sogleich in eine angeregte Diskussion mit Mr. Oskraig, der offensichtlich der anderen Partei angehörig war. Zuletzt erschien die Witwe Lady Diabaigas-Airde. Der Name, zudem noch in schottischem Akzent ausgesprochen, bereitete mir erhebliche Schwierigkeiten, und ich war dankbar, sie einfach nur Mylady nennen zu können. Alle waren sehr freundlich zu mir, und in guter Stimmung setzten wir uns zu Tisch. Mein Tischnachbar war James Grindle. Reverend Donaldson saß neben Carla, die vor sichtlicher Freude kaum wagte, ihren Blick zu heben. Es war ihr erlaubt worden, bis kurz nach dem Abendessen aufzubleiben. Ich wusste, wie ihr zumute war, als Mrs. Grindle sie schließlich aufforderte, zu Bett zu gehen.

»Aber ich bin doch kein Kind mehr«, maulte sie, fügte sich aber dem Willen ihrer Mutter.

Schließlich kamen wir auf den Kirchenbasar zu sprechen. Alle Anwesenden würden sich daran beteiligen, bis auf Lady Diabaigas-Airde.

»Mein Gesundheitszustand lässt es leider nicht zu. Sehr bedauerlich! Aber ich habe Ihnen, Reverend, bereits meine Unterstützung in Form von fünfzig Pfund zugesagt.«

Reverend Donaldson verbeugte sich dankbar in ihre Richtung. Das war wirklich eine stolze Summe, die dem wurmzerfressenen Chorgestühl zugute kommen würde. Mrs. Erradale versicherte mir, wie schön es sei, dass Cromdale House nun wieder zum Leben erwache.

»Als Lady Fitzroy, Ihre Großmutter, noch lebte, gab es dort zahlreiche Feste. Und man hat Sie nach ihr benannt. Wie wunderbar!«

Ich lächelte und fragte mich, was die Leute wohl über die Umstände, die mich nach Schottland geführt hatten, wussten. War ihnen der Bruch zwischen dem Laird und meinem Vater bekannt? Wie er meine schwangere Mutter einfach im Stich gelassen hatte? Bestimmt, schlussfolgerte ich. In dieser Gegend gab es keine Geheimnisse. Hier wusste jeder über den anderen Bescheid.

James war mir gegenüber aufmerksam und charmant. Mehrmals versicherte er mir, wie bezaubernd ich aussehe und wie glücklich er über unsere Freundschaft sei. Einmal fing ich Lady Diabaigas-Airdes Blick auf, der wohlwollend auf James und mir ruhte. Da fragte ich mich, was die Gäste wohl über mich und den Sohn der Grindles dachten. Sahen sie uns etwa als Paar an? Unwillkürlich musste ich lächeln, als mir diese Vermutung durch den Kopf ging. Er war in meinem Alter, der einzige Sohn einer alteingesessenen, vermögenden Familie und ich die Erbin des Nachbarbesitzes. Wir verstanden uns gut, hatten gemeinsame Interessen und konnten zusammen lachen, aber auch ernsthafte Gespräche führen. Dazu kam, dass James Grindle annehmbar aussah und auch über einen gewissen Charme verfügte. Was lag folglich näher, als eine Verbindung zwischen uns anzustreben? Mich stimmten diese Überlegungen nachdenklich. Sicher, ich mochte James, war gerne in seiner Gesellschaft und hatte seine Mutter wie eine eigene lieb gewonnen. In seiner Gegenwart fühlte ich mich ruhig und entspannt, so ganz anders, als wenn ich Harrison MacGinny begegnete. Seltsam, warum musste ich jetzt ausgerechnet an ihn denken? Tief im Inneren musste ich mir eingestehen, dass ich ihn gerne in der Gesellschaft gesehen hätte. In einem eleganten Abendanzug mit gestärktem weißem Hemd, die wilden Locken zu einem Zopf gebändigt, locker ein Glas Whisky in der Hand ... Schluss, Lucille, befahl ich mir streng. Dennoch konnte ich die unerklärliche Unruhe, die mich jedes Mal in seiner Nähe befiel, nicht deuten. Andererseits vermisste ich ihn, wenn ich ihn ein paar Tage lang nicht zu Gesicht bekam. Das liegt nur daran, dass er und Glenda mir ihre Abneigung so offen zeigen, versuchte ich mir einen Reim auf solch zwiespältige Gefühle zu machen.

»Lady Lucille scheint zu träumen«, hörte ich da Mr. Craig sagen. »Wir fragten gerade, ob Sie nächsten Monat auch zu den Highland Games nach Grantown kommen werden? Es ist das letzte größere Ereignis in unserer Gegend, bevor uns der Winter zwingt, einsame und leere Stunden vor dem Torffeuer zu verbringen.«

»Na, ich hatte bisher nie den Eindruck, dass du einsam bist«, neckte Mrs. Craig ihren Mann und stupste ihn mit dem Zeigefinger in die Rippen. »Deine Patienten kümmert es nicht, ob es Sommer oder Winter ist, wenn sie nach dir rufen!«

Ich schreckte auf und erkundigte mich rasch, was das für Spiele seien. Zu dumm, dass ich so geistesabwesend war! Es lohnte sich wirklich nicht, an Harrison MacGinny auch nur einen Gedanken zu verschwenden. Oder?

Es war beinahe Mitternacht, als sich die Gesellschaft auflöste. Die Witwe wollte auf dem Grindle-Hof übernachten, eine Heimfahrt war in ihrem Alter zu beschwerlich. James ließ es sich nicht nehmen, mich zu begleiten. Er band sein Pferd an den Einspänner und kutschierte mich nach Cromdale hinüber. Die Nacht war sternenklar und kalt. Dankbar, dass ich ein warmes Plaid mitgenommen hatte, kuschelte ich mich hinein und gab mich einer träumerischen Müdigkeit hin.

»Sie brauchen einen eigenen Kutscher«, sagte James. »Ein Stallbursche wäre auch vonnöten.«

Ich antwortete, dass ich bereits an einen geschlossenen Wagen gedacht hatte. »Allerdings weiß ich nicht, ob ich mir das alles leisten kann.«

Er lachte.

»Sie sind die Herrin von Cromdale House! Auf Ihrem Besitz leben rund vier Dutzend Pächter. Vielleicht sollten Sie diese selbst aufsuchen und mit ihnen reden. Ich vermute nämlich stark, dass Ihr großartiger Verwalter die meiste Pacht in der eigenen Tasche verschwinden lässt.«

Mit einem Schlag war ich hellwach.

»Wollen Sie damit andeuten, dass Harrison mich betrügt?«

»Nun, ganz auszuschließen ist es nicht, oder? Immerhin müsste ein Besitz wie der ihrige ganz schön was abwerfen. Da sind zum Beispiel die großen Gerstenfelder im Westen. Ich weiß nicht, an wen das Getreide verkauft wird, aber ich kann Ihnen versichern, dass Sie von uns dafür eine anständige Summe bekommen würden. Es sei denn, Sie hätten beschlossen, auf Cromdale demnächst selbst Whisky zu brennen.«

Ich versicherte ihm lachend, dass davon keine Rede sein könne.

»Sie wären also an der Ernte interessiert?«, hakte ich nach.

»Ja, das würde unsere Produktion um rund hundert Fässer im Monat steigern.«

»Haben Sie mit Harrison bereits darüber gesprochen? Für mich scheint das eine gute Sache zu sein. Wir selbst werden Gerste in einer solchen Menge sicher nicht verarbeiten können.«

»Ob ich mit MacGinny gesprochen habe?« Grimmig schnalzte James mit der Zunge. »Aber sicher doch! Die einzige Antwort, die ich erhielt, war folgende: ›Geben Sie mir die Mühle, dann bekommen Sie das Getreide!‹ Ich sagte bereits, dass unsere Familie kein Land verkaufen wird!«

Seltsam, was Harrison wohl mit der alten Mühle wollte? Eigentlich konnte es mir egal sein, viel wichtiger war jetzt, ein lukratives Geschäft abzuschließen. Die Gerste war beinahe reif zur Ernte, so dass ich binnen weniger Wochen über eine größere Summe Geld verfügen könnte. Ich setzte mich auf und streckte James die rechte Hand hin.

»Sie bekommen das Getreide!«

Er schlug ein, zögerte dann aber.

»Das wird Harrison gar nicht gefallen.«

»Das ist mir egal! Schließlich gehört Cromdale mir, oder etwa nicht?«

Während ich die Worte aussprach, wusste ich, dass ich nur so dachte, wenn Harrison nicht in meiner Nähe war. Trotzdem würde ich ihm beweisen, dass ich durchaus in der Lage war, mich um meinen Besitz selbst zu kümmern.

Dieses Mal hielt James nicht am Tor, sondern lenkte den Gig bis in den Stall. Er begleitete mich noch bis zur Eingangstür. Davor küsste er galant meine Hand und versprach, gleich morgen seinen Vater wegen der geschäftlichen Papiere zu mir zu schicken.

Beschwingt und glücklich, in Gedanken noch bei dem schönen Abend, betrat ich die Halle, blieb jedoch sogleich wie angewurzelt stehen. Obwohl es bereits nach Mitternacht war, saß Harrison lässig in einem Sessel, eine halb leere Whiskyflasche vor sich.

»So, die Lady kommt auch mal wieder nach Hause!« Seiner Stimme merkte man an, dass er getrunken hatte. Dennoch schwankte er keinen Millimeter, als er sich jetzt erhob und vor mich trat. Ich zog das Schultertuch fester um mich, fühlte ich mich doch plötzlich schrecklich nackt in dem Kleid, obwohl es mich den ganzen Abend über nicht gestört hatte, meine freien Schultern zu präsentieren. Ich wagte vor Überraschung nicht zu atmen, als Harrison jetzt eine Haarsträhne in meinem Nacken aufnahm und sie spielerisch durch seine Finger gleiten ließ. Dabei berührte er meine Schulter.

»Ganz Dame. Wirklich perfekt! Nun, ich muss gestehen, ich habe mich wohl geirrt. Sie werden Ihrer Rolle gerecht. Cromdale könnte keine würdigere Herrin haben.« Schwang da etwa eine Spur von Resignation in seiner Stimme? Oder sogar Traurigkeit? Sicher lag es nur am Alkohol.

»Mr. MacGinny! Bitte, ich bin müde …«

Er nickte und trat einen Schritt zurück. Unwillkürlich vermisste ich die Wärme seiner Hand und wünschte, er würde sie wieder in meinen Nacken legen.

»Natürlich«, sagte er höflich. »Aber du bist so schön, so wunderschön!«

Das Licht der flackernden Kerze warf Schatten auf sein Gesicht, und ich erkannte, dass er sich heute noch nicht rasiert hatte. Dunkel hoben sich die Bartstoppeln von Kinn und Wangen ab. Ich widerstand der beinahe zwanghaften Versuchung, ihm über Gesicht zu streichen, und riss schnell meinen Blick von ihm los.

»Und Sie sind betrunken«, schleuderte ich ihm entgegen und zwängte mich an seiner Gestalt vorbei. Während ich die Treppe hinaufging, wurde mir mein Hinken stärker als je zuvor bewusst. Wenn er doch aufhörte, mich so anzustarren! Mir stiegen die Tränen in die Augen, eigentlich wusste ich nicht, warum. Waren es seine Worte, die mich als schön bezeichneten? Sicher bereute er sie längst, nachdem ihm wieder bewusst geworden war, dass sich hinter der schönen Fassade ein Krüppel befand. Das konnte ein noch so schönes Kleid auch nicht verbergen. Für einen Moment befürchtete – oder hoffte? – ich, dass Harrison mir folgen würde. Doch ungehindert erreichte ich mein Zimmer und drehte den Schlüssel hinter mir im Schloss herum. Während ich mich auskleidete, rannen mir die Tränen über die Wangen. Gleichzeitig verspürte ich ein nie zuvor gekanntes Glücksgefühl. War ich etwa dabei, eine hysterische Ziege zu werden?

Wie Recht ich mit meiner Einschätzung über Harrisons Stolz hatte, zeigte sich am nächsten Tag. Mr. Grindle, James' Vater, suchte das Kontor auf, unmittelbar danach stürmte Harrison wütend in den Salon, wo er mich in einem Buch lesend vorfand.

»Wie kommen Sie dazu, den Grindles die Gerstenernte der westlichen Felder zu verkaufen?«

Seine Augen waren zu schmalen Schlitzen verengt, und an seiner Schläfe pochte zornig eine Ader. Bedächtig erhob ich mich, hatte aber dennoch das Gefühl, dem Verwalter nicht nur körperlich unterlegen zu sein.

»Bitte korrigieren Sie mich, wenn ich mich im Irrtum befinde, Mr. MacGinny, aber das Getreide gehört zu *meinem* Besitz. Folglich kann ich es veräußern, an wen ich möchte. Meines Erachtens besteht für Cromdale kein zwingender Grund, die Ernte einzulagern, auf dem Grindle-Hof wird sie dagegen dringend benötigt.«

»Sie ...« Er trat drohend auf mich zu, doch ich wich keinen Schritt zurück. »Ich bin Schotte, lebe beinahe mein ganzes Leben hier und verstehe die Leute. Sie hätten es mit mir absprechen müssen!«

Bezüglich der letzten Bemerkung musste ich ihm allerdings Recht geben, hütete mich jedoch, es ihm zu sagen. Kühl bemerkte ich:

»Sind Sie mit Mr. Grindle handelseinig geworden? Ich glaube, dass er einen guten Preis geboten hat.«

Harrison beantwortete mir diese Frage nicht, womit ich gerechnet hatte. Zornig und stolz blitzten seine Augen auf. »Es steht Ihnen frei, Cromdale selbstständig zu leiten. Wenn Sie es wünschen, verlasse ich den Besitz noch heute.«

Seinem Blick sah ich an, dass er wusste, dass ich wusste, dass es ein schwacher Versuch einer Erpressung war. Harrison MacGinny wollte seine Grenzen austesten, sehen, inwieweit er in der Lage war, mich unter Druck zu setzen. Nein, ich würde mich nicht entschuldigen, ihn nicht anflehen zu bleiben! Es gab noch andere gute Verwalter in Schottland.

»Es steht Ihnen frei zu tun, was Ihnen beliebt«, antwortete ich. »Sie wissen, dass Sie für meinen Großvater unentbehrlich waren. Keiner kennt den Besitz so gut wie Sie. Wenn Sie nicht akzeptieren können, künftig nicht mehr völlig freie Hand zu haben, ist es vielleicht besser, wenn Sie sich nach einem anderen Posten umsehen.« Ich ging an ihm vorbei zur Tür. »Wenn Sie mich jetzt entschuldigen würden? Es wartet noch Arbeit auf mich.«

Aus den Augenwinkeln sah ich, dass ich Harrison verblüfft hatte. Weder er noch ich hatten den kleinen Vorfall der vergangenen Nacht erwähnt. Wahrscheinlich konnte er sich daran gar nicht mehr erinnern. Während ich im Garten Blumen schnitt, überfiel mich leichte Panik, wenn ich daran dachte, dass Harrison Cromdale tatsächlich verlassen würde. Dabei ging es mir aber nicht darum, dass ich mir dann einen neuen Verwalter suchen müsste.

Ich befolgte James' Rat und suchte in den nächsten Tagen die verschiedenen Pächter auf. Überall wurde ich neugierig, aber freundlich begrüßt. Manchmal gab es leichte Verständigungsschwierigkeiten, denn teilweise sprachen die Leute mit einem solch starken schottischen Akzent, dass ich Mühe hatte, die Worte zu verstehen. Besonders die Älteren waren kaum der englischen Sprache, so wie ich sie kannte, mächtig. Aber schließlich klappte es doch, und oft wurden mir Apfelmost, Holunderbeerwein und die kleinen Haferkekse angeboten. Es war offensichtlich, dass die Menschen sich freuten, auf Cromdale wieder einen Herrn zu wissen, auch wenn es sich um eine hinkende Frau handelte, denn ein Verwalter war eben nur ein Verwalter! Sorgsam notierte ich mir die Pachtsummen, welche mir genannt wurden, und auch sonstige Kümmernisse, die die Leute betrafen. Bei den Drumbies tropfte es durch das Dach, auf dem Land der Badicauls wütete seit Tagen ein Fuchs, der beinahe jede Nacht ein Schaf riss. Ich würde es Harrison sagen, damit er sich darum kümmerte. Natürlich konnte ich ihn auf den von James geäußerten Verdacht, er würde Pachtgelder unterschlagen, nicht direkt ansprechen. Dazu müsste ich erst die Bücher überprüfen, um festzustellen, ob alles korrekt war. Zu diesem Zweck ging ich ins Kontor, das ich leer vorfand. Ich setzte mich an den Schreibtisch. Beinahe meinte ich, der Stuhl sei noch warm und ich könnte Harrisons männlich-herben Geruch spüren. Du fantasierst, sagte ich mir, nahm ein Blatt und schrieb Harrison die Namen der Pächter auf und was es dort zu erledigen gab. Nachdem ich damit fertig war, sah ich mich im Kontor um. An einem Haken neben der Tür hing Harrisons Jacke. Von dem Kleidungsstück ging ein schwacher Duft nach Erde, Moor und Pferden aus. Ich presste mein Gesicht an den rauen Stoff, dann hängte ich die Jacke schnell wieder an den Haken, als mir bewusst wurde, dass ich sie beinahe zärtlich in den Armen gehalten hatte. Nun galt meine Aufmerksamkeit den Büchern, die ordentlich aufgereiht in einem Aktenschrank standen. Für jedes Jahr gab es eine Bilanz, die in gestochen scharfen Buchstaben und Zahlen korrekt aufgelistet war. Zumindest konnte ich Harrison keine Unordentlichkeit vorwerfen. Auf der einen Seite standen die Pachteinnahmen und die Erträge, die Cromdale aus der Vieh- und Milchwirtschaft erzielte, dem gegenüber die Ausgaben. Mir stach sofort ins Auge, dass sich die beiden Positionen über Jahre hinweg die Waage hielten, wobei die meisten Ausgaben für größere Reparaturen erfolgt waren. So war zum Beispiel letztes Frühjahr das Dach des Ostflügels erneuert worden. Die Anschaffung eines neues Pfluges war erforderlich geworden, und hier stand eine größere Summe für die Erneuerung des Küchenherdes im letzten Winter. Auf den ersten Blick schien alles richtig und korrekt zu sein. Seufzend schlug ich das Buch zu und stellte es an seinen Platz zurück. Ich verstand von solchen Dingen nichts, ob ich wohl James Grindle würde um Hilfe bitten können?

»Ich hoffe, Sie haben mich des Betruges überführen können!«

Wie so oft erschreckte mich Harrison mit seinem plötzlichen Auftauchen so sehr, dass ich mich beinahe verschluckte. In Reitkleidung, die Peitsche lässig in der linken Hand, stand er vor mir. Sein Gesichtausdruck war steinern, ließ auch den Anflug von Spott, den ich bereits kannte, vermissen.

»Ich habe Ihnen nichts Derartiges unterstellt«, entgegnete ich und hielt seinem harten Blick stand. »Ich wollte mich lediglich darüber informieren, wie es um die Finanzen von Cromdale bestellt ist.«

»Und dazu mussten Sie die Pächter ausfragen!« Es war keine Frage, sondern eine Feststellung, und es wunderte mich nicht, dass Harrison bereits davon erfahren hatte. Obwohl – oder vielleicht gerade weil? – die Gegend karg besiedelt war, breiteten sich Nachrichten schneller als ein Waldbrand aus. »Sie haben sicher festgestellt, dass Sie hier kein Leben in Saus und Braus führen können, Mylady«, fuhr er fort. »Wir sind alle hart arbeitende Menschen, die bemüht sind, ihre Familien gesund und satt über den Winter zu bringen.« Er trat so schnell vor mich, dass es mir nicht möglich war zurückzuweichen. Da uns nicht mehr als eine Handbreit trennte, beugte ich mich zurück, stieß aber mit dem Rücken an den Schrank. »Gehen Sie zurück nach London, Mylady! Bevor der Winter mit Eis und Schnee und beinahe völliger Dunkelheit kommt. Dort ist Ihr Platz, nicht hier, wo man geboren sein muss, um Schottland zu lieben.«

War das der gleiche Mann, der mir vor wenigen Tagen gesagt hatte, dass ich eine schöne, begehrenswerte Frau war? Wenn ich es nicht besser wüsste, würde ich denken, Harrison MacGinny hätte einen Zwillingsbruder, dem ich regelmäßig begegnete.

»Ich bin Schottin«, stammelte ich unsicher, ohne den Blick von seinem Gesicht lösen zu können. »Zumindest zur Hälfte …«

Warum ich plötzlich daran denken musste, wie es sich wohl anfühlte, von seinen Lippen geküsst zu werden, war mir unverständlich. Dieser Anflug dauerte auch nur eine Sekunde, dann wurde mir die Ungeheuerlichkeit bewusst. Schnell drehte ich den Kopf zur Seite, damit ich Harrison nicht mehr in die Augen sehen musste.

»Sie wissen sehr wohl, dass es nichts und niemanden gibt, der in London auf mich wartet.« Ich merkte selbst, wie schal meine Worte klangen, trotzdem fuhr ich fort: »Cromdale House ist das einzige Bindeglied zu meiner Familie, auch wenn von dieser niemand mehr am Leben ist.«

Harrison trat zurück. Fahrig strich ich mir übers Gesicht und stellte dabei fest, dass meine Wangen glühten.

»Zwanzigtausend Pfund!«

»Was haben Sie gesagt?«

Ich meinte, mich verhört zu haben, doch Harrison ließ mich nicht aus den Augen.

»Ich biete Ihnen an, Cromdale für zwanzigtausend englische Pfund zu kaufen. Das ist wahrlich ein angemessener Preis, obwohl manche denken, der alte Kasten sei nur ein Bruchteil dessen wert.«

Ich kicherte belustigt, denn es konnte sich bei diesem Angebot wohl nur um einen Scherz handeln.

»Wo in aller Welt wollen Sie so viel Geld hernehmen?«

Sein stahlharter Griff, der sich nun um mein rechtes Handgelenk legte, bewies mir, dass Harrison nicht zu Scherzen aufgelegt war.

»Mädchen, das ist mehr Geld, als du jemals im Leben zu sehen bekommst! Bei sparsamer Lebensweise wirst du damit für immer dein Auskommen haben, vielleicht nicht in London, nein, da nicht, aber für ein nettes, kleines Cottage auf dem Land reicht es allemal.«

Er meinte es tatsächlich ernst! Harrison MacGinny wollte mir das einzige Zuhause, das ich jemals in meinem Leben besessen hatte, wie einen Sack Kartoffeln abkaufen! Sicher hatte er Recht, dass die von ihm gebotene Summe mir für den Rest meines Lebens ein unbeschwertes Dasein bescheren würde. Aber ich wollte kein anderes Haus irgendwo in England. Ich wollte Cromdale House, die mittelalterliche, zugige Burg! Das war mir nie zuvor mit einer solch starken Deutlichkeit bewusst geworden wie in diesem Augenblick. Ich räusperte mich und versuchte, mich aus seinem Griff zu befreien. Unwillkürlich ließ er meinen Arm los.

»Es tut mir Leid, Mr. MacGinny, aber das Haus ist nicht zu verkaufen.«

Erneut kam er näher und blickte mir tief in die Augen, in denen ich mich wie hypnotisiert verlor.

»Zwanzigtausend Pfund«, wiederholte er leise und eindringlich.

»Nicht für alles Geld der Welt«, schleuderte ich ihm entgegen. »Außerdem: Von Ihrem Gehalt als Verwalter werden Sie wohl kaum in der Lage sein, eine solche Summe überhaupt aufzubringen. Da kann man nur vermuten, dass das Geld aus irgendwelchen schmutzigen oder krummen Geschäften stammt. Damit möchte ich nichts zu tun haben!«

Langsam hoben sich seine Mundwinkel. Mit viel Fantasie hätte man es für ein Lächeln halten können.

»Sie haben ja eine schöne Meinung von mir, Lucille, und trauen mir allerhand zu! Seien Sie versichert: Was Sie auch von mir denken mögen, Sie unterschätzen mich auf jeden Fall.«

Er drehte sich um und schritt zur Tür. Dann schaute er sich noch einmal nach mir um. Sein Blick traf mich wie ein loderndes Flammenschwert.

»Merken Sie sich eines: Ein Harrison MacGinny bekommt immer das, was er will. Koste es, was es wolle! Und damit meine ich nicht nur Geld.«

Noch eine halbe Stunde, nachdem er gegangen war, saß ich zitternd auf dem Stuhl im Kontor. Meine Beine waren unfähig, sich zu bewegen. Zum ersten Mal sehnte ich mich nach einem Schluck Whisky. Als hätte Gott meinen Wunsch gehört, öffnete sich die Tür, und im Rahmen erschien zwar keine Whiskyflasche, aber James Grindle trat ein. Ich sprang auf, eilte zu ihm und lehnte mich an seine Brust. Er zögerte, dann hob er langsam den Arm und umschlang sanft meine Schultern. Ein angenehmes Gefühl, dachte ich, genauso muss es sein, wenn man einen großen Bruder hat. Ich fragte James nicht nach dem Grund, warum er ausgerechnet jetzt das Kontor von Cromdale aufsuchte, ich bat ihn nur:

»Würdest du mich bitte ins Haus bringen?«

Er tat es, ohne Fragen zu stellen, er wunderte sich auch nicht, warum ich ihn plötzlich duzte. Die Frau an James' Seite würde sich immer seiner ungeteilten Aufmerksamkeit und Rücksicht erfreuen. Welch ein Unterschied zu dem unverschämten Harrison MacGinny! Und jeder, der seine Sinne einigermaßen beisammen hatte – und eigentlich hatte ich mich in meinem bisherigen Leben zu dieser Kategorie gezählt –, würde die beruhigende Anwesenheit von James der nervenaufreibenden Harrisons vorziehen. Aber warum kam es mir in Harrisons Nähe bloß immer so vor, als wäre das Leben ein wirbelnder Strudel, in dessen Mitte man gezogen wurde, um darin zu versinken? Und warum in drei Teufels Namen sehnte ich mich danach, mich in diesen Strudel fallen zu lassen?

In der Nacht vor dem Basar konnte ich kaum Schlaf finden. Immer, wenn ich in einen kurzen Schlummer gefallen war, schreckte ich wieder auf, weil ich dachte, irgendetwas

Wichtiges vergessen zu haben. Bereits am vorigen Nachmittag waren Leute aus dem Dorf nach Cromdale gekommen, um Stände und Buden aufzubauen. Der Basar sollte auf der Wiese hinter dem Haus stattfinden. Kritisch beäugte ich den Himmel, der sich in einem bleiernen Grau zeigte. Wenigstens war es trocken, aber würde Petrus ein Einsehen haben und die Schleusen auch am Sonntag geschlossen halten? Reverend Donaldson, dem Mrs. Craig, die Frau des Arztes, tatkräftig zur Hand ging, hatte die Halle inspiziert.

»Wenn es tatsächlich regnen sollte, können wir hierher ausweichen.«

Mrs. Grindle hatte Recht behalten. Der jährlich stattfindende Kirchenbasar war bis ins letzte Detail perfekt organisiert, so dass ich eigentlich nicht viel zu tun hatte. Die Männer und Frauen verstanden ihr Handwerk, und binnen weniger Stunden war im Garten von Cromdale House eine kleine Budenstadt errichtet worden.

Als ich erneut leise, klopfende Geräusche aus dem unteren Stockwerk hörte, war ich nicht weiter beunruhigt. Sicher schlich Harrison MacGinny wieder im Keller herum. Ich konnte mir allerdings nicht vorstellen, dass er ebenfalls an Schlafstörungen litt, und nahm mir vor, der Sache so bald wie möglich auf den Grund zu gehen.

Beim Morgengrauen stand ich auf. Langsam kroch die fahle Scheibe der Sonne über den Horizont und tauchte die Welt in ein diffuses, trübes Licht. Aber bis jetzt stand keine Wolke am Himmel, und ich hoffte, dass es ein schöner Tag werden würde, nicht nur, was das Wetter betraf.

Obwohl ich geglaubt hatte, die Erste zu sein, begegnete mir in der Halle Glenda MacGinny. Sie trug zwei große Körbe, aus denen es verführerisch nach frischen Backwaren duftete. Herrje, hatte die Frau etwa mitten in der Nacht begonnen, Brot zu backen? Vielleicht war es sie gewesen, deren Geräusche ich gehört hatte? Glenda nickte mir kurz zu und wünschte mir einen guten Morgen. Ich erwiderte den Gruß, dann nahm ich mir im Speisezimmer von der Anrichte nur eine Tasse Kaffee. Ich war zu aufgeregt, um etwas zu essen. Wenig später betrat Harrison MacGinny den Raum und bediente sich ebenfalls aus der Kanne.

»Morgen! Scheint ein schöner Tag zu werden, nicht wahr?«, fragte er, den heißen Kaffee in kleinen Schlucken nippend.

Ich nickte und bemerkte, dass Petrus es wohl nicht wagen würde, Regen zu schicken, wenn ein Basar zum Erhalt der Kirche abgehalten würde. Das entlockte Harrison ein Lächeln, das seine Augen warm schimmern ließ. Offenbar hatte er gute Laune, deswegen sagte ich rasch:

»Übrigens, Mr. MacGinny, geben Sie mir doch bitte den Schlüssel zu den Kellerräumen. Morgen vielleicht, ja?«

Augenblicklich stutzte er, und sein Blick verhärtete sich.

»Kellerräume? Die werden nicht mehr benützt. Was wollen Sie da?«

Ich war froh, mit dem Rücken an die Anrichte gelehnt zu stehen, sonst wäre ich vor seinen barschen Worten und seinem veränderten Blick zurückgewichen.

»Nun, ich habe mittlerweile das ganze Haus gesehen, bis auf die Kellerräume.«

»Da unten ist nichts! Außer Feuchtigkeit, Schmutz und ein paar Ratten. Die Vorräte lagern in den Räumen neben der Küche.«

»Ach, und deswegen schleichen Sie fast jede Nacht dort herum? Dann scheinen Sie morbide Angewohnheiten zu haben.«

Auf die Mitteilung, dass ich über seine nächtlichen Streifzüge informiert war, reagierte Harrison nicht. An seinen zuckenden Wangenmuskeln erkannte ich jedoch, dass er die Kiefer fest aufeinander presste. Er schenkte sich eine zweite Tasse Kaffee ein, dabei waren seine Hände ruhig und zeigten keinerlei Anzeichen von Aufregung.

»Wenn Sie es wünschen, werde ich Sie morgen in den Keller begleiten. Es ist schließlich *Ihr* Haus. Aber der Keller wird schon lange nicht mehr benützt, denn die Wände sind voller Wasser und schadhaft. Eigentlich müsste das ganze Fundament erneuert werden, darüber sollten Sie mal nachdenken!« Er leerte die Tasse in einem Zug, dann verließ er das Zimmer. Dass die Tür hinter ihm mit einem lauten Knall ins Schloss fiel, konnte auch am Luftzug liegen, denn das Eingangsportal stand weit offen, aber ich vermutete, dass der Wind keine Schuld daran trug.

Die Grindles trafen zusammen mit dem Reverend als Erste ein.

»Ist das nicht ein wunderbares Wetter?«, rief Mrs. Grindle. Ihre runden Bäckchen glühten. Die ihrer Tochter Carla ebenfalls, was ich weniger dem Sonnenschein, sondern eher der Anwesenheit von Reverend Donaldson zuschrieb. Mrs. Grindle blieb im Garten stehen und schaute andächtig auf die Burg.

»Obwohl ich auf den Grindle-Hof sehr stolz bin und nirgendwo anders leben möchte, muss ich zugeben, dass Ihr Haus, meine Liebe, einen weitaus passenderen Rahmen für den Basar bietet.«

Ich dankte für die freundlichen Worte, äußerte dann aber meine Bedenken.

»Hoffentlich klappt alles! Ich habe doch gar keine Ahnung von einer solchen Veranstaltung.«

Mrs. Grindle tätschelte beruhigend meine Hand.

»Sie werden nichts weiter zu tun haben, als einige Leute zu begrüßen und freundlich zu lächeln. Um alles andere kümmern wir uns schon. Schließlich kommen viele nur, um die neue Herrin von Cromdale in Augenschein zu nehmen.« Sie legte den Kopf schief und lächelte verschmitzt. »Was natürlich unserem Basar zugute kommt.«

Ich seufzte, doch ich hatte bald keine Zeit mehr, mir weitere Gedanken zu machen. Wie auf Verabredung strömten von allen Seiten Menschen mit Handkarren, Körben und Basttruhen auf die Wiese. Innerhalb einer Stunde waren die am Morgen noch leeren Buden mit vielfältigen Waren gefüllt: Handschuhe, Schals und Mützen aus dicker Wolle in dunklen, aber auch bunten Farben, Plaids und Umhänge in den verschiedenen Tartans, gehäkelte Deckchen, Untersetzer und Teewärmer. Natürlich wurde auch für das leibliche Wohl gesorgt. Glenda MacGinny schenkte mit Rosies Hilfe Tee aus und bot dazu frische Brötchen, Butter und Marmelade an. Direkt daneben hatten Frauen aus dem Dorf Dutzende von Kuchen und Törtchen aufgebaut, bei deren Anblick mir das Wasser im Mund zusammenlief.

Aber auch an die Männer war gedacht. Der sonst eher etwas plumpe Gastwirt eilte geschäftig zwischen Bierfässern umher, während James Grindle an seinem Stand breit grinsend den seinen Worten nach »unvergleichlichen Grindle Malt« ausschenkte. Als er mich sah, leuchteten seine dunkelbraunen Augen merklich auf, und er winkte mich zu sich.

»Was für ein herrlicher Tag«, bemerkte er und drückte mir ein Glas mit der goldbraunen Flüssigkeit in die Hand. Unwillkürlich schüttelte ich mich leicht, als mir der torfige Geruch des Whiskys in die Nase stieg.

»Ähem … ich glaube nicht, dass ich bereits am Vormittag Alkohol trinken sollte.«

»Aber Lucille! Whisky ist kein Alkohol, sondern das Grundnahrungsmittel eines jeden Schotten«, widersprach James und leerte sein Glas in einem Zug. Widerwillig nippte ich nur leicht daran und wusste, dass ich diese Einstellung wohl niemals teilen würde. Hoffentlich würden nicht alle Männer bis zum Mittag betrunken sein, denn es war ein Barbecue mit saftigem Fleisch und Kartoffeln geplant.

»Du meine Güte! Ich hätte nie gedacht, dass so viele kommen würden«, wechselte ich das Thema und beobachtete, wie nun Kutschen, Einspänner und Gigs vorfuhren. Kurz nach zehn Uhr eröffnete Reverend Donaldson den Basar mit ein paar kurzen Worten und rief zu zahlreichen Käufen auf, denn die Kirche benötigte dringend ein neues Taufbecken.

»Natürlich sind auch großzügige Spenden willkommen, sonst muss ich eure Kinder demnächst draußen am Loch taufen«, sagte er, was ihm einige Lacher bescherte.

Die nächsten Stunden begrüßte ich an der Seite von Carla und Mrs. Grindle verschiedene Leute, schüttelte Dutzende von Händen und hörte Namen, die ich gleich darauf wieder vergaß. Aus der Halle waren Tische und Stühle nach draußen gestellt worden, an denen sich um die Mittagszeit die Leute zu einer Stärkung niederließen. Mr. Craig, der Arzt, hatte die Grillstelle übernommen. Während ich auf mein Stück Lammfleisch wartete, hatte ich Gelegenheit, ihn zu beobachten. Wenn er mit dem

Operationsbesteck auch so gut wie mit der Grillzange umzugehen wusste, dann war er sicher ein guter Arzt. Als ich mich endlich setzte, schmerzten meine Füße, trotzdem fühlte ich mich glücklich wie schon lange nicht mehr. Der Basar schien ein großer Erfolg zu werden. Cromdale House war wirklich ein würdiger Rahmen, stellte ich mit stolzgeschwellter Brust fest.

James trat an meinen Tisch und fragte höflich, ob er sich setzen dürfe.

»Du machst das ganz wunderbar, Lucille.«

»Aber ich habe doch gar nichts zu tun«, hielt ich entgegen. »Hier weiß jeder genau, was zu tun ist, so dass ich eigentlich völlig überflüssig bin.«

»*Du* bist die Hauptperson«, wiederholte James die Worte seiner Mutter. »Keiner im Umkreis von dreißig Meilen wollte es sich entgehen lassen, einen Blick auf die neue Herrin von Cromdale zu werfen. Einige waren bestimmt sehr skeptisch, da du in ihren Augen Engländerin bist, zumindest bist du in England geboren und erzogen worden. Du weißt, jeder Schotte hat eine angeborene Abneigung gegen alles, was aus dem Süden kommt, aber ich denke, du hast sie mit deiner freundlichen, unkomplizierten Art überzeugt.«

»Danke.«

Mit offenem Blick, in dem eine tiefe Zuneigung lag, sah James mich an. Ich errötete leicht und beneidete Carla um ihren Bruder. Wie schön musste es sein, einen solchen Menschen an seiner Seite zu haben! Harrison MacGinnys Worte, dass er mich schön fand, kamen mir in den Sinn. Aber er hatte sie ausgesprochen, als sein Geist vom Alkohol umnebelt war, deswegen hatte ich keinen Grund, dieser Aussage auch nur die geringste Bedeutung zuzumessen. Und doch brachte ein Lob aus Harrisons Mund mehr Saiten in meiner Seele zum Klingen als alle freundlichen Worte von James.

»Die Schotten werden niemals vergessen, was ihnen von der englischen Krone angetan wurde, nicht wahr?«, lenkte ich schnell das Gespräch in andere Bahnen. Selbstverständlich wusste ich über die lange Fehde der beiden Länder Bescheid. Seit Jahrhunderten herrschte immer wieder

Krieg zwischen England und Schottland. Mal mehr, mal weniger, je nachdem, wie wichtig dem jeweiligen englischen Herrscher – oder der Herrscherin – das karge Land im Norden war. Personen wie Robert the Bruce, William Wallace oder Mary Stuart waren als Helden oder als Märtyrer in die Geschichte eingegangen. Ganz oben auf dieser Liste stand natürlich Charles Edward Stuart, der Letzte aus diesem Königsgeschlecht und von den Schotten heute zärtlich Bonnie Prince Charlie genannt. Dieser Prinz führte den letzten jakobitischen Aufstand an, der zuerst von Erfolg gekrönt war. Eine Zeit lang sah es aus, als würde es dem schmächtigen, unter römischer Sonne geborenen Jüngling tatsächlich gelingen, den englischen Thron für seinen Vater James Stuart zurückzuerringen. Doch dann kam es im Jahr 1746 zu der letzten entscheidenden Schlacht im Culloden Moor. Der schöne Prinz musste eine Niederlage hinnehmen, unter deren Auswirkungen die schottische Bevölkerung noch lange Zeit zu leiden hatte. Zwar waren heute das Tragen des Tartans, das Spielen des Dudelsacks, die alten Lieder und Tänze und die gälische Sprache – obwohl Englisch die Amtssprache war – wieder erlaubt, aber ein Schotte vergaß nie, was seinen Ahnen angetan wurde.

»Königin Viktoria hat dafür gesorgt, dass es in Mode gekommen ist, nach Schottland zu reisen«, sagte James. »Natürlich nur für die, die es sich leisten können. Und die Einwohner in den Städten haben dementsprechend reagiert, als sie merkten, dass mit der Vermarktung unserer alten Traditionen Geld zu machen ist.«

»Aber eigentlich sehen sie die Engländer am liebsten von hinten, nicht wahr?«, warf ich ein.

James lachte.

»Du hast es erkannt! Aber Lucille, wir sollten diesen Tag nicht mit staubigen Erinnerungen verbringen. Kann ich dir noch etwas zu essen holen?«

Ich lehnte dankend ab. Im gleichen Moment sah ich eine Frau am hinteren Ende des Gartens, die ich bisher nicht bemerkt hatte, ich war mir sicher, dass sie erst jetzt eingetroffen sein musste, denn eine solch auffällige Erscheinung hätte ich gewiss nicht übersehen. Sie war mittelgroß, schlank und nicht mehr ganz jung, obwohl ihr Gang leicht und beschwingt war. Was einem sofort ins Auge stach, war ihr flatterndes Gewand aus verschiedenen Stoffbahnen in den Farben Lila, Rosa und Gelb. Um den Kopf hatte sie statt eines Huts ein ebenfalls rosafarbenes Tuch, ähnlich einem Turban, geschlungen. Nun setzte sie sich an einen Tisch, und ihre Begleitung balancierte zwei Teller zu dem Platz. Diese Frau war das genaue Gegenteil der seltsamen Fremden, denn an ihr war alles grau, das Gewand, das Haar, ja selbst die Gesichtsfarbe.

»Wer ist das?« Ich deutete unauffällig in die Richtung der Fremden. James warf einen kurzen Blick über die Schultern.

»Ach, sieh mal an! Lady Fiona lässt sich herab, Cromdale zu besuchen!« Er wandte sich an mich. »Das ist Lady Fiona Ardwell, die wohl reichste Frau im Umkreis von fünfzig Meilen. Bisher hat sie den Basar stets gemieden. Sie muss sehr neugierig auf dich sein, dass sie ihr Schloss verlässt und sich zu einem Besuch herablässt.«

Lady Fiona? Ich meinte, den Namen schon einmal gehört zu haben, konnte mich aber nicht daran erinnern, in welchem Zusammenhang.

»Ich werde sie wohl begrüßen müssen«, stellte ich fest und erhob mich langsam. »Nun, dann bringe ich es am besten gleich hinter mich.«

James lächelte mich aufmunternd an, und ich hinkte zu der farbenfrohen Lady hinüber. Als sie mich kommen sah, hob sich ihre rechte Augenbraue, und sie musterte mich kritisch. Hoheitsvoll streckte sie mir ihre weiße, schmalgliedrige Hand entgegen.

»Lady Ardwell! Mein Name ist Lucille MacHardy. Es ist mir eine Freude, dass Sie unseren kleinen Basar mit Ihrer Anwesenheit beehren.«

Sie nickte huldvoll, doch ihre Miene ließ darauf schließen, dass sie wohl erwartet hatte, ich würde ihr die Hand küssen. Reich hin oder her, ich hatte derart blasierte Menschen noch niemals leiden können. Daher plauderte ich belanglos über das schöne Wetter, bis ich mich nach zwanzig höflichen Minuten mit der Ausrede, Mrs. Grindle benötige meine Hilfe, zurückzog.

Leider konnte ich James nicht mehr finden, er schien irgendwo beschäftigt zu sein. James Grindle … Unwillkürlich beschäftigten sich meine Gedanken mit dem freundlichen Nachbarn. Es stand außer Zweifel, dass er von einem angenehmen Äußeren war. Ob er in der Umgebung wohl viele Mädchenherzen brach? Unwillkürlich lächelte ich bei dieser Vorstellung. Nein, wie ein Don Juan wirkte James wahrlich nicht. Er war zwar nicht von adliger Geburt, würde aber ein Gewinn bringendes Unternehmen erben, galt somit als gute Partie. Dass er mir trotz meiner Behinderung zugetan war, stand außer Frage. Es war eine logische Schlussfolgerung, daran zu denken, wie es wohl wäre, mit James Grindle verheiratet zu sein. Nicht, dass ich mir wünschen durfte, jemals zu heiraten! Harriet Channing hatte mir oft genug klar gemacht, ich bräuchte mir keine Hoffnungen zu machen, jemals das Herz eines Mannes zu erobern. Ach, wie sinnlos, über ungelegte Eier nachzudenken! James mochte mich, aber sicher nicht mehr als seine Schwester Carla, so wie auch ich ihm in Freundschaft und Achtung zugetan war. Trotzdem war die Vorstellung, zu einer solch herzlichen Familie, wie es die Grindles waren, zu gehören, äußerst reizvoll. Und dennoch: Meine Haut brannte an den Stellen, an denen James sie berührte, nicht wie Feuer, mein Herz blieb im gleichmäßigen, ruhigen Taktschlag, wenn ich mit ihm sprach. All das verhielt sich in Gegenwart von Harrison MacGinny anders. Harrison … verflixt! Beinahe war es, als drehten sich meine Gedanken stets im Kreis, um am Ende wieder bei ihm anzukommen.

»Lucille, da sind Sie ja! Wir möchten uns verabschieden.«

Mrs. Grindle kam auf mich zugeeilt und umarmte mich herzlich. Reverend Donaldson schüttelte mir kräftig die Hand.

»So viel haben wir seit Jahren nicht mehr verkauft!« Seine Augen glänzten, und er wirkte durchaus zufrieden. »Jetzt muss ich nur noch ein paar Großgrundbesitzer abklappern und an ihr Gewissen appellieren, dann können wir im nächsten Frühjahr das neue Taufbecken einweihen.«

Während Mrs. Grindle und Carla in die Kutsche stiegen, führte James sein Pferd aus dem Stall. Bevor er aufsaß, fragte er:

»Hast du Lust, morgen mit mir auszureiten?«

»Ja, sehr gerne!«

»Gut, dann treffen wir uns gegen elf Uhr an der alten Mühle. Ist dir das recht?«

Ich bejahte, dann fuhren die Grindles davon. Überhaupt hatte sich jetzt allgemeine Aufbruchstimmung breit gemacht. Ich schüttelte hier und da noch Hände, dankte für Lob und versprach, im nächsten Jahr den Basar wieder auf Cromdale abzuhalten. Schließlich waren nur noch ein paar kräftige Burschen da, die geschwind damit begannen, die Stände und Buden abzubauen. Binnen zwei Stunden zeugte nur noch ein hier und da achtlos fortgeworfenes Abfallpapier von der hektischen Betriebsamkeit des Festes. Ich fühlte mich erschöpft, aber glücklich. Bis zum Abendessen war noch Zeit, eine Tasse Tee würde mir jetzt gut tun. Als ich die Halle betrat, blieb ich überrascht stehen. Der große Tisch war bereits wieder hereingetragen worden, und an dessen Stirnseite saß Lady Fiona Ardwell. Wie eine Spinne im Netz, schoss es mir unwillkürlich durch den Kopf. Tatsächlich hatte ich sie nicht fortfahren sehen. Glenda MacGinny stand daneben und sah mich selbstgefällig und voller Wohlwollen an. Ich konnte mich nicht erinnern, sie jemals so zufrieden und entspannt gesehen zu haben.

»Lady Ardwell! Das ist aber eine Überraschung«, würgte ich hervor. »Hat Ihnen Mrs. MacGinny bereits Tee angeboten?«

Ich beherrschte die Kunst der unverbindlichen Konversation von Tag zu Tag besser.

»Ich möchte keinen Tee, Miss MacHardy.« Ihre Stimme war dunkel, rau und passte eigentlich so gar nicht zu ihrem bunten Aufzug. »Ich möchte Sie bitten, sich folgende Papiere anzusehen.«

Erst jetzt fielen mir die Briefe, die auf dem Tisch lagen, auf, und ich warf einen raschen Blick darauf.

»Was ist das?«

»Das ist ...«, rief Glenda mit funkelndem Blick und trat einen Schritt nach vorne, »... unter anderem die

Heiratsurkunde zwischen Lady Fiona und Alexander MacHardy.«

Wie ein Blitz durchfuhr mich jetzt die Erinnerung, wo ich den Namen schon einmal gehört hatte: Fiona! So hatte das Mädchen geheißen, das mein Vater auf Wunsch Fitzroys hätte heiraten sollen! Hätte heiraten sollen …

»Das ist ja kompletter Blödsinn«, rief ich. »Mein Vater war mit meiner Mutter verheiratet!« Ich widerstand der Versuchung, dieser aufgeblasenen Lady ins Gesicht zu sagen, dass Alexander sie nicht hatte haben wollen.

Lady Fionas Augen verengten sich zu Schlitzen.

»Die Ehe wurde auf beiderseitigen Wunsch geschlossen, Miss MacHardy. Sehen Sie auf das Datum!«

Widerwillig nahm ich das Dokument auf und studierte es. Tatsächlich wurde darin die kirchliche Trauung von Alexander MacHardy mit Fiona Ardwell bestätigt und war von zwei Zeugen unterzeichnet. Bei dem einen Zeugen handelte es sich um Glenda MacGinny, der andere Name war mir unbekannt. Als Datum war der 27. Juli 1874 eingetragen.

»Das ist unmöglich!« Als hätte ich glühendes Eisen in der Hand, warf ich das Blatt auf den Tisch.

Lady Fionas Mundwinkel hoben sich höhnisch.

»Es ist nun mal Tatsache, dass Alexander und ich rechtskräftig verheiratet waren. Und da er schon eine Frau hatte, hat er sich mit einer erneuten Heirat der Bigamie schuldig gemacht. Dass die Verbindung mit Ihrer Mutter ungültig ist, versteht sich von selbst.«

»Und Sie sind nichts weiter als ein Bastard!«, unterbrach Glenda mit schriller Stimme. »Ein Bastard, der kein Anrecht auf irgendein Erbe hat.«

Jetzt wurde mir klar, worauf die ganze Farce hinauslief. Keinen Moment lang glaubte ich an die Richtigkeit der Behauptungen, mochten auch noch zehn weitere Heiratsurkunden existieren. Mein Vater hätte so etwas niemals getan! Woher willst du das wissen?, flüsterte eine Stimme in meinem Hinterkopf. Du hast ihn schließlich nicht gekannt. Ich verdrängte die Stimme, denn mir war etwas anderes aufgefallen.

»Lady Ardwell«, sagte ich, wobei ich ihren Namen betonte, »wenn Sie wirklich mit meinem Vater verheiratet waren, warum tragen Sie denn nicht seinen Namen und leben hier auf Cromdale?«

Kein Zucken in ihrem Gesicht verriet eine Regung.

»Weil ich die Schande, als er Schottland und mich verließ, beinahe nicht ertragen konnte. Schließlich hatte er mir vor Gott ewige Treue geschworen. Nein, den Namen eines solchen Mannes wollte ich nicht länger tragen. Aber unsere Ehe ist niemals geschieden worden.«

Verwirrt ließ ich mich auf den nächsten Hocker sinken. Bohrende Kopfschmerzen breiteten sich von meinem Nacken über den Hinterkopf bis hinauf zur Schädeldecke aus. Das konnte nicht wahr sein, durfte nicht wahr sein!

In einem hatte Lady Fiona Recht: Wenn sie und Alexander MacHardy tatsächlich rechtskräftig getraut worden waren, dann hatte ich jeglichen Anspruch auf das Erbe der MacHardys verloren. Lady Fiona war dann diejenige, der alles zustand. Dennoch weigerte sich mein Verstand, diese Möglichkeit in Betracht zu ziehen. Dabei ging es mir weniger um den Besitz, auch wenn ich schon längst mein Herz an die baufällige Burg und das wundervolle Land ringsherum verloren hatte. Nein, hier ging es um das Prinzip! Seit dem Tag meiner Ankunft hatten Glenda und Harrison MacGinny alles getan, mich wieder loszuwerden. Jetzt warteten sie mit dieser haarsträubenden Geschichte auf. Ich lehnte mich vor und blickte Glenda fest in die Augen. Sie erwiderte meinen Blick voller Verachtung, als ich sagte:

»Was haben Sie davon, Mrs. MacGinny? Ich dachte bisher, Sie und Ihr Sohn wollten Cromdale besitzen? Offenbar sind Sie bereit, das Haus mit Lady Ardwell zu teilen. Oder haben Sie …«, ich drehte mich zu Lady Fiona, »… den beiden versprochen, dass sie hier ungestört schalten und walten können? Wie ich hörte, verfügen Sie selbst über ein großes Vermögen, welchen Vorteil ziehen Sie dabei aus der Sache?«

Die blasierte Lady schnappte hörbar nach Luft, auf ihren Wangen zeigten sich hektische rote Flecke.

»Diese Unterstellung ist unerhört! Ich – die ihre Ahnenreihe bis zum Hause der Plantagenets zurückverfolgen kann – muss mir eine solche Unverschämtheit von einem hergelaufenen jungen Ding nicht anhören!«

Es überraschte mich nicht, dass just in diesem Moment Harrison eintrat. Auch er zeigte sich über die Diskussion nicht sonderlich erstaunt, wahrscheinlich war er in den perfiden Plan eingeweiht. Mit seiner tiefen Stimme sagte er bestimmt:

»Meine Damen! Beruhigen Sie sich! Ich schlage vor, dass wir diesen Anwalt aus Inverness ... Wie war doch gleich sein Name?«

»Grampson«, presste ich hervor.

»Also, Grampson ... Wir sollten ihn benachrichtigen. Er wird wissen, was zu tun ist.«

Täuschte ich mich, oder zwinkerte mir Harrison tatsächlich zu? Um seine Lippen spielte ein spöttisches Lächeln, trotzdem vermittelte er mir das Gefühl, auf meiner Seite zu stehen. In diesem Augenblick flog mein Herz ihm zu, doch Harrison MacGinny besaß die Angewohnheit, jegliche Sympathie meinerseits gleich wieder zu zerstören, was er mit seinen nächsten Worten gründlich tat:

»So lange, Lady Ardwell, sind Sie selbstverständlich unser Gast in Cromdale. Bitte, fühlen Sie sich hier wie zu Hause.«

Grimmig drehte ich mich um und stürmte zur Tür. Es war weniger die Tatsache, dass ich diese hochmütige Frau im Haus würde ertragen müssen, sondern vielmehr, wie Harrison die Einladung überbracht hatte. »Unser Gast« hatte er in einer Art und Weise gesagt, als sei er hier der Herr! An der Tür rief ich über die Schulter zurück:

»Ich schicke noch heute den Stallburschen nach Inverness«, dann kostete es mich eine gehörige Portion Beherrschung, die Tür nicht heftig hinter mir ins Schloss zu werfen. In meinem Zimmer schrieb ich ein paar Zeilen, dann ging ich in den Stall. Jason, der Bursche, den ich notwendigerweise letzte Woche eingestellt hatte, lümmelte gelangweilt auf ein paar Strohballen, sprang aber sofort auf, als er mich sah. Ich gab ihm den Brief.

»Du reitest sofort nach Inverness und übergibst diesen Brief nur Mr. Grampson persönlich, hörst du? Niemand anderem! Ist das klar?«

»Ja, Mylady! Aber wenn ich jetzt aufbreche, dann werde ich die Stadt mitten in der Nacht erreichen«, gab er zu bedenken.

»Das ist völlig gleichgültig! Dann weckst du den Anwalt eben auf. Sollte er aus irgendwelchen Gründen nicht zu Hause sein, dann wartest du vor seiner Tür, bis er kommt. Wage es nicht, dich auch nur einen Meter fortzubewegen, bevor du ihm nicht den Brief gegeben hast!« Ich war über meine bestimmende Art, Befehle zu erteilen, selbst erstaunt. Offenbar lebte ich mich in die Rolle einer Herrin immer mehr ein. »Du hast noch zehn Minuten Zeit, um dir von Mrs. Anderson etwas zu essen und zu trinken mitzunehmen«, fügte ich hinzu.

In meinem Zimmer legte ich mich mit den Kleidern aufs Bett. Eine tiefe Traurigkeit erfüllte mich. Seit dem Besuch des verwachsenen Mr. Kinnley in London war mein Leben völlig aus den Fugen geraten. Gerade, als ich glaubte, in Cromdale einen Platz gefunden zu haben, an dem ich glücklich sein konnte, wurde dieser wieder bedroht. Es stand für mich außer Zweifel, dass von den Behauptungen Lady Ardwells kein Wort der Wahrheit entsprach. Allerdings wusste ich nicht, wie ich das Gegenteil beweisen sollte. Mr. Grampson hatte jedoch das volle Vertrauen meines Großvaters besessen, somit vertraute auch ich ihm. Er würde einen Ausweg aus dieser Intrige finden, und danach wollte ich als Erstes die MacGinnys zum Teufel schicken … Entsetzt bemerkte ich, wie mir eine Träne über die Wange lief. Ich weinte nicht um Glenda MacGinny. Obwohl sie zweifellos eine gute Haushälterin war – auf ihre Anwesenheit konnte ich getrost verzichten. Aber es wollte mir nicht gelingen, mir Cromdale House ohne Harrison vorzustellen. Er gehörte zu diesem Haus, wie das Haus zu ihm gehörte. Wenn er ein Zimmer betrat, dann spürte man sofort seine Autorität, seine Überlegenheit, ganz so, als sei er der Herr. Bevor ich in einen unruhigen Schlummer fiel, wusste ich, dass ein Leben in Cromdale ohne Harrison schrecklich öde und trostlos sein würde.

V

Für jemanden, der einundzwanzig Jahre lang ein unbescholtenes Leben ohne große Aufregungen verlebt hat, ist der Gedanke an eine Gerichtsverhandlung etwas Schreckliches, auch wenn es sich bei dem Gericht lediglich um einen nüchternen Nebenraum im Rathaus von Inverness handelte. Größere Fälle wurden in Aberdeen, ganz wichtige Angelegenheiten sogar in Edinburgh verhandelt. Doch der ehrenwerte Richter Mr. Brigsley, ein älterer Herr von kleiner, gedrungener Gestalt, übte auf mich so viel Autorität aus, dass ich beinahe vor Ehrfurcht zitterte. Daran konnte auch die Tatsache, dass ihm die weißgepuderte Perücke ständig über die Augen rutschte, nichts ändern. Aus den Augenwinkeln sah ich, wie Harrison grinste, wenn der Richter die ihm offenbar zu große Perücke ständig an ihren Platz zurückschob. Es gab keine Geschworenen, dazu war mein »Fall« zu unwichtig. Unwichtig! Diese Meinung konnte ich nun ganz und gar nicht teilen, denn für mich ging es darum, ob ich den einzigen Platz, der in meinem Leben jemals mein Heim gewesen war, verlieren sollte.

Mr. Grampson hatte nach dem Studium der Heiratsurkunde von Fiona Ardwell bedenklich den Kopf gewiegt.

»Diese Hochzeit müsste Fitzroy MacHardy doch bekannt gewesen sein«, hatte er sofort richtig erkannt. »Warum in aller Welt sollte der alte Fuchs dann die Tatsache, dass sein einziger Sohn bereits verheiratet war, völlig ignorieren und Sie als seine Erbin einsetzen?«

Nach stundenlangen Gesprächen mit Lady Fiona, bei denen natürlich Glenda MacGinny ständig anwesend war, hatte Mr. Grampson keinen anderen Weg gesehen, als den Erbanspruch endgültig vor Gericht klären zu lassen. So saß ich also in dem kleinen, zugigen Raum und schmiegte mich fröstelnd in mein Plaid. Das Wetter passte zu meiner Stimmung: grau, düster und regnerisch. Der Himmel wechselte hier in Schottland so schnell sein Aussehen wie Harrison seine Stimmungen. Der Anwalt hatte mir zwar Hoffnungen gemacht, den Prozess zu gewinnen, aber in mir blieb ein Gefühl absoluter Verlorenheit. James Grindle hatte angeboten, mich zu der Verhandlung zu begleiten, doch ich hatte abgelehnt. Ich wollte die Geduld der Grindles nicht überstrapazieren, indem ich mein Herz ständig bei ihnen ausschüttete, obwohl Mrs. Grindle vor Entsetzen die Hände über dem Kopf zusammengeschlagen hatte, als sie von der ungeheuerlichen Sache gehört hatte.

»Niemals war Alexander mit Lady Fiona verheiratet! Von einer solchen Vermählung hätte der ganze Landstrich erfahren, aber selbst wir als Nachbarn wissen davon nichts. Es ist eine infame Lüge!«

Der Richter begann nun, Lady Fiona Ardwell zu befragen. Nach Feststellung ihrer persönlichen Daten kam er auf die Trauung an sich zu sprechen.

»Lady Ardwell, können Sie dem Gericht erklären, warum die Trauung mit Alexander MacHardy heimlich vollzogen wurde? Nach Ihrer Schilderung waren nur die beiden Trauzeugen und der Priester selbst anwesend. Es verwundert mich doch sehr, dass weder Ihre Eltern noch der Vater des Bräutigams der Zeremonie beiwohnten, zumal es sich jeweils um angesehene Familien des Hochlands handelt.«

Lady Fiona zögerte mit ihrer Antwort keinen Augenblick.

»Das kann ich Ihnen erklären, Euer Ehren. Alexander und ich waren so verliebt, dass wir das ganze Brimborium einer Heirat, wie sie in unseren Kreisen üblich ist, nicht haben wollten. Wir wollten so schnell wie möglich heiraten, um endlich für immer beisammen sein zu können. Das werden Sie sicher verstehen, Euer Ehren. Sie kennen doch bestimmt das wunderbare Gefühl der bedingungslosen Liebe, oder?«

»Das tut hier nichts zur Sache, Mylady«, brummte Mr. Brigsley und schob seine Perücke wieder hoch. »Es mutet mich trotzdem seltsam an, dass niemand in der ganzen

Umgebung von dieser Eheschließung eine Ahnung hatte, und das über zwanzig Jahre lang!«

An diesem Punkt meldete sich Mr. Grampson zu Wort, das ihm auch erteilt wurde:

»Euer Ehren, ich gebe zu bedenken, dass sowohl der Priester als auch der eine Trauzeuge zwischenzeitlich verstorben sind und nicht mehr befragt werden können. Wie praktisch für die Gegenpartei! Einzige Zeugin ist die Haushälterin Glenda MacGinny. Und deren Wort wage ich in Zweifel zu ziehen. Es ist allgemein bekannt, dass sie meiner Mandantin ablehnend gegenübersteht.«

»Hm …« Der Richter wiegte seinen Kopf und blätterte in diversen Unterlagen. »Ich stimme Ihnen in dem Punkt zu, dass es bedauerlich ist, keine weiteren Zeugen zu haben. Allerdings fand ich bisher keinen Beweis, dass die mir vorliegende Urkunde eine Fälschung ist. Zudem ist die Eheschließung im Zentralregister von Grantown-on-Spey ordnungsgemäß eingetragen.«

»Das ist eine Fälschung! Lady Ardwell muss jemanden bestochen haben!« Voller Empörung war ich aufgesprungen und blitzte den Richter wütend an. Mr. Grampson legte seine Hand auf meinen Arm und drückte mich auf den Stuhl zurück.

»Bitte, lassen Sie mich sprechen«, raunte er mir zu. »Sie könnten sonst etwas verderben.«

Tatsächlich war mein Gefühlsausbruch bei Mr. Brigsley nicht gut angekommen.

»Das sind schwer wiegende Beschuldigungen, die Sie vorbringen, Lady MacHardy. Verfügen Sie über Beweise für den Tatbestand einer Bestechung?«

Glutrot im Gesicht, musste ich verneinen. Lady Fiona lächelte mich spöttisch und überlegen an, auch auf Glendas Zügen lag Siegesgewissheit. Einzig in Harrisons Gesicht konnte ich keinerlei Regung erkennen, und er mied meinen Blick.

Die folgende Stunde drehten wir uns im Kreis. Es lief immer auf dasselbe hinaus: Aussage gegen Aussage, wobei ich die wesentlich schlechteren Karten hatte, da mir nicht einmal eine Heiratsurkunde meiner Eltern vorlag. Glenda MacGinny bestätigte, bei der Trauung anwesend gewesen zu sein. Ebenfalls stimmte sie der Aussage von Lady Ardwell zu, warum eine heimliche Zeremonie stattgefunden hatte. Ich fühlte mich von Minute zu Minute schlechter, und Übelkeit stieg von meinem Magen in die Kehle. Am meisten beschäftigte mich die Frage, warum Lady Fiona eine solche Aussage überhaupt vorbringen sollte, wenn sie nicht der Wahrheit entsprach. Es konnte nicht das Geld sein, das Cromdale House wert wahr. Verständnislos beobachtete ich Mr. Grampson, der seltsam zufrieden wirkte und immer wieder lächelte. In einer kurzen Pause, in der wir uns die Beine vertreten konnten, nahm er mich zur Seite.

»Jetzt machen Sie mal nicht so ein Gesicht. Die Sache ist noch nicht verloren!«

Ich sah ihn voller Zweifel an.

»Da bin ich mir nicht so sicher. Was kann ich denn jetzt noch tun?«

Der Anwalt rieb sich mit einem Ausdruck tiefster Zufriedenheit die Hände.

»Nun, ich habe meinen Beruf schließlich erlernt, oder? Ich kenne einen sehr guten Detektiv, der mir schon bei der Lösung einiger aussichtslos erscheinender Fälle geholfen hat. Der Mann hat etwas Ungeheuerliches in Erfahrung bringen können. Somit habe ich noch einen Trumpf im Ärmel. Warten Sie nur ab!«

»Und warum verraten Sie mir diesen nicht?«, fragte ich, erhielt jedoch keine Antwort, weil die Verhandlung fortgesetzt wurde.

Nun war es an Mr. Grampson, die Zeugen zu befragen. Zuerst wandte er sich an Lady Fiona:

»Wie erklären Sie es sich, dass Alexander MacHardy unmittelbar nach ihrer angeblichen Hochzeit in die britische Armee eintrat? Als einziger Sohn und Erbe von Cromdale hatte er keinen Grund, Schottland zu verlassen. Im Gegenteil! Es erwartete ihn ein Leben in angenehmer Sorglosigkeit, besonders, da ihm durch eine Ehe mit Ihnen eine beachtliche Mitgift zugeflossen wäre.«

In Lady Fionas Gesicht zuckte es triumphierend auf.

»Eben darum hat er mich verlassen! Ich habe ihn aus Liebe geheiratet, doch dann musste ich feststellen, dass er nur mein Geld wollte. Geld, um das marode Cromdale

House instand setzen zu lassen. Darum weigerten sich meine Eltern, auch nur einen Penny zu zahlen.« Ich schluckte und kämpfte mit den Tränen. Diese Aussage klang so logisch und glaubhaft, dass ich nun endgültig die Sache für verloren sah. Mr. Grampson hatte augenscheinlich versagt. »Aus diesem Grund habe ich auch nie den Namen MacHardy getragen«, fuhr Lady Fiona fort. Ihre Lippen begannen zu zittern, eine Träne rann über ihre Wange. »Ich wollte nicht länger mit einem Mann verbunden sein, der meine Gefühle dermaßen mit Füßen getreten und mich verletzt hatte, aber wir wurden niemals geschieden.«

Trotz dieses Bekenntnisses war Mr. Grampson von einer unerschütterlichen Ruhe. Er wanderte langsam, die Hände hinter dem Rücken verschränkt, im Raum auf und ab.

»Selten habe ich eine rührendere Geschichte gehört, Lady Ardwell. Vielleicht sollten Sie Romanschriftstellerin werden, immer mehr Frauen schreiben romantische Bücher. Glaubhaft sind Ihre Aussagen schon.« Diese Bemerkung brachte ihm einen Lacher von Harrison ein, der mir gleich darauf verschmitzt zublinzelte. Ich wandte den Kopf ab. Mr. Grampson entließ Lady Fiona und befragte nun Glenda MacGinny. Dabei stützte er sich auf die Tatsache, dass sie gewusst haben musste, dass ich nicht die rechtmäßige Erbin sein konnte.

»Dennoch haben Sie Lady MacHardy gegenüber nichts dergleichen verlauten lassen. Auch nicht, als ich in Cromdale House war. Warum nicht, Mrs. MacGinny?«

»Ich hatte es vergessen.«

»Ah, vergessen? Sie vergessen einfach, dass der Mann, den Sie jahrelang gepflegt haben, eine Schwiegertochter hat? Sie vergessen, als Zeugin einer Trauung beigewohnt zu haben, die für das Fortbestehen von Cromdale von äußerster Wichtigkeit ist? Das, meine liebe Mrs. MacGinny, kann ich Ihnen nicht glauben.«

Erbost sprang Glenda auf.

»Ich bin nicht mehr die Jüngste! Wissen Sie überhaupt, wie viel Arbeit es bedeutet, einen solchen Haushalt zu führen?«

Mr. Brigsley war dem Wortwechsel bisher stumm gefolgt. Jetzt sagte er:

»In der Tat erscheint mir dieses Verhalten etwas verwunderlich. Spätestens nach dem Tod des Lairds hätten Sie oder auch Sie, Lady Ardwell, sich mit den zuständigen Behören in Verbindung setzen sollen!«

Ich sah, wie Mr. Grampsons Gesicht eine tiefe Zufriedenheit ausdrückte. Aufmunternd lächelte er mir zu.

»Nun, das Gedächtnis der Dame ist bei weitem nicht so schlecht, wie sie hier glauben machen möchte. Sie erinnert sich sehr gut an Geschehnisse, die vor einigen Jahren passiert sind. Ich denke, es ist jetzt an der Zeit, den Erinnerungen der beiden Damen etwas auf die Sprünge zu helfen.« Er zog seine Uhr aus der Westentasche, warf einen kurzen Blick darauf und fuhr dann fort: »Zwischenzeitlich müsste eine weitere Zeugin eingetroffen sein, deren Befragung Licht in die Sache bringen wird. Sie wartet sicher draußen.«

Der Richter runzelte skeptisch die Stirn, wies aber den Gerichtsdiener an, die betreffende Person hereinzuführen, sollte sie denn wirklich auf dem Flur warten. In der Tat betrat eine kleine, alte Frau mit krummem Rücken den Raum. Von Lady Ardwell war ein keuchender Laut zu hören, derweil Glendas Gesichtsfarbe zu einem gräulichen Weiß wechselte.

»Ich kenne diese Person nicht!«, kreischte Lady Ardwell wenig damenhaft.

Mr. Grampson lächelte mitleidig.

»Aber, aber, meine Liebe! Bisher habe ich mit keinem Wort erwähnt, dass die Zeugin in irgendeinem Zusammenhang mit Ihnen steht.« Er wandte sich an Mr. Brigsley. »Euer Ehren, das ist Mary Dundon. Und ich denke, dass sowohl Lady Ardwell als auch Glenda MacGinny sehr wohl wissen, welchem Berufsstand sie angehört.«

Mary Dundon ließ sich ächzend auf einem Stuhl nieder.

»Die Gelenke, Euer Ehren, die Gelenke«, flüsterte sie mit kehliger Stimme. »Kann meinen Beruf leider nicht mehr ausüben.«

»Und welcher wäre das?«, fragte der Richter ungeduldig.

»Ich stamme aus Elgin und war dort zeit meines Lebens als Hebamme tätig, so wie meine Mutter und deren Mutter zuvor.«

»Ach ja? Und was hat das mit dieser Sache hier zu tun? Sie wissen doch, dass es sich um einen Erbanspruch handelt. Haben Sie dazu etwas beizutragen, Mrs. Dundon?«

»Sehr wohl, Euer Ehren! Vor ungefähr zehn Jahren habe ich diese Frau von einem Kind entbunden.« Sie deutete mit ihrem hageren Zeigefinger auf Lady Fiona, die wie erstarrt dasaß. »Es war leider eine Totgeburt, worüber die Dame aber sehr erleichtert schien, da niemand etwas von der Entbindung erfahren durfte.«

Verwirrt strich ich mir eine Haarsträhne aus dem Gesicht. Zwar wusste ich noch nicht, was das mit der angeblichen Heirat Fionas mit meinem Vater zu tun hatte, dennoch flammte ein kleiner Hoffnungsfunken in meinem Herzen auf.

»Darf ich die Geschichte zu Ende erzählen, Euer Ehren?«, bat Mr. Grampson. Es wurde ihm gestattet. »Lady Ardwell hat niemals geheiratet, dennoch wurde sie schwanger. Wenn ihre Eltern davon erfahren hätten, wäre es zu einem entsetzlichen Skandal gekommen. So entschloss sie sich zu einer längeren Reise, ein Vorgehen, das in solchen Situationen oft angewandt wird. Als Begleitung fungierte Glenda MacGinny. Die beiden Damen kannten sich damals bereits seit einigen Jahren. Bei Mrs. Dundon in Elgin brachte Lady Ardwell schließlich ein totes Kind zur Welt. Danach konnte sie unbesorgt nach Hause zurückkehren, und niemand hat je davon erfahren. Bis heute jedenfalls.«

Mr. Brigsley schüttelte ungläubig den Kopf.

»Schön und gut, Mr. Grampson. Das lässt Lady Ardwell natürlich in einem anderen Licht erscheinen, aber ich verstehe immer noch nicht, was diese Sache mit unserem Fall hier zu tun hat?«

Selbstbewusst hakte Mr. Grampson beide Daumen in den Rand seiner Weste und streckte den Bauch vor.

»Das, Euer Ehren, kann Ihnen Lady Ardwell selbst erklären.« Er ging zu ihrem Platz und blickte ihr fest in die Augen. »Möchten Sie nicht endlich die Wahrheit sagen? Jetzt haben Sie nichts mehr zu verlieren!«

»Halt den Mund, du …«

Mit geballten Fäusten sprang Glenda auf, und einen Moment lang fürchtete ich, sie würde Lady Fiona ins Gesicht schlagen, doch dann drehte sie sich ruckartig um und rannte aus dem Raum. Unsicher sah ihr der Gerichtsdiener nach.

»Lassen Sie sie laufen«, sagte Mr. Grampson. »Sie weiß, dass sie verloren hat.«

Nun erzählte Lady Fiona die ganze Wahrheit. Ja, sie war von einem verheirateten Mann schwanger gewesen. Es hatte aber niemand erfahren dürfen. In einer schwachen Minute vertraute sie sich Glenda an, die daraufhin die Idee mit der Reise nach Elgin hatte. Wenn das Kind überlebt hätte, wäre es zu Pflegeeltern gekommen, die entsprechend dafür bezahlt worden wären. Aber so ging die Angelegenheit für Lady Fiona glimpflich aus, und sie hatte es beinahe schon vergessen, bis Glenda vor vier Wochen bei ihr auftauchte und sie zu einem unglaublichen Plan überredete. Wenn sie, Lady Fiona, sich weigerte mitzumachen, würde Glenda jedem von der Affäre und der Schwangerschaft erzählen. Dermaßen erpresst, erklärte Lady Fiona, dass sie und Alexander MacHardy verheiratet waren. Glenda MacGinny hatte die entsprechende gefälschte Urkunde besorgt und auch den Eintrag ins Register bewirkt. Wie ihr das gelungen war, wusste Lady Fiona nicht.

Als Lady Fiona geendet hatte, brach sie weinend zusammen. Trotz allem, was sie mir angetan hatte, fühlte ich Mitleid mit ihr. Während ihrer letzten Worte war Harrison aufgestanden und hatte den Saal ebenfalls verlassen. Wieder zeigte sich in seinem Gesicht keine Regung. Am liebsten wäre ich aufgesprungen und ihm nachgelaufen. Aber was hätte ich ihm sagen sollen? Dass seine Mutter eine Erpresserin, Betrügerin und Urkundenfälscherin war? Damit würde sich das Gericht beschäftigen. Am Urteilsspruch gab es nun keinen Zweifel mehr. Mr. Grampson drückte meine Hand, als der Richter verkündete:

»Es ergeht im Namen des Volkes und der britischen Krone folgender Beschluss: Das Anwesen Cromdale House mit all seinen festen und beweglichen Gütern ist alleiniger Besitz von Lady Lucille MacHardy. Gegen Lady Fiona Ardwell wird ein Verfahren wegen Falschaussage und Irreführung der Gerichtsbarkeit, gegen Glenda MacGinny wegen gleicher Vorwürfe und zusätzlich diverser anderer Straftaten eingeleitet. Damit ist die Verhandlung geschlossen.«

Da es bereits gegen Abend war, verbrachte ich die Nacht in dem mir bekannten Hotel in Inverness. Es wunderte mich nicht, dass auch Harrison dort abgestiegen war. Schweigend setzte er sich zu mir an den Tisch. Unwillkürlich musste ich an unsere erste Begegnung hier denken. Was war seitdem alles geschehen! Bevor ich reagieren konnte, ergriff er meine Hand.

»Es tut mir unsäglich Leid, Lucille.«

Selten hatte ich seine Stimme so weich, so sanft gehört. Die eisblauen Augen sahen mich offen an, so dass ich Harrison glaubte. Obwohl seine Hand auf der meinen brannte, entzog ich sie ihm nicht.

»Wie geht es Ihrer Mutter?«, fragte ich schließlich.

»Sie ist oben in ihrem Zimmer und bedauert sehr, was sie getan hat. Lucille, sie tat es einzig aus Liebe zu mir! Das müssen Sie ihr glauben. Ich bin ihr einziger Sohn, sie würde alles für mich tun. Auch wenn es weder moralisch noch gesetzlich richtig ist«, fügte er nach einer Pause hinzu. »Werden Sie ihr verzeihen?«

Ich wusste, dass ich Glenda nun nicht länger unter meinem Dach dulden konnte. Möglicherweise drohte ihr eine Gefängnisstrafe, im besten Fall käme sie mit der Zahlung einer größeren Summe davon. Woher sie allerdings das Geld nehmen wollte, wusste ich nicht. Da fiel mir schlagartig Harrisons Angebot, Cromdale zu kaufen, ein. Offenbar verfügte er über Geld, viel Geld. Bei dem Gedanken rutschte ich ruckartig ein Stück von ihm fort. Mein Gesicht verfinsterte sich.

»Es liegt mir fern, so etwas wie Genugtuung gegenüber Ihrer Mutter zu empfinden, Mr. MacGinny«, sagte ich kühl und vermied es, in seine Augen zu schauen. »Aber seit meiner Ankunft hat Glenda keinen Tag verstreichen lassen, an dem sie mir nicht ihre Ablehnung gezeigt hat. Mir selbst wäre an einem guten Auskommen gelegen, allerdings sehe ich keine Möglichkeit, dass sich ein solches mit Ihrer Mutter bewerkstelligen lässt.«

»Dann möchten Sie also, dass wir Cromdale verlassen?«

Wir! Er hatte »wir« gesagt! Ein scharfer Schmerz durchfuhr mich. Was hatte ich erwartet? Dass Harrison seine Mutter in eine ungewisse Zukunft schicken würde? Nein, wenn ich wollte, dass Glenda das Haus verließ, würde ich auch Harrison verlieren. Und ich wusste nur zu gut, dass es nicht nur an seiner Tätigkeit als Verwalter lag, dass die Vorstellung mir alles andere als angenehm war.

Ich stand auf.

»Ich bin müde und gehe jetzt schlafen. Wir werden sehen, wie sich alles Weitere gestaltet. Auf jeden Fall brauche ich ein paar Tage, um in Ruhe über alles nachzudenken.«

In diesem Moment sehnte ich mich nach James mit seiner ruhigen, ausgeglichenen Art. Ich würde die Grindles so bald wie möglich aufsuchen und sie um Rat fragen. Obwohl ich genau wusste, dass besonders James mir dazu raten würde, die MacGinnys noch am gleichen Tag aus dem Haus zu weisen.

Wie zu erwarten, reagierte Mrs. Grindle auf die neusten Nachrichten höchst erfreut. Sie presste mich so fest an ihre ausladende Brust, dass mir beinahe die Luft wegblieb.

»Und jetzt werfen Sie dieses Pack umgehend hinaus«, sagte sie in groben Worten, was ihren Ärger über Glenda verriet. Nachdem wir Tee getrunken hatten, fragte mich James, ob ich ihn auf einem Spaziergang begleiten wollte. Ich tat es gerne, zumal sich das Wetter mal wieder geändert hatte. Noch war es tagsüber sommerlich warm, aber gegen Abend kündigten Nebelschwaden bereits den kommenden Herbst an. In der Luft lag der Duft von Laub und Torf, gemischt mit dem Geruch von Whisky. Wir gingen zu dem kleinen Teich und setzten uns auf eine Bank. Zögernd, fast schüchtern, legte James seinen Arm um meine Schultern. Ich wehrte ihn nicht ab, rückte aber auch nicht näher an ihn heran. James war immer sehr verständnisvoll und freundlich und nahm Rücksicht auf meine Gefühle. In seiner Gegenwart fühlte ich mich wie von allen Fesseln befreit. Dennoch erweckte er nicht annähernd das Gefühl, das ich bei Harrison empfand.

»Lucille, ich bin froh, dass dieser Albtraum vorbei ist.«

Mir entfuhr ein Seufzer.

»Ich auch, James. Das kannst du mir glauben! Zu Beginn des Prozesses war ich kurz davor, alles hinzuwerfen und fortzugehen. Ich hatte keine Kraft mehr, länger zu kämpfen.«

Ich merkte, wie sein Arm sich verkrampfte.

»Du möchtest nicht wirklich fortgehen, oder?«

»Nein, eigentlich nicht. Obwohl die Zeit im Arbeitshaus nicht schön war, ist mir nie zuvor so viel offene Ablehnung begegnet. Es entspricht nicht meinem Charakter, um Freundschaft zu buhlen, wenn sie einfach nicht vorhanden ist. Verstehst du, was ich meine?« Er nickte.

»Du hast es verdient, glücklich zu sein! Aber die Verantwortung für Cromdale ist mehr, als du alleine auf deinen schmalen Schultern tragen kannst. Zugegeben, Harrison ist ein guter Verwalter, aber es gibt auch andere, die diesen verantwortungsvollen Posten übernehmen können. Leider habe ich nicht viel Ahnung, wie man ein Gut führt. Meine Kenntnisse liegen in der Herstellung des wohl besten Getränks der Welt, aber ich werde alles tun, um dir das Leben leichter zu machen, Lucille. Das verspreche ich dir!«

Ich lächelte über diese offensichtliche Äußerung des männlichen Beschützerinstinktes. Eine Ahnung beschlich mich, auf was unser Gespräch hinauslief, und ich wusste nicht, ob ich nicht besser aufstehen und nach Hause gehen sollte, ob ich wirklich wollte, dass James weitersprach, obwohl mich seine Worte wie eine angenehme Wärme umschlossen.

»Kaum zu glauben, dass ich noch keine zwei Monate hier bin«, versuchte ich das Thema zu wechseln, doch James verfolgte offenbar ein anderes Ziel. Ich bemerkte, dass er sichtlich angespannt und nervös war.

»Wirklich erst zwei Monate! Dabei habe ich das Gefühl, dich schon seit Jahren zu kennen. So gesehen, erscheinen mir acht Wochen sehr lang.« Er sah mich ernst an und fuhr fort: »Wie gefällt dir eigentlich der Garten? Er ist der ganze Stolz meiner Mutter. Sie arbeitet viel darin.«

»Deine Mutter wie auch deine Schwester – beide sind ganz reizend!«, stimmte ich zu.

»Ich hatte gehofft, dass ihr euch versteht.«

»Ich kann mir nicht vorstellen, dass es jemanden gibt, der sich nicht mit deiner Familie versteht. Auch wenn ich deinen Vater kaum kenne, scheint er ebenfalls ein sehr verträglicher Mensch zu sein.«

»Och ... aber auch ganz schön streng«, entgegnete James grinsend. »Die Brennerei nimmt den ersten Platz in seinem Leben ein. Eines Tages wird sie mir gehören. Die Whiskyherstellung bringt keinen Reichtum, aber ein gesichertes Auskommen.« Plötzlich brach er ab. Ich hatte das Gefühl, dass er noch etwas auf dem Herzen hatte. Nervös spielte meine rechte Hand mit einer Falte meines Rockes. Gerade, als ich sagen wollte, es sei jetzt wohl an der Zeit, wieder nach Cromdale zu reiten, fuhr James fort: »Lucille, ich habe in den letzten Tagen viel über uns nachgedacht. Vielleicht ist es noch zu früh, aber ich ...«

»Mr. Grindle! Mr. Grindle! Kommen Sie schnell!«

Von der Brennerei her ertönte ein Schrei, und Mr. Buchanan, der Aufseher, rannte mit hochrotem Kopf in den Garten. Mit einem Satz sprang James auf.

»Was gibt es denn?« Seine Verärgerung über die Unterbrechung war offensichtlich.

Schwer atmend schrie der Aufseher:

»Ihr Vater ist gestürzt! Er hat sich am Fuß verletzt.«

Schlagartig änderte sich James' Ausdruck in Besorgnis. Schnell ging er zur Brennerei, ich folgte ihm. Mr. Grindle war offensichtlich auf dem glitschigen Boden ausgerutscht und hatte sich den Knöchel verrenkt. Das Gelenk war bereits dick geschwollen und blau angelaufen.

»Mr. Buchanan, holen Sie sofort den Doktor!«, wies James an. »Vater, kannst du aufstehen, damit ich dich ins Haus bringen kann?«

Ich beugte mich hinab und betastete vorsichtig die Verletzung. Dabei lächelte ich Mr. Grindle optimistisch an.

»Ich glaube nicht, dass etwas gebrochen ist, aber Sie werden sicher einige Wochen nicht richtig laufen können.«

Mr. Grindle erwiderte mein Lächeln, dann hoben ihn James und ein Arbeiter auf. Mühsam humpelte er zwischen den beiden ins Haus hinüber. James drehte den Kopf zu mir.

»Nächsten Sonntag findet das Gathering in Grantown statt. Fahren wir zusammen hin? Wir würden dich dann abholen.«

Ich stimmte zu und wünschte Mr. Grindle baldige Genesung.

»Hoffentlich können Sie uns begleiten?«

Er grinste und sah damit seinem Sohn sehr ähnlich.

»Ach, Mädchen, Unkraut vergeht nicht! Hauptsache, ich komme auf ein Pferd und meine Hand kann ein Whiskyglas zum Mund führen. Alles andere bringt mich nicht um.«

Ich lachte und verabschiedete mich. Während ich Bachelor langsam nach Hause lenkte, dachte ich darüber nach, was James wohl gesagt hätte, wäre der Unfall nicht dazwischengekommen. Und ich überlegte, was ich wohl geantwortet hätte.

Die Grindles holten mich mit ihrer Kutsche ab. Mrs. Grindle und Carla saßen darin, während Mr. Grindle und James zu Pferde neben uns ritten. Mr. Grindles Fuß war dick bandagiert, und zum Laufen benötigte er einen Stock, den er hinter sich auf den Sattel gebunden hatte. Es handelte sich um eine schwere Verstauchung, aber die Schmerzen waren laut seiner Aussage zu ertragen. Zu meiner Überraschung und zu Carlas offensichtlicher Freude stieg im Dorf Reverend Donaldson zu uns in die Kutsche. Sofort begannen sich Carlas Wangen mit einer leichten Röte zu überziehen, und ihre Augen leuchteten. Obwohl ich mir denken konnte, dass ihre Schwärmerei für den Geistlichen ohne Aussicht auf Erfolg war – dazu war sie noch viel zu jung –, beneidete ich sie manchmal um die Gefühle der ersten Liebe. Ich hatte solche niemals erlebt. Durch das Fenster betrachtete ich James, der gerade unmittelbar neben uns ritt. Er gefiel mir. Er gefiel mir sogar sehr!

Wie würde mir zumute sein, wenn er aus irgendeinem Grund Schottland verlassen und ich ihn nie wiedersehen würde? Darüber wäre ich ausgesprochen traurig. Vielleicht auch ein wenig wehmütig. War dies, was man »sich verlieben« nannte? Es war nichts Wildbewegendes in meiner Zuneigung. Es gab keine atemberaubenden Momente mit Herzflattern und zitternden Knien, keine geröteten Wangen und kein brennendes, verzehrendes Gefühl und nicht die absolute Gewissheit, dass James der einzig Richtige war. Mit ihm zusammen zu sein war für mich einfach angenehm und ausgesprochen erfreulich, folglich musste ich doch in James Grindle verliebt sein. Oder?

Die Stadt war mit Hunderten von an langen Seilen quer über die Straßen gespannten bunten Wimpeln geschmückt. Aus vielen Fenstern wehte die schottische Nationalflagge – weißes Kreuz auf schwarzem Grund. Das Gathering fand auf einem Feld etwas außerhalb der Stadt statt. Überall herrschte reges und ausgelassenes Treiben, und ich war froh, als James mir seinen Arm bot und mich sicher durch die Menschen führte. Hier und da streifte mich ein neugieriger Blick, was bestimmt an der Schärpe lag, die ich über der Brust trug. James kannte hier beinahe jeden, grüßte links und rechts und rief den Vorbeieilenden den einen oder anderen Satz zu. Schließlich erreichten wir eine Art Tribüne, und James führte mich zu einem Platz, der ziemlich in der Mitte lag. Ich war erstaunt, einen mit den MacHardy-Tartan bespannten Stuhl vorzufinden.

»Ich dachte, wir würden zusammensitzen.« Meine Stimme klang ziemlich kläglich, und James drückte leicht meinen Arm.

»Den offiziellen Teil wirst du von dem angestammten Platz deiner Familie verfolgen müssen, liebe Lucille. Hier saß dein Großvater Jahr für Jahr. Es ist deine Pflicht als Herrin von Cromdale, die Tradition aufrecht zu halten.« Er sah meinen zweifelnden Blick und fuhr lächelnd fort: »Keine Bange! Unsere Familie hat ihre Plätze nur wenige Reihen weiter. Und sobald das allgemeine Vergnügen losgeht, werden wir uns wieder zu dir gesellen.«

Bevor die Wettbewerbe begannen, hatten wir noch etwas Zeit. Mr. Grindle besorgte Früchtepunsch für die Damen, Whisky für die Männer.

»Bruce, erinnerst du dich noch, als wir in Breamar waren? Vor drei Jahren?«

»Vor vier, meine Liebe. Das war vor vier Jahren«, antwortete Mr. Grindle und prostete seiner Frau zu.

»Wir müssen unbedingt wieder mal zu dem dortigen Gathering«, fuhr Mrs. Grindle fort. »Lucille, Sie müssen uns begleiten! Breamar liegt ganz in der Nähe von Balmoral Castle, dem Sommersitz der Königin. Sie ist meistens im September in Schottland und besucht dann auch das Gathering. Ach, das war damals ein einmaliges Erlebnis!« Sie verdrehte schwärmerisch die Augen. James lachte.

»Mama, ich bin überzeugt, dass Lucille die Königin sehr viel öfters als wir gesehen hat, schließlich hat sie in London gelebt.«

Ich nickte und dachte unwillkürlich an den verhängnisvollen Abend des goldenen Kronjubiläums, als ich auf meiner waghalsigen Klettertour vom Baum gestürzt war. Seitdem war ich ein Krüppel. Es war, als zögen plötzlich Wolken vor die Sonne, die bisher strahlend und wärmend am Himmel gestanden hatte.

Kurze Zeit später fingen die Spiele und Vorführungen an. James brachte mich zu meinem Platz, und erneut registrierte ich die vielen Blicke der Anwesenden. Vereinzelt nickte man mir zu, und ich erwiderte die Begrüßung freundlich lächelnd. Ein grauhaariger Hüne in einem eleganten Kilt begann zu sprechen, offensichtlich handelte es sich um die Begrüßung. Das konnte ich nur vermuten, denn er sprach mit solch starkem Akzent, dass ich kaum ein Wort verstand, und ich nahm an, dass er seiner Rede den einen oder anderen gälischen Ausdruck beimischte. Dann begannen die Dudelsackspieler mit ihrem Wettstreit, einzeln und in Gruppen. Fasziniert hörte ich der Musik zu, die in meinen Ohren fremd, aber nicht unangenehm klang. Parallel dazu tanzten auf einer aus Holzplanken errichteten Bühne junge Mädchen in farbenfrohen Röcken und weißen Blusen. Danach folgten Wettkämpfe, in denen sich große, starke Männer in Disziplinen wie Baumstammwerfen oder Tauziehen maßen. Fast erwartete ich, Harrison MacGinny unter ihnen zu sehen, doch ich konnte ihn nirgends entdecken. Ich hatte weder mit ihm noch mit seiner Mutter gesprochen, ob sie ebenfalls an dem Gathering teilnehmen würden, und ich ärgerte mich über meinen Gedanken, dass Harrison bestimmt alle Wettkämpfe gewonnen hätte. Auf dem ganzen Feld gab es keinen anderen Mann, der sich an Größe und Kraft auch nur annähernd mit ihm messen konnte.

In der Pause holte James mich zu seiner Familie. Auch Reverend Donaldson und das Ehepaar Craig hatten sich zu der Gruppe gesellt. Die Männer besorgten das Essen: typisch schottische Gerichte, selbstverständlich mit dem unvermeidbaren Haggis, an dessen Geschmack ich mich allerdings nicht gewöhnen konnte. Dass jeder zu dieser aus Schafsinnereien im Darm gekochten Mahlzeit zwei, drei Whiskys zum Hinunterspülen trank, verstand ich nur zu gut. Bei der anschließenden Plauderei lachten wir viel. Immer wieder sah ich, wie Mrs. Grindles Blick wohlwollend auf mir und James, der neben mir saß, ruhte. Ja, ich hatte keinen Zweifel, dass sie eine Verbindung zwischen uns billigen und gutheißen würde. Doch es blieb mir keine Zeit, weiter darüber nachzudenken. Laute Musik erklang.

»Jetzt beginnt der ausgelassene Teil des Festes«, erklärte mir James. Ich sah, wie der Reverend sich galant vor Carla verbeugte, als wäre sie bereits eine junge Dame. Errötend legte sie ihre kleine Hand auf seinen Arm und folgte ihm zur Tanzfläche.

Mrs. Grindle beugte sich zu mir:

»Manchmal wünschte ich, Carla wäre älter. Auch wenn es schrecklich für mich wäre, sie herzugegeben, aber sie würde ja in unserer Nähe bleiben.«

»Aber sie ist noch so jung. In den nächsten Jahren kann viel geschehen«, gab ich zu bedenken. Sie nickte nachdenklich.

»Ja, man sollte eine jugendliche Schwärmerei nicht überbewerten. Ich hoffe, dass Donaldson ihr nicht das Herz bricht! Früher oder später wird er eine Frau an seiner

Seite brauchen, die ihn bei den vielfältigen Arbeiten in der Gemeinde unterstützt. Carla kann allerdings erst frühestens in vier oder fünf Jahren heiraten.«

Bevor ich etwas erwidern konnte, trat eine Dame auf Mrs. Grindle zu und verwickelte sie in ein Gespräch. Schließlich gingen sie zusammen fort. Jetzt war ich mit James allein. Wir setzten uns so, dass wir die Tanzenden beobachten konnten. Tatsächlich bildeten Carla und der Reverend ein schönes Paar. Ich hatte das Mädchen lieb gewonnen und hoffte, dass sie das für sie richtige Glück finden würde.

»Du magst meine Familie, nicht wahr?«, fragte mich James unvermittelt. »Fühlst dich in unserer Gesellschaft wohl?«

»Wie könnte es anders sein?«, gab ich zurück.

»Je näher du sie kennst, desto mehr wirst du sie lieben. Du musst dich allerdings mit Claras Geistesabwesenheit und Schüchternheit abfinden, mit der Arbeitswut meines Vaters und damit, dass meine Mutter allen stets nur etwas Gutes tun möchte. Wie du bereits bemerkt hast, spricht sie immer alles offen an und macht aus ihrem Herzen keine Mördergrube. Du musst mir versprechen, dass du uns ganz oft besuchen kommst, ja?«

»Wenn ich eingeladen werde, komme ich ganz sicher!«

»Eingeladen! Du weißt, dass es dessen nicht bedarf! Betrachte bitte den Grindle-Hof ebenso als dein Heim wie Cromdale House. Eines Tages …«

Ich hörte James nicht länger zu, denn in diesem Moment sah ich ihn! Harrison MacGinny drehte sich mit einer rothaarigen Schönheit auf der Tanzfläche. Unwillkürlich stockte mir der Atem. Sicher, heute trugen die meisten Männer den Kilt. So auch James, dem die Tracht ausgezeichnet stand. Doch Harrison MacGinny trug seinen Kilt nicht nur, nein, er zelebrierte ihn geradezu. Er hatte seine dichten, schwarzen Haare so lange gebürstet, bis sie wie Seide glänzten und offen auf seine Schultern herabfielen. Während er auf und ab sprang, konnte ich seine muskulösen und dennoch schlanken Waden in den weißen Wollstrümpfen sehen. In einem Strumpf steckte der kleine Dolch in einer kunstvoll verzierten Scheide. Er trug ein schönes, weißes Batisthemd mit gefältelter Brust und spitzenbesetzter Manschette, passend zu dem Jabot an seinem Hals. Darüber trug er, ebenso wie ich, als Schärpe den Tartan in den leuchtenden dunkelblauen, gelben und roten Farben. *Feileadhmor* nannte man das Tuch, erinnerte ich mich an Mrs. Grindles Erläuterung. Das Plaid war mit einer großen roten Brosche befestigt und fiel in elegantem Faltenwurf über seine schmalen Hüften. Eine beschlagene Tasche aus Dachsfell vervollständigte das Bild. Es fehlte nur noch ein mächtiges Schwert an seiner Seite, dann hätte ich mir gut vorstellen können, wie Harrison MacGinny es einst auf dem Schlachtfeld von Culloden mit der gesamten englischen Armee aufgenommen hätte. Jetzt fasste er seine Partnerin um die schmale Taille und hob sie hoch. Einen Moment lang dachte ich, er würde sie küssen, so nahe waren sich ihre Gesichter, doch dann setzte er sie wieder ab, nicht ohne ihr zuzuzwinkern, und wandte sich dem nächsten Mädchen zu, das bereits mit erwartungsvollen Augen auf ihn wartete. Mir fuhr ein Stich durchs Herz, dennoch konnte ich mich nicht von Harrison lösen. Bei der nächsten Drehung trafen sich unsere Blicke, und er stutzte einen Moment lang. Dann zogen sich seine Augenbrauen nach oben, und seine Lippen kräuselten sich spöttisch. Schnell schaute ich in eine andere Richtung, fühlte ich doch, dass ich, ebenso wie die kleine Carla, errötete.

»Es ist eine Unverschämtheit! Was glaubt dieser Kerl eigentlich?«

Ich zuckte zusammen und starrte James an. Er war aufgesprungen, grimmig starrte er auf Harrison. Ich fürchtete schon, meine Faszination für den Verwalter wäre so offensichtlich, dass James es bemerkt hatte, doch seine nächsten Worte machten mich auf etwas aufmerksam, das ich bisher gar nicht registriert hatte.

»Ich verstehe, dass du aufgebracht bist, Lucille. Wie kann er es wagen, die Farben von Cromdale zu tragen!«

Erst jetzt erkannte ich, dass sein Rock und die Schärpe identisch mit meiner Ausstattung waren.

»Ach ja?« Ich räusperte mich. Seltsam, warum gehorchte mir meine Stimme plötzlich nicht mehr?

»Ich hätte größte Lust, ihn dafür zu fordern!« James machte sich keine Mühe, seine Stimme zu senken. Die Umstehenden wurden bereits auf uns aufmerksam. »Er provoziert dich in aller Öffentlichkeit!«

»Bitte nicht, James.«

Natürlich pflichtete ich James bei. Musste es tun! Wie er wohl reagiert hätte, wenn er meine Gedanken hätte lesen können? Es störte mich nicht im Geringsten, dass Harrison den Tartan von Cromdale trug. Wer sonst sollte ihn tragen? Er passte zu ihm, und Harrison passte zu den Farben, als wäre er darin geboren worden. Er war so sehr ein Teil von Cromdale, dass es nur natürlich zu sein schien. Was mich vielmehr beunruhigte, war die Tatsache, dass ich mir brennend wünschte, an der Stelle der Rothaarigen zu sein. In seinen Armen über die Tanzfläche zu wirbeln, seine Hände um meine Taille zu spüren, von ihm hochgehoben zu werden, von ihm …

»Ich möchte mich nicht in deine Angelegenheiten mischen, Lucille«, riss mich James aus meinen verwirrenden Gedanken, »aber ich denke, du solltest die MacGinnys nicht länger in deinem Haus dulden!«

»Harrison ist ein hervorragender Verwalter. Er kennt das Gut beinahe sein ganzes Leben lang«, wandte ich schwach ein. Insgeheim stimmte ich James zu. Zu viel war geschehen, zu oft hatten mich Harrison und seine Mutter verletzt und gedemütigt. Ich wusste, dass ich die notwendige Entscheidung feige vor mir herschob. Bald würde sich Glenda MacGinny wegen ihrer Falschaussage vor Gericht verantworten müssen. Diesen Zeitpunkt wollte ich noch abwarten. Ich konnte sie jetzt nicht auf die Straße setzen, wenn ihr weiteres Schicksal im Ungewissen lag. Mein Verstand wusste genau, dass es das Beste wäre, wenn Harrison MacGinny nicht nur Cromdale, sondern gleich ganz Schottland für immer verlassen würde! Aber mein Herz sprach eine andere Sprache. Und diese unterschied sich so sehr von der des Verstandes wie die gälische von der englischen.

»Es gibt andere Männer, die diese Aufgabe ebenso gut erledigen können«, wiederholte James. »Wenn du erlaubst, höre ich mich gerne für dich um.«

»Mein Großvater hat den MacGinnys in seinem Testament ein lebenslanges Wohnrecht bestätigt. Ich kann mich nicht über seinen letzten Willen hinwegsetzen.«

Es war ein jämmerliches Argument. Dementsprechend ärgerlich schlug sich James auf den Schenkel.

»Fitzroy MacHardy hat dabei sicher nicht gedacht, dass sich sein angestellter Verwalter wie der Schlossherr höchstpersönlich aufführt. Dass eine einfache Haushälterin die Herrin von Cromdale vor Gericht zerrt!« Ich zuckte mit den Schultern und griff nach seiner Hand.

»Ich werde darüber nachdenken, James, und ich weiß, dass du nur das Beste für mich möchtest.«

Danach schwiegen wir einige Minuten und beobachteten die Tanzenden. Harrison konnte ich nicht mehr sehen. James begann, sich langsam wieder zu entspannen. Nach einigen Minuten nahm er sanft meine Hand in die seine.

»Ich nehme nicht an, dass du mit mir tanzen möchtest?«, fragte er vorsichtig.

»Das ist lieb von dir, James, aber ich …«

Er nickte. Es war angenehm zu wissen, dass er auch ohne Worte verstand, dass ich wegen meiner Behinderung niemals wagen würde, einen Tanzboden zu betreten. Wir konnten das Gespräch nicht fortführen, denn Carla und der Reverend kehrten zurück, und die Unterhaltung wandte sich anderen Themen zu.

Die Pause war vorüber, und es folgten weitere Wettkämpfe. Dann wurden den stärksten und tapfersten Männer ihre Preise, meistens in Form einer Whiskyflasche, überreicht. Danach spielten die Dudelsäcke erneut zum Tanz auf. Ich dachte gerade, dass es langsam Zeit war, nach Hause zurückzukehren, als Harrison MacGinny plötzlich an meiner Seite war. Er verbeugte sich galant.

»Mylady, darf ich um diesen Tanz bitten?«

Mir stockte der Atem. Wie konnte er es nur wagen!

»Ich tanze nicht, Mr. MacGinny«, antwortete ich, warf den Kopf in den Nacken und drehte mich zur Seite. Da packte er einfach meine Hand und zog mich hinter sich her. Gegen seine Stärke war ich machtlos. Laut zu protestieren traute ich mich nicht, ich wollte nicht noch mehr Aufmerksamkeit auf uns lenken. Ehe ich mich versah, stand ich auf dem Tanzboden, und seine Arme schlossen sich fest um meine Taille.

»Lassen Sie mich sofort los«, zischte ich wütend. »Ich beherrsche diese Tänze nicht!«

»Ach, das ist ganz einfach! Lass dich einfach von der Musik treiben und vertraue meiner Führung!« Er grinste mich unverschämt an, dann wurde ich plötzlich im Kreis gewirbelt.

Hilflos stolperte ich hinter ihm her, sicher, dass meine Behinderung jedem sofort ins Auge stechen musste. Ich hatte keine Kontrolle mehr über meine Beine, meinte jeden Moment zu Boden zu stürzen. Aber Harrison hielt mich fest. Unvorstellbar, dass ich mir vorhin gewünscht hatte, mit ihm zu tanzen. Jetzt wollte ich nur noch von hier fort! Nicht mehr länger zum Gespött werden!

Endlich war es vorbei.

»Sie … Sie …!« Was hätte ich ihm am liebsten alles an den Kopf geworfen, doch mir fehlten vor Empörung die Worte. Als ich merkte, wie mir die Tränen in die Augen stiegen, lief ich, so schnell ich konnte, davon. Dass ich dabei stärker als sonst hinkte, wurde mir nur zu deutlich bewusst. Tränenblind stolperte ich in die Arme von James Grindle.

»Bring mich von hier fort! Bitte!«

Er umarmte mich fest und führte mich vom Festgelände zur Kutsche. In seinen Augen las ich Mitleid, Zärtlichkeit, aber auch eine gehörige Portion Wut auf Harrison MacGinny.

»Du musst ihn hinauswerfen, Lucille. Noch heute!«

Stumm nickte ich und ließ mir von James in die Kutsche helfen. Dabei nahm er meine Hand und ließ sie nicht mehr los.

»Übrigens … ich schäumte zwar vor Wut, als du vorhin mit Harrison getanzt hast, aber ich kann dir ehrlich sagen, dass man von deiner … ähem … kleinen Eingeschränktheit kaum etwas gemerkt hat.«

Ich lächelte ihn dankbar an.

»Das ist nett von dir, so etwas zu sagen, James.«

Ich war überzeugt, er sagte es nur, um in mir das Gefühl, mich unsäglich blamiert zu haben, zu schmälern.

»Lucille … ich … ach, es ist schwer, die richtigen Worte zu finden.« Ich sah ihn ermunternd an und war mir sicher, dass er mich bitten wollte, ihn zu heiraten.

»Also, ich finde, es war ein sehr schöner Tag«, fuhr er fort. Ich stimmte ihm zu. Bis auf das Ende, dachte ich. Aber daran trug James keine Schuld. Diese lag ganz alleine bei dem ungehobelten Harrison MacGinny! Komisch, dass ich selbst in dem Moment, in dem ich gleich den ersten Heiratsantrag meines Lebens erhalten würde, Harrison nicht aus meinen Gedanken verbannen konnte. »Du hast bemerkt, dass meine Mutter dich in ihr Herz geschlossen hat. Und Carla sieht in dir so etwas wie eine große Schwester …«

Er brach ab, drückte aber meine Hand fester. »Ich glaube, ich weiß, was du mir sagen möchtest, James«, antwortete ich weich. Leider kamen jetzt Mrs. Grindle und Carla auf die Kutsche zu.

James seufzte. Es war deutlich, dass er über die Unterbrechung nicht erfreut war.

»Verflixt, warum ist es nicht möglich, länger als fünf Minuten ungestört mit dir sprechen zu können? Ich besuche dich in den nächsten Tagen. Vielleicht können wir dann alleine reden. Ich würde dich nämlich gerne etwas sehr Wichtiges fragen«, raunte er mir zu, bevor seine Mutter in die Kutsche stieg.

Trotz des unangenehmen Zwischenfalls auf der Tanzfläche lehnte ich mich entspannt in die Polster zurück. James war drauf und dran gewesen, mich um meine Hand zu bitten, und ich war überzeugt, er würde es in den nächsten Tagen tun. In diesem Augenblick war ich mir meiner Antwort sicher: Ich würde ihm sagen, dass ich ihn heiraten wollte.

Ich hätte es getan. Ja, wenn James mich gebeten hätte, ihn zu heiraten, hätte ich mit »Ja« geantwortet, aber in derselben Nacht geschah etwas, das mein ganzes folgendes Leben veränderte.

Nach einem leichten Abendessen zog ich mich aus und ging früh zu Bett. Die Fahrt nach Grantown und die ganzen Vergnügungen waren anstrengend gewesen, dennoch konnte ich keinen Schlaf finden. Die Zeiger der Uhr gingen bereits auf Mitternacht zu, und ich wälzte mich immer noch unruhig in den Kissen. Die Stellen an meinem Körper, an denen mich Harrison beim Tanz umarmt hatte, prickelten angenehm warm. Immer, wenn ich die Augen schloss, sah ich die seinen vor mir, die auf den Grund meiner Seele blickten. Verzweifelt versuchte ich, mir James' freundliches Gesicht vorzustellen und von einer Zukunft an seiner Seite zu träumen, doch immer drängte sich Harrison dazwischen.

»Verflixt«, rief ich, warf wütend die Decke beiseite und schwang meine Beine aus dem Bett. Zu allem Unglück war das Wetter in den letzten Stunden umgeschlagen. Der heulende Sturm, der den Regen beinahe waagerecht gegen die Fensterscheiben schlug, trug nicht gerade zu einer erholsamen Nachtruhe bei. Ich beschloss, mir aus der Küche einen Becher Milch zu holen, an Schlaf war ohnehin nicht mehr zu denken. Im Haus war alles ruhig, doch als ich aus der Küche zurückkehrte, hörte ich die mir inzwischen vertrauten Schritte und erkannte einen Lichtschimmer am Ende des Ganges. Schnell verbarg ich mich hinter einem Wandvorhang und spähte vorsichtig um die Ecke. Ich hatte mich nicht getäuscht. Harrison, nun wieder in derben Arbeitshosen und Hemd, durchquerte die Halle, sperrte die verborgene Tür auf und ging in den Keller. Kurz darauf konnte ich wieder ein leises Hämmern hören. Nun, morgen würde ich ihm und Glenda nahe legen, Cromdale House so bald wie möglich zu verlassen. Danach würde ich selbst schauen, was es im Keller so Geheimnisvolles gab. Wahrscheinlich würde mir James dabei helfen. So lange konnte Harrison von mir aus im Keller graben und klopfen. Sicherlich würde er nicht ausgerechnet in dieser Nacht das Fundament der Burg zum Einsturz bringen.

Als ich die erste Stufe der Wendeltreppe betrat, blieb ich mit meinem Morgenrock an einem Kerzenständer hängen, der daraufhin mit lautem Gepolter zu Boden fiel. Sogleich verstummten die Geräusche, und ich hörte, wie schwere

Schritte die Kellertreppe heraufkamen. So schnell ich konnte, lief ich in mein Zimmer hinauf. Ich war überzeugt, von Harrison nicht gesehen worden zu sein. Natürlich war jetzt noch viel weniger als vorher an Schlaf zu denken. Gedankenverloren betrat ich den kleinen Runderker und blickte nach draußen. Der Wind heulte und pfiff um das Haus, die Fenster waren nicht ganz dicht, so dass ich in dem kalten Luftzug unwillkürlich schauderte. Dennoch fühlte ich mich hier beinahe wie in einem Krähennest. Was dann geschah, passierte so plötzlich, dass es mir heute noch unfassbar erscheint. Eine heftige Windbö schlug gegen ein Fenster, und die Scheibe krachte in Hunderten von Splittern nach innen. Instinktiv sprang ich zur Seite, doch dann gab der Boden unter mir nach. Wie von Geisterhand löste sich das Mauerwerk und krachte unter und neben mir in die Tiefe. Geistesgegenwärtig suchten meine Hände nach Halt. Irgendwie gelang es mir, mich an den schmalen Mauervorsprung direkt unter dem Erker zu klammern. Der Vorbau selbst war verschwunden, etwa einen Meter über mir klaffte ein großes Loch in der Wand zu meinem Zimmer. Meine Hände schmerzten, Blut lief über meine Finger.

»Hilfe! So helft mir doch!«, schrie ich aus Leibeskräften. Hilflos hing ich an der Mauer und merkte, wie sich meine Finger langsam von den wenigen Zentimetern, die mich noch mit dem Leben verbanden, lösten. Der Regen durchnässte mich binnen Sekunden, und ich wusste, ich würde mich nicht mehr lange festhalten können. In der nächsten Minute würde ich hinab in die Tiefe stürzen. Zwar konnte ich die Steinplatten im Hof nicht erkennen, wusste aber, dass sie vier Stockwerke unter mir lagen.

Erneut schrie ich um Hilfe. Tausende von Gedanken auf einmal schossen mir durch den Kopf. Das war das Ende! So also wirst du sterben. Zerschmettert auf den Platten des Hofes! Aber ich dachte auch daran, dass es die einfachste Lösung für Harrison und Glenda war. Keine Erbin mehr, keine Herrin von Cromdale! In Zukunft würde Harrison wohl mit Fug und Recht die Farben der MacHardys tragen. Während meine Finger immer mehr den Halt verloren, waren meine Gedanken an Harrison so stark, dass ich zuerst an ein Trugbild glaubte, als sein Gesicht plötzlich über mir erschien. Er stellte die Petroleumlampe neben sich und beugte sich aus dem Mauerloch.

»Meine Güte, Lucille! Was machst du denn da draußen? Ist das Wetter nicht etwas zu schlecht für eine solche Kletterpartie?«

»Halt den Mund und hilf mir!«, zischte ich. Wie konnte er in einem solchen Moment banale Scherze machen?

Harrison beugte sich herunter und streckte seine Hände nach mir aus. Für einen Augenblick befürchtete ich, er würde meine Finger vom Sims lösen, um meinen Absturz zu beschleunigen. Welch bessere Lösung konnte es für ihn geben? Doch dann fühlte ich, wie zwei starke Hände sich fest um meine Handgelenke spannten.

»Halt durch, Lucille! Lass nicht los! Hörst du?«

»Den Teufel werde ich tun!« Meine Finger krampften sich stärker in den glitschigen Stein. Ich stieß mir die Hüfte und beide Knie blutig, als Harrison mich mit einem Ruck nach oben zog. Doch dann kauerte ich auf dem Boden meines Zimmers, das todbringende Loch direkt hinter mir. Sanft zog mich Harrison in die Höhe und in die Mitte des Zimmers.

»Verdammter Erker«, fluchte er und ging neben mir in die Knie. »Ich hätte ihn schon längst abreißen sollen. Ich wusste doch, wie baufällig er ist.«

Und deine Mutter hat es auch gewusst, schoss es mir durch den Kopf. Trotzdem – oder gerade deswegen? – hatte sie mir dieses Zimmer hier gegeben. Von einem Augenblick zum anderen löste sich der Schockzustand, im dem ich mich befunden hatte, und ich begann haltlos zu weinen. Ich warf mich an Harrisons Brust, umklammerte seinen Oberkörper mit beiden Armen und schluchzte in sein Hemd. Ich dachte nicht daran, dass ich nur ein Nachthemd trug. Mein Morgenmantel war bei dem Sturz von meinen Schultern geglitten und lag jetzt unten im Hof, wo beinahe auch mein zerschmetterter Körper gelegen hätte.

Zart strichen Harrisons Hände über meinen Rücken. Durch den dünnen Stoff brannte seine Berührung wie Feuer auf meiner Haut, aber es war eine angenehme Hitze, die sich langsam in meinem ganzen Körper ausbreitete.

»Halt mich fest, Harrison, und geh bitte nicht fort! Lass mich niemals wieder los!« War das wirklich ich, die diese Worte gesagt hatte? Ich kam nicht dazu, weiter darüber nachzudenken, denn Harrison küsste mich. Hart pressten sich seine Lippen auf die meinen. Fordernd drang seine Zunge vor, und es war mir, als würde mir erneut der Boden unter den Füßen fortgezogen. Dieses Mal wollte ich aber nicht gerettet werden, sondern mich in den Tiefen, die sich auftaten, verlieren. Ich merkte nicht, wie Harrison mich zum Bett trug, denn er hörte nicht auf, mich zu küssen. Manchmal hart und fest, dann wieder zart und weich. Ich zitterte, gleichzeitig dachte ich zu verbrennen. Instinktiv wusste ich, dass nur Harrison dazu in der Lage war, mein inneres Feuer zu löschen. Er flüsterte viele leise Worte, teils in Gälisch, teils in Englisch. Ich verstand ihren Sinn nicht, aber es war egal. Einzig zählte, dass er bei mir war, mich mit seinen Armen umschloss und mich mit seinem starken Körper beschützte. Als er mir schließlich mein Nachthemd von den Schultern streifte, erst meine Schultern, dann meine Brust mit leichten Küssen bedeckte, konnte ich nicht mehr weiter denken und überließ mich völlig seiner Führung.

Stunden später hatte der Sturm nachgelassen, in beiderlei Hinsicht. Noch nie zuvor in meinem Leben war ich so erschöpft, aber auch zugleich so völlig entspannt gewesen. Die Lampe war längst erloschen, so dass ich Harrisons Gesichtzüge nicht erkennen konnte, aber ich spürte und roch ihn, merkte, wie die breite Brust sich hob und senkte.

Das war es also gewesen, was Kitty immer gemeint hatte, wenn sie sagte, dass wir Frauen nicht ohne Männer sein können. Nun, dachte ich schmunzelnd, sie hat zweifelsohne Recht! Natürlich hatte ich ungefähr gewusst, was sich zwischen Mann und Frau im Schlafzimmer abspielte. Aber dass es so … so überwältigend sein könnte, hätte ich mir nicht träumen lassen. Zuerst war es ein kurzer Schmerz gewesen, kaum wesentlich, aber ihm war ein Gefühl höchsten Glückes gefolgt. Ich kuschelte mich in Harrisons Armbeuge.

»Jetzt werden wir wohl heiraten.«

Mit einem Ruck fuhr ich in die Höhe.

»Was sagst du?«

In der Dunkelheit merkte ich, wie sich sein Brustkorb vor Heiterkeit hob und senkte.

»Nun, ich denke doch nicht, dass eine wohlerzogene Dame wie du mit einem Mann ins Bett geht, den sie nicht gedenkt zu ehelichen!«

Ich zögerte. Tatsächlich hatte ich keine Minute daran gedacht, dass das, was ich mit Harrison getan hatte, in den Augen der Kirche nur Ehepaaren erlaubt war. Aber war diese körperliche Leidenschaft wirklich von einem kleinen Stück Papier und dem Segen eines Pfarrers abhängig?

»Du brauchst mich nicht aus Anstand zu heiraten«, erwiderte ich kühl und rückte ein Stück von ihm ab. »Ich bin alt genug, um zu wissen, worauf ich mich eingelassen habe.«

»Jetzt sag aber nicht, dass ich dich verführt habe, Lucille! Wer hat sich denn, nur mit einem dünnen Nachthemd bekleidet, in meine Arme geworfen? Ich bin schließlich auch nur ein Mann!«

Er hatte Recht. Ich war es gewesen, die sich an ihn geklammert hatte.

»Das geschah nur aus Angst. Ich stand unter Schock, und du hast die Situation schamlos ausgenutzt«, machte ich einen schwachen Versuch, einen letzten kümmerlichen Rest meiner Ehre zu retten.

Harrison lachte. Seine Hand tastete nach mir, umschlang meine Schultern und zog mich wieder an seine Brust. Sofort merkte ich, wie die Flamme der Leidenschaft erneut in mir zu brennen begann. Nein, ich bereute es nicht!

»Meine liebe Lucille«, sagte Harrison mit ungewöhnlichem Ernst in der Stimme. »Auch wenn du es nicht verlangst, ich möchte dich trotzdem heiraten! Du und ich – wir sind füreinander geschaffen! Das habe ich bereits am ersten Tag, als wir uns in dem Hotel trafen, gespürt.«

Ein wohliger Schauer kroch über meinen Rücken.

»Aber du kannst mich nicht heiraten«, wandte ich ein. »Ich bin doch ein Krüppel!«

Für die nächste Minute verschloss er meinen Mund mit einem Kuss.

»Das möchte ich nie wieder von dir hören, Lucille! Du bist eine sehr mutige und starke Frau. Ich habe dich von Anfang an gemocht.«

»Was du aber gut verbergen konntest. Du hast nichts unversucht gelassen, mich wieder aus dem Haus zu treiben.«

Ein erneutes Lachen, tief, kehlig, vibrierend. Es gab kein schöneres Lachen auf dieser Welt. Warum war mir das nicht früher schon aufgefallen, dass kein anderer Mann so lachte wie Harrison?

»Du musst versuchen, die Situation, in der sich meine Mutter und ich befanden, zu verstehen. Über zwanzig Jahre lebten wir in dem Glauben, dass es keine weiteren MacHardys auf der Welt gibt. Was also lag näher, als mich nach Fitzroys Tod um das Haus und den Besitz zu kümmern? Und plötzlich änderte sich alles. Und der Erbe ist zu allem Übel nicht nur eine Frau, sondern auch noch eine Engländerin. Du bist immerhin in London geboren und aufgewachsen. Das hat meiner Mutter ganz schön zu schaffen gemacht.«

»Ach, und dir etwa nicht?«, fragte ich spöttisch.

»Nicht so sehr, denn ich wusste ja, dass wir heiraten werden!«

In der Dunkelheit versuchte ich, nach ihm zu schlagen, traf aber nur den Bettpfosten.

»Autsch!«

Zärtlich nahm Harrison meine Hand und streichelte sie. Sofort ließ der Schmerz nach.

»Und jetzt sag, dass du mich auch heiraten willst!«

»Ich bin mir nicht sicher.«

Mit einem Ruck setzte sich Harrison auf.

»Nicht sicher? Was meinst du damit, dass du dir nicht sicher bist?«

Ich wusste nicht genau, wie ich ihm meine Bedenken erklären sollte. Eigentlich wusste ich nur, dass ich immer an seiner Seite sein, alle schönen Momente, aber auch Kümmernisse mit ihm teilen und niemals wieder ohne ihn erwachen wollte. Trotzdem sagte ich:

»Es gibt unendlich viel zu bedenken, bevor man das Wagnis einer Ehe eingeht.«

»Mein liebe Lucille, bei einer Heirat gibt es nur eines zu bedenken, nämlich, ob sich zwei Menschen lieben. Ich liebe dich. Zweifelst du daran?«

Ich zögerte.

»Ja, Harrison. Ja, ich zweifle daran. Seit Wochen hast du mich mal freundlich, aber meistens abweisend und barsch behandelt. Hast mir mehr als einmal zu verstehen gegeben, dass du für Cromdale kämpfen würdest. Ich war für dich nicht mehr als ein lästiges Insekt, das man so schnell wie möglich loswerden will.«

»Leider muss ich zugeben, dass du mit einigen Punkten Recht hast. Ich war wirklich nicht sehr freundlich. Aber du musst mir glauben, dass vieles, was ich sagte und tat, zu meinem eigenen Schutz geschah.«

»Zu deinem Schutz?« Ich stutzte mich auf die Ellbogen und versuchte, sein Gesicht zu sehen. Aber es war immer noch zu dunkel. »Das kann ich nun wirklich nicht verstehen.«

»Bereits nach wenigen Tagen merkte ich, dass ich mich zu dir hingezogen fühlte, Lucille, aber ich wehrte mich gegen dieses Gefühl, verleugnete die natürlichste Sache der Welt. Darum dachte ich, mein verwirrtes Herz würde sich wieder beruhigen, wenn du nicht mehr in Nähe wärst. Doch spätestens heute Nachmittag, als wir zusammen tanzten, erkannte ich, dass ich dich liebe. Von ganzem Herzen liebe! Ohne diesen schrecklichen Vorfall hätte ich gleich morgen meine Sachen gepackt und Cromdale für immer verlassen. Bisher musste ich aus deinem Verhalten mir gegenüber schließen, dass du mich hasst. Nun, die letzten Stunden haben mir etwas anderes gezeigt, oder etwa nicht?«

Seine Worte machten mich zwar unendlich glücklich, konnten aber meine Zweifel nicht restlos zerstreuen. Allerdings hatte Harrison meine Gefühle richtig erkannt. Ich konnte weder ihm noch mir selbst länger vormachen, dass er mir gleichgültig war. Er war es vom ersten Tag an nicht gewesen. Trotzdem sagte ich:

»Harrison, es könnte sein, dass wir unter Liebe nicht dasselbe verstehen. Ich wünsche mir, dass du bei mir bist, ich wünsche, mit dir vereint zu sein. Aber ich bin mir nicht sicher, ob man das Liebe nennen darf.«

Harrison lachte laut auf.

»Wie denn sonst?«

»Miteinander leben, sich respektieren und verstehen, das ist wichtig. Nicht allein die Erregung des Augenblicks, denn Begehren ist von Natur aus vergänglich. Bevor ich heirate, möchte ich Gewissheit haben, dass mein Ehemann meinen Kindern ein guter Vater sein wird, dass er meine sittliche Einstellung teilt, dass er ein Mann ist, zu dem ich aufschauen und dem ich vertrauen kann, dass er ...«

Weiter konnte ich nichts sagen, denn Harrison küsste mich so heftig, dass es beinahe schmerzte. Aber ich erwiderte seine Umarmung, versuchte nicht, mich von ihm zu befreien. Er spürte meine Hingabe, denn plötzlich ließ er mich los und sagte:

»Also, wann soll die Hochzeit sein? Wäre dir kommender Dienstag recht?«

»Harrison, lass deine Witze! Heute ist Sonntag. Nein, halt, inzwischen ist es bereits Montag Morgen!«

»Gut, wenn es dir zu früh erscheint – wie wäre es dann mit Mittwoch? Donnerstag kann ich leider nicht, da bin ich bereits mit einem Pächter verabredet.«

Ich merkte, wie er sich über mich lustig machte, aber ich konnte ihm nicht böse sein. Plötzlich erschien alles so einfach! Natürlich würden Harrison und ich heiraten! Meine Zweifel waren durch seine Küsse wie fortgewischt. Mochte es vielleicht auch nur Begehren sein, was mich in seine Arme trieb, ich wusste, dass ich niemals wieder ohne ihn glücklich werden konnte. Harrison war der richtige Herr für Cromdale House! Das hatte ich vom ersten Tag an gespürt. Harrison und ich – ich und Harrison! Nächstes Jahr beim Grantown Gathering würden wir nebeneinander die Plätze der MacHardys einnehmen und beide stolz den Familientartan tragen. Wie hatte ich nur jemals mit Sorge in die Zukunft blicken können?

»Was wird deine Mutter dazu sagen?«, fiel mir dann ein. »Ich habe nicht das Gefühl, dass sie sonderlich erfreut sein wird, mich als Schwiegertochter zu begrüßen.«

»Sie will stets nur mein Bestes. Und das Beste, was ich auf dieser Welt bekommen kann, bist du, mein Schatz.«

Und Cromdale House, dachte ich für einen Moment, schob indes diesen negativen Gedanken sogleich beiseite.

»Lucille, ich liebe dich! Ich möchte dich so schnell wie möglich heiraten, damit das, was wir gleich tun werden, anständig und legal ist.«

»Was wir gleich tun werden?«

Ich verstand zuerst nicht, aber als er sich auf mich rollte und ich seine pulsierende Männlichkeit an meinem Bauch spürte, waren alle Fragen beseitigt.

Als ich das nächste Mal erwachte, war es bereits heller Morgen. Meine Decke war zu Boden gerutscht, und ich fror, denn immerhin klaffte in der Wand ein mannshohes Loch. Jetzt, im Tageslicht, erkannte ich erst richtig, in welcher Gefahr ich geschwebt hatte. Aber dann war Harrison gekommen und hatte mich gerettet. Harrison! Zärtlich blickte ich auf seine entspannten Gesichtszüge. Langsam zeichnete ich mit dem Zeigefinger die Linien seiner Augenbrauen bis zu den wohlgeformten Ohren nach. Plötzlich blinzelte er, und ich zog schnell meine Hand zurück.

»Du Schuft! Ich dachte, du schläfst noch!«

»Habe ich auch. Bis eben. Aber ich glaube, es ist jetzt besser, wenn ich in mein Zimmer verschwinde. Was soll sonst Rosie von uns denken, wenn sie dir das Frühstück bringt? Wir sollten den Schein immerhin bis zur Hochzeit wahren.«

Als er erneut das Wort Hochzeit aussprach, wusste ich, dass die letzten Stunden nicht nur ein schöner Traum gewesen waren. Ich würde also tatsächlich Harrison MacGinny heiraten! Glücklich kuschelte ich mich in die Kissen.

»Lass es uns aber noch nicht an die große Glocke hängen«, bat ich. »Vor allen Dingen den Grindles möchte ich es selbst sagen.« Das bin ich ihnen, und in erster Linie James, schuldig, dachte ich.

»James Grindle! Pah!« So wie Harrison seinen Namen aussprach, gab es keinen Zweifel, was er von ihm hielt. »Gestern dachte ich für einen Moment tatsächlich, du würdest diesen Schwächling heiraten.«

Beim Gedanken an James verspürte ich eine gewisse Traurigkeit. In der letzten Zeit war er mir sehr nahe gewesen, hätte mir beinahe gestern einen Antrag gemacht. Was, wenn seine Mutter nicht just in dem Augenblick hinzugekommen wäre? Ich hätte »Ja« gesagt und wäre jetzt mit ihm verlobt. Wäre ich auch dann mit Harrison ins Bett gestiegen? Ich runzelte die Stirn, ich wollte jetzt nicht weiter darüber nachdenken. Die Situation war, wie sie war, und die Aussicht, Harrisons Frau zu werden, übertraf jegliches Glücksgefühl, das ich jemals im Leben verspürt hatte. James hatte niemals solche Empfindungen in mir wecken können.

Noch einmal nahm mich Harrison fest in die Arme und küsste mich. Dann deutete er zu dem großen Loch in der Wand, durch das der Wind pfiff. Bis auf zwei Meter waren die Holzdielen in der Nacht vom Regen durchweicht worden, wahrscheinlich würde man sie erneuern müssen.

»Ich werde nachher gleich Handwerker verständigen, damit sie die Mauer wieder reparieren. Was meinst du, sollen wir wieder einen Erker anbauen lassen?«

Es war das erste Mal, dass mich Harrison um meine Meinung fragte. Ich nickte.

»Es würde das äußerliche Erscheinungsbild der Burg beeinträchtigen, wenn wir es nicht täten. Vorausgesetzt, wir können es uns leisten.«

»Darüber mach dir mal keine Sorgen. Aber was willst du Rosie sagen? Ich kann mir schon lebhaft ihr Gesicht vorstellen, wenn sie bemerkt, dass du die ganze Nacht in einem Zimmer mit Loch verbracht hast.« Ich kicherte. »Auf jeden Fall musst du in ein anderes Zimmer umziehen. Mein Bett ist breit genug, aber ich denke, du bestehst darauf, dass wir die Konventionen aufrechterhalten, oder? Mir wäre es allerdings egal! Was bedeuten schon ein paar Worte eines Pfarrers?«

Ich protestierte heftig gegen seinen Vorschlag, gleich in sein Zimmer umzuziehen. Zwar wusste ich, dass die vergangene Nacht keine einmalige Angelegenheit bleiben würde, aber ich wollte tatsächlich die Form wahren, bis ich auch auf dem Papier Harrisons Frau wäre.

Als ich dann allein war, räkelte ich mich wohlig im Bett. Die Kühle, die nach wie vor durch die Maueröffnung drang, störte mich nicht. Mein ganzer Körper brannte noch von Harrisons Leidenschaft, nie war mir so warm gewesen wie jetzt.

VI

Die folgenden Tage zählten zu den glücklichsten in meinem bisherigen Leben. Wie hatte ich das Haus jemals als düster und unheimlich empfinden, jemals einen Gedanken daran verschwenden können, nach London zurückzukehren? Es war, als hätte sich binnen weniger Stunden alles verändert, denn jetzt liebte ich und wurde wiedergeliebt. Weder Zweifel noch Schatten trübten von jetzt an mein Leben, denn die Sonne erschien mir jeden Morgen strahlender und heller als jemals zuvor am Horizont. Harrison überschüttete mich mit Aufmerksamkeiten und kleinen Zärtlichkeiten. War es manchmal auch nur ein kaum wahrnehmbares Augenzwinkern, sagte es mir doch: »Wir zwei gehören zusammen. Für immer.«

Ich zog in ein kleines, aber gemütliches Zimmer in der zweiten Etage. Als die Bediensteten erfuhren, dass der Sturm den Erker fortgerissen hatte, waren sie entsetzt und zugleich erleichtert, dass mir nichts geschehen war. Was für eine Laune des Schicksals, dass ausgerechnet mein Zimmer betroffen war, denn sonst hatte der Sturm keine nennenswerten Schäden am Haus verursacht. Harrison und ich vereinbarten, nichts von der Gefahr, in der ich geschwebt hatte, zu erwähnen. Es wäre ihm peinlich gewesen, als Retter gefeiert zu werden. Einzig Glenda sah mich durchdringend und wissend an, als ich sie am nächsten Morgen in der Küche traf. Mit knappen Worten berichtete ich ihr von dem Malheur, ohne Harrison zu erwähnen. Mir schien, als zucke sie leicht zusammen, und mich beschlich der Verdacht, dass sie mit einem solchen Unfall gerechnet hatte. Aber was spielte das jetzt noch für eine Rolle? Mir war nichts geschehen, im Gegenteil! Vielleicht hätte ich ohne diesen Vorfall nie meine wahren Gefühle für Harrison erkannt.

Ich war nicht dabei, als Harrison seiner Mutter sagte, er wolle mich heiraten, aber von da an bemerkte ich, wie Glenda mich aus den Augenwinkeln kritisch beobachtete. War sie vorher bereits wenig gesprächig gewesen, so richtete sie jetzt kaum noch das Wort an mich. Unsere Konversation beschränkte sich auf die notwendigen, den Haushalt betreffenden Absprachen. Nun, mir konnte es gleich sein, irgendwann würde sich Glenda damit abfinden müssen. Auf Dauer war es ohnehin unschicklich, dass sie als meine Schwiegermutter weiterhin als Haushälterin arbeitete. Hier musste ich zu gegebener Zeit eine Lösung finden. Außerdem stand ihr Gerichtsverfahren noch aus. Ich würde Mr. Grampson bitten, Glenda zu verteidigen und zu versuchen, sie vor dem Gefängnis zu bewahren. Es war an der Zeit, alle Differenzen zu begraben, und ich war bereit, den ersten Schritt zu tun, und hoffte, sie würde mir ein wenig entgegenkommen.

Wir hatten nun täglich Maurer und Zimmerleute im Haus, die mein ehemaliges Zimmer wieder instand setzten. Die Arbeiten gingen gut voran, doch teilte mir der Meister mit:

»Mylady, die gesamte Fassade bedarf einer dringenden Renovierung. Das Mauerwerk ist stellenweise bröckelig, dass jederzeit wieder etwas geschehen kann.«

Ich wollte mit Harrison darüber reden. Überhaupt gab es so viele Fragen, die ich ihm stellen wollte, doch tagsüber musste alles in den gewohnten Bahnen ablaufen. Harrison war entweder unterwegs, oder er arbeitete konzentriert im Kontor. In der Nacht verschwendeten wir keine Zeit mit Gesprächen. Es gab für mich an seinem Körper so viel zu entdecken: die gekräuselten, schwarzen Härchen auf seiner Brust, die sich ab dem Bauchnabel verjüngten, um tiefer in einen Busch wilder, dichter Locken zu münden, die festen Pobacken mit den Grübchen links und rechts, seine Oberschenkel, die die meinen kraft- und lustvoll umschlangen und mir das Gefühl völliger Geborgenheit gaben. Sicher wussten Glenda und Wilma, dass sich Harrison fast jede Nacht in mein Zimmer schlich. Ich forschte in ihren Gesichtern nach Missbilligung, doch sie ließen sich nichts anmerken, und es war mir auch egal. Ich lebte für den Augenblick, genoss jede Minute, die ich mit Harrison verbringen konnte, beinahe als ahnte ich, dass schon bald Schatten am Horizont auftauchen würden.

Eines Nachts wartete ich vergeblich auf ihn. Ich hatte mich schon daran gewöhnt, an seine Brust geschmiegt einzuschlafen, nun wälzte ich mich unruhig von einer Seite auf die andere und dämmerte ein wenig ein. Schlagartig war ich hellwach, als ich die gewohnten Klopfgeräusche aus dem Keller hörte. Rasch warf ich mir den Morgenmantel über und huschte aus meinem Zimmer. Vor lauter Glückseligkeit hatte ich Harrisons nächtliche Aktivitäten völlig vergessen. Ich fand den Eingang zum Keller offen. Dieses Mal zögerte ich nicht, sondern lief leichtfüßig die Treppe hinunter. In meinen Pantoffeln war ich so leise, dass Harrison mich nicht bemerkte. Ich beobachtete ihn eine Weile, wie er mit einer Hand konzentriert über die Wand strich. Scheinbar suchten seine Finger nach etwas. Der Schein der Lampe warf flackernde Schatten und tauchte den Kelleraum in ein gespenstisches Licht. Ich räusperte mich vernehmlich und sagte:

»Hallo, Harrison!«

Er fuhr herum und starrte mich an, als habe er einen Geist gesehen.

»Was … was machst *du* hier?«

Ich trat auf ihn zu, doch sein ablehnender Blick ließ mich zögern, meine Arme um ihn zu legen. Es war zu offensichtlich, dass Harrison über meine Anwesenheit nicht erfreut war.

»Ich möchte endlich wissen, was du mitten in der Nacht hier unten suchst. Der kalte, feuchte Keller scheint dich ja mehr als mein Zimmer zu interessieren«, versuchte ich zu scherzen. Er aber schien die Situation alles andere als lustig zu finden, denn statt mich in den Arm zu nehmen, wich er einen Schritt zurück.

»Ich habe dir schon einmal gesagt, dass es nicht ungefährlich ist, mitten in der Nacht im Haus herumzuschleichen«, brummte er missbilligend. »Du wirst dich in deinem leichten Nachthemd erkälten.«

»Harrison!« Er machte keine Anstalten, meine ausgestreckte Hand zu ergreifen. »Warum musst du nachts nach eventuellen Schäden schauen? Kannst du das nicht während des Tages tun?«

»Nein, denn da bin ich auf dem Gut unterwegs, wie du weißt.« Er seufzte. »Also gut, komm her. Siehst du die Risse, die sich über die gesamte Fläche spannen?« Er hob die Lampe, und ich trat neben ihn. Tatsächlich sah die Wand aus, als wäre sie von einem Erdbeben erschüttert worden. Wie ein grobes Spinnennetz zogen sich kreuz und quer Linien durch das Mauerwerk. Einige waren fein, kaum mehr als Striche, andere jedoch so breit wie mein kleiner Finger.

»Was hat das zu bedeuten?«, flüsterte ich schaudernd. Harrison hatte Recht, die Kälte kroch über meine nackten Füße und Beine hinauf in den Körper.

»Wenn wir es nicht reparieren lassen, bricht das Fundament weg, und das Haus stürzt früher oder später über unseren Köpfen ein.«

»Und warum wurde es nicht schon längst in Ordnung gebracht? Du hast meinen Großvater doch sicher informiert.«

Er lachte kurz auf.

»Weil es zu teuer ist! Eine solche Sanierung würde Tausende verschlingen, und selbst dann ist das Fundament der Burg auf Dauer nicht zu retten. Als Cromdale damals erbaut wurde, wusste kein Mensch über die Bedeutung von Erdbewegungen Bescheid.«

»Erdbewegungen? Willst du damit sagen, es könnte hier ein Erdbeben geben?« Vor Schreck krallte ich meine Fingernägel in Harrisons nackten Unterarm. Ich hatte von Erdbeben und ihren schrecklichen Auswirkungen gehört, allerdings niemals, dass Schottland davon betroffen gewesen wäre. Er schüttelte beruhigend den Kopf.

»Ich denke nicht, dass wir uns vor einem Erdbeben fürchten müssen. Weißt du, dass die Altstadt von Edinburgh auf einem erloschenen Vulkanfelsen erbaut worden ist? Vor vielen Millionen Jahren war ganz Schottland ein riesiger, Feuer speiender Berg. Nun, das ist zum Glück Vergangenheit, aber tief unten in der Erde arbeitet es immer noch. Es kommt immer wieder zu kleinen, für uns Menschen nicht spürbaren Erschütterungen. Im Laufe der Jahrhunderte hinterlassen diese ihre Spuren, deren Auswirkungen du hier sehen kannst.«

Leicht strich ich über die Wand. Sie schien sehr dick zu sein, dennoch begann ich, Harrisons Bedenken zu teilen.

»Du hast angeboten, Cromdale für zwanzigtausend Pfund zu kaufen«, erinnerte ich ihn. »Mit einer solchen Summe wäre es doch kein Problem, ein neues Fundament errichten zu lassen, oder?«

Ich stand so dicht neben ihm, dass ich merkte, wie sich sein Körper versteifte. Kurz zuckte ein Muskel an seiner Halsseite, und er mied meinen Blick, als er antwortete:

»Ich gebe zu, ich wollte nur testen, wie viel dir das Haus wert ist.« Er lachte kurz, doch es lag keine Fröhlichkeit darin. »Himmel, woher soll ein einfacher Verwalter wie ich eine solche Summe nehmen?«

Auf der einen Seite beruhigten mich seine Worte. Tatsächlich war ich nach dem Angebot geneigt gewesen, James' Behauptung, Harrison könnte die Bücher fälschen, zu glauben. Deshalb tat es gut zu hören, dass er nicht über so viel Geld verfügte. Andererseits erinnerte ich mich gut daran, wie ernst Harrison mir sein Angebot unterbreitet hatte. Tat das ein Mann mit dem Charakter und Stolz eines Harrison MacGinny, wenn er die Burg *nicht* unter allen Umständen in seinen Besitz bringen wollte?

Durch die Heirat wird er der Besitzer, flüsterte die kleine Stimme des Zweifels in meinem Hinterkopf, doch ich ignorierte sie und strich Harrison zärtlich über seine unrasierte Wange.

»Lass uns später darüber sprechen, mir ist jetzt nämlich wirklich kalt. Möchtest du nicht mit in mein Zimmer kommen und mich aufwärmen?«

Harrison warf einen letzten Blick auf die Wand, dann nahm er meinen Arm und führte mich sicher die glitschige Treppe nach oben. Vor meiner Zimmertür gab er mir nur einen flüchtigen Kuss auf die Stirn.

»Wir sehen uns morgen.«

Den Rest der Nacht verbrachte ich mit Überlegungen, ob die Schäden wirklich so schlimm waren, wie Harrison behauptete. Das Gefühl, ihn im Keller bei etwas Wichtigem gestört zu haben, verflüchtigte sich nicht. Wie gut kannte ich den Mann eigentlich? Tatsächlich gut genug, ihn zu heiraten? Mein Herz bejahte diese Frage, doch mein Verstand meldete Zweifel an.

Diese waren am nächsten Tag ebenso vergessen, wie man die Dunkelheit der Nacht vergisst, wenn die Sonne hell am blauen Himmel steht. Harrison schlug vor, als Hochzeitsreise die so genannte *Grand Tour* zu machen. Die große Europareise war seit Anfang des Jahrhunderts besonders bei jungen und reichen Adligen sehr beliebt.

»Es fällt mir schwer, dich mit einem dieser wohlhabenden Snobs zu vergleichen«, kicherte ich, als Harrison mir erzählte, dass jede Familie, die etwas auf sich hielt, ihre Söhne aufs Festland schickte.

»Wir müssen nicht unbedingt die klassischen Ziele ansteuern, aber ich habe schon viel über Italien gelesen. Ich möchte dir Florenz zeigen, Rom mit seinen antiken Bauwerken und natürlich Venedig ... die Stadt der Verliebten, du wirst begeistert sein. Selbstverständlich werden wir auch einige Zeit in Paris verbringen.«

»Du redest, als hättest du all diese Orte bereits mit eigenen Augen gesehen.«

Harrison schüttelte bedauernd den Kopf.

»Nein, das habe ich nicht, aber ich würde es gerne! Allerdings müssen wir unsere Hochzeitsreise wohl bis zum Frühjahr aufschieben. Selbst Rom scheint mir im Dezember nicht viel versprechend zu sein.«

»Harrison ...«, ich zögerte, wusste nicht, wie ich das heikle Thema ansprechen sollte. »Eine solche Reise ist sicher sehr kostspielig. Ich kann mir nicht vorstellen, wie wir sie finanzieren sollen. Wäre es nicht sinnvoller, das Geld für die Instandsetzung von Cromdale House zu verwenden?«

»Du möchtest also nicht mit mir verreisen?«

»Harrison! Das habe ich nicht gesagt, ich meinte nur ...«

Ein Schatten zog über sein Gesicht, als er voller Stolz sagte:

»Ab der Stunde, in der wir uns vor dem Priester das Jawort geben, ist es meine Aufgabe, für dich zu sorgen. Ich halte nichts von diesen modernen Ansichten, dass Frauen selbst Geld verdienen, außer wenn sie keine andere Möglichkeit haben«, fügte er in Erinnerung an meine Zeit als Näherin hinzu. »Ich möchte und werde dir die Welt zu Füßen legen. Du brauchst nichts anderes zu tun, als dich treiben zu lassen und dein Leben zu genießen. Nein, Lucille, runzle nicht die Stirn, das macht vorzeitig Falten. Sei versichert, wenn du mit mir verheiratet bist, wird es dir an nichts fehlen, weder finanziell noch physisch.«

»Du leidest nicht etwa an mangelndem Selbstbewusstsein?«, fragte ich ironisch.

»Aber sicher, mein Schatz, deshalb musst du mir mindestens zweimal täglich sagen, wie großartig ich bin und wie sehr du mich liebst!«

Ich umarmte ihn fest und schmiegte mein Gesicht an seine Brust.

»Ich liebe dich, Harrison MacGinny. Trotzdem habe ich Bedenken, Cromdale für eine mehrmonatige Reise alleine zu lassen.«

Auch dafür hatte Harrison eine Lösung parat.

»Wir stellen einen tüchtigen Verwalter ein, obwohl es schwer sein wird, einen zweiten Mann, der über meine Qualitäten verfügt, zu finden.«

Manchmal wusste ich wirklich nicht, ob Harrison seine Worte ernst meinte oder ob er nur Freude daran hatte, mich zu foppen. Erst erzählte er, Cromdale House sei vom Einsturz bedroht, dann plante er eine mehrmonatige kostspielige Reise. Eigentlich wusste ich nichts von dem Mann, den ich heiraten würde. Wenn er tatsächlich finanziell unabhängig sein sollte, warum arbeitete er seit Jahren unermüdlich auf einem Gut, das nicht sein Eigen war? Weil sein Herz an Cromdale hängt, beantwortete ich mir die Frage. Er liebte Cromdale, hatte es schon immer geliebt, und ich brauchte einen Menschen, der mich liebte. Ich sehnte mich nach Geborgenheit und all den Zärtlichkeiten, die ich als Waise nie erhalten hatte. Darum verbannte ich alle Zweifel aus meinem Kopf. Wenn überhaupt, würde diese Reise erst in einigen Monaten stattfinden. Bis dahin war noch viel Zeit. Ich wollte es nicht zulassen, dass mein Glück getrübt wurde.

An einem der folgenden Tage bat mich Harrison, ihn zu einem Pächter, dessen Hof sich an der Grenze des Besitzes befand, zu begleiten.

»In der Nähe ist ein sehr gutes Gasthaus. Zu dieser Jahreszeit backt die Wirtin den besten Apfelkuchen der Welt.«

Nur zu gerne stimmte ich zu und genoss den Ritt durch den goldenen Herbsttag. Die Sonne ließ die bunten Blätter der Bäume und Sträucher wie die Palette eines Malers in prachtvollen Farben leuchten. Es war ein letztes Aufbäumen der Natur, bevor der Winter sein Recht fordern und das Laub zu Boden fallen lassen würde.

Der Pächterhof war klein, aber blitzblank. Zwei Kühe waren innerhalb weniger Tage gestorben, so dass Harrison den Ausbruch einer Krankheit befürchtete. Er untersuchte den Rest der Herde, konnte aber nichts feststellen. Der Pächter schüttelte nachdenklich den Kopf.

»Ist vielleicht nur ein Gerücht, aber Alan von der Mühle meinte, die alte Baldwin bei der Weide gesehen zu haben.«

Harrison hörte auf, der Kuh übers Fell zu streichen.

»Wir wissen beide, dass Alan mehr Zeit im Wirtshaus als in seiner Mühle verbringt. Sein Blick ist selten ungetrübt, aber selbst wenn er Recht hätte, hat die Frau nichts mit dem Tod Ihrer Tiere zu tun.«

»Aber Sir …«, wollte der Pächter einwenden, wurde aber von Harrison barsch unterbrochen.

»Zur Sicherheit schicke ich Ihnen morgen den Tierarzt vorbei.«

Ich hatte dem Gespräch schweigend beigewohnt. Während wir nun zu dem Gasthaus ritten, fragte ich Harrison, wen der Pächter gemeint hatte.

»Nur eine alte Frau, die einst in dieser Gegend gelebt hat«, war seine einsilbige Antwort. An seinem Tonfall merkte ich, dass er nicht ausführlicher darüber sprechen wollte. Da nun das Gasthaus in Sicht kam und ich Hunger und Durst verspürte, fragte ich nicht weiter.

Harrison hatte nicht zu viel versprochen. Der Apfelkuchen kam warm und saftig direkt aus dem Ofen auf den Tisch. Dazu stärkten wir uns mit Apfelmost. Selbst ich ließ mich dazu überreden, obwohl ich sonst nach wie vor keinen Alkohol trank, aber das Getränk war leicht und erfrischend. Zuerst plauderten wir über belanglose Dinge, und die Stimmung zwischen uns war so gut, dass ich es wagte, eine Frage zu stellen, die mich schon lange beschäftigte:

»Was ist eigentlich mit deinem Vater geschehen? Ich hörte, dass Glenda als Witwe nach Cromdale kam.«

Sofort verschloss sich sein Gesicht.

»Mein Vater ... Ich habe seit Jahren nicht mehr an ihn gedacht.« Er zögerte und beobachtete durch die Fensterscheibe einen Spatz, der sich im Sand suhlte.

»Du musst mir nichts erzählen, wenn du nicht möchtest«, sagte ich leise. »Ich habe das Gefühl, einen wunden Punkt berührt zu haben.«

Harrison schenkte mir ein gezwungenes Lächeln.

»Nun, ein wunder Punkt ist es nicht gerade, aber der Mensch, der mein Vater war, ist seit so vielen Jahren aus meinem Leben verschwunden, dass ich mich eigentlich gar nicht mehr an ihn erinnere.« Er nahm einen Schluck Most, lehnte sich zurück und verschränkte die Arme vor der Brust. »Was kann man über einen Menschen berichten, dessen bester Freund der Alkohol war? An der Seite meines Vaters war kein Platz für Frau und Kind. Er hat uns nur geduldet, wenn in seiner Nähe genügend Flaschen Gin oder Whisky waren.«

»Aber deine Mutter muss ihn doch einmal geliebt haben!«

»Liebe? Pah! Sie hat ihn geheiratet, um von zu Hause fortzukommen. Elf Kinder – und alle schliefen in einem Raum, aßen aus einer Holzschüssel und trugen gegenseitig die Kleidung auf. Für Glenda war als Sechzehnjährige alles besser als dieses Leben. Sie folgte ihrem Mann auf die Black Isle. Zuerst versuchte er sich als Fischer, doch bald konnte er in seiner Trunkenheit kein Netz mehr auswerfen. Je weniger Fische er heimbrachte, desto mehr trank er, und je mehr er trank, desto häufiger schlug er grundlos zu. Dabei machte er auch vor einem Kind nicht Halt. Glenda blieb nur eines: Entweder sie und ich würden verhungern oder eines Tages erschlagen werden, oder sie begann, unser Leben selbst in die Hand zu nehmen.«

Still hatte ich zugehört.

»Dann ist Glenda gar nicht Witwe?«

Harrison lächelte und sagte mit einer Portion Ironie in der Stimme:

»Inzwischen wohl schon. Wahrscheinlich hat sich der Mann, den ich einst Vater nannte, nach den vielen Jahren zu Tode gesoffen. Aber ich weiß, worauf du anspielst: Als meine Mutter damals mit mir nach Cromdale kam, lebte ihr Mann noch.«

Fassungslos schüttelte ich den Kopf. Nicht, weil ich Glenda dafür verurteilte, sich als Witwe ausgegeben zu haben. Im Gegenteil! Ich empfand Verständnis und auch eine Spur von Bewunderung für sie. Sie hatte es in ihrer Kindheit und Jugend nicht leicht gehabt und war dann mit einem kleinen Kind an der Hand einfach in ein ungewisses Leben aufgebrochen. Zum ersten Mal wurde mir bewusst, dass es schlimmere Schicksale als mein eigenes gab. Glenda lebte seit vielen Jahren in der Ungewissheit, ob der Mann, dem sie einst angetraut worden war, eines Tages nicht doch auftauchen und sein Recht als Ehemann einfordern würde. Frauen hatten in dieser Zeit keine Rechte. Heirateten wir, dann ging unser ganzes Vermögen in den Besitz des Mannes über. Auch Cromdale House würde in absehbarer Zukunft einzig aus dem Grund, weil Harrison mein Ehemann war, mit Fug und Recht ihm gehören. Nicht, dass ich nicht alles, was ich besaß, liebend gern mit dem Menschen, den ich liebte, geteilt hätte. Waren sich zwei Personen von ganzem Herzen einander zugetan, sollte es kein »Mein« und »Dein« geben. Trotzdem wäre es für mich ein besseres Gefühl, wenn ich nicht mein ganzes Leben in seine Hände geben müsste, aber die Vorstellung, Frauen und Männer wären eines Tages gleichberechtigt, war so absurd, dass ich unwillkürlich auflachte.

»Was für Gedanken schwirren durch deinen kleinen, hübschen Kopf?« Zärtlich streichelte er mein Haar. »Ich mag es nicht, wenn du so ernst schaust. Es ist besser, wenn du lächelst.«

Ich schenkte ihm einen dankbaren Blick und drückte seine Hand.

»Hast du jemals daran gedacht, deinen Vater zu suchen?«

»Nein! Dieses Kapitel meines Lebens ist abgeschlossen und wird es auch bleiben. Allerdings muss ich dir gestehen, dass ich nicht weiß, ob ich zum Ehemann tauge. Bisher hatte ich nie einen Gedanken daran verschwendet, selbst zu heiraten, die Ehe meiner Eltern ist mir nicht gerade ein gutes Vorbild gewesen.«

Ich erschrak, meine Augen weiteten sich. Bereute er bereits, mir einen Antrag gemacht zu haben?

»Wir brauchen nicht zu heiraten, wenn du es nicht möchtest.« Meine Stimme klang fester, als mir innerlich zumute war. »Ich würde nie etwas von dir verlangen, was du nicht zu geben bereit bist.«

Harrison umarmte mich und küsste mich ungeachtet der anderen Gäste mitten auf den Mund.

»Es tut mir Leid, dass du mich missverstanden hast! Glaubst du wirklich, ich würde etwas tun, was ich nicht möchte?«

»Nein, sicher nicht!«

»Siehst du? Ich sagte, *bisher* hatte ich nie an eine Ehe gedacht, aber jetzt bin ich sicher, genau das Richtige zu tun.«

Es war an der Zeit aufzubrechen. Während wir langsam Seite an Seite durch den Wald ritten, schwieg ich. Was reizte ihn an meiner Person, dass Harrison seinen Grundsätzen untreu wurde? Gut, vielleicht hatte ich ein ansprechendes Gesicht und verfügte auch über eine gewisse Intelligenz, aber die Tatsache, dass ich behindert war, ließ sich nicht verleugnen. Ich war die Herrin über einen ansehnlichen Besitz. Wenn dieser auch im wahrsten Sinne des Wortes auf brüchigem Fundament stand, so bedeutete eigenes Land für einen Schotten das höchste Gut auf Erden. Für einen Verwalter aus der Unterschicht gab es nur eine Möglichkeit, an Landbesitz zu kommen: Er vermählte sich dementsprechend …

Immer, wenn Harrison mich in seine Arme schloss und leise gälische Koseworte, die ich nicht verstand, die aber so unendlich zärtlich klangen, flüsterte, lösten sich alle meine Zweifel in nichts auf. Gegen Ende der Woche sprachen wir bei Reverend Donaldson vor. Wir wollten so bald wie möglich, am liebsten noch vor Weihnachten, heiraten. Wir wollten nur eine kleine Trauung und Feier mit den engsten Nachbarn. Wenn der Reverend über die Nachricht überrascht war, so zeigte er es nicht. Er wünschte uns viel Glück, und wir besprachen die Einzelheiten der Zeremonie. Danach hatte Harrison auf dem Gut zu tun, und ich machte mich auf den längst fälligen Weg zum Grindle-Hof. Jetzt, wo der Geistliche über unser Vorhaben informiert war, schien es mir höchste Zeit, dass ich es den Grindles selbst sagte und sie zur Hochzeit einlud, das war ich der freundlichen Familie schuldig. Auf dem Weg zum Grindle-Hof drückte mich ein flaues Gefühl der Feigheit. Ich versuchte, mir einzureden, dass James mir wahrscheinlich gar keinen Antrag hatte machen wollen, aber ich wusste, dass ich mich selbst belog. Seine Gesten und Blicke hatten in den letzten Wochen viel Verehrung und Zärtlichkeit erkennen lassen. Um das Gespräch herauszuzögern, verzichtete ich auf den Einspänner und ging zu Fuß ins Dorf. Bevor der Hof in Sicht kam, stieg mir bereits der angenehm torfige Geruch der Destillerie in die Nase. Warum schmeckt Whisky nicht so gut, wie er riecht?, fragte ich mich und lenkte mich für kurze Zeit von meinen Gedanken ab. Als ich durch das Tor in den Hof schritt, kam mir James in Reitkleidung entgegen. Er nahm meine Hände und drückte sie, dabei lachte er und strahlte mich an.

»Lucille, wie schön, dass du kommst! Das muss Gedankenübertragung gewesen sein, denn ich wollte gerade mein Pferd satteln, um nach Cromdale zu reiten. Beinahe hätten wir uns verfehlt.«

»Guten Tag, James«, erwiderte ich und wich seinem Blick aus. Er legte leicht seinen Arm um meine Hüfte, etwas, das er schon öfter getan hatte. Jetzt, nachdem ich Harrisons verzehrende Leidenschaft genossen hatte, spürte ich, dass mir James' Berührung zwar angenehm war, aber keinesfalls überschwängliche Gefühle in mir auslöste.

»Du musst entschuldigen, dass ich nicht früher gekommen bin, obwohl ich es dir in Grantown versprochen hatte«, sprach James weiter. »Aber noch in der Nacht nach dem Gathering platzten sämtliche Dichtungen in einem

Brennkessel. Wir verloren beinahe eine gesamte Füllung! Daraufhin musste ich umgehend nach Inverness reiten, um die Ersatzteile zu besorgen. Ich bin erst gestern Abend zurückgekehrt.«

»Ist deine Mutter da?«, wechselte ich das Thema und trat in die Halle.

»Ja, sie und Carla sind im Salon und freuen sich, dich zu sehen.« Bevor er die Tür zum Salon öffnete, flüsterte er mir ins Ohr: »Ich muss dich unbedingt alleine sprechen, Lucille. Darf ich dich nachher nach Hause begleiten?«

Mir blieb eine Antwort erspart, denn ein Mädchen mit einem Teetablett trat auf uns zu.

»Noch zwei weitere Tassen, bitte«, sagte James und schob mich in den Salon. »Wir haben lieben Besuch bekommen.«

Mrs. Grindle begrüßte mich wie immer herzlich, Carla eher zurückhaltend, wie es ihre Art war. Während das Mädchen Tee einschenkte und die Kuchenteller verteilte, plauderten wir über Belangloses wie das Wetter und das vergangene Gathering. Der nächtliche Sturm hatte auf dem Grindle-Hof keine Spuren hinterlassen, aber der Schaden am Cromdale House hatte sich bereits herumgesprochen.

»War der Raum eigentlich bewohnt?«, fragte Mrs. Grindle. »Wie gut, dass keinem ein Leid geschehen ist.«

Unbehaglich rührte ich in der Tasse, obwohl sich weder Zucker noch Milch darin befanden.

»Außer ein paar durchweichten Dielenbrettern und dem großen Loch in der Wand ist nichts zu beklagen«, antwortete ich. Zum ersten Mal log ich Mrs. Grindle bewusst an, denn in Wahrheit war sehr viel mehr geschehen, nicht mit dem Haus, sondern mit mir. Aber wie sollte ich das diesen freundlichen Menschen, die wenig Sympathie für Harrison MacGinny empfanden, beibringen? Es war unvermeidlich, dass Mrs. Grindle schließlich auf Harrison zu sprechen kam.

»Mein Sohn sagte mir, dass Sie beabsichtigen, Ihren unverschämten Verwalter endlich zu entlassen. Ich meine, das ist eine richtige und längst fällige Entscheidung. Besonders, wenn man bedenkt, wie er sich am Gathering

Ihnen gegenüber benommen hat. Wie konnte er es nur wagen, die Farben von Cromdale öffentlich zu tragen! Er ist schließlich nur ein einfacher Angestellter, der offenbar seinen angestammten Platz in dieser Welt vergisst.«

In Erinnerung an den Tanz mit Harrison schoss mir das Blut in den Kopf.

»Ja, Mutter, ich habe Lucille versprochen, nach einem neuen Verwalter Ausschau zu halten. Leider konnte ich mich wegen der Reise nach Inverness noch nicht darum kümmern. Ich werde mich in den nächsten Tagen in der Gegend umhören, ob ein guter Mann zur Verfügung steht.«

»Haben Sie den MacGinnys schon gekündigt?«, fragte Mrs. Grindle direkt.

»Ähem ... also ... nein ... jedenfalls nicht direkt ...«, stotterte ich. Du meine Güte, das Gespräch geriet in völlig falsche Bahnen!

James langte über den Tisch und drückte aufmunternd meine Hand.

»Ich verstehe, dass es dir schwer fällt, dich gegen den Despoten Harrison durchzusetzen. Außerdem ist er ein guter Verwalter, das musst auch du zugeben, Mutter. Trotzdem bin ich froh, wenn die MacGinnys aus der Gegend verschwunden sind.«

Mir wurde es immer unbehaglicher zumute, aber ich wusste, ich musste es ihnen jetzt sagen. Was würde Mrs. Grindle wohl von mir halten, wenn sie von Reverend Donaldson erfuhr, dass ich in wenigen Wochen Harrison MacGinnys Frau werden würde?

»Sie ... mögen Harrison nicht besonders?« Meine Stimme klang belegt, ich räusperte mich mehrmals.

Mrs. Grindle nahm einen Schluck Tee.

»Prinzipiell haben mir diese Leute nie etwas getan. Ich höre nur von James und meinem Vater, dass Harrison MacGinny wegen der Mühle am Fluss nicht locker lässt. Zudem tritt er auf, als gehöre ihm das ganze Land, nicht zu vergessen diese schändliche Intrige in Verbindung mit Lady Ardwell.«

»Davon hat Harrison nichts gewusst! Das war ganz allein die Idee seiner Mutter«, unternahm ich einen banalen Versuch der Verteidigung.

»Also, *ich* fand, dass er in dem Kilt umwerfend aussah. Er war mit Abstand der attraktivste Mann des Gatherings«, warf Carla mit glänzenden Augen ein. Hoffentlich hat sie ihre Schwärmerei jetzt nicht vom Reverend auf Harrison übertragen, dachte ich besorgt.

James drohte seiner Schwester spielerisch mit dem Finger.

»Nun, *diesen* Mann wirst du dir ganz sicher nicht angeln. Harrison hat überhaupt keinen Blick für Kinder. Selbst wenn er der letzte Mann auf der Erde wäre – er kommt mir nicht als Schwager ins Haus.«

Carla zog schmollend die Unterlippe zwischen die Zähne.

»Wer spricht denn hier gleich vom Heiraten?«, nuschelte sie.

Ich holte tief Luft, fing den Ball, den Carla mir unbeabsichtigt zugespielt hatte, auf und stieß hervor:

»Ich! Ähem … ich meine, ich bin aus einem ganz bestimmten Grund gekommen.« Ich spürte James' fragenden, Mrs. Grindles erwartungsvollen Blick auf mir. Sicher dachte sie, dass James sich mir gegenüber endlich erklärt hatte und wir jetzt unsere Verlobung verkünden würden. Weiteres Zögern half nichts, und ich gab mir einen Ruck. »Ich möchte Sie und Ihre Familie zu meiner Hochzeit einladen. Sie wird Anfang Dezember im Cromdale House stattfinden.«

In der folgenden Stille hätte man eine Nadel zu Boden fallen hören können. Ich sah Mrs. Grindle zum ersten Mal sprachlos, James' Gesicht war aschfahl, seine Blicke wanderten ungläubig zwischen seiner Mutter und mir hin und her.

»Ach …? Das ist ja wirklich eine überraschende Neuigkeit«, sagte Mrs. Grindle schließlich. »Sie sind ja eine ganz Heimliche, wir hatten keine Ahnung. Wer ist denn der Glückliche? Ist er hier aus der Gegend, oder handelt es sich um einen früheren Bekannten aus London?«

»Ich werde die Frau von Harrison MacGinny.«

So, nun war es heraus. Nur mühsam konnte ich mein Zittern verbergen. Aus den Augenwinkeln sah ich, wie James' Augenlider zu zucken begannen. Ein scharfer

Schmerz zog durch mein Herz. Nicht nur seine Überraschung, sondern auch seine Enttäuschung und sein Entsetzen waren überdeutlich.

»Aber wir alle dachten, Sie und James …« Carla war erregt aufgesprungen.

»Ich glaube, es ist jetzt Zeit, wieder ins Schulzimmer hinaufzugehen, Tochter«, unterbrach Mrs. Grindle sie bestimmt.

»Mama! Ich kann doch jetzt nicht …«

»Widersprich nicht und geh jetzt! Deine Gouvernante wartet sicher schon.« Nie zuvor hatte ich die freundliche Dame in einem solch scharfen Ton mit Carla sprechen hören.

Carla fügte sich widerstrebend, James erhob sich ebenfalls. Seine Stimme klang blechern, als er sagte:

»Mir fällt gerade ein, dass ich Mr. Buchanan versprochen habe, ihm beim Einbau der neuen Dichtungen zu helfen.«

Ohne mir noch einen Blick oder einen Gruß zu gönnen, verließ er mit schnellen Schritten den Raum. Ich wollte mich nun ebenfalls verabschieden, als Mrs. Grindle sagte:

»Sie kennen meine Direktheit, Lucille. Ich mag es nicht, lange um den heißen Brei herumzureden. Daher gestatten Sie, wenn ich sage, dass Sie mich sehr überrascht sehen! Ich – wir alle – hatten keine Ahnung, dass Sie und Mr. MacGinny sich so nahe stehen. Im Gegenteil, ich hatte eher den Eindruck, dass seine Gegenwart Ihnen unangenehm wäre.«

Ich schluckte, denn so viel hatte sich in den letzten Tagen geändert.

»Sie haben nicht ganz Unrecht, Mrs. Grindle. Tatsächlich dachte ich, dass ich Harrison MacGinny verabscheue, aber dann ist etwas geschehen, das alles verändert hat.«

Ich wollte ihr nicht von dem Unfall und wie Harrison mich gerettet hatte, erzählen und hoffte, sie würde nicht nach den Beweggründen meines Sinneswandels fragen. Mrs. Grindle nickte.

»Liebe und Hass liegen oft dicht beieinander, denn beides sind sehr starke Gefühle. Vielleicht die stärksten, die zu empfinden ein menschliches Wesen fähig ist. Kommen Sie zu mir herüber, ja?« Zögernd folgte ich ihrer Aufforderung und kniete mich neben ihren Stuhl. Sie legte ihre Hand auf mein Haar und fragte: »Lieben Sie ihn?«

Mit der Antwort zögerte ich keinen Moment:

»Von ganzem Herzen! Ich könnte keinen Augenblick mehr ohne ihn glücklich sein.«

Sie seufzte.

»Dann folgen Sie Ihrem Herzen, Lucille. Auch wenn mir Ihre Entscheidung unverständlich ist, möchte ich, dass Sie Ihr Glück finden. Ich glaube, Sie spüren, dass ich Sie beinahe wie eine eigene Tochter lieb gewonnen habe. Mein Mann und ich hegten in den letzten Tagen die Hoffnung, dass …«

»Ich weiß«, unterbrach ich sie, denn ich wollte jetzt nicht über James sprechen. »Und es tut mir Leid, dass ich Ihre Erwartungen nicht erfüllen kann.«

»Trotzdem möchte ich Sie daran erinnern, dass Sie das sind, was man eine gute Partie nennt. Harrison MacGinny wird also doch noch der Herr auf Cromdale.«

Damit hatte sie genau den Stachel des Zweifels getroffen, der ganz hinten in meinem Herz saß. Ich hätte ihr jetzt sagen können, dass Harrison mich nicht hätte zu retten brauchen. Wäre ich abgestürzt und gestorben – niemand hätte an einem bedauerlichen Unfall gezweifelt. Aus diesem Grund glaubte ich an seine Liebe zu mir. Langsam erhob ich mich.

»Es wird Zeit zu gehen. Ich hoffe, Sie trotzdem bei der Hochzeit begrüßen zu können.« Sie nickte und bestätigte, dass ihre Familie gerne kommen würde, aber mir entging der kühle Schimmer in ihren Augen nicht. Es war offensichtlich, dass sie trotz ihrer freundlichen Worte enttäuscht von mir war.

Ich hatte gehofft, dass James im Hof auf mich wartete. Gerne hätte ich ihm meine Gründe unter vier Augen dargelegt, sofern es überhaupt plausible Gründe gab außer dem einen, dass ich Harrison von ganzem Herzen liebte. Während ich langsam nach Cromdale zurückging, schaute ich mich immer wieder um, konnte ihn aber nirgends entdecken. Offenbar hatte ich einen Geliebten gewonnen, dafür aber die Freundschaft von lieben Menschen verloren.

Sobald die trutzige Burg in mein Blickfeld kam, hatte ich die trüben Gedanken vergessen und trat beschwingt durch die Tür. In der Halle stolperte ich beinahe über zahlreiche Koffer, Taschen und Hutschachteln, die unordentlich verstreut herumlagen. Neben einem großen Schrankkoffer kauerte auf einem Stuhl eine Gestalt, die ich nie zuvor gesehen hatte.

»Was zum …«, murmelte ich, besann mich dann aber auf meine Stellung und fragte: »Wer sind Sie denn? Was hat das hier zu bedeuten?«

Die Frau hob den Kopf. Stechende, dunkle Augen blickten mich aus einem hageren Gesicht misstrauisch an.

»Ich heißen Nou-Nou und sein Zofe von Madam.«

Deutlich erkannte ich den französischen Akzent in ihren Worten, dann hörte ich Stimmen aus dem Esszimmer. Niemand hatte mich informiert, dass Besuch erwartet wurde. Als ich gespannt eintrat, stand ich der wohl schönsten Frau gegenüber, die ich jemals gesehen hatte. Sie hatte ungefähr meine Größe, war dabei aber zierlich und feingliedrig. Ihr schwarzes, lockiges Haar umrahmte ein herzförmiges Gesicht mit schneeweißer Haut und azurblauen, schräg stehenden Augen.

Bei meinem Eintreten lag ihre Hand vertraulich auf Harrisons Arm. Nun zuckten beide zusammen und traten rasch einen Schritt auseinander, schuldbewusst, wie mir schien. Es war offensichtlich, dass sie mit Harrison auf sehr vertrautem Fuße stand. Ein unangenehmes Gefühl breitete sich in mir aus. Was ging hier vor?

»Ach, das ist bestimmt die kleine Braut!« Ihre Stimme war wie ihre ganze Erscheinung: elegant, gewählt, bei Wein hätte man gesagt, von erlesener Qualität.

»Guten Tag«, murmelte ich und fühlte mich plötzlich wie ein ungeschickter Trampel.

Sie trat auf mich zu und schüttelte mir kurz die Hand. Ihre Haut war eiskalt. Harrison räusperte sich, dann sagte er:

»Lucille, Liebling, endlich bist du wieder da!«

»Möchtest du uns nicht vorstellen, Harrison?«, fragte die fremde Frau gurrend und warf Harrison einen zwinkernden Blick zu.

»Ja … also, das ist Violet …«

»Harrisons Schwester«, ergänzte sie den Satz, wobei sie sich vertraulich bei Harrison einhängte. Schwester? Ich hatte Harrison nie von einer Schwester sprechen hören, dennoch fühlte ich mich etwas beruhigt. Kein Wunder, dass sie so vertraut mit ihm umging.

»Äh … ja, meine Schwester«, fand nun auch Harrison wieder Worte.

»Ich kann doch meinen Bruder nicht heiraten lassen, ohne dass ich einen Blick auf seine Braut werfe«, fuhr Violet zwitschernd fort. »Nun, alter Junge, ich muss sagen, unsere Geschmäcker waren schon immer unterschiedlich. Lucille, ich hoffe, wir werden trotzdem recht bald gute Freundinnen.«

Die versteckte kleine Beleidigung verursachte mir einen unangenehmen Magendruck. Sonst waren Violets Worte freundlich, und ihr Blick richtete sich interessiert auf meine Gestalt. In mir allerdings entwickelte sich sofort heftige Ablehnung. Wo kam sie so plötzlich her? Harrison hatte mir gegenüber nie die Existenz einer Schwester erwähnt, in der ganzen Gegend war niemals über sie gesprochen worden. Da Violet etwas jünger als Harrison zu sein schien, musste sie doch damals zusammen mit ihm und Glenda nach Cromdale gekommen sein. Irgendwie konnte ich nicht glauben, dass sie bei ihrem trunksüchtigen Vater geblieben war.

Als könne sie meine Gedanken lesen, sagte sie:

»Du musst wissen, Lucille, ich lebte die letzten Jahre in Frankreich. Jetzt ist mein Mann gestorben, und ich kehre in meine Heimat zurück. Welch Überraschung zu erfahren, dass mein großer Bruder in den Stand der Ehe eintreten möchte!«

Erst jetzt bemerkte ich, dass sie ganz in Schwarz gekleidet war. Das Kleid war trotz seiner Schlichtheit von vollendeter Eleganz, Harrisons Schwester war offenbar keine arme Frau. Zudem reiste sie mit großem Gepäck und einer eigenen Zofe. Es störte mich allerdings ein wenig, dass sie mich so persönlich ansprach. Sicher, in wenigen Wochen wurden wir Schwägerinnen, dennoch fühlte ich mich überrumpelt, obwohl man den Franzosen nachsagt, sie legten weitaus weniger Wert auf Konventionen als wir Engländer. Violet hatte schließlich einige Jahre in dem Land gelebt und dessen Sitten und Gebräuche angenommen, darum bemühte ich mich um ein freundliches Lächeln und hieß Violet auf Cromdale willkommen.

»Du musst bei deiner Heirat sehr jung gewesen sein«, stellte ich fest. »Es war mir nicht bekannt, dass du früher hier gelebt hast.«

Nur für einen Moment flackerten ihre Augenlider, dann glich ihr Gesicht wieder einer überheblichen Maske.

»Eigentlich habe ich nie auf Cromdale gewohnt. Ich wurde in einem Internat in den Lowlands erzogen, wo ich auch meinen Mann kennen lernte. Ich folgte ihm dann direkt nach Frankreich.«

»Dann war also mein Großvater so großzügig, dir den Schulaufenthalt zu bezahlen?«

Es war mehr eine Feststellung als eine Frage. Es klang zwar einigermaßen plausibel, einem Kind, das jahrelang unter seinem Vater gelitten hatte, die bestmögliche Erziehung zu geben, dennoch fiel es mir schwer, Fitzroy MacHardy als einen solchen Wohltäter zu sehen. Oder hatte ihn und Glenda doch mehr verbunden, als ich vermutete? Ich musste unbedingt allein mit Harrison sprechen.

Für unser sonst recht schweigsames Abendessen stellte Violet eine Bereicherung dar. Sie erzählte anschaulich von ihrer Zeit in Frankreich. Meinen Fragen nach ihrer Kindheit und Jugend wich sie jedoch geschickt aus.

»Unser Château liegt ganz in der Nähe der kleinen Stadt Fontenay-le-Comte. Von dort ist es nicht weit bis zum Meer. Ach, wir machten oft Ausfahrten an die See, nach La Rochelle zum Beispiel. Das Meer ist dort so ganz anders als hier, und diese mächtigen Befestigungsanlagen! Kein Wunder, dass die Stadt niemals erobert wurde.«

»Wer kümmert sich jetzt um das Château?«, fragte ich freundlich.

»Jacques, der älteste Sohn aus der ersten Ehe meines Mannes, hat es selbstverständlich geerbt. Er trägt den gleichen Namen wie sein Vater.«

»Somit war für dich kein Platz mehr, und man hat dich davongejagt«, warf Harrison spöttisch ein. Er erntete dafür einen bösen Blick aus Violets Katzenaugen.

»Ganz so war es nicht, liebster *Bruder*!« Sie betonte das Wort so intensiv, dass Harrison die Stirn runzelte. »Ich habe mich in Frankreich nie richtig zu Hause gefühlt. Gut, dass ich nach Schottland gekommen bin, beinahe hätte ich doch die Hochzeit meines einzigen Bruders versäumt!« Sie schlug ihm mit der Serviette auf den Ärmel. »Du hattest doch nicht wirklich vor, mich nicht über diesen entscheidenden Schritt in deinem Leben zu informieren?«

Täuschte ich mich, oder machte Harrison den Eindruck, als habe er tatsächlich genau das vorgehabt? Ich verglich ihn und Violet mit den Grindle-Geschwistern. Obwohl Carla still und zurückhaltend war, bemerkte man stets, wie sehr sie ihrem Bruder zugetan war. Zwischen Harrison und Violet herrschte ein anderes Verhältnis, beinahe, als würden sie sich belauern. Ich sagte mir, dass es bestimmt daran lag, dass Harrison und Violet eine düstere Kindheit verbracht und dann in jungen Jahren getrennt worden waren. Sie hatten nie Gelegenheit gehabt, sich richtig kennen zu lernen.

»Wann ist dein Mann denn verstorben?«, kehrte ich aus meinen Gedanken zum Tischgespräch zurück.

»Vor zwei Wochen, ein Jagdunfall. Unglücklicherweise löste sich ein Schuss aus seinem eigenen Gewehr. Ach, der arme Jacques, er liebte die Jagd so sehr!« Theatralisch tupfte sie sich mit einem Taschentuch über die Augen. Ich jedoch war überzeugt, dass sie keine Träne über den Tod ihres Mannes vergoss. Harrison empfand ähnlich, denn er sagte kalt:

»Da hast du ja keine Zeit verschwendet, um herzukommen. War dein Jacques denn überhaupt schon kalt, als du das Schiff nach England bestiegst?« Also, das ging jetzt doch ein wenig zu weit!

»Harrison! Jeder Mensch trauert anders«, rügte ich ihn, worauf er sich brummend abwandte. Violet schenkte mir einen dankbaren Blick. Ich überlegte, um wie viel sie wohl jünger als Harrison war. Ihre ganze Erscheinung wirkte zwar sehr jugendlich, dennoch lag ein lauernder Ausdruck in ihren Augen und ein Zug um ihren Mund, der sie älter erscheinen ließ, als sie in Wirklichkeit war. Trotz der dunklen Haare und blauen Augen konnte ich keine weiteren Ähnlichkeiten bei den Geschwistern entdecken. Nun, ich würde Harrison später fragen, auf jeden Fall haftete Violets plötzlichem Auftauchen etwas Seltsames an. Selbst Glenda schien über die Anwesenheit ihrer einzigen Tochter nicht so erfreut zu sein, wie man es doch eigentlich hätte erwarten können. Ich hatte auf jeden Fall nicht gesehen, dass sie Violet in ihre Arme schloss.

Um die Familie nicht weiter zu stören, zog ich mich unmittelbar nach dem Essen zurück. In meinem Zimmer saß ich dann am Fenster und starrte in die Dunkelheit. Würden sie jetzt da unten über mich sprechen? Was sagte Violet dazu, dass ihr Bruder eine hinkende Frau heiraten würde? Ich wandte mich nicht um, als Rosie mir die Tasse heiße Milch brachte, die ich immer vor dem Zubettgehen trank. So entging mir ihre Nervosität. Erst als die Tasse scheppernd zu Boden fiel, erregte sie meine Aufmerksamkeit. Das Mädchen sah mich mit weit aufgerissenen Augen an, und ich bemerkte, dass ihre Hände zitterten.

»Das kann doch vorkommen, Rosie«, beruhigte ich sie, da ich dachte, sie wäre über die verschüttete Milch bekümmert. »Ich möchte heute auch nichts mehr trinken, du kannst also zu Bett gehen.«

Sie nickte, und ich meinte, einen Schimmer von Angst in ihren Augen zu sehen. Während sie den Raum verließ, wankte sie leicht und strich sich mehrmals fahrig über die Haare. Was für ein ereignisreicher und seltsamer Tag!

Violet saß bereits beim Frühstück, als ich am nächsten Morgen herunterkam. Sie sah genauso perfekt aus wie am Vortag, eingehüllt in einen sanften Duft nach Sandelholz und Vanille. Das schwarze Spitzenkleid ließ ihren Teint wie poliertes Porzellan schimmern, lediglich auf den Wangen zeigte sich eine roséfarbene Rötung. Nicht viele Frauen konnten Schwarz tragen. Die meisten sahen als Witwe wie gerupfte Krähen aus, doch für Violet schien diese Farbe wie geschaffen. Ich dachte, dass die ersten Verehrer sie bestimmt bald umschwirren würden. Mochte sie ihren Mann auch geliebt haben, Violet machte auf mich nicht den Eindruck, als wolle sie den Rest ihres Lebens in Trauer verbringen. Erneut fühlte ich mich ihr gegenüber im Nachteil. Rosie hatte mich heute weder geweckt noch warmes Wasser gebracht, so dass ich verschlafen hatte und meine Morgentoilette in großer Eile erledigen musste. Trotzdem erkundigte ich mich freundlich:

»Hast du gut geschlafen?«

Violet lächelte arrogant.

»Den Umständen entsprechend. Das Haus lässt es gegenüber dem Château doch sehr an Komfort fehlen! Es knarrt und raschelt in allen Ecken. Außerdem ist die Kälte beinahe unerträglich. In Frankreich sind die Nächte in dieser Jahreszeit noch so mild, dass man bei offenem Fenster schlafen kann.«

Am liebsten hätte ich geantwortet: »Dann fahr doch zurück nach Frankreich!«, wollte aber den Tag nicht mit einer Disharmonie beginnen.

»Wie kam es, dass du in Schottland einen Franzosen kennen gelernt hast?«

Ich wusste, meine Frage war neugierig, aber hatte ich nicht das Recht, alles über meine zukünftige Schwägerin zu erfahren?

»Ich traf Jacques in Edinburgh. Er hielt sich dort zu Geschäften auf, Weinhandel und so. Wir machten von der Schule aus eine Exkursion in die Stadt, dort stolperten wir regelrecht übereinander.«

»Und es war Liebe auf den ersten Blick?«

»Ohne seine Hilfe wäre ich auf einer Treppe gestürzt. Er fing mich auf, und ich landete in seinen Armen. Wir wussten gleich, dass wir zusammengehören. Ach, was war er elegant und zuvorkommend!«

Ich zögerte, stellte dann aber doch die Frage, die mich brennend interessierte.

»Er war wohl sehr reich, dein Jacques, nicht wahr?«

Sie lächelte geheimnisvoll und zerbröselte eine Brotkrume zwischen den Fingern.

»Ja, er war sehr vermögend.«

Ich wollte Violet gerade fragen, warum Jacques den ganzen Besitz seinem Sohn vermacht hatte, als Wilma, ohne anzuklopfen, ins Zimmer gestürmt kam.

»Mylady, Rosie ist weg! Einfach verschwunden!«

Ich fuhr von meinem Stuhl auf.

»Was heißt verschwunden? Ich habe mich schon gewundert, dass sie mich heute Morgen nicht geweckt hat.«

Auf Wilmas Wangen prangten rote Flecken der Aufregung.

»Als Rosie nicht in der Küche erschien, dachte ich, sie hätte vielleicht verschlafen, darum ging ich in ihr Zimmer. Da fand ich diesen Brief.« Sie legte mir einen Zettel hin, der mit Rosies krakeliger, unbeholfener Handschrift beschrieben war:

Müladi! Verzeien Sie, aber meine Muder ist krang geworden. Ich mus nach Hause sie flegen. Rosie

Kurz schmunzelte ich über Rosies mangelhafte Orthographie, doch dann sah ich Wilma ernst an.

»Wann hat sie die Nachricht von der Krankheit ihrer Mutter erhalten? Gestern Abend, als sie in meinem Zimmer war, hat sie nichts davon erwähnt.«

Wilma zuckte mit den Schultern.

»Sie hat niemandem etwas gesagt, Mylady. Das heißt, sie kann ja nichts sagen, aber Sie wissen ja, was ich meine.«

»Ja, ja, Wilma«, bestätigte ich ungeduldig. »Aber sie muss doch Besuch gehabt haben. Von einem Boten ihrer Mutter oder dergleichen.«

»Nein, Mylady. Ich jedenfalls habe niemanden bemerkt. Allerdings war Rosie seit gestern Nachmittag ziemlich verändert. Irgendwie wirkte sie auf mich, als hätte sie etwas erschreckt. Ständig warf sie in der Küche Dinge um oder ließ etwas fallen, dabei ist sie doch sonst die Ruhe in Person. Ich zog sie noch mit dem Geist von Cromdale auf, versuchte, sie zum Lachen zu bringen, doch sie lief einfach davon.«

Ich erinnerte mich, wie sie am vergangenen Abend mir gegenüber ebenfalls fahrig und verängstigt gewirkt hatte.

»Wilma, kann es sein, dass Rosie vor etwas Angst hatte?«

Die Augen des Mädchens wurden kugelrund.

»Och, Mylady! Glauben Sie, dass Rosie wirklich das Gespenst gesehen hat?«

Violet lachte schrill auf.

»Geister! Du meine Güte! In welchem Jahrhundert lebt ihr denn hier. Rosie? Ist das nicht das schwachsinnige, stumme Mädchen? Ich habe sie gestern Nachmittag bei meiner Ankunft kurz gesehen und stellte gleich fest, dass sie ein ungeschicktes Ding ist.«

»Rosie mag vielleicht der Sprache nicht mächtig sein, aber deswegen ist sie noch lange nicht dumm«, fuhr ich Violet barsch über den Mund. Mir war das Mädchen ans Herz gewachsen, und ich konnte es nicht zulassen, dass jemand derart schlecht über sie sprach.

»Ich glaube nicht, dass sie wiederkommt, Mylady«, sagte Wilma. »Ich habe in ihrem Zimmer nachgesehen. Alle ihre Sachen sind fort, auch die Bücher.«

Das war in der Tat seltsam. Rosie hatte die Bücher, die ich ihr geschenkt hatte, stets wie ihren Augapfel gehütet. Es passte so gar nicht zu Rosies Charakter, einfach bei Nacht und Nebel zu verschwinden. Eigentlich hatte ich geglaubt, dass wir eine Art Vertrauensverhältnis hätten. Ich war enttäuscht, dass sie sich mir nicht anvertraut hatte.

»Lucille, du solltest das Tafelsilber nachzählen lassen.« Violet lächelte süffisant. »Die Sache scheint mir doch sehr suspekt. Wahrscheinlich ist die Kleine mit einem Sack voller Kostbarkeiten verschwunden.«

»In Cromdale gibt es schon lange nichts mehr, das zu stehlen wert wäre«, bemerkte ich. »Außerdem würde sich Rosie niemals an fremdem Eigentum vergreifen!«

»Nun, da wäre ich nicht so sicher«, murmelte Violet. Sie erhob sich und sagte beim Hinausgehen: »Ich reite jetzt mit Harrison aus, er will mir das Gut zeigen. Wir werden unterwegs eine Kleinigkeit essen. Du brauchst also mit dem Lunch nicht auf uns zu warten.«

Als sie fort war, hing immer noch der Duft nach Vanille und Sandelholz im Zimmer. Ich blieb wie erschlagen auf meinem Stuhl sitzen. Harrison hatte mir gestern nicht gesagt, dass er mit seiner Schwester ausreiten wollte. Er hatte mich auch nicht aufgefordert, sie zu begleiten. Dass Rosie zudem so mir nichts, dir nichts verschwunden war, trug nicht unbedingt dazu bei, dass sich meine Stimmung besserte. Obwohl Violet erst wenige Stunden in Cromdale war, wünschte ich, Harrisons Schwester wäre auf ewig in Frankreich geblieben.

Zu allem Ärger erfuhr ich, dass James Grindle aufs Festland gereist war. Die Krämerin erzählte mir, dass er mehrere Monate, zumindest aber den ganzen Winter über fortbleiben würde. Anscheinend war die Reise in die Niederlande und nach Deutschland seit längerer Zeit geplant. Ich wusste indes, dass das nicht stimmte. Nicht nur, dass es völlig unüblich war, im Winter eine solche Reise anzutreten. Sollte James es tatsächlich bereits lange vorgehabt haben, hätte er es mir erzählt. Nein, ich war überzeugt, dass er aus Schottland geflüchtet war. Vor mir geflüchtet war. So umging er die Einladung zur Hochzeit, an der er sonst hätte teilnehmen müssen, wollte er nicht sein Gesicht verlieren. Der Gedanke daran stimmte mich traurig, auch wenn ich James nicht lieben konnte, bedeutete mir seine Freundschaft sehr viel.

Ein paar Tage später begegnete mir Carla im Dorf. Als sie mich erkannte, zögerte sie und grüßte zurückhaltend.

»Ich hoffe, es geht dir und deiner Familie gut, Carla«, versuchte ich, freundliche Konversation zu machen. Sie hielt den Blick auf einen Punkt weit hinter mir gerichtet.

»Wir alle vermissen James schrecklich. Ohne ihn wird es kein schönes Weihnachtsfest sein.«

Obwohl Carlas Stimme ruhig und tonlos wie immer war, hörte ich den deutlichen Vorwurf darin: »Wegen dir ist er gegangen! Weil du ihm zuerst Hoffnungen gemacht hast.«

Ihr ablehnender Blick hinderte mich daran, sie nach dem Befinden ihrer Mutter zu fragen.

»Nun, ich muss jetzt weiter. Grüß bitte deine Eltern von mir.«

Carla nickte, dann trennten sich unsere Wege. Es war das erste Mal, dass ich nicht zum Tee eingeladen wurde, dass sie nicht fragte, wann ich sie wieder besuchen käme. Offenbar hatte ich James' Gefühle für mich unterschätzt, ihn durch mein Verhalten dazu getrieben, vorübergehend das Land zu verlassen. Obwohl ich Mitleid mit James empfand, wusste ich, dass ich die richtige Entscheidung getroffen hatte.

Mit der Ankunft von Harrisons Schwester änderte sich das Leben in Cromdale House von Tag zu Tag ein wenig mehr, nicht unbedingt zum Besseren, wie ich feststellen musste. Durch ihre Ehe war es Violet gewohnt, ein großes Haus zu führen. Dazu kamen ihre elegante Erscheinung und ihr erhabenes Auftreten, so dass ich den Eindruck gewann, sie – und nicht ich – wäre die Herrin. In den ersten Tagen ging sie durch die Räume und musterte alles mit gerunzelter Stirn. Die schweigsame Zofe Nou-Nou folgte ihr wie ein grauer Schatten.

»Hier hat sich kaum etwas verändert«, bemerkte Violet verächtlich, als wir im Speisezimmer aufeinander trafen. »Du meine Güte, ich wusste schon immer, dass Schottland in seiner Entwicklung hinter dem Rest der Welt hinterherhinkt. Dass es aber Jahrhunderte sind, hätte ich nicht gedacht!«

»Dann hast du früher doch hier gelebt?«, fragte ich interessiert.

Schnell schüttelte sie den Kopf.

»Nein, niemals für einen längeren Zeitraum. Ich war nur einige Wochen hier zu Gast, bevor ich nach Frankreich ging. In diesem alten Gemäuer könnte man ja denken, man sei ins tiefste Mittelalter zurückgekehrt. Wie kann man nur so rückständig leben?«

»Ich fühle mich hier sehr wohl!«

Violets abfällige Miene, während sie einen Porzellanteller betrachtete, verletzte mich. Nein, Cromdale House war sicher nicht mit einem französischen Château zu vergleichen, aber mir gefiel es, wie es war.

»Du brauchst dringend neues Geschirr«, fuhr Violet bestimmt fort. »Das hier ist zum Teil angeschlagen. Hier, sieh selbst!« Sie streckte mir eine Tasse entgegen, an deren Unterseite ein kleiner, wirklich nur klitzekleiner Splitter fehlte. »Das kann man Gästen unmöglich vorsetzen.«

»Wir haben selten Gäste«, wandte ich ein. »Und bis zur Hochzeit …«

Sie ließ mich nicht aussprechen, hatte bereits eine Gabel aus der Schublade genommen und warf sie verächtlich auf den Tisch.

»Das Silber ist stumpf, teilweise fleckig! Was macht eigentlich das Personal den ganzen Tag? Herumlungern, sich betrinken und sich im Heu vergnügen, was?«

»Violet!« Ich sprang auf. »Das Hausmädchen tut sein Möglichstes, aber seit Rosie fort ist, hat sie alle Hände voll zu tun.«

»Dann müssen wir eben weiteres Personal einstellen. Man kann unmöglich mit zwei Personen und einem dummen Stallburschen elegante Gesellschaften geben.«

Es lag mir auf der Zunge zu sagen, dass Harrison und ich bisher ganz gut damit gelebt hatten, nicht ständig Gäste im Haus zu haben, doch sie rauschte bereits zur Tür hinaus, wobei ein schwacher Geruch nach Lavendel im Raum haften blieb. Offenbar verfügte Violet über eine ganze Palette von kostbaren Parfüms. Schnell riss ich ein Fenster auf und streckte meinen Kopf in die kühle Luft. Tief atmete ich ein und aus, bis ich merkte, wie sich mein beschleunigter Puls wieder beruhigte. Bisher hatte sich Violet nicht dazu geäußert, wie lange sie gedachte, in Cromdale zu bleiben. Eine Ahnung beschlich mich. Sie war Witwe, alle Besitztümer in Frankreich waren im Besitz ihres Stiefsohns. Da nicht anzunehmen war, dass Violet über einen weiteren Wohnsitz in Schottland verfügte, lag die Vermutung nahe, dass sie Cromdale House als ihr Heim betrachtete. Ich wusste, es war unmöglich, meine zukünftige Schwägerin aufzufordern, sich eine andere Unterkunft zu suchen. Glenda … Violet … und als dritte im Bunde ich … Instinktiv spürte ich, dass diese Konstellation noch so einige Probleme mit sich bringen würde.

Es bot sich für mich keine Gelegenheit, Harrison unter vier Augen zu sprechen. Nicht, dass ich den Eindruck hatte, er mied meine Gegenwart, aber plötzlich erkrankten mehrere Pächter, kostbares Vieh starb auf der Weide und ein Heuschober ging in Flammen auf. Bei dem Brand wurde zum Glück niemand verletzt, auch die Krankheiten waren nicht weiter Besorgnis erregend. Es handelte sich lediglich um harmlose Erkältungen, doch all diese Vorkommnisse machten es erforderlich, dass Harrison von Sonnenaufgang bis in die Nacht hinein unterwegs war. Erneut stellte ich fest, wie sehr ihm das Wohl von Cromdale und allem, was dazugehörte, am Herzen lag. In einer Nacht, nachdem ich mich stundenlang ruhelos von einer Seite auf die andere gewälzt hatte, überwand ich meine Skrupel und schlich über die Gänge zu Harrisons Zimmer. Das Haus lag in völliger Stille und Dunkelheit. Ich hoffte, dass Harrison noch wach war, vielleicht genauso wenig wie ich schlafen konnte. Ich sehnte mich danach, meinen Kopf an seine Brust zu betten und seinen männlichen Duft zu atmen. Mir brannten so viele Fragen auf der Zunge, die nur Harrison beantworten konnte. Vorsichtig drückte ich die Klinke herunter. Die Tür war verschlossen! Verblüfft probierte ich es ein zweites Mal. Tatsächlich, Harrison hatte abgeschlossen. Ich hob meine Hand, um zu klopfen, ließ sie dann aber wieder sinken. Nein, wenn er nicht gestört werden wollte, so hatte ich es zu respektieren. Warum sonst sollte er seine Tür versperren? Traurig ging ich in mein Zimmer zurück. In dieser Nacht fand ich keinen Schlaf mehr.

Am nächsten Vormittag ritt ich ins Dorf, um mich nach dem Gesundheitszustand von Rosies Mutter zu erkundigen. Mrs. Grindle hatte einmal beiläufig erwähnt, dass Rosies Vater der Schuster war. Seine Werkstatt war schnell gefunden. Nach kurzem Klopfen trat ich zögernd in den kleinen, nach Leder und Holzspänen riechenden Raum.

»Ja bitte?« Ein großer, hagerer Mann schlurfte aus dem Hinterzimmer in die Werkstatt. Als er mich erblickte, begannen seine Augenlider nervös zu zucken. »Brauchen Sie neue Schuhe, Mylady?«

Ich verneinte, sagte, ich wolle mich nach Mrs. Wersley erkundigen und stellte den mitgebrachten Korb auf einen Stuhl.

»Ich habe mir erlaubt, Ihrer Frau etwas Wein und einen Kuchen mitzubringen. Er ist ganz frisch, meine Köchin hat ihn erst heute Morgen gebacken.«

Mr. Wersleys Augen verengten sich zu Schlitzen.

»Was soll dieser Unfug? Spielen Sie Rotkäppchen, oder was? Warum machen Sie sich über mich lustig?«

Verwirrt hielt ich seinem stechenden Blick stand. Aller Wahrscheinlichkeit nach war ich in das falsche Haus geraten.

»Sie sind doch der Schuster und der Vater von Rosie, die seit einigen Jahren in Cromdale House dient. Nun hat Rosie das Haus verlassen, um ihre kranke Mutter zu pflegen. Ich bin in der Hoffnung gekommen, dass es Ihrer Gattin wieder besser geht.« Der große Mann sackte plötzlich wie ein nasser Sack in sich zusammen und ließ sich auf einen Hocker fallen.

»Meine Frau ist über ein Jahr tot, und meine einzige Tochter habe ich seit Monaten nicht mehr gesehen. Ich wähnte sie in sicherer Obhut in Cromdale House.«

»Sie wissen also nicht, dass Rosie vor zwei Wochen fortgegangen ist?«, bemerkte ich verwundert. Er schüttelte den Kopf mit dem dünnen, grauen Haar.

»Nein. Wissen Sie, Mylady, seit dem bedauerlichen Unfall … seit Rosie nicht mehr sprechen kann, da hat sie sich verändert. Ist nicht nur mit dem Mund still geworden, wenn Sie verstehen, was ich meine.« Ich nickte, und meine Sorge um das Mädchen wuchs. »Sie hat mich kaum noch besucht, nach dem Tod meiner Frau gar nicht mehr. Wir haben uns nie gut verstanden, denn ich hatte mir immer einen Sohn gewünscht. Welcher Mann tut das nicht?« Er versuchte ein entschuldigendes Lächeln, was aber gründlich missglückte.

»Woran ist Ihre Frau gestorben?«

Ein tiefer Seufzer hob seine schmale Brust.

»Sie war schwanger, obwohl der Arzt bereits vor Jahren gesagt hatte, sie dürfe kein zweites Kind mehr bekommen, sie war doch so klein und zierlich, immer etwas schwach auf der Brust. Und dann dieser Husten. Aber ich wollte einen Sohn! Dachte nur an mich, und sie fügte sich. Sie hat sich eigentlich immer gefügt. Sie starb mit ihrem Baby.« Zu meinem Erstaunen wischte sich Mr. Wersley eine Träne aus dem Augenwinkel. »Es wäre tatsächlich ein Junge gewesen. Rosie gab mir die Schuld am Tod der Mutter. Sagen konnte sie es mir ja nicht, aber es stand deutlich in ihren Augen geschrieben. Nach der Beerdigung habe ich sie nicht wiedergesehen.«

»Hm ...« Ich nagte an meiner Unterlippe. Die Geschichte war tragisch, aber durchaus nicht unüblich. Was mir weitaus mehr Kummer bereitete, war die Tatsache, dass Rosie mich offensichtlich belogen hatte.

»Und Sie haben keine Ahnung, wo sich Ihre Tochter aufhält?« Er hob nur hilflos die Schultern. »Sie ist doch noch ein Kind, gerade mal fünfzehn!«, fuhr ich aufgeregt fort. »Hat sie sonstige Verwandte, zu denen sie gegangen sein könnte? Eine Tante vielleicht?«

»Nein.« Schwerfällig erhob er sich. »Ich möchte nicht unhöflich sein, Mylady, aber es wartet noch eine Menge Arbeit auf mich.« Ein erneutes schiefes Grinsen. »Wenigstens brauche ich mir über das Geschäft keine Sorgen zu machen, wenn sonst auch mein Leben in falschen Bahnen verläuft.«

Ich ließ Mr. Wersley den Wein und den Kuchen da. Grübelnd trat ich auf die Straße. Ein furchtbarer Verdacht stieg in mir auf. Was, wenn der Zettel gar nicht von Rosie geschrieben worden war? Nein! Unwillkürlich schüttelte ich heftig den Kopf. Es war eindeutig ihre Schrift gewesen. Ich hatte sie schließlich über Wochen unterrichtet. Nein, es musste etwas anderes dahinter stecken.

Am Abend konnte ich meine Sorgen nicht länger vor Harrison verstecken. Tatsächlich war mir das Glück hold. Violet erwähnte, dass sie sich den Ärmel eines Kleides an einem rostigen Nagel eingerissen hatte.

»Vielleicht kannst du es ausbessern, Glenda?«

Es befremdete mich, dass Violet ihre Mutter mit dem Vornamen ansprach, aber eigentlich befremdete mich alles, was mit Violet zusammenhing.

»Wir können nach dem Essen in mein Zimmer gehen«, antwortete Glenda, ohne ihre Tochter anzusehen. »Da werde ich dir dann zeigen, wie man mit Nadel und Faden umgeht. Warum kann sich eigentlich nicht deine Zofe darum kümmern?«

Ich unterdrückte ein Grinsen. Glenda war offenbar nicht gewillt, Violet zu bedienen.

»Ach, Nou-Nou hat schrecklichen Rheumatismus in den Fingern. Es ist der Armen nicht möglich, eine Nadel zu führen«, seufzte Violet.

»Dann solltest du sie entlassen«, bemerkte Harrison bestimmt. »Welch eine Verschwendung, eine kranke, unnütze Frau mit durchzufüttern.«

Ich sah, wie Violet rot anlief. Mit blitzenden Augen fauchte sie Harrison an:

»Nur weil Nou-Nou nicht mehr die Jüngste ist, werde ich sie nicht auf die Straße setzen! Aber sei unbesorgt, lieber Bruder, Nou-Nou hat schon von sich aus den Wunsch geäußert, nach Frankreich zurückzukehren. Der kommende Winter ist für ihre Beschwerden das reinste Gift. In ihrer Heimat ist nicht nur das Wetter, sondern sind auch die Lebensumstände sehr viel besser als hier.«

»Es steht dir frei, in das Land, wo anscheinend Milch und Honig fließen, zurückzukehren.«

Ich hielt mich aus der Diskussion heraus, aber mein Herz flog Harrison zu. Ich wusste nicht, welcher Art die Differenzen waren, die zwischen den Geschwistern standen. Die Hoffnung, dass Violet nach der Hochzeit Cromdale verlassen würde, begann in mir zu keimen. Harrison legte offenbar keinen Wert auf ihre Anwesenheit.

Kaum hatte Wilma den Tisch abgeräumt und Violet und Glenda waren hinausgegangen, erzählte ich Harrison von meinem Erlebnis am Nachmittag.

»Ich wusste, dass Rosies Mutter bereits tot ist.« Harrison sah mich erstaunt an. »Du hast mir nicht gesagt, dass das Mädchen mit der Begründung, sie müsse ihre Mutter pflegen, sang- und klanglos verschwunden ist.«

»Nein, weil ich dich an diesem Morgen gar nicht gesehen habe. Du bist dann mit deiner Schwester ausgeritten, und Violet war dabei, als Wilma mir den Zettel zeigte. Ich bat sie, es dir zu sagen.«

Harrison nahm einen Schluck Wein.

»Violet hat es sicher vergessen. Nun, du solltest der Sache nicht so viel Bedeutung beimessen, Lucille. Rosie war schon immer etwas wunderlich. Wahrscheinlich ist sie mit einem Liebhaber durchgebrannt.«

»Mit gerade mal fünfzehn Jahren!«, begehrte ich auf. »Ich bin überzeugt, dass sie sich mir in einem solchen Fall anvertraut hätte. Vielleicht ist ihr etwas zugestoßen?«

Harrison stand auf und stieß unwillig mit dem Fuß den Stuhl zurück.

»Ich habe augenblicklich andere Sorgen, als mich um das Verschwinden eines Hausmädchens zu kümmern. Violet hat Recht: Stell einfach jemand anderen ein und verschone mich in Zukunft damit. Erst belästigt mich Violet mit ihrer kranken Zofe, dann soll ich mir Gedanken über diese Rosie machen. Das Personal ist eine Angelegenheit, die ausschließlich dich und meine Mutter etwas angeht.«

Ohne mir einen weiteren Blick oder eine zärtliche Geste zu schenken, verließ er den Raum. Perplex blieb ich sitzen und starrte das kahle Holz der Tür an. Seit der verhängnisvollen Sturmnacht hatte Harrison nicht mehr in einem solch unfreundlichen Ton mit mir gesprochen. Bisher hatte ich angenommen, dass Rosies Wohl auch ihm am Herzen lag, immerhin hatte er sie damals gefunden und ihr das Leben gerettet. Darum war mir sein heutiges Verhalten völlig unverständlich.

»Man munkelte, dass Harrison etwas mit der Verletzung des Mädchens zu tun hatte …« In meinem Kopf dröhnten die Worte von Mrs. Grindle. Vielleicht passte es Harrison ganz gut, dass Rosie nicht mehr in Cromdale weilte. Nein, das konnte und wollte ich nicht glauben! Wäre auch nur ein Funken Wahrheit an diesem Verdacht, hätte Rosie wohl kaum jahrelang mit Harrison unter einem Dach gelebt. Mein Herz weigerte sich, daran zu glauben, dass ihr Verschwinden etwas mit dem Mann, mit dem ich vor den Altar treten wollte, zu tun hatte. Mein Verstand sprach allerdings eine andere Sprache. Zu offensichtlich war seine Verwandlung mir gegenüber. Eigentlich war nichts mehr so, wie es war, seit Violet Cromdale House betreten hatte.

Es war bereits dunkel, als ich mich müde erhob. Ich hatte keine Kerzen angezündet, und das Fenster war immer noch geöffnet. Fröstelnd hüllte ich mich in mein Plaid. Der Herbst war gekommen, und an den Abenden wurde es bereits empfindlich kalt. Im gleichen Augenblick, als ich das Fenster schließen wollte, hörte ich Harrisons Stimme unter mir im Garten:

»Sie hat noch viel zu lernen. Du musst nachsichtiger mit ihr sein!«

Schnell verbarg ich mich hinter dem Vorhang, als sich zwei Silhouetten dem Fenster näherten.

»Ach, Harrison, ich frage mich wirklich, was du mit einer hinkenden Frau willst. Erinnerst du dich noch daran, wie ausgelassen wir früher getanzt haben? Nun, als braver Ehemann wirst du das wohl nicht mehr mit anderen Frauen tun können. Dabei würde ich dir so gerne zeigen ...«

Die beiden entfernten sich wieder, so dass ich nicht mehr erfuhr, was Violet ihrem Bruder zeigen wollte. Ich presste beide Hände auf mein Mieder, um mein klopfendes Herz zu beruhigen. Wie hatte ich auch nur einen Moment lang annehmen können, Violet würde mich als gleichberechtigt akzeptieren? Warum war sie nur gekommen? Ich überlegte, ob wir nun auf Jahre hinaus immer zu dritt sein würden. Es gab häufig Momente, auf die das alte Sprichwort beängstigend genau passte: Zwei sind ein Paar, drei sind ein Gedränge. Empfand ich das so, weil Harrison sich anders benahm, wenn Violet dabei war? Höflich, aber kühler, als müsse er um jeden Preis die Zuneigung verbergen, die er mir beim Alleinsein immer unbefangen und herzlich gezeigt hatte?

VII

Von Tag zu Tag fiel es mir schwerer, für Violet freundschaftliche oder gar schwesterliche Gefühle zu empfinden. Ihre Anwesenheit bestimmte das Leben im Haus, als wäre es ihr eigener Besitz. Sie ließ sich von Wilma von vorne bis hinten bedienen und beanspruchte die Dienste des Mädchens für mehrere Stunden am Tag. Derweil saß ihre eigene Zofe Nou-Nou die ganze Zeit in ihrem Zimmer, und Wilma musste auch ihr das Essen servieren. Es ging mir wirklich nicht darum, dass wir eine fremde Person versorgten, aber Wilma fehlte bei den anderen täglichen Arbeiten. Harrison hatte Recht, ich käme wohl nicht umhin, ein neues Mädchen einzustellen, doch zögerte ich die Entscheidung hinaus. Rosie war mir sehr ans Herz gewachsen, und ich hoffte, sie würde nach Cromdale zurückkehren. Zu unser aller Erleichterung teilte Violet schließlich mit, Nou-Nou werde am Ende des Monats abreisen. Sie bräuchte nur noch einige Tage, bis sie sich kräftig genug fühlte, um die weite Fahrt nach Frankreich anzutreten.

An einem Nachmittag ritt ich alleine aus. Violet klagte seit dem Morgen über Kopfschmerzen, sie wollte den Tag im Bett verbringen. Wo Harrison war, wusste ich nicht. Unwillkürlich lenkte ich das Pferd zum Hof der Grindles. Es war jetzt vier Wochen her, dass ich das letzte Mal dort gewesen war. Auch hatten seither weder Mrs. Grindle noch die Arztfrau oder eine andere Dame der Umgebung ihre Aufwartung in Cromdale gemacht. Am Tor zögerte ich kurz, dann aber sah ich den Einspänner des Arztes vor der Tür stehen. Hoffentlich war niemand krank geworden? Ich gab mir einen Ruck, klopfte und wurde von dem Mädchen umgehend in den Salon geführt. Meine Befürchtungen bestätigten sich glücklicherweise nicht. Mrs. Craig, die Frau des Arztes, war lediglich zum Tee zu Besuch. Auf dem

Tisch lagen diverse Modezeitungen ausgebreitet. Offenbar wollte sich Mrs. Grindle eine neue Abendgarderobe schneidern lassen. Der Anblick erinnerte mich daran, dass ich mich noch nicht um mein Hochzeitskleid gekümmert hatte. Wenn Mrs. Grindle über meinen Besuch überrascht war, zeigte sie es nicht. Mit einem unverbindlichen Lächeln bat sie mich, Platz zu nehmen, und Mrs. Craig nickte mir zu. In der folgenden halben Stunde sprachen wir über die neusten Modetrends aus Frankreich. Mrs. Grindle erwähnte, sie suche ein passendes Abendkleid für ihre Tochter.

»Wir denken daran, demnächst einen Ball für sie zu geben. Sie ist zwar noch sehr jung, aber es wird langsam Zeit, Carla in die Gesellschaft einzuführen.«

Mrs. Craig nickte wohlwollend.

»Ein junges Mädchen kann sich nicht früh genug an einen geschliffenen Umgang gewöhnen. Wie finden Sie dieses Modell?« Ihr Finger zeigte auf ein verspieltes, taubenblaues Kleid mit züchtigem Ausschnitt. »Das müsste an Ihrer Tochter doch zauberhaft aussehen!«

»Carla erhält seit einigen Wochen Tanzunterricht«, erklärte Mrs. Grindle. »Es macht ihr viel Spaß, und sie zeigt sich sehr begabt. Nun ist sie natürlich begierig, ihre erworbenen Kenntnisse so bald wie möglich anzuwenden.«

Ich schluckte, dann fragte ich frei heraus.

»Haben Sie etwas von James gehört?«

Kein Muskel in Mrs. Grindles Gesicht bewegte sich, als sie an mir vorbeischaute.

»Seinen Briefen nach geht es ihm gut. Die Geschäfte entwickeln sich zu seiner Zufriedenheit.«

»Wie schade, dass Ihr Sohn bei Carlas Ball nicht dabei sein kann! Er wäre bestimmt sehr stolz auf seine kleine Schwester«, bedauerte Mrs. Craig.

Ich erhob mich und meinte, in Cromdale warte noch Arbeit auf mich. Keine der beiden Damen unternahm einen Versuch, mich zurückzuhalten. Als ich vom Hof ritt, wurde mir bewusst, dass ich zu dem Ball keine Einladung erhalten hatte. Plötzlich verspürte ich keine Lust, nach Cromdale zurückzukehren. In Wahrheit wusste ich nämlich nicht, was ich mit dem Rest des Tages anfangen sollte. So lenkte ich Bachelor hinunter zum Fluss. Es war ein wunderschöner Herbsttag, wer wusste schon, wie viele es in diesem Jahr noch geben würde. Bald hatte ich die alte Mühle erreicht. Ich saß ab, band das Pferd an einen Baumstamm und betrat das verfallene Gebäude. Harrison hatte mir gegenüber nichts davon erwähnt, dass er Interesse an der Mühle hatte, und ich hatte es wegen der vielen anderen Aufregungen völlig vergessen. Jetzt wollte ich mich mit eigenen Augen überzeugen, warum die Mühle für Cromdale so wichtig zu sein schien. Während ich mich durch die schmutzigen, mit allerlei Gerümpel vollgestopften Räume tastete, stellte ich fest, dass das Gebäude im Grunde nur noch für einen Abriss taugte. Der schwere Mühlstein war an mehreren Stellen gerissen und sicher nicht mehr zu gebrauchen. Plötzlich stutzte ich und schnupperte. Nein, ich hatte mich nicht getäuscht. Deutlich nahm ich den Geruch von Sandelholz war, der sich mit dem Moder der feuchten Wände vermischte. Ich kannte nur eine Person, die dieses Parfüm benutzte: Violet! Was in aller Welt hatte *sie* in der Mühle zu suchen? Zudem war der Duft noch relativ frisch, sie konnte vor nicht mehr als einer Stunde hier gewesen sein, dabei wollte sie heute wegen ihres Unwohlseins in ihrem Zimmer bleiben. Ich zog fröstelnd die Schultern hoch, denn plötzlich war mir kalt. Nun, wahrscheinlich hatte sie sich zu einem Spaziergang an der frischen Luft entschlossen. Ich war schließlich auch hierher gekommen. Gerade wollte ich die Mühle wieder verlassen, als mein Fuß auf ein weißes Taschentuch trat. Ich nahm es in die Hand, und mir stockte der Atem. Fassungslos starrte ich auf das eingestickte Monogramm *H.M.G.*

Harrison MacGinny!

Ich hatte das Tuch schon oft in seinen Händen gesehen, die Stickerei stammte von Glenda. Es bestand für mich kein Zweifel, dass Harrison hier gewesen war. Das war an sich nichts Besonderes, bedachte ich sein Interesse für die Mühle, aber durch den Parfümgeruch musste ich annehmen, dass er sich hier mit Violet getroffen hatte. Warum traf sich ein Mann mit seiner Schwester an einem solch abgelegenen, verlassenen Ort? Und warum hatten sie mich beide angelogen?

Nachdenklich kehrte ich zur Burg zurück und suchte nach Glenda. Ich fand sie in der Küche, beide Arme steckten bis zu den Ellbogen in einem gelben Teig.

»Hallo, Glenda, wie ich sehe, sind Sie fleißig«, sagte ich freundlich und schnupperte. »Hm! Das riecht aber gut.«

»Mache einen Hefekuchen für heute Abend«, knurrte sie, ohne auf mein Kompliment einzugehen. »Möchten Sie, dass ich Rosinen untermische?«

Ich sagte, dass ich keine Rosinen mochte.

»Aber Sie können gerne welche verwenden. Ich kann sie ja herauspicken.«

Glenda hielt mit dem Kneten inne und sah mich durchdringend an. In diesem Moment war die Ähnlichkeit mit Harrison verblüffend: die gleiche hohe Stirn, die leicht gebogene Nase und das energische Kinn. Allerdings vermisste ich Züge, die auf eine Verwandtschaft mit Violet schließen ließen.

»Ist irgendetwas nicht in Ordnung, Mylady? Ich mache meine Arbeit, so gut ich kann, aber seit Wilma fast nur noch oben ist …« Sie hob den Blick zur Decke, ihre Mundwinkel zogen sich nach unten.

»Nein, nein, Glenda, es ist alles gut, wie Sie es machen, und die französische Zofe wird uns ja auch bald wieder verlassen«, beeilte ich mich zu versichern. »Sie sind bestimmt sehr glücklich über die Anwesenheit Ihrer Tochter, nachdem sie so viele Jahre in Frankreich lebte, nicht wahr?«

»Pah!« Sie haute mit solcher Wucht auf den Teig ein, dass Teile nach allen Seiten spritzten. »Manche Leute sind nicht für das Leben hier geschaffen. Sollten lieber da bleiben, wo sie hingehören.«

Obwohl mir aufgefallen war, dass ihr Mutter-Tochter-Verhältnis nicht gerade herzlich war, überraschten mich ihre harten Worte. Wenn diese Frau mir doch nur einen Schritt entgegenkommen könnte!

»Glenda, ich wollte Sie fragen, ob Sie schon etwas von Mr. Grampson wegen Ihres … wegen dieser leidigen Sache gehört haben.«

»Wegen meines Prozesses, wollten Sie sagen«, brummte sie und begann, aus dem Teig einen ovalen Laib zu formen.

»Er findet nächsten Dienstag in Aberdeen statt. Danach werden Sie mich endgültig los sein.«

»Bitte, Glenda, warum sagen Sie so etwas? Ich werde tun, was in meiner Macht steht, damit Sie als freier Mensch nach Cromdale zurückkehren werden.«

Ich hatte zwar keine Ahnung, ob ihr überhaupt eine Gefängnisstrafe drohte, aber immerhin lief unter anderem ein Verfahren wegen Erpressung gegen sie. Das war ein schweres Verbrechen. Sie bedachte mich mit einem spöttischen Blick.

»Macht sich nicht gut, einen Mann zu heiraten, dessen Mutter im Zuchthaus sitzt, nicht wahr? Aber Sie werden mich so oder so los sein. Selbst wenn ich nicht eingesperrt werde, verlasse ich Cromdale. Für immer.«

»Können wir nicht noch mal ganz von vorne anfangen, Glenda? Wegen mir brauchen Sie nicht zu gehen.«

Sie hob den Kopf und sah mir direkt in die Augen.

»Aber wegen mir, Mylady. Ganz alleine wegen mir. Hier wird sich bald vieles ändern, und ich möchte dabei nicht zusehen.«

Glenda drehte mir den Rücken zu, und ich spürte, dass es keinen Sinn hatte, weiter mit ihr zu sprechen.

Der Gerichtssaal in Aberdeen unterschied sich von dem Nebenzimmer in Inverness nicht nur durch seine Größe. War meine damalige Angelegenheit so unwichtig gewesen, dass kein öffentliches Interesse bestanden hatte, so drängten sich jetzt rund fünfzig Zuschauer in dem hohen Raum mit runden Bogenfenstern. Der Richter und seine Beisitzer saßen auf erhöhten Plätzen hinter einer Barriere, der Stuhl für die Angeklagten stand in der Mitte. Es überraschte mich nicht, unter den Anwesenden Lady Ardwell zu erkennen, deren Prozess erst in zwei Wochen zur Verhandlung kommen würde.

Die Hauptanklagepunkte gegen Glenda waren die Vergehen der Erpressung und Urkundenfälschung. Auf meine Fürbitte hin hatte sich Mr. Grampson bereit erklärt, ihre

Verteidigung zu übernehmen, obwohl er meine Beweggründe nicht verstand. Aber er wusste auch nicht, dass Harrison MacGinny und ich verlobt waren. Ich hielt es für besser, dies dem Gericht zu verschweigen. In einem langen Vorgespräch mit dem Anwalt hatte ich ihn gebeten, alles in seiner Macht Stehende zu tun, um Glenda das Gefängnis zu ersparen. Gemeinsam hatten wir einen Plan erarbeitet, der vielleicht erfolgreich sein könnte.

Nach den üblichen Formalitäten folgte die Verlesung der Anklagepunkte. Ich sah zu Harrison rüber, der mit versteinerten Zügen neben Violet im Zuschauerrang saß. Ihrem Gesichtsausdruck nach bekümmerte es sie nicht sonderlich, dass ihre eigene Mutter vor Gericht stand. Violets schräg stehende Augen schweiften interessiert über die Menschen. Sie hakte sich bei Harrison unter und legte ihren Kopf an seine Schulter. Ein heißer Strahl von Eifersucht durchfuhr mein Herz, dann sagte ich mir aber, dass es keinen Grund gab, auf die Schwester von Harrison eifersüchtig zu sein.

Auf Anraten von Mr. Grampson äußerte sich Glenda MacGinny nicht zu den Vorwürfen. Sie schwieg und hielt den Kopf gesenkt. Selbst als Lady Ardwell ihre Aussage wiederholte, von Glenda zu der Verleumdung gezwungen worden zu sein, zeigte Glenda keine Regung. Immer wieder fing ich Harrisons Blick auf, in dem es unruhig flackerte. Ich zwinkerte ihm aufmunternd zu. Nach ungefähr einer Stunde wurde ich in den Zeugenstand gerufen. Langsam hinkte ich in die Mitte und hörte die eine oder andere Bemerkung aus dem Zuschauerraum:

»Ach je, die ist ja behindert!«

»Hast du gesehen, wie sie hinkt? Das arme Mädchen!«

»Beinahe hätte sie auch noch ihr Heim verloren!«

Ich straffte die Schultern und drehte mich nicht um. Mit fester Stimme gab ich meine Personalien zu Protokoll, dann fragte mich der Richter:

»In welcher Beziehung stehen Sie zu der Angeklagten?«

Durch Mr. Grampson vorgewarnt, hatte ich die Frage erwartet und konnte ruhig antworten:

»Glenda MacGinny ist als Haushälterin in Cromdale House beschäftigt und eine ausgezeichnete Kraft. Ich selbst wäre nicht in der Lage, ohne ihre Hilfe ein solch großes Haus zu führen. Sie diente zuvor meinem Großvater, der mit ihrer Arbeit ebenfalls sehr zufrieden war.«

Ein Raunen ging durch die Reihen. Niemand hatte erwartet, dass ich an Glenda auch nur ein gutes Haar lassen würde. Zum ersten Mal ruckte Glendas Kopf interessiert nach oben. Unsere Blicke trafen sich kurz, in ihrem stand grenzenlose Verwunderung. Auch der Richter runzelte die Stirn.

»Wie erklären Sie es sich dann, Lady MacHardy, dass die Angeklagte eine solche Intrige gegen Sie inszenierte?«

Ich hob die Schultern und schenkte dem Richter ein wehmütiges Lächeln.

»Euer Ehren, Sie müssen wissen, dass Glenda MacGinny seit vielen Jahren Witwe ist und es nie leicht im Leben gehabt hat. In Cromdale fand sie ein Heim für sich und ihren Sohn. Durch ein tragisches Missverständnis, an dem ich nicht ganz unschuldig bin, glaubte sie, sie müsse das Haus verlassen. Wo, Euer Ehren, hätte eine Frau in ihrem Alter eine vergleichbare Stellung gefunden? Sie handelte einfach aus Angst.«

»Ach? Und was war das für ein Missverständnis?«

Ich seufzte und senkte beschämt den Blick.

»Nun, ich war mir nicht sicher, ob ich mein Erbe behalten sollte. Wie Sie wissen, stamme ich aus London, und die Vorstellung, den Rest meines Lebens im schottischen Hochland zu verbringen, erschreckte mich etwas, darum führte ich diverse Gespräche mit dem Gedanken, Cromdale House zu verkaufen. Unglücklicherweise hörte Glenda ein Gespräch mit an, in dem es darum ging, die Burg abreißen zu lassen. Der eventuelle neue Besitzer plante, ein modernes kleines Herrenhaus an der Stelle zu erbauen.« Ich setzte einen nach Mitleid heischenden Blick auf. »Euer Ehren haben bestimmt Verständnis dafür, dass man in einer solch verzweifelten Situation zu unerlaubten Mitteln greift. Immerhin musste Mrs. MacGinny davon ausgehen, in Kürze ihr Heim zu verlieren.«

Ich hörte hinter mir ein scharfes Geräusch und wusste, dass es von Harrison stammte. Auch Glenda starrte mich mit weit aufgerissenen Augen fassungslos an.

»Kann ich Sie folglich dahingehend verstehen, dass Sie der Angeklagten verzeihen und an einer Bestrafung nicht interessiert sind, Lady MacHardy?«

»Ja, Euer Ehren. Zwischenzeitlich weiß ich, dass Glenda in der Zeit, als sie die Intrige plante und ausführte, nicht Herr ihrer Sinne war. Sie handelte aus purer Verzweiflung.«

Der Richter stützte das Kinn in seine Hand und kritzelte mit der Feder auf einem Blatt Papier herum. Es folgten einige Minuten bangen Schweigens.

»Der Tatbestand der Erpressung und Urkundenfälschung bleibt jedoch nach wie vor bestehen.«

»Euer Ehren, darf ich mich dazu äußern?« Mr. Grampson trat in die Mitte. Es wurde ihm mit einem Nicken gewährt. »Ich möchte mich den Ausführungen Lady MacHardys anschließen. Meine Mandantin bereut ihre Vorgehensweise zutiefst und hat ihre Fehler eingesehen. Vielleicht könnte man von einer Gefängnisstrafe absehen, die örtlichen Anstalten sind ohnehin völlig überfüllt.«

»Außerdem brauche ich Mrs. MacGinny dringend auf Cromdale«, rief ich dazwischen. »Es ist mir unmöglich, eine vergleichbare Kraft zu finden.«

»Gut, ich habe jetzt alle Gesichtspunkte gehört. Das Gericht wird sich beraten.« Der Richter – und damit der ganze Saal – erhob sich. »Das Urteil wird in etwa einer Stunde verkündet.«

Ich drängte mich durch die Menschen, die mit Dutzenden von Fragen auf mich einstürmten, nach draußen. Tief atmete ich die frische Luft ein. Im Gerichtssaal war es sehr warm und stickig gewesen.

»Warum hast du das gesagt?« Harrisons Blick war voller Verwunderung, aber ich erkannte auch die tiefe Zuneigung in seinen Augen.

»Ich möchte unsere Ehe nicht auf der Tatsache gründen, dass meine Schwiegermutter im Gefängnis schmachtet.«

»Das ist sehr großzügig von dir. Wenn man bedenkt …«

»Dass sie mich immer noch nicht leiden kann«, vollendete ich den Satz. »Nun, ich bin kein Mensch, der Gleiches mit Gleichem vergilt. Ich habe von den ganzen Aufregungen genug und möchte die Zukunft in Ruhe und Frieden verbringen.« An deiner Seite, fügte ich in Gedanken hinzu.

Beim Vorbeigehen nickte mir Mr. Grampson hoffnungsvoll zu. Da in Aberdeen ein Gerichtsverfahren auf das andere folgte, hatte auch der Richter kein Interesse daran, die Angelegenheit unnötig in die Länge zu ziehen.

Glenda MacGinny wurde wegen Irreführung der Behörden zu einer Geldstrafe von fünfhundert Pfund verurteilt. Es wurde ihr gestattet, die Summe in Teilbeträgen von fünfzig Pfund pro Jahr zu bezahlen. Das war realistisch und stellte für die Finanzen von Cromdale kein Problem dar. Nach dem Urteilsspruch zerstreute sich die Menge. Ich trat zu Harrison und Violet, die ihre Mutter stützend im Arm hielt. Nie zuvor hatte ich Glenda so aufgewühlt und blass gesehen.

»Jetzt muss ich mich wohl bei Ihnen bedanken, Mylady«, flüsterte sie.

Ich wiederholte, was ich Harrison bereits gesagt hatte.

»Es liegt mir sehr daran, dass wir künftig in Frieden und Harmonie zusammenleben werden, Glenda.« Ich streckte ihr meine rechte Hand hin. »Wollen wir es versuchen?«

Sie zögerte einen Moment, legte dann ihre eiskalte Hand in meine.

»Ich werde mich bemühen … Lucille …«

Es war das erste Mal, dass sie mich mit dem Vornamen ansprach. Ich bemerkte, wie von Harrison alle Anspannung abfiel, aber in dem Moment, als sich mein Blick mit dem von Violet kreuzte, zuckte ich zusammen. Es war nur eine Sekunde gewesen, dann drehte sie den Kopf zur Seite. Aber dieser Moment hatte gereicht, um zu erkennen, dass in ihren Augen blanker Hass loderte. Hass, der sich eindeutig auf mich bezog.

Nachdem die leidige Angelegenheit aus der Welt geschafft war, stürzte ich mich mit Feuereifer in die Hochzeitsvorbereitungen. Die Schneiderin, die mir bereits eine ansehnliche Garderobe genäht hatte, kam wieder nach Cromdale, und gemeinsam suchten wir nach Schnitten für das Hochzeitskleid. Gerne hätte ich mich dabei mit Violet besprochen, denn sie verfügte über einen exquisiten Geschmack, doch seit der Verhandlung ging sie mir offenbar aus dem Weg. Nun, ich konnte ihre Freundschaft nicht erzwingen, auch wenn wir in Bälde Schwägerinnen sein würden.

An einem Vormittag merkte ich, dass Wilma durch etwas beunruhigt war. Als ich in die Küche trat, tuschelte sie leise mit Glenda. Die beiden Frauen fuhren erschrocken auseinander, als sie meiner gewahr wurden, und ich konnte nur noch hören, wie Glenda sagte:

»Das ist zwar völliger Unsinn, aber es ist besser, wenn du ihr aus dem Weg gehst!« Daraufhin eilte Wilma aus der Küche, aber ich hatte ihren unruhigen Blick bemerkt. Sofort musste ich an Rosie denken, deren Verschwinden immer noch im Dunkeln lag. Bis zum Abend vergaß ich den Zwischenfall. Erst als Wilma in mein Zimmer kam, um das Bett aufzudecken, bemerkte ich wieder ihre Nervosität. Ich fragte freundlich:

»Irgendetwas bedrückt dich. Willst du es mir nicht erzählen?«

Fahrig strich Wilma über die Decke, obwohl sie bereits völlig glatt war.

»Ähem ... es ist nichts, Mylady«, wich sie aus.

Doch damit wollte ich mich dieses Mal nicht zufrieden geben. Auch Rosie war mir ausgewichen, um dann Stunden später das Haus zu verlassen.

»Ich merke genau, dass etwas nicht stimmt, Mädchen. Was hattest du heute morgen in der Küche mit Glenda zu tuscheln?«

Sie zuckte zusammen.

»Mrs. MacGinny hat mir verboten, darüber zu sprechen. Es ist auch gar nicht wichtig.«

»Es ist alles wichtig, was in diesem Haus vor sich geht!« Du meine Güte, jetzt hörst du dich wirklich wie eine Herrin an, dachte ich. Weniger streng fuhr ich fort: »Vielleicht kann ich dir helfen?«

Wilma presste die Lippen fest aufeinander und mied meinen forschenden Blick, dann platzte sie heraus:

»Maggie Baldwin ist zurück!«

»Maggie Baldwin?« Ich hatte den Namen nie zuvor gehört.

Wilma trat dicht zu mir und senkte ihre Stimme zu einem Flüstern:

»Man sagt, sie ist eine Hexe! Ein Blick von ihr reicht aus, um einen Menschen zu töten.«

Meinen ersten Impuls, laut aufzulachen, unterdrückte ich, als ich sah, dass in Wilmas Augen die pure Angst stand. Ruhig fragte ich:

»Du glaubst daran, dass es Hexen gibt?«

Sie nickte voller Ernst.

»Maggie Baldwin *muss* eine Hexe sein! Sie ist auch schon schrecklich alt, bestimmt über hundert Jahre.«

»So ein Quatsch! Kein Mensch wird so alt.«

»Darum steht sie ja auch mit den dunklen Mächten in Verbindung. Nur mithilfe des Teufels kann ein Mensch in diesem Alter noch so agil und kräftig sein.« Nachdem Wilma ihre Scheu überwunden hatte, sprudelten jetzt die Worte nur so hervor. Ich erfuhr, dass es sich bei der Besagten um eine Frau handelte, die in einer verfallenen Kate auf einer Lichtung mitten im Wald hauste. Einst hatte sie als weise Frau gegolten. Sie zog in ihrem Garten verschiedene Kräuter und braute Arzneien, die Krankheiten kurierten. Es gab in der Umgebung viele Menschen, die ihr mehr als dem studierten Doktor vertrauten. Sie stellte auch Liebestränke und sonstigen Zauber her, um Menschen zu beeinflussen. Ich unterdrückte ein Lächeln.

»Hast du schon von ihrem Liebeszauber gekostet?«

Entrüstet wich Wilma einen Schritt zurück und hob abwehrend beide Hände.

»Aber Mylady, wo denken Sie hin? Ich bin niemals näher als eine Meile an die Kate herangegangen.«

Auf ihren Wangen bildeten sich vor Erregung kreisrunde rote Flecken.

»Das alles klingt nicht sehr außergewöhnlich«, sagte ich. »Früher waren solche Menschen weit verbreitet und in der Regel sehr angesehen. Sie galten als Heilerinnen und weise Frauen. Warum denkst du, sie sei eine Hexe, die sich der schwarzen Magie zugewandt hat?«

Wilmas Augen huschten hektisch durch den Raum, als ob sie sichergehen wollte, dass uns niemand belauschte.

»Letztes Frühjahr fing es an, Mylady. Ein Kind wurde tot geboren. Die Mutter gab an, wegen ihrer Schwangerschaftsbeschwerden Maggies Rat eingeholt zu haben. Kurz darauf starben zwei Kühe eines Bauern, und man hatte Maggie in der Nähe der Weide gesehen. Einige beherzte, mit Mistgabeln bewaffnete Männer wollten die Alte holen und sie vor Gericht stellen. Sie war allerdings verschwunden, einfach fort, als hätte sie sich in Luft aufgelöst!«

»Und jetzt ist sie wiedergekommen«, stellte ich trocken fest.

»Wir dachten, sie sei irgendwo im Wald oder im Moor ums Leben gekommen, aber niemand traute sich, die Hütte einzureißen. Als ich heute Morgen im Dorf war, erzählte mir die Krämerin, dass der Schornstein von Maggie Baldwins Kate wieder raucht, und ein junger Bursche hat die Hexe gesund und munter im Kräutergarten gesehen.«

Wilmas Beunruhigung konnte ich mich beim besten Willen nicht anschließen. Natürlich hatte ich von so genannten Hexen und von dem, was Fanatiker ihnen angetan hatten, gehört und gelesen. Das war allerdings vor Hunderten von Jahren gewesen und gehörte längst der Vergangenheit an. Wir lebten doch nicht mehr im Mittelalter! Schmunzelnd erinnerte ich mich an die Geschichte der Lady Mabel, deren Geist angeblich in Cromdale umgehen sollte. Ich hatte bereits unzählige Male zuvor festgestellt, dass die Zeit im schottischen Hochland mit anderen Maßstäben als in London gemessen wurde. Man lebte hier wie in einer Enklave im großen britischen Empire und bewahrte alte Sitten und Gebräuche. Obwohl wir an der Schwelle zum zwanzigsten Jahrhundert standen, hatte sich ein grundsätzliches Verhalten nicht geändert: Wenn die Menschen mit ihrem persönlichen Schicksal hadern, scheint es ihren Zorn und Kummer zu lindern, die Schuld auf irgendein unschuldiges Opfer abwälzen zu können.

Ich entließ Wilma mit den Worten:

»Ich glaube nicht, dass von dieser alten Frau eine Gefahr ausgeht. Aber du solltest Glendas Ratschlag beherzigen und dich nicht in ihre Nähe begeben, dann kann sie dir auch nichts anhaben.«

Wilma knickste.

»Danke, Mylady. Glauben Sie mir, ich werde ganz sicher nicht in den Wald gehen!«

»Womöglich verwandelt sie dich noch in ein Kaninchen«, lag es mir auf der Zunge, aber ich schwieg. Wilmas einfaches Gemüt sah in der Rückkehr dieser Frau eine ernsthafte Bedrohung, während ich über solche Gerüchte nur lächelte. Ich war gespannt, was Harrison mir über diese Maggie Baldwin erzählen würde. Er war ihr bestimmt schon begegnet.

Da ich an Hexen genauso wenig glaubte wie an Gespenster und weiße Frauen, die des Nachts seufzend und klagend durch Burgen wandelten, schlief ich in dieser Nacht tief und traumlos.

Bevor ich mit Harrison über die Frau sprechen konnte, erhielt meine Unbekümmertheit allerdings einen Dämpfer. Beiläufig, beinahe als sei es von geringer Wichtigkeit, teilte mir Harrison beim Frühstück mit, er werde für einige Tage nach Edinburgh reisen.

»Durch die Reformierung der Steuergesetze wurde die amtliche Stelle in Aberdeen geschlossen. Jetzt müssen die ganzen Unterlagen in der Hauptstadt abgegeben werden.«

Ich schmunzelte bei der Bezeichnung *Hauptstadt*. Obwohl Schottland seit über zweihundert Jahren ein fester Bestandteil des britischen Königreichs und London selbstverständlich die Hauptstadt war, konnte man die Schotten nicht davon abbringen, die alte Stadt auf dem Vulkanfelsen immer noch als Mittelpunkt ihres Reiches anzusehen. Ich erinnerte mich an meinen kurzen Aufenthalt in Edinburgh.

»Ich werde dich begleiten, Harrison«, sagte ich. »Wann möchtest du fahren?«

Beinahe schien es mir, als hätte meine Ankündigung Harrison für einen Moment aus der Fassung gebracht.

»Das ist nicht nötig, Lucille«, antwortete er mit ruhiger, aber bestimmter Stimme. »Ich habe vor, die Angelegenheit so schnell wie möglich abzuwickeln, und werde mich demzufolge nicht lange in der Stadt aufhalten.«

»Ich möchte trotzdem mir dir reisen!«

Seufzend legte Harrison die Serviette zur Seite.

»Der Herbst ist keine gute Jahreszeit, um längere Reisen zu unternehmen. Es würde für dich nicht komfortabel sein. Außerdem werde ich bei einem alten Freund wohnen, der nur über eine kleine Wohnung verfügt. Ein Aufenthalt in einem Hotel ist völlig unnötig.«

Es war offensichtlich, dass Harrison nicht wollte, dass ich ihn begleitete. Ich versuchte es ein letztes Mal:

»Aber wir können doch mit der Eisenbahn fahren! Dem Zug ist es egal, ob draußen die Sonne scheint oder ob es regnet. Ich werde mich auch mit einem billigen Zimmer in einer Pension zufrieden geben.«

»Zum letzten Mal, Lucille: Ich unternehme keine Vergnügungsreise nach Edinburgh, sondern habe geschäftliche Dinge zu erledigen. Dinge, bei denen eine Frau nur stört!«

Seine harten Worte trieben mir die Tränen in die Augen. Violet hatte unseren Wortwechsel schweigend und mit lauerndem Interesse verfolgt. Sie legte ihre manikürte Hand auf Harrisons Unterarm und sagte spöttisch:

»Lieber Bruder, du wirst eine kleine Wildkatze zur Frau bekommen. Sie scheint sich nicht willenlos deinen Wünschen zu fügen.«

Sie setzte ein gurrendes Lachen auf, während ihre Finger mit den Härchen, die unter seiner Manschette hervorlugten, spielten. Es war nur eine Kleinigkeit, kaum der Rede wert, dennoch strahlte diese Berührung für mich so viel Intimität aus, als würde ich ein frisch verliebtes Paar beobachten.

Wütend schob ich meinen Stuhl nach hinten und erhob mich.

»Da ich wohl annehme, dass es sich bei den geschäftlichen Angelegenheiten um Belange, die das Gut betreffen, handelt, möchte ich darauf hinweisen, dass ich die Herrin von Cromdale bin. Harrison, ich denke, wir sprechen unter vier Augen und in aller Ruhe darüber.« Ich warf Violet einen scharfen Blick zu, dem sie überlegen standhielt.

Ich wusste, dass mein Abgang nicht besonders gut gewesen war. Immer, wenn ich mich aufregte, trat mein Hinken viel stärker als sonst in Erscheinung. Sobald die Tür hinter mir ins Schloss gefallen war, bereute ich die überheblichen Worte. Es war nicht nötig gewesen, Harrison seine untergeordnete Position vor seiner Schwester und Mutter in Erinnerung zu rufen. Ich hatte mich kindisch und dumm verhalten und war entschlossen, mich bei ihm dafür zu entschuldigen. In wenigen Wochen würde er mein Mann und damit mir gleichgestellt sein. Nein, halt, sagte diese Stimme in mir, das Gegenteil wird der Fall sein, ich werde mich meinem Ehemann unterordnen müssen. Dennoch tat mir mein Verhalten Leid, und ich ging über den Hof ins Kontor und setzte mich an den Schreibtisch. Sicher würde Harrison bald kommen, dann konnte ich ihn um Verzeihung bitten. Eine Stunde verging, in der ich lustlos in Papieren blätterte, ohne deren Inhalt wahrzunehmen. Als ich endlich Hufgeklapper hörte, stand ich auf und eilte zum Fenster. Tatsächlich sah ich den Hengst Diavolo mit seinem Herrn. Stolz und aufrecht saß Harrison im Sattel, seine offenen Locken flatterten im Wind, und er war bester Laune. Keine Spur mehr von der morgendlichen Missstimmung. Er lachte und scherzte. Dann erkannte ich, warum er sich in einer solch guten Stimmung befand: Neben ihm saß Violet auf dem Pferd, das sonst ich ritt. Anscheinend störte sich Bachelor nicht an der neuen Reiterin, denn er folgte brav jeder ihrer Bewegungen. Das dunkle Reitkleid brachte Violets schlanke Figur gut zur Geltung, über dem Gesicht trug sie einen durchsichtigen Schleier. Jetzt machte Harrison offenbar einen Scherz, denn Violet lachte laut auf, beugte sich zu ihm hinüber und strich ihm zärtlich über die Wange.

Mit brennenden Wangen und einem dumpfen Druck im Magen wandte ich mich ab. In meinem Inneren tobten die unterschiedlichsten Gefühle: Zorn, Wut und eine gehörige Portion Eifersucht. Ja, ich war eifersüchtig auf die Schwester des Mannes, den ich liebte. Eifersüchtig auf ihre Schönheit, ihre Figur, ihre Art, sich leichtfüßig und elegant zu bewegen. Eifersüchtig, da sie offenbar Harrisons Herzen viel näher stand als ich.

An diesem Morgen im Kontor, als ich verborgen hinter der Gardine am Fenster stand und Harrison mit Violet heimlich beobachtete, kam mir zum ersten Mal der Verdacht, sie könne gar nicht seine Schwester sein. Waren ihre Blicke, ihre zufälligen wie auch beabsichtigten Berührungen für Geschwister nicht zu intim? Vom ersten Tag an hatte ich gedacht, dass Harrison über das Kommen seiner Schwester nicht sonderlich erfreut gewesen, dass ihm ihre Anwesenheit peinlich war. Trotzdem knisterte zwischen den beiden eine Spannung, die ich von Tag zu Tag deutlicher spürte. Wenn ich die Situation nüchtern beurteilte, dann gewann ich den Eindruck, dass Harrison sich von Violet gleichzeitig angezogen, aber auch abgestoßen fühlte.

Fahrig fuhr ich mir über die Augen und blinzelte die Tränen, die gegen meinen Willen hochstiegen, fort. Einerseits betrachtete ich mich als aufgeklärte junge Frau, andererseits begann ich, Gespenster zu sehen, wo es gar keine gab.

Keine geben durfte.

Oder?

Mit vor der Brust verschränkten Armen lehnte ich an Harrisons Zimmertür und beobachtete ihn beim Packen. Die wenigen Dinge, die in die kleine Reisetasche wanderten, ließen darauf schließen, dass er nur einen kurzen Aufenthalt in Edinburgh plante.

Drei Tage waren seit unserem Streit vergangen. Zuerst hatte ich vorgehabt, mit ihm unter vier Augen noch mal darüber zu sprechen, doch dann siegte mein Stolz. Wenn er mich nicht an seiner Seite haben wollte – bitte! Ich würde ihn nicht anflehen, mich mitzunehmen! Vielleicht wäre ihm Violets Begleitung lieber? Der Stachel in meinem Herz bohrte sich tiefer und tiefer, und ich konnte nichts tun um ihn herauszuziehen. Jetzt aber war ich in sein Zimmer gekommen, denn ich wollte mich von ihm nicht in Missstimmung trennen.

»Ich verstehe nicht, warum du nicht mit der Eisenbahn fährst. Es ist doch weitaus bequemer, und du erreichst die Stadt ausgeruhter als nach dem tagelangen Ritt.«

Harrison hob den Kopf, das Blau seiner Iris schimmerte wie der Himmel an einem strahlenden Sommertag.

»Wie du selbst von deiner Reise hierher weißt, braucht der Zug von Inverness nach Edinburgh viel zu lange. Zudem müsste ich erst nach Norden reiten, mein Ziel liegt jedoch im Süden. Nein, Diavolo wird der Ausflug auch gut tun. Wenn es keinen starken Regen gibt, werden wir wohl die Stadt in zwei, drei Tagen erreichen.«

Ich wusste, dass Harrison ungefähr zehn Tage fortbleiben würde, über eine Woche, die ich allein mit Violet und Glenda verbringen musste! Der Gedanke daran behagte mir nicht sonderlich, und wieder schwappte eine Welle der Übelkeit meine Kehle herauf. Seit einigen Tagen kehrte das Gefühl in regelmäßigen Abständen wieder. Unwillkürlich stöhnte ich auf und presste beide Hände auf meinen Magen.

»Was ist mir dir, Lucille?« Es tat gut, Harrisons starken Arm um die Schultern zu spüren und seine besorgte Stimme zu hören. »Fühlst du dich nicht wohl?«

»Mir ist seit Tagen übel«, antwortete ich und wartete, bis sich auch der Schwindel, den ich plötzlich verspürte, wieder legte.

»Warum hast du mir nichts davon gesagt?«, fragte Harrison vorwurfsvoll.

»Ich wollte dich nicht beunruhigen. Bestimmt habe ich mir nur den Magen verdorben.«

»Hm …« Harrison führte mich vorsichtig zum Bett. Ich protestierte, als er mich auf die Decke drückte, mir die Schuhe auszog und meine Beine fürsorglich zudeckte.

»Ich bin nicht krank …«

In diesem Moment wurde mir erneut so übel, dass ich verzweifelt nach meinem Taschentuch kramte. Dankbar griff ich nach Harrisons Tuch, das er mir reichte. Es war dem ähnlich, das ich in der Mühle gefunden hatte. Bei dem Gedanken daran fühlte ich mich noch schlechter.

»Ich werde nach Dr. Craig schicken«, sagte Harrison besorgt und legte seine Hand auf meine Stirn. »Fieber hast du offenbar keines. Vielleicht ist es besser, wenn ich die Reise verschiebe. Oder jemand anders mit den Papieren in die Stadt schicke …«

»Nein, auf keinen Fall!« Mühsam richtete ich mich auf. »Keiner kennt sich so gut wie du damit aus. Gleich geht es mir wieder besser, so war es in den vergangenen Tagen auch.«

Plötzlich veränderte sich Harrisons Gesichtsausdruck. Wo vorher noch Sorge gestanden hatte, konnte ich jetzt ungläubiges Staunen lesen.

»Lucille … Liebes … könnte es sein, dass du …«

Nie zuvor hatte ich Harrison dermaßen verlegen gesehen. Ich wusste, was er andeutete, auch mir war der Verdacht bereits gekommen. Verlegen schloss ich die Augen.

»Es könnte sein, aber es ist noch viel zu früh, um es mit Sicherheit sagen zu können.«

Vorsichtig, als sei ich aus kostbarem Porzellan, nahm mich Harrison in den Arm. Seit Wochen hatte es eine solche Zärtlichkeit nicht mehr zwischen uns gegeben.

»Wir müssen so schnell wie möglich heiraten! Sobald ich zurück bin, sprechen wir mit dem Reverend. Er kann die Trauung sicher vorziehen.«

»Harrison«, mahnte ich ihn. »Es ist gar nicht sicher, dass ich ein Kind unter dem Herzen trage. Lass uns abwarten. Wenn es tatsächlich so sein sollte, dann wird man Anfang Dezember noch nichts sehen. Und dich kümmert es bestimmt nicht, wenn dein Kind sieben Monate nach der Heirat zur Welt kommt.«

Er lachte.

»Du hast Recht, meine Liebe. Ach, dass ich ausgerechnet jetzt verreisen muss. Du musst mir versprechen, dich zu schonen.«

Ich versprach es ihm, außerdem war mir viel zu elend zumute, um irgendwelche anstrengenden Aktivitäten in Betracht zu ziehen. Bevor Harrison nach unten ging, um sich von seiner Mutter zu verabschieden, nahm er mich noch einmal fest in den Arm.

»Was mir gerade einfällt, Lucille, vielleicht sagst du Violet nichts von deiner … ähem … kleinen Unpässlichkeit. Ich meine nur, solange du dir nicht ganz sicher bist.«

Ich nickte. Tatsächlich verspürte ich nicht die geringste Lust, mit Violet etwas zu teilen, was mir selbst noch so unfassbar erschien. Wenn es so wäre, würde sie es noch früh genug erfahren.

Harrison öffnete die Tür und trat auf den Flur. Ich merkte, wie er einen Moment zögerte.

»Ist da jemand?«, fragte ich, sein Rücken versperrte mir die Sicht. Für einen Moment hatte ich geglaubt, leichtfüßige Schritte gehört zu haben.

»Nein, nein, es ist alles in Ordnung.« Harrison drehte sich noch mal zu mir um und lächelte freundlich. Dennoch hatte ich das Gefühl, dass in seinen Augen ein grimmiger Ausdruck lag.

Harrison war genau eine Woche fort, als es am späten Nachmittag heftig zu schneien begann.

»Schnee im Oktober!«, stöhnte Glenda und betrachtete durch die Fensterscheibe die lautlos zur Erde fallenden weißen Flocken. »Es ist zwar nicht ungewöhnlich, aber ich kann mich nicht erinnern, dass es jemals um die Zeit so heftig geschneit hat.«

Im Esszimmer brannte ein Feuer im Kamin, und es war wohlig warm. Obwohl ich zwei dicke Decken um meinen Körper geschlungen hatte, fror ich, und der heiße Tee wärmte mich nur unzureichend. Wegen der möglichen Schwangerschaft verzichtete ich darauf, den Tee mit einem Schuss Whisky anzureichern. Wenn ich wirklich Harrisons Kind unter dem Herzen trug, dann schien ich zu den Frauen zu gehören, für die eine Schwangerschaft beschwerlich wurde. Ich hatte davon gehört, dass manche die ganze Zeit über liegen und sich schonen mussten. Seit meinem ersten Verdacht war kein Tag vergangen, an dem mir nicht schlecht oder schwindlig gewesen war. So konnte ich meine Beschwerden auch vor Glenda und Violet nicht verbergen, stellte sie ihnen gegenüber jedoch als beginnende Erkältung dar.

»Wenn schon hier ein solcher Schneesturm tobt, dann wird es wohl unmöglich sein, die Grampians zu überqueren«, sagte Violet und blätterte lustlos in einem Magazin.

Ich wusste, was sie damit sagen wollte. Harrison würde sein Pferd auf keinen Fall in Edinburgh zurücklassen, um den Zug nach Inverness zu nehmen. Und ein Ritt über die

Berge der Grampians, die bis über tausend Meter in die Höhe ragten, wäre bei diesem Wetter reiner Selbstmord. Bei dem Gedanken, Harrison könnte erst in zwei, drei Wochen heimkehren, wurde mein Herz schwer. Schwerfällig, als sei ich eine alte Frau mit Rheumatismus in allen Gelenken, erhob ich mich.

»Ich bin müde und gehe zu Bett. Glenda, sind Sie so freundlich, Wilma zu bitten, mir ein leichtes Abendessen aufs Zimmer zu bringen?«

Glenda nickte, und ich spürte Violets musternden Blick.

»Du siehst gar nicht gut aus, Lucille. Dein Haar ist strähnig, und deine Wangen sind eingefallen. Eigentlich ist es ganz gut, dass Harrison nicht da ist und dich in diesem Zustand sieht.«

»Danke für das Kompliment«, gab ich zurück. Es war typisch für Violet, einem die eigenen Unzulänglichkeiten in aller Deutlichkeit vor Augen zu führen. Sie selbst strahlte wie ein erwachender Frühlingsmorgen. Der verkniffene Zug um den Mund war verschwunden, ihre schön geschnittenen Augen schienen vor froher Erwartung zu strahlen. Ich überlegte, ob sie wohl einen Mann kennen gelernt und sich verliebt hatte, verwarf den Gedanken aber wieder. Wir hatten im Cromdale House kaum Besuch. Manchmal schauten Mrs. Craig, die Frau des Arztes, oder Mrs. Erradale zur Teezeit vorbei. Wir plauderten dann über Belanglosigkeiten wie das Wetter oder Kleiderschnitte. Sah man von James Grindle ab, war Reverend Donaldson der einzige Junggeselle im passenden Alter in der ganzen Gegend. Die Vorstellung, zwischen dem ernsten jungen Mann und der leichtlebigen Violet könnte sich eine zarte Romanze anbahnen, erheiterte mich so sehr, dass ich für einen Moment meine Beschwerden vergaß.

Vier Tage später erwachte ich mit heftigen Kopfschmerzen. An den Schwindel und die Übelkeit inzwischen gewöhnt, machte ich mir plötzlich große Sorgen. Mir war nicht bekannt, dass Schwangerschaftsbeschwerden mit Kopfschmerzen und Sehstörungen einhergingen. Vielleicht war es doch besser, den Arzt zu Rate zu ziehen. Auch die Übelkeit war anders als sonst. Kaum stand ich auf beiden Beinen, erbrach ich mich in das Nachtgeschirr. Eine eisige Hand schien mein Herz zu umklammern, und gleich darauf durchfuhr ein heftiger Schmerz den unteren Teil meines Rückens. Verzweifelt klammerte ich mich am Bettpfosten fest. Das Nachthemd klebte mir schweißnass auf dem Körper, obwohl es im Zimmer kühl war. Trotzdem fror ich so sehr, dass meine Zähne klappernd aufeinander schlugen. Mit großer Mühe schaffte ich es, mich wieder hinzulegen, und wickelte mich in die Bettdecke. Wo Wilma nur blieb? Es war mir nicht möglich, wieder aufzustehen und das Zimmer zu verlassen. So lag ich da und hoffte, das Mädchen möge bald kommen. Ich wollte sie bitten, sofort Dr. Craig zu holen. Plötzlich spürte ich eine warme, klebrige Flüssigkeit zwischen meinen Beinen, schlug die Decke zurück und sah mit Entsetzen, wie sich auf dem Nachthemd ein großer Blutfleck ausbreitete und das Laken beschmutzte. Sieben Wochen war ich nun über meine Zeit hinaus, nie hatte sich mein monatlicher Rhythmus derartig verschoben, und nie zuvor war er mit solcher Heftigkeit und solchen Schmerzen gekommen. Leise jammerte ich vor mich hin und presste beide Hände zwischen meine Beine, trotzdem floss das hellrote Blut unvermindert weiter, und ich merkte, wie die Zimmereinrichtung langsam vor meinen Augen verschwamm. Wo Wilma nur blieb? Sie hätte mich längst wecken müssen! Plötzlich fuhr mir ein Schmerz durch den Unterleib, dass ich meinte, mit einem Schwert in zwei Teile geschnitten zu werden. Ich wollte schreien, doch aus meinem Mund kamen nur leise, blubbernde Geräusche. Dann fiel ich kraftlos nach hinten und tauchte in eine schwankende Dunkelheit ein. Mein letzter Gedanke galt Harrison.

Langsam kam ich zu mir. Ich wehrte mich zuerst gegen das Licht, das unbarmherzig in meine schmerzenden Augen drang. Jemand schlug mir andauernd auf die Wange.

»Kommen Sie schon, Mädchen! Sie müssen aufwachen!«

»Hm …«, stöhnte ich, beseelt von dem Wunsch, in Ruhe gelassen zu werden. Doch die weibliche Stimme war beharrlich. Jetzt wurde mir etwas an die Lippen gesetzt. Es schmeckte bitter wie Galle, und ich musste husten. Daraufhin schlug ich endgültig die Augen auf und blickte direkt in das sorgenvolle Gesicht von Dr. Craig.

»Gut, dass Sie wieder bei uns sind!«

Neben seine Gestalt schob sich die seiner Frau. Sie hielt mir erneut die Tasse an die Lippen.

»Sie müssen trinken, Lucille«, beschwor sie mich. »Ich weiß, dass es bitter schmeckt, aber es wird Ihnen gut tun.«

Kraftlos schluckte ich ein paar Tropfen. Ich fühlte mich müde und zerschlagen, aber die schrecklichen Schmerzen im Kopf und im Unterleib waren verschwunden.

»Was ist passiert?« Nur mühsam kamen mir die Worte über die trockenen Lippen.

»Sie hatten eine Fehlgeburt.« Nüchtern und sachlich sagte der Doktor die Worte, während er seine Arzttasche schloss. »Noch ist es zu früh, es endgültig zu beurteilen, aber ich denke, Sie können wieder ein Kind bekommen.«

Ich hielt seinem bohrenden Blick stand. Deutlich hörte ich die Missbilligung in seiner Stimme, schließlich war ich nicht verheiratet. Verlegen senkte ich die Lider. Ich hatte nur den Wunsch zu schlafen. Mrs. Craig tätschelte meine Hand.

»Nun machen Sie sich mal keine Sorgen und werden Sie rasch wieder gesund. Auf jeden Fall dürfen Sie so etwas nie wieder tun!«

Mit einem Schlag war ich hellwach.

»Was meinen Sie damit, ich dürfte es nicht wieder tun? Harrison und ich werden doch in Kürze heiraten!«

»Nun, ich bin kein Moralapostel, das überlasse ich den Herren mit den weißen Krägen. Eben weil Sie und Mr. MacGinny verlobt sind, verstehe ich nicht, warum Sie dieses Kind nicht wollten. Was glauben Sie, wie vielen Sechs- oder Siebenmonatskindern ich auf die Welt helfe?«

Mühsam unternahm ich den Versuch, mich aufzurichten. Mrs. Craig war sogleich an meiner Seite und stopfte mir fürsorglich ein Kissen in den Rücken.

»Ich denke, ich verstehe Sie nicht, Dr. Craig.«

Er sah mich mit gerunzelter Stirn vorwurfsvoll an.

»Ich denke, Sie wissen ganz genau, wovon ich spreche! Sie haben mit Ihrer Tat nicht nur das Leben Ihres Kindes zerstört, sondern auch Ihr eigenes aufs Spiel gesetzt. Sie können von mir nicht erwarten, dass ich das billige.«

»Verflixt! Kann mir mal jemand erklären, was Sie damit andeuten wollen? Ja, seit ungefähr zwei Wochen vermutete ich, schwanger zu sein. Harrison … äh … ich meine Mr. MacGinny und ich lieben uns, und da ist es eben passiert …«

»Regen Sie sich nicht auf, meine Liebe!« Beruhigend strich mir Mrs. Craig eine Haarsträhne aus der Stirn. »Keiner macht Ihnen einen Vorwurf, Sie wären dabei nur beinahe selbst gestorben. Wenn die Dosierung nicht hundertprozentig stimmt, dann geht es oftmals schief.«

Ein furchtbarer Verdacht keimte in mir auf. Der Arzt und seine Frau konnten doch unmöglich meinen, dass ich …

»Ich habe nichts eingenommen«, sagte ich energisch. »Harrison und ich haben uns auf das Kind gefreut! Ich hätte nie etwas getan, was das Wohl des Kindes gefährdet.«

Mr. Craig trat an mein Bett, nahm meinen Arm und fühlte den Puls.

»Sie dürfen sich jetzt nicht aufregen und sollten schlafen.«

»Schlafen! Wie soll ich jetzt schlafen können? Ich werde verdächtigt, mein Kind getötet zu haben! Was ist eigentlich genau geschehen?«

In Mrs. Craigs Augen trat ein Schimmer von Zweifel.

»Es gibt verschiedene Kräuter, die, in einem richtigen Mischungsverhältnis eingenommen, den weiblichen Zyklus auslösen, auch wenn längst eine Schwangerschaft besteht. Dabei kann es zu so heftigen Blutungen kommen, dass eine Frau stirbt. Bei Ihnen wäre es beinahe geschehen, denn Sie haben sehr viel Blut verloren.«

Kräuter? Grübelnd zog ich die Unterlippe zwischen die Zähne.

»Sie haben also nichts eingenommen?«, fragte Dr. Craig. »Ich kann eine Abtreibung unter keinen Umständen mit meinem ärztlichen Eid vereinbaren.«

Heftig schüttelte ich den Kopf.

»Ich fühlte mich seit Wochen nicht mehr wohl. Mir war ständig übel und schwindelig, die starken Kopfschmerzen traten allerdings erst heute auf. Kann es sich nicht auch um eine andere Krankheit handeln?«

Der Arzt zuckte mit den Schultern.

»Ich denke nicht. Die Symptome sind eindeutig, ich habe sie schon oft gesehen. Aber meistens sind es junge, einfältige Mädchen, die in irgendeinem Heuschober verführt worden sind. Natürlich steht dann der ehrenwerte Herr nicht zu den Konsequenzen, und die armen Mädchen versuchen, die Früchte des Fehltritts wieder loszuwerden. Bei der alten Baldwin, die bedauerlicherweise wieder aufgetaucht ist, bekommt man alles, was dazu nötig ist.«

Ich versuchte, ruhig zu atmen und mein pochendes Herz zu beruhigen.

»Könnte jemand anderer mir diese Kräuter verabreicht haben?«

Mrs. Craig zuckte erschrocken zusammen.

»Aber meine Liebe, was für ein schrecklicher Verdacht! Wer würde Ihnen so etwas Schreckliches antun?«

Da fallen mir auf Anhieb zwei Personen ein, dachte ich bitter.

»Nun, es ist nicht so abwegig, wie man denken mag«, mischte sich der Arzt ein. »Normalerweise schmeckt der Trank bitter und auch etwas säuerlich. Wenn man ihn aber unter das Essen mischt ...«

Erschöpft ließ ich mich in die Kissen fallen und schloss die Augen. Da ich selbst mit hundertprozentiger Sicherheit wusste, dass ich nichts Ungewöhnliches gegessen oder getrunken hatte, blieb keine andere Möglichkeit, als in Betracht zu ziehen, dass jemand versucht hatte, mich und mein ungeborenes Kind zu töten. Bei dem Kind war es gelungen, bei mir beinahe.

Die Craigs verließen mich, nicht ohne dass Mrs. Craig versprach, am nächsten Tag wiederzukommen. Die akute Gefahr war zwar vorbei, aber mein Körper war geschwächt, und sie riet mir, viel zu schlafen und nur leichte Speisen zu essen.

Schlafen! Wie sollte ich Schlaf finden können, wenn mir jemand nach dem Leben trachtete. Trocken schluchzte ich auf und hätte gerne geweint. Geweint um den Verlust eines Kindes, das sterben musste, bevor es Gelegenheit bekommen hatte, geboren zu werden.

»Harrison! Wo bist du?«, flüsterte ich in die Stille meines Zimmers. Durch die Scheiben erkannte ich, dass es stetig weitergeschneit hatte, so dass die ganze Landschaft wie mit einem Leichentuch bedeckt aussah. Ein Leichentuch, das sich beinahe auch über meinen Körper gebreitet hätte. Harrison konnte unmöglich in den nächsten Tagen nach Cromdale kommen, dabei hätte ich ihn so sehr gebraucht!

So schnell, wie die Beschwerden gekommen waren, so schnell verschwanden sie auch wieder. Natürlich fühlte ich mich durch den hohen Blutverlust geschwächt, und meine Haut war blass und durchscheinend. Mrs. Craig schaute täglich nach mir und wies Glenda an, mir jeden Tag eine kräftige Hühnersuppe, angereichert mit Karotten und Weißkohl, zu kochen. Ich aß die Suppe brav und trank dazu sogar ein Glas Rotwein.

»Der Wein ist gut, wenn man viel Blut verloren hat«, sagte Mrs. Craig. Ich dankte ihr und meinte, dass es bei dem Wetter doch recht beschwerlich sei, täglich nach Cromdale zu kommen.

»Das macht mir nichts aus, meine Liebe. Meine Stute ist ein gesundes junges Tier, das mich sicher durch den Schnee trägt.«

Leider hatte sich das Wetter noch immer nicht geändert, und die Kälte kroch durch das alte Mauerwerk. Die Fenster im Speisezimmer waren jedoch dicht, und im Kamin brannte ein großes Feuer, so dass ich jetzt täglich ein paar Stunden mein Zimmer verließ und nach unten ging. Violet ließ sich nicht davon abhalten, jeden Morgen auszureiten. Ihr machten der Schnee und die Kälte nichts aus. Eines Nachmittags kam sie aus dem Dorf zurück und schwenkte einen Brief in der Hand.

»Harrison hat geschrieben! Der Postmeister hat mir den Brief gerade gegeben. Er ist heute morgen mit dem Zug gekommen.«

Ich warf einen Blick auf den Umschlag, er war an Glenda adressiert. Sie riss ihn sogleich auf und überflog die wenigen Zeilen.

»Wie wir vermutet haben«, sagte sie schließlich nach einigen Minuten, die für mich wie eine Ewigkeit waren. »Auch in Edinburgh liegt so viel Schnee, dass Harrison die Stadt nicht verlassen konnte:

»... da die Eisenbahn keine Pferde befördert und ich Diavolo unter keinen Umständen hier zurücklasse, werde ich eben warten müssen, bis Tauwetter einsetzt ...«, las Glenda laut vor. *»Ich habe es bei meinem Freund warm und gemütlich, ein ausgezeichnetes Essen und Diavolo jeden Tag einen Zuber Heu. Du brauchst dir also keine Sorgen zu machen ...«*

Ich hörte die Worte und schwieg. Als Glenda mir den Brief reichte, las ich die wenigen Zeilen in der Hoffnung auf ein paar persönliche Worte noch einmal, aber Glenda hatte nichts verschwiegen. Traurig legte ich den Brief zur Seite. Mit keinem Wort hatte sich Harrison nach mir erkundigt, mir keinen Gruß ausrichten lassen.

»Es kam nur dieser eine Brief an?«, fragte ich Violet hoffnungsvoll.

»Ja, natürlich.«

Ich senkte den Kopf. Bestimmt hatte Harrison auch mir einen Brief geschrieben, wahrscheinlich würde er mit dem nächsten Zug befördert werden. Ich konnte und wollte nicht glauben, dass er keine Zeilen an mich gerichtet hatte.

Dass ich in diesen Tagen kaum zur Ruhe kam, war nicht verwunderlich. Immerhin hatte ich eine Fehlgeburt erlitten und selbst in Lebensgefahr geschwebt. Die Beschwerden waren durch diverse Kräuter ausgelöst worden, die ich nicht selbst eingenommen hatte, sondern sie waren mir heimlich ins Essen gemischt worden. Ich fragte mich, von wem. Außer mir lebten derzeit nur vier Personen in Cromdale House: Glenda, Violet, Wilma und die Köchin. Das Personal schloss ich aus. Warum hätte es so etwas Schändliches tun sollen? Glenda hatte mich zwar vom ersten Tag an ihre Abneigung spüren lassen, dennoch traute ich ihr eine solche Tat nicht zu. Sie hatte alle Register gezogen, mich aus Schottland zu vertreiben, und sogar eine ausgeklügelte Intrige angezettelt, aber nachdem ich ihr das Gefängnis erspart hatte, war in unserer Beziehung eine Änderung eingetreten. Zwar konnte man unser Verhältnis nicht herzlich nennen, dennoch spürte ich von Tag zu Tag, dass sie sich mir gegenüber weniger mürrisch zeigte. Zudem – was für einen Nutzen hätte Glenda gehabt, mich zu vergiften? Es wäre schließlich auch ihr Enkelkind gewesen – und damit ein Teil ihres Sohnes. Nach meinem Tod hätte Cromdale wahrscheinlich den MacGinnys gehört, da es keine weiteren Erben gab, aber sie wären wohl mehr oder weniger nur geduldet gewesen. Durch die Heirat mit mir würde Harrison jedoch rechtmäßiger Besitzer und Schlossherr, folglich machte es keinen Sinn, wenn Glenda mich aus dem Weg räumte.

Und Violet? Diese Frau war das große Fragezeichen in meinen Überlegungen. Sie war wankelmütig wie das schottische Wetter, mal freundlich, beinahe schon überschwänglich, um mir gleich darauf all meine Unzulänglichkeiten vor Augen zu führen. Das Verhältnis zwischen ihr und Harrison blieb für mich undurchsichtig. Wenn Violet ihn anschaute, hing ihr Blick schwärmerisch, beinahe schon liebevoll an ihm. So sah eine Frau den Mann an, den sie begehrte.

Unruhig warf ich mich im Bett von einer Seite auf die andere. Wenn es doch endlich tauen und Harrison zurückkehren würde! Seit meiner Krankheit hielt ich die Tür verschlossen und lauschte auf jedes Geräusch, das nachts in dem alten Gemäuer zu vernehmen war. Ich fürchtete mich nicht vor Gespenstern, aber ich hatte Angst vor den Menschen, mit denen ich unter einem Dach lebte.

Wir waren alle sehr erleichtert, als der Schneefall in heftigen Regen überging.

»Hoffentlich regnet es in den Bergen auch«, seufzte Glenda. Sie starrte aus dem Fenster in den Hof, in dem sich binnen weniger Stunden die weißen Schneemassen in grauen Matsch verwandelten. Tatsächlich regnete es die ganze Nacht, und am nächsten Tag war von dem frühen Wintereinbruch keine Spur mehr zu sehen.

Gegen Mittag erschien die blasse Scheibe der Sonne und tauchte die Landschaft in ein fahles Licht. Obwohl ich noch geschwächt war, drängte es mich an die frische Luft.

In Wirklichkeit wollte ich der gedrückten Atmosphäre im Haus entfliehen.

Ich verzichtete bewusst auf Bachelor und lenkte meine Schritte zu dem nahen Wäldchen. Es war faszinierend, wie schnell in Schottland das Wetter wechselte. Beinahe meinte ich, in der Luft einen Hauch von Frühling wahrzunehmen, obwohl das natürlich Unsinn war. Nach den Tagen in den geheizten Räumen war mir der Wind, der immer wieder stürmisch auffrischte, mehr als willkommen.

Ich war nur noch wenige Meter vom Waldrand entfernt, als ich unter einer Tanne etwas Grellbuntes entdeckte. Es leuchtete in Rot, Gelb und Orange. Da es um diese Jahreszeit keine Blumen gab, dachte ich, jemand hätte einen Haufen Lumpen dorthin geworfen. Beim Näherkommen sah ich allerdings, dass das Bündel sich bewegte. Dort lag ein Mensch!

So schnell es mein Hinken zuließ, lief ich zu dem Baum und blickte alsbald in das wohl älteste Gesicht, das ich jemals gesehen hatte. Der Anblick erinnerte mich an einen verschrumpelten Apfel, der monatelang im Keller gelagert hatte. Jeder Zentimeter der wettergegerbten Haut war runzlig und von tiefen Falten durchzogen. Dünne, schlohweiße Haare hingen der Alten unordentlich auf die Schultern. Aus dem mumienartigen Gesicht starrten mich zwei schwarze Augen erstaunlich klar an.

»Kann ich Ihnen behilflich sein?«

Im selben Moment sah ich, dass die Frau offenbar gestürzt sein und sich den Knöchel verrenkt haben musste. Sie hatte ihren Rock bis übers Knie nach oben geschoben und hielt ihr dürres, haarloses Bein umklammert.

»Ich bin ausgerutscht.«

Es waren die ersten Worte, die sie sprach. Tief, dunkel und rauchig, gab sie ein paar unverständliche Flüche von sich.

»Ich denke nicht, dass etwas gebrochen ist«, erklärte ich, nachdem ich das Gelenk abgetastet hatte. »Aber ich bringe Sie vorsorglich ins Dorf zu Dr. Craig.«

Die Alte spuckte so unerwartet in hohem Bogen aus, dass ich mich gerade noch zur Seite rollen konnte, damit mein Mantel nicht beschmutzt wurde.

»Arzt? Ich lasse keinen Quacksalber an mich heran! Das ist nur eine Zerrung, kaum der Rede wert. Ein paar Umschläge mit den richtigen Kräutern, und die Sache ist in zwei Tagen vergessen.«

Plötzlich wusste ich, wen ich hier im Wald gefunden hatte.

»Maggie Baldwin!«, stieß ich hervor.

Durch meine eigenen Sorgen hatte ich das Gespräch mit Wilma, die mir von der angeblichen Hexe erzählt hatte, völlig vergessen. Aber das Mädchen hatte Recht, wenn sie meinte, dass Maggie Baldwin uralt sein musste. Sie nickte und erhob sich mühsam, wobei sie sich am Stamm der Tanne abstützte.

»Vielleicht wären Sie so gütig, mich zu meiner Hütte zu begleiten. Es ist nicht weit, gleich dort drüben.« Sie deutete vage in den Wald hinein.

Als ich sie um die Hüfte fasste und sie sich fest auf meinen Arm stützte, fiel mir auf, dass Maggie Baldwin die Statur und Größe eines etwa zwölfjährigen Kindes hatte. Ihr Körper war sehnig und frei von jeglichem Fett. Langsam humpelten wir gemeinsam – sie aufgrund der Verletzung, ich, weil ich es immer tat – in den dunklen Wald hinein. Teilweise standen die Bäume so dicht, dass kein Durchkommen zu erkennen war. Doch zielsicher fand Maggie den Weg. Nach einigen Minuten wurde es heller, und wir traten auf eine Lichtung, auf der ein kleines, halb verfallenes Cottage stand. Es sah wenig vertrauenserweckend aus, einzig der aus dem Kamin aufsteigende Rauch ließ darauf schließen, dass diese armselige Behausung bewohnt war.

Ich musste mich bücken, als wir durch die niedrige Tür in den einzigen Raum traten. Sofort wurde meine Nase mit den Wohlgerüchen von Huflattich, Kamille, Zimt und anderen Düften, die ich nicht zuordnen konnte, empfangen. Eine Schmalseite der Behausung nahm der große Kamin ein, über dem Feuer dampfte ein Wasserkessel, direkt daneben stand ein schmales Bett. Ein Tisch und zwei Stühle vervollständigten die karge Einrichtung.

Maggie Baldwin bedeutete mir, mich zu setzen, und ich ließ mich vorsichtig auf einem wackligen Stuhl nieder. Zu meinem Erstaunen hielt er meinem Gewicht stand. Maggie Baldwin humpelte zu einem Bord, nahm zwei Tassen herunter und warf aus einer Blechschachtel jeweils eine Handvoll Kräuter hinein. Dann füllte sie kochendes Wasser auf. Sofort durchzog ein weiterer, köstlicher Duft den kleinen Raum.

»Soll ich Ihnen den Fuß verbinden?«, bot ich mich an.

Sie schüttelte den Kopf.

»Das mache ich nachher. Jetzt müssen Sie erst etwas trinken, Sie sehen gar nicht gut aus. Gar nicht gut! Viel zu blass.«

Sie seihte das Gebräu in eine weitere Tasse und schob sie mir über den Tisch. Skeptisch schnupperte ich an der dunkelgrünen Flüssigkeit. Die Alte kicherte, wobei ihr aus dem Mundwinkel Speichel tropfte, den sie einfach mit ihrem Ärmel fortwischte.

»Ist ein guter Tee gegen schwaches Blut. Trinken Sie nur!«

Da sie selbst einen Schluck aus ihrer Tasse nahm, überwand ich mich und nippte an dem heißen Getränk. Es schmeckte aromatisch und leicht nach Kampfer.

»Sie haben Schweres hinter sich, aber keine Angst, das wird schon wieder. Sie sind jung und gesund und werden noch viele Kinder haben.«

»Woher wissen Sie?«, fuhr ich auf. Automatisch zog ich meine Hand zurück, als sie ihre krummen, hutzeligen Finger darauf legte. Erneut kicherte sie. Natürlich wusste Maggie Baldwin, wer ich war. Langsam gewöhnte ich mich daran, dass hier in der Gegend kein Ereignis lange ein Geheimnis blieb. Ich erinnerte mich an Wilmas Worte und sagte:

»Man erzählt sich, dass Sie den ganzen Sommer über verschwunden waren. Allgemein wurde angenommen, Sie seien irgendwo draußen im Moor ums Leben gekommen.«

Ihre stechenden Augen starrten mich an.

»Das wäre so manchem mehr als Recht gewesen. Nun, es gab im Frühjahr so einige … sagen wir mal Schwierigkeiten. War besser, dass ich fortging. Außerdem wachsen im Sommer oben in den Bergen Wurzeln und Kräuter, die ich hier nicht finden kann. Habe mich gut für den Winter eingedeckt.«

Ich blickte zur Decke, an der Dutzende getrockneter Kräuterbündel hingen. In einer Ecke sah ich einen dicken, saftigen Schinken baumeln. Da ich nicht annahm, dass eine Frau wie Maggie Baldwin über so viel Geld verfügte, sich ein solches Stück Fleisch kaufen zu können, vermutete ich, dass der Schinken wohl in einem Tauschgeschäft gegen Kräuter in die Hütte gekommen war. Wilma hatte erwähnt, dass die Alte als Hexe verschrien war, da sie auch diverse Liebeszauber und unheilvolle Tränke braute. Plötzlich begriff ich die Zusammenhänge.

»Verkaufen Sie Kräuter, die eine Fehlgeburt auslösen können?«, stieß ich unbedacht hervor.

Jetzt lachte sie mit offenem Mund, und ich erkannte, dass sich kein einziger Zahn mehr in ihrem Mund befand.

»Ja, ja, manche Mädchen brauchen einen solchen Trank. Denken vorher nicht darüber nach, wenn ihr Blut in Wallung gerät.« Sie schüttelte so heftig ihren Kopf, dass ich meinte, er würde jeden Moment von ihrem dürren Hals abfallen.

»Haben Sie in den letzten Wochen jemandem eine solche Mixtur verkauft?«, bohrte ich weiter.

Sie zuckte mit den Schultern.

»Habe viel verkauft, seit ich wieder hier bin. Manche Leute schimpfen zwar lautstark über mich, dennoch kommen sie zu mir. Meistens abends, wenn es dunkel ist. Damit niemand sieht, dass sie die alte Maggie besuchen. Wenn sie gut bezahlen, gebe ich ihnen, was sie wollen. Ist nicht meine Angelegenheit, was sie damit machen.«

Ich lehnte mich zitternd zurück.

»Dann haben Sie also solche Kräuter verkauft! An wen? Bitte, es ist sehr wichtig für mich!«

Ihr Blick fixierte mich weiterhin.

»Nicht an Sie, Lady, nicht an Sie. Trotzdem haben Sie es eingenommen. Ich habe nicht an den Worten der feinen Lady gezweifelt, die die Kräuter für sich erwarb.«

»Es war Violet, die Dame, die seit einiger Zeit in Cromdale House wohnt, nicht wahr?«, sagte ich bitter.

Ohne mir zu antworten, stand Maggie auf und humpelte durch den Raum. Aus einer schäbigen Holztruhe entnahm sie einen kleinen Leinenbeutel und drückte ihn mir in die Hand.

»Nehmen Sie ihn als Dank für Ihre Hilfe.« Unschlüssig starrte ich auf das kaum handtellergroße Säckchen. »Sie müssen es um den Hals tragen«, fuhr Maggie fort. »Es hält böse Geister und unheilvolle Tränke fern.«

Ich glaubte nicht an Geister, an Gift seit meinem letzten Erlebnis allerdings schon.

»Sie meinen, wenn ich es trage, kann mir niemand mehr Gift ins Essen mischen?«

»Gift!« Erneut spuckte sie in hohem Bogen aus. Angewidert wich ich zurück. »Ich kann das Wort nicht leiden. Es gibt kein Gift. Keine Pflanze auf der ganzen Welt ist derart beschaffen, dass sie nicht auch nützlich wäre. Aber es ist wie mit vielem: Wendet man etwas falsch oder in einer zu hohen Dosierung an, tötet es einen Menschen.«

Langsam erhob ich mich, das Gespräch begann mir unheimlich zu werden. Zwar glaubte ich immer noch nicht, dass die Alte eine Hexe sein sollte, aber ganz richtig im Kopf war sie sicher nicht.

»Ich muss jetzt gehen. Hoffentlich geht es Ihrem Fuß bald wieder besser.« Sie nickte und erwiderte:

»Ja, ja, gehen Sie schnell nach Hause. Sie sollten vor Einbruch der Dunkelheit dort sein. Und verlassen sie es heute nicht mehr. Auf gar keinen Fall!«

Ich zögerte und wandte mich an der Tür noch mal verwundert zu ihr um.

»Warum sollte ich am Abend nicht nach draußen gehen?«

»Gehen Sie an Halloween nicht vor die Tür, Mylady«, warnte sie mich erneut.

Richtig, heute war der 31. Oktober. Dass an Halloween die Geister der Verstorbenen auf Erden tanzen, gehörte für mich zu den Erzählungen, an denen kein Körnchen Wahrheit war.

»Ich glaube nicht, dass diese Nacht etwas Besonderes ist«, sagte ich mit Überzeugung. »Das ist doch nur alter Aberglaube!«

Erstaunlich schnell humpelte Maggie Baldwin trotz ihrer Verletzung auf mich zu. Sie reichte mir nur bis zur

Brust, trotzdem bohrte sich ihr Blick so fest in meine Augen, dass ich wie gelähmt dastand. Meine Beine waren auf einmal unfähig geworden, sich fortzubewegen.

»Sie sollten nicht über die alten Geister spotten! Halloween ist die Nacht, in der unsere Ahnen ihre Gräber verlassen. Besonders die, deren Leben vor Ablauf der Zeit ein Ende gesetzt wurde.«

Ein eiskalter Schauer lief mir über den Rücken, obwohl es im Raum warm und stickig war. In London betrachtete kein Mensch die Nacht zum ersten November als etwas Besonderes, aber im schottischen Hochland waren die alten Sagen und Legenden allgegenwärtig. Ich konnte mir gut vorstellen, dass ein Mädchen wie Wilma, das das Tal niemals verlassen hatte, an Hexen und Gespenster glaubte.

»Ich werde auf mich aufpassen, Maggie«, antwortete ich. Ich hätte der Alten alles versprochen, denn ich wollte nur noch weg von diesem Ort! Fort von der verfallenen Kate, fort von der uralten Frau, die mir wie die Verkörperung des Bösen persönlich erschien, obwohl sie freundlich zu mir gewesen war.

Ich drehte mich rasch um und stolperte in die Richtung, aus der wir gekommen waren. Hinter mir hörte ich ihr Kichern, und ich befürchtete, den Rückweg nicht mehr zu finden. Zu meiner Verwunderung setzte die Dämmerung bereits ein. Ich hatte nicht bemerkt, dass ich so lange bei Maggie Baldwin gewesen war. Im Wald war es fast völlig dunkel, jeder Baum, jeder Strauch erschien mir gleich, und ich fühlte Panik in mir aufsteigen. Ich stolperte über eine Wurzel und konnte mich gerade noch an einem Baumstamm festhalten. Für einen Moment verharrte ich, atmete tief durch und versuchte, mein pochendes Herz zu beruhigen. Ich durfte mich nicht verlaufen! So groß war der Wald nun auch wieder nicht. Langsam und ruhiger ging ich weiter. Irgendwie schaffte ich es tatsächlich, den richtigen Weg zu finden, und atmete erleichtert auf, als ich die Bäume hinter mir ließ und auf freies Feld trat. Am Horizont war nur noch ein blasser Streifen zu erkennen, als die grauen Mauern von Cromdale House vor mir auftauchten. Nie zuvor war mir die trutzige Burg so sehr als Bollwerk und Schutz erschienen. Erleichtert trat ich in den Hof. Ich hatte gerade die Tür zur Halle erreicht, als diese auch schon von einer aufgelösten Wilma geöffnet wurde.

»Sie sind es, Mylady! Gott sei Dank! Wir machten uns schon Sorgen, als Sie bei Sonnenuntergang nicht zurück waren. Heute ist doch Halloween!« Sie sagte das mit solcher Überzeugung, dass man wirklich glauben konnte, im nächsten Moment würde mich eine düstere Spukgestalt packen und davontragen.

»Bring mir bitte einen heißen Kakao auf mein Zimmer«, sagte ich, ohne auf ihre Bemerkung einzugehen. Allerdings musste ich zugeben, dass die seltsame Begegnung mit Maggie Baldwin und der Weg durch den Wald nicht gerade zu meiner Beruhigung beigetragen hatten. Erst in meinem Zimmer merkte ich, dass meine rechte Hand immer noch fest den Leinenbeutel umklammert hielt. Ich schnupperte daran und meinte, einen Hauch von Lavendel erkennen zu können, der mich unweigerlich an Violet erinnerte.

»Tragen Sie ihn um den Hals«, hörte ich die Stimme der Alten in meinen Ohren.

Ich lächelte und legte das Säckchen in die oberste Schublade der Kommode zu meiner Unterwäsche. Vielleicht würden die Kräuter Motten abhalten, dachte ich, dann wäre dieser faule Zauber wenigstens zu etwas nütze. Mein Verstand weigerte sich, an eine andere Wirkung zu glauben.

In der Nacht frischte der Wind so stark auf, dass er sich bald zu einem richtigen Sturm erhob. Ich fühlte mich an die Nacht, in der Harrison mein Leben gerettet hatte, erinnert. Nur, dass ich mich nun in einem Zimmer befand, dessen Wände fest und stabil waren. Heute Nacht würde hoffentlich kein Teil des Hauses vom Wind fortgerissen werden, dennoch fiel es mir schwer, Schlaf zu finden. Es knackte und klopfte im Holz, der Regen trommelte gegen die Fensterscheiben, dann hörte ich ein Geräusch, das nicht dem Wetter zuzuschreiben war. Ich setzte mich auf, entzündete eine Kerze und lauschte. Da war es wieder! Es hörte sich an, als ginge jemand mit festen Schritten in dem Zimmer über mir auf und ab. Das war an sich nichts Ungewöhnliches, hätte es sich bei dem besagten Raum nicht um das ehemalige Zimmer der verblichenen Lady Mabel gehandelt – der Lady, die den Freitod einer Heirat mit einem ungeliebten Mann vorgezogen hatte und seitdem als Geist in Cromdale umging. Ein Blick auf die Uhr sagte mir, dass es gerade Mitternacht geschlagen hatte. Wie passend! Seufzend erhob ich mich und schlüpfte in den Morgenmantel. Nun, Harrison schlich in der Nacht im Keller herum und klopfte Wände ab. Warum sollten Glenda oder Violet nicht als Gespenst verkleidet das Haus unsicher machen? Ich verspürte keine Angst, sondern nur eine grenzenlose Verärgerung. Maggie Baldwins Warnung, in der Halloweennacht das Haus nicht zu verlassen, fiel mir wieder ein. Das hatte ich keinesfalls vor, aber ich musste wissen, wer da oben herumschlich und, vor allen Dingen, warum diese Person das mitten in der Nacht tat.

Auf den Gängen und auf der Treppe war alles ruhig. Ich ging zuerst zu Violets Zimmer und drückte leise die Klinke nach unten. Ich hatte erwartet, ein leeres Bett vorzufinden, doch zu meinem Erstaunen lag Violet tief schlafend in den Kissen. Der Schein meiner Kerze schien sie nicht zu wecken, so dass ich einige Minuten dastand und ihre Schönheit betrachtete. Im Schlaf sah sie wie ein Engel aus.

Da Violet also ausschied, musste es Glenda sein. Was hatte sie in Lady Mabels Zimmer, das nie benutzt wurde, zu suchen? Ich tappte die Wendeltreppe nach oben. Deutlich konnte ich wieder die Schritte hören. Ich war noch einige Meter von der Tür entfernt, als plötzlich ein lang gezogener Klagelaut durch die Mauern hallte, der mir das Blut in den Adern gefrieren ließ. Es klang wie der Schrei einer von unsäglicher Pein gequälten jungen Frau, keinesfalls war es Glendas tiefe Stimme. In dem Moment, als mir das bewusst wurde, öffnete sich knarrend die Tür des unbewohnten Zimmers. Eine durchscheinende Gestalt, deren Konturen wie Nebelschwaden waberten, schwebte langsam auf mich zu, doch ich konnte keine Gesichtszüge erkennen. Aber eines bemerkte ich: Die Erscheinung war viel kleiner und zierlicher als Glenda MacGinny. Erneut erklang ein Klageseufzer, und alles in mir schrie nach Flucht. Ich erinnerte mich daran, das Kräutersäckchen in die Kommode gelegt zu haben, und wünschte mir, es jetzt an meinem Körper zu tragen. In diesem Augenblick war ich bereit, an sämtliche Geister der Welt zu glauben. Langsam wich ich zurück, doch die Gestalt näherte sich unaufhaltsam.

»An Halloween kommen die Geister der Verstorbenen zurück, deren Leben vor ihrer Zeit beendet wurde.«

Die Worte dröhnten in meinem Kopf. Abwehrend hob ich die Hände, dabei fiel die Kerze zu Boden und verlosch. Es war auf dem Flur nun stockdunkel, dennoch hörte ich das Klagen und Atmen der geisterhaften Erscheinung. Mit letzter Kraft drehte ich mich um und wollte fortlaufen. Blind stolperte ich über etwas, das auf dem Boden lag, und schürfte mir die Ellbogen an der rauen Wand auf.

»Lucille«, hörte ich den lang gezogenen, klagenden Laut in meinem Rücken. »Es ist sinnlos zu fliehen! Du entkommst mir nicht!«

Verzweifelt presste ich mich an die kalte Wand, unfähig, mich auch nur einen Schritt zu rühren. Ich hoffte, jeden Moment aus diesem furchtbaren Albtraum zu erwachen.

»Was willst du von mir?«

War das meine Stimme, die hysterisch diese Worte krächzte?

»Es gibt kein Glück in diesen Mauern, kein Glück in Cromdale! Geh von hier fort, solange du es noch kannst.«

Jetzt spürte ich einen eisigen Zug in meinem Gesicht, in meinem Kopf dröhnte es. War ich dabei, den Verstand zu verlieren? Dann wurde mein Oberkörper wie von Stahlklammern umschlossen, und ich konnte nicht mehr atmen. Jemand zog mir den Boden unter den Füßen weg, und mir schwanden die Sinne.

VIII

Etwas kitzelte an meiner Nase, und ich erwachte.

»Hatschi!«

Durch das Fenster drang helles Sonnenlicht. Als ich erkannte, was mich geweckt hatte, glaubte ich zuerst, mich in einem wundervollen Traum zu befinden. Eine lockige Haarsträhne lag auf meinem Gesicht, der dazugehörige Kopf bewegte sich jetzt in dem Kissen und drehte sich schließlich zu mir um. Zwei blaue Augen strahlten mich an.

»Guten Morgen, mein Schatz.«

»Harrison!«

Ich flog in seine Arme, presste mein Gesicht an seine Brust und drängte die Tränen, die mir wie Sturzbäche aus den Augen flossen, nicht zurück. Es war kein Traum! Harrison war hier an meiner Seite. Ich lag in seinem Bett, und er hielt mich fest umschlungen. Es war heller Tag, und die Schatten der Nacht waren verschwunden. Zärtlich fuhren seine Finger über mein nacktes Rückgrat.

»O Harrison! Es war furchtbar!«, schluchzte ich in Erinnerung an die Ereignisse der vergangenen Nacht. Er zog mich noch enger an sich.

»Du hast einen Albtraum gehabt. Ich habe dich völlig verstört am oberen Treppenabsatz im Turm gefunden.«

»Es war kein Traum«, begehrte ich auf. »Jemand wollte mich töten! Da war so eine Gestalt …«

»Pst, ruhig, mein Liebes! Es ist vorbei, jetzt bin ich wieder da, um dich zu beschützen.«

»Aber wann bist du zurückgekommen? Es tobte doch so ein schrecklicher Sturm!«

»Sobald es in Edinburgh zu regnen begonnen hatte, brach ich auf. Zum Glück war die Straße über die Berge bereits schneefrei. Ich bin sehr stolz auf Diavolo, denn ich habe ihn unbarmherzig angetrieben. Jetzt steht mein treues

Pferd mit einer doppelten Portion Hafer im warmen Stall. Ich werde ihn aber in den nächsten Tagen schonen müssen, sonst nimmt er es mir noch übel.« In Harrisons Stimme hörte ich unbekümmerte Leichtigkeit. Wie konnte er nach allem, was geschehen war, nur so guter Laune sein?

»Harrison, ich hatte ein schreckliches Erlebnis! Ich glaube, ich habe den Geist von Cromdale, ich meine diese Lady Mabel, gesehen.«

Er drückte mich so weit von sich, dass er mir ins Gesicht sehen konnte.

»Na, na, Mädchen, das kenne ich ja gar nicht von dir! Du hast einfach nur schlecht geträumt, das war alles.«

Ich schüttelte beharrlich den Kopf. Für einen Traum waren die Eindrücke, die Kälte und dieses schreckliche Wehgeschrei viel zu real gewesen.

»Wie hast du mich eigentlich gefunden?«

»Als ich mitten in der Nacht ankam, eilte ich sofort in dein Zimmer und war erstaunt, dich nicht in deinem Bett vorzufinden. Daraufhin ging ich zu meiner Mutter, die aber fest schlief. Ich hatte einige Mühe, sie zu wecken, doch dann meinte sie, du wärst beim Abendessen seltsam still gewesen. Sicherheitshalber schaute ich auch in Violets Zimmer nach, fand aber nur meine Schwester vor. Dann sah ich, dass die Tür zum Turm offen stand, und ich stieg nach oben. Dort fand ich dich zusammengekauert, bewusstlos und vor Kälte zitternd auf dem Treppenabsatz.«

»Lady Mabels Geist hat mich dorthin gerufen«, beharrte ich in dem Glauben, nicht einem Traum erlegen zu sein. »Es war furchtbar! Ich habe nicht vor Kälte, sondern vor Furcht gezittert.«

Spöttisch zog Harrison die Mundwinkel nach oben.

»Der Sturm hatte ein Fenster aufgerissen, das ganze Stockwerk war dadurch eisig kalt. Ansonsten war dort oben gar nichts. Wahrscheinlich bist du schlafgewandelt. Ich werde dich in Zukunft eben nicht mehr alleine in deinem Bett lassen können!«

Glücklich schmiegte ich meinen Kopf in seine Achselhöhle. Er roch leicht nach Pferd und Schweiß.

»Es ist viel geschehen, während du fort warst«, begann ich stockend. »Weißt du schon, dass ich …«

»Meine Mutter hat es mir erzählt«, unterbrach Harrison mich und streichelte meine Haare. »Es tut mir so Leid, Lucille! So schrecklich Leid!«

»Hat sie dir auch gesagt, dass man mir etwas ins Essen gegeben hat, was die Krankheit bewirkt hat? Ich weiß, wem Maggie Baldwin Kräuter verkauft hat, die eine Fehlgeburt auslösen.«

Sein Körper versteifte sich, und er rückte ein Stück von mir ab.

»Das ist völliger Unsinn!« Plötzlich klang seine Stimme kalt und hart. »Wer sollte so etwas tun? Ich verstehe nicht viel von Frauenleiden, aber meine Mutter sagte, es wäre durchaus nichts Außergewöhnliches, ein Kind in den ersten Wochen zu verlieren. Es war dann einfach nicht lebensfähig. Und Dr. Craig hat doch auch bestätigt, dass du wieder Kinder haben kannst, oder?«

Ich nickte und schluckte den Kloß, der sich in meinem Hals gebildet hatte, hinunter. Eine unerklärliche Hemmung hielt mich davon ab, ihm von meinem Verdacht, Violet wäre dafür verantwortlich, zu erzählen. Instinktiv spürte ich, dass Harrison einer solchen Anschuldigung keinen Glauben schenken würde. In den letzten drei Wochen waren zwei Anschläge auf mich verübt worden. Erst hatte jemand versucht, mich zu vergiften, dann war ich letzte Nacht beinahe vor Grauen gestorben. Vielleicht hätte mich die geisterhafte Gestalt sogar tätlich angegriffen, wenn Harrison nicht erschienen wäre? War es unter diesen Umständen zu viel verlangt, dass der Mann, den ich liebte, meinen Worten Glauben schenkte? Dass er mich tröstete und versicherte, er würde den oder die Schuldigen finden und entsprechend bestrafen? Sanft spielte seine Hand mit einer Haarsträhne.

»Vielleicht bist du wegen unserer Hochzeit etwas überreizt. Ich habe mal gehört, das ist bei vielen Frauen so. Schließlich gibst du bald dein Leben in meine Hand.«

Ich knuffte ihn in die Seite, und Harrison stieß einen gespielten Schmerzenslaut aus.

»Ich bin keine Person, die zu Nervosität oder Reizbarkeit neigt.« Ich rollte mich auf den Rücken, verschränkte die Arme unter dem Kopf und starrte den grünen Baldachin an. »Harrison, es geht etwas in diesem Haus vor, was nicht normal ist. Ich weigere mich, an Geister und andere übernatürliche Wesen zu glauben, dennoch war das, was ich letzte Nacht gesehen und gespürt habe, nicht erklärbar. Ich habe weder Albträume noch bin ich hysterisch.«

»Vielleicht hat dir die alte Hexe etwas in den Tee getan, was Halluzinationen hervorruft?«

»Maggie Baldwin!« Mit einem Ruck setzte ich mich auf. »Woher weißt du, dass ich sie gestern getroffen habe?«

Er zuckte gelangweilt mit den Schultern.

»Meine Mutter erwähnte es. Sie sah dich aus dem Wald kommen. Glenda ist ebenso wenig wie ich begeistert, dass Maggie Baldwin wieder aufgetaucht ist.«

»Du hältst sie nicht etwa auch für eine Hexe?« Ungläubig sah ich ihn an. »Zugegeben, die alte Frau hantiert mit seltsamen Kräutern. Die Leute sind schnell dabei, jemanden als Hexe zu bezeichnen, nur weil er etwas wunderlich ist.«

Harrisons Blick war ernst und nachdenklich.

»Es gibt zwischen Himmel und Erde mehr Dinge, als wir mit unserem Verstand begreifen, Lucille. Ich bitte dich jedenfalls, der Alten aus dem Weg zu gehen, und nimm nichts von dem, was sie dir anbietet.«

Unbehaglich dachte ich an das Kräutersäckchen, das in meiner Kommode lag. Jetzt, da die Sonne hell und klar den Tag erleuchtete, erschien es mir unfassbar, dass ich mir in der Nacht tatsächlich gewünscht hatte, den Zauber bei mir zu haben. Ich kuschelte mich wieder an seine Brust.

»Jetzt bist du ja wieder da«, sagte ich in der vollen Überzeugung, dass keine dunklen Mächte mich mehr berühren konnten, wenn Harrison an meiner Seite war. »Versprich mir, niemals wieder so lange fortzubleiben.«

Statt einer Antwort küsste er mich lange und voller Zärtlichkeit. Wahrscheinlich war ich wirklich nur einem bösen Albtraum erlegen, wenn es auch ein besonders realer Traum gewesen war.

Zurück in meinem Zimmer, dachte ich sofort an den angeblichen Zauber von Maggie Baldwin. Ich öffnete die Schublade und wollte das Säckchen herausnehmen, doch es war nicht mehr da. Hektisch durchsuchte ich meine Unterwäsche, wahrscheinlich war es nur weiter nach hinten gerutscht, aber ich konnte es nicht finden. Ich durchsuchte alle Schubladen, vielleicht hatte ich mich geirrt und es in eine andere gelegt. Nachdem ich alle Sachen herausgeräumt hatte, ließ ich mich auf die Bettkante sinken. Das Säckchen war tatsächlich verschwunden. Jemand war in mein Zimmer gekommen und hatte es entwendet! Jemand, der wusste, dass ich es von der Alten bekommen hatte, und jemand, der daran glaubte, dass die Kräuter bösen Zauber abhielten, und nicht wollte, dass ich beschützt wurde. Ich fühlte mich auf einmal von allen Seiten beobachtet, die Wände schienen Augen bekommen zu haben. Dennoch wollte ich Harrison nichts davon sagen, denn instinktiv wusste ich, dass er mir keinen Glauben schenken würde.

Die Freude, dass Harrison wieder zu Hause war, stand Glenda und Violet deutlich ins Gesicht geschrieben. Violet umarmte ihn fest. Der Kuss, den sie ihm auf die Wange drückte, erschien mir sehr sinnlich und verführerisch. Auch merkte ich, wie sie ihren wohlgeformten Körper fest an Harrison presste.

Wir speisten nun wieder zu viert in dem kleinen Zimmer neben der Halle. Das Gespräch drehte sich in erster Linie um Harrisons Aufenthalt in Edinburgh.

»Ach, ich wünschte, ich hätte dich begleiten können!«

Mit einem schmachtenden Blick legte Violet ihre Hand auf seine. Ich trug nur wenig zu dem Gespräch bei, meine Gedanken beschäftigten sich mit anderen Dingen. So konnte es nicht weitergehen! Natürlich hatte ich das Recht, Violet zu bitten, Cromdale zu verlassen, aber ich konnte doch unmöglich auf die Schwester meines Verlobten eifersüchtig sein. Dennoch wuchs meine Abneigung gegen Violet von Tag zu Tag, und ich wusste, irgendetwas musste geschehen. Dann wurde mir plötzlich alles klar, und der Schleier begann sich zu lüften.

Noch aufgewühlt von den Geschehnissen der vergangenen Nacht, zog ich mich früh zurück. In meinem Zimmer merkte ich, dass ich mein Buch – einen Gedichtband von Robert Burns – in der Halle liegen gelassen hatte. Ich wollte noch ein wenig in den sinnlichen Worten und Reimen lesen, die stets eine beruhigende Wirkung auf mich hatten. Die Tür zum Esszimmer stand einen Spalt offen, es brannte noch Licht darin. Ich wollte gerade hineingehen, als ich Violets helle, laute Stimme hörte:

»Wie lange soll das noch so weitergehen, Harrison?«

»Ich werde in Kürze heiraten. Du solltest dir überlegen, wohin du dann gehen wirst. Irgendwann wird Lucille Verdacht schöpfen und hinter deine Maskerade kommen. Es ist am besten, du verlässt Cromdale so bald wie möglich. Warum fährst du nicht zu deinem Bruder?« Ich hörte ein Geräusch, das sich wie ein zärtlicher Kuss anhörte.

Zitternd lehnte ich mich an die Wand und wagte nicht, durch den Türspalt zu spähen, um ja nicht entdeckt zu werden. Instinktiv wusste ich, dass ich gleich etwas erfahren würde, das ich besser nicht hören sollte. Mein Herz riet mir davonzulaufen, doch mein Verstand schärfte meine Sinne, so dass mir kein Wort entging.

»Ach, Harrison! Kann ich denn gar nichts tun, um deine Meinung zu ändern? Von mir aus kannst du dich weiterhin mit dem kleinen Hinkefuß abgeben, aber warum musst du sie unbedingt zu deiner Frau machen? Wir beide, du und ich – wir wären ein unschlagbares Paar, dem die ganze Welt offen steht. Du hast mich doch einst geliebt, liebst mich noch immer. Erinnerst du dich an die schöne Zeit, die wir hatten? Ich werde sie niemals vergessen. Wenn du doch nur …«

Ich weiß nicht mehr, wie ich es schaffte, in mein Zimmer zu kommen. Ich hörte zwar, dass Harrison noch etwas sagte, konnte aber die Worte nicht verstehen.

Kleiner Hinkefuß …

Ich war wie vor den Kopf geschlagen, das Blut rauschte in meinen Ohren. Es war, als zöge mir jemand den Boden unter den Füßen weg und ich müsste dabei hilflos zusehen. Von einer Minute auf die andere waren alle meine Pläne und Träume wie eine Seifenblase geplatzt. Dutzende von Kleinigkeiten fielen mir ein. Jede für sich war nicht der Rede wert, zusammengenommen jedoch ergaben sie ein Bild, das ich schon längst hätte erkennen können, wäre ich nicht so blind vor Liebe gewesen. Es war der Blick, mit dem Harrison Violet ansah, mit genau dem gleichen Ausdruck wie an jenem denkwürdigen Abend in dem Hotel in Inverness, als wir uns zum ersten Mal begegneten: herausfordernd, spöttisch, aber auch eine Spur leidenschaftlich. Violet war eine schöne, sehr schöne Frau! Wenn sie ausritt, glich sie mehr einer griechischen Göttin als einer Frau aus Fleisch und Blut. Dazu kam die Reserviertheit Glendas gegenüber ihrer angeblichen Tochter. Keine Mutter, nicht einmal eine kühle Frau von Glendas Charakter, würde ihrem eigenen Fleisch und Blut dermaßen ablehnend gegenüberstehen.

Es gab noch keinen Beweis, keine hundertprozentige Sicherheit, aber Dutzende von kleinen Details, vor denen ich bisher die Augen verschlossen hatte, schienen mir nun immer mehr zu sagen, dass Violet Harrison gegenüber mehr als schwesterliche Gefühle hegte. Sicher, meine Erfahrungen mit Männern hielten sich in Grenzen, beschränkten sich auf das unangenehme Erlebnis in Vauxhall und auf die sanfte Werbung von James Grindle. Dennoch war ich eine Frau! Mit den Gefühlen und sinnlichen Empfindungen einer jeden Frau. Diese Saite in mir hatte erst Harrison zum Klingen gebracht, und ich wusste genau, wie sich eine Frau verhielt, wenn der geliebte Mann in der Nähe war. Ich verhielt mich nicht anders.

Es passte alles zusammen wie ein Puzzleteil in das andere. Die flüchtigen, scheinbar zufälligen Berührungen, ihre intensiven Blicke und schließlich das geheimnisvolle Treffen in der alten Mühle. Noch konnte ich das fertige Bild nicht erkennen, nicht einmal der Rahmen war mir klar. Die einzig logische Erklärung war, dass Harrison mich heiraten wollte, um rechtmäßiger Herr von Cromdale zu werden. Dazu spielte er mir Gefühle vor, die er in Wahrheit Violet gegenüber empfand. Warum sollte er ausgerechnet mich lieben? Neben der zauberhaften, eleganten und weltgewandten Violet war ich doch nur ein unscheinbares, graues Mäuschen. Violet war in jeder Beziehung perfekt – und sie hinkte nicht! Deutlich klang mir die Bemerkung von Kittys zweifelhaften Freunden im Ohr: »Der Krüppel kann froh sein, wenn ein Mann sie überhaupt in sein Bett lässt. Sie kriegt doch eh keinen zum Heiraten ab!«

Ich hatte es die letzten Wochen verdrängt, gedacht, dass wahre Liebe über eine Behinderung hinwegsah, aber ich hätte es besser wissen, hätte Harrison besser kennen sollen! Ein Mann, der vor Kraft nur so strotzte, der äußerlich die Verkörperung der puren Sinnlichkeit war, konnte für eine Frau, wie ich es war, unmöglich tiefere Gefühle entwickeln. Harrison brauchte eine Frau an seiner Seite, die seine Attraktivität ergänzte. Eine Frau wie Violet, die Zoll für Zoll eine wahre Dame war. Nur eines minderte Violets Vollkommenheit: Sie war mehr oder weniger mittellos. Ihre angeblich reiche Heirat hatte ihr nichts eingebracht, und sie war eine Frau, die sich gerne mit Luxus umgab. Ebenso wie Harrison. Warum sollte er Violet heiraten, wenn ihm eine vermögende, um Liebe bettelnde Erbin wie eine reife Frucht in die Arme fiel?

Scham und auch eine gehörige Portion Zorn ergriffen mich, wenn ich daran dachte, wie bereitwillig ich das Bett und die Leidenschaft mit ihm geteilt hatte. Offen und ohne Scheu hatte ich Harrison meine Gefühle dargelegt, aus meinem Herzen keine Mördergrube gemacht. Harrison wusste, wie sehr ich ihn liebte, und ich hatte bis eben geglaubt, er würde die gleichen Gefühle für mich empfinden. Ohne das zufällig belauschte Gespräch wäre ich in wenigen Wochen völlig naiv mit Harrison vor den Traualter getreten. Danach wäre er als mein Ehemann der Herr von Cromdale, und Violet würde als seine Geliebte im Haus bleiben. Welch eine perfekte Lösung, zumindest für Harrison! Vielleicht wären sie auch so diskret gewesen, sich irgendwo ganz in der Nähe ein Liebesnest einzurichten, damit der kleine Hinkefuß keinen Verdacht schöpfte. Von mir erhielt er den Besitz, von Violet den Körper einer schönen Frau. Ich war überzeugt, dass sie bereits jetzt schon das Bett teilten. Vor meinem geistigen Auge sah ich die beiden deutlich, wie sie sich in den Laken wälzten. Violet hatte ihn behext.

Warum gebrauchte ich das Wort behext? Nein, das stimmte nicht. Es war keine Frage der Hexerei. Sie war eine schöne, sinnliche Frau und er ein lüsterner Mann. So wie jeder Mann lüstern war. Kein Wunder, dass er sie begehrte! Mir war, als sei ich plötzlich hellsichtig, als wäre ein verstaubter Spiegel blank gerieben worden, so dass ich nunmehr klar sah.

In der Nacht stand ich auf und ging zu Violets Zimmer. Ich wollte eine Aussprache, wollte Gewissheit, so schmerzlich sie auch war. Vorsichtig öffnete ich die Tür. Die Bettvorhänge waren zurückgezogen, und ein breiter Streifen des blassen Mondlichts beleuchtete das Lager.

Es war leer.

Ich verzichtete darauf, in dieser Nacht Harrison aufzusuchen, ich wollte nicht sehen, was hinter der verschlossenen Tür geschah. Aber am folgenden Nachmittag zog es mich magisch in Harrisons Zimmer. Lange stand ich vor dem Bett, in dem wir bereits einige Nächte voller Zärtlichkeit verbracht hatte. Vergnügte er sich hier auch mit Violet? Hinterher unterhielten sie sich vermutlich … vielleicht sogar über mich! Lachten gemeinsam über meine Naivität zu glauben, dass ein Harrison MacGinny einen hinkenden Krüppel lieben könnte. Nun brach die Sperre tief in mir, und ein Schluchzen, das an das Verenden eines Tieres erinnerte, entrang sich meiner Kehle. Es war sinnlos, weiter die Augen vor den Tatsachen zu verschließen und mir einzureden, dass ich nur unter einer besonders stark ausgeprägten Eifersucht litt.

Mein erster Gedanke war Flucht. Ich wollte von hier fort, irgendwohin, wo mich niemand kannte. Wo ich mich ganz meinem Leid hingeben könnte. Ich stolperte in mein Zimmer und zerrte die Reisetasche aus dem Schrank. Wahllos stopfte ich Kleidungsstücke hinein, bis ich schließlich zitternd innehielt. Ich betrachtete im Spiegel mein vom Weinen geschwollenes Gesicht.

»Nein, Lucille MacHardy«, sagte ich laut zu meinem Spiegelbild. »Flucht ist keine Lösung! Damit hätten sie erreicht, was sie wollten. Cromdale ist das einzige Heim, das du jemals besessen hast. Du wirst es den Geiern nicht kampflos in den Rachen werfen!«

Ich rieb mir die Tränen so fest aus dem Gesicht, dass sich meine Haut noch mehr rötete. Doch der physische Schmerz holte mich in die Realität zurück. Ich würde nicht aufgeben! Ich hatte Anfeindungen, Intrigen und zwei Anschläge auf mein Leben überwunden. Cromdale House war das Einzige auf der Welt, das mir – mir ganz allein! – gehörte, und ich wollte alles dafür tun, dass es so blieb.

Die nächsten Tage schützte ich Unwohlsein vor und blieb in meinem Zimmer. Harrison besuchte mich ab und an. Wenn er mich besorgt ansah, meine Stirn streichelte und mir versicherte, dass ich ihm fehlen würde, konnte ich seine schauspielerischen Fähigkeiten insgeheim nur bewundern, doch ich hütete mich, ihn merken zu lassen, dass ich sein intrigantes Spiel durchschaut hatte. Obwohl ich mir ziemlich sicher war, wollte ich erst noch den letzten, endgültigen Beweis finden. Manchmal dachte ich, wie glücklich ich gewesen war, als ich noch nichts von Harrisons Beziehung zu Violet ahnte. Wie wäre mein weiteres Leben verlaufen, wenn ich es nicht entdeckt hätte? War es manchmal nicht besser, einfach die Augen zu verschließen, das Negative im Leben zu ignorieren und sich über das Positive zu freuen? Bestimmt gab es Menschen, denen das gelang, aber waren sie wirklich glücklicher als andere? Ich wusste es nicht. Ich wusste nur, dass ich es nicht konnte.

Es war wohl meiner inneren Zerrissenheit zuzuschreiben, dass ich bei einem Spaziergang meine Schritte zum Wald lenkte. Ich hatte gar nicht darauf geachtet, wohin ich gegangen war, als ich plötzlich Maggie Baldwin gegenüberstand, die mit bloßen Händen im Erdreich nach Wurzeln grub. Einige lagen bereits in ihrem um die Hüften gebundenen Beutel. Sie nickte mir zu und verzog ihren zahnlosen Mund zu einem Lächeln.

»Sie sehen schon viel besser aus, Mylady. Viel, viel besser!«

Mein erster Impuls war, auf dem Absatz kehrtzumachen. Sicher, körperlich war ich wieder völlig hergestellt, mein Inneres jedoch war alles andere als im Gleichgewicht. So aber bestärkte mich ihre Reaktion in meiner Überzeugung, dass Maggie Baldwin zwar eine wunderliche Frau, keinesfalls aber eine Hexe war. Wenn sie tatsächlich über magische Kräfte verfügen würde, hätte sie mir direkt in mein Herz sehen und meinen Kummer erkennen müssen. Warum ich ihrer Einladung, sie in die Kate zu begleiten, folgte, weiß ich nicht. Vielleicht war es das Gefühl absoluter Einsamkeit, das mich mit einem Menschen sprechen ließ, dem ich eigentlich lieber aus dem Weg gegangen wäre. In den letzten Tagen hatte ich oft an James Grindle und seine Mutter gedacht. Der Kontakt zum Grindle-Hof war beinahe vollständig abgerissen, beschränkte sich lediglich auf zufällige Begegnungen im Dorf. Lebhaft konnte ich mir Mrs. Grindles Zufriedenheit vorstellen, wenn sie erfuhr, dass es auf Cromdale keine Heirat geben würde. Den Gang zu Reverend Donaldson, um die Trauung abzusagen, schob ich wie eine unangenehme Last vor mir her. Obwohl mir mein Verstand sagte, dass es unabänderlich sei, wünschte mein Herz etwas anderes. Im Dunkel der Nacht, wenn hinter den Bettvorhängen die Welt um mich herum ausgeschlossen war, fragte ich mich, ob ich nicht alles so lassen sollte, wie es war. Ich liebte Harrison mit einer solchen Kraft, dass die Vorstellung, ihn zu verlieren, mir schlimmer schien, als ihn mit jemandem zu teilen. Zum Glück siegte nach einer ruhelosen Nacht mein Stolz, und ich wusste, dass eine Trennung unvermeidlich war.

In Maggie Baldwins Kate hatte sich nichts verändert. Über der Feuerstelle brodelte in einem Kessel ein Brei, der scharf und unangenehm roch. Sie bat mich, Platz zu nehmen, und servierte wieder einen ihrer selbst gebrauten Tees.

»Sie tragen die Kräuter nicht«, sagte sie vorwurfsvoll.

Unbehaglich rutschte ich auf dem Stuhl hin und her.

»Äh … ich muss sie wohl verloren haben …«

Missbilligend wackelte sie mit dem Kopf und gackerte wie ein Huhn.

»Das ist nicht gut, gar nicht gut«, unkte sie. »Wird noch viel Kummer auf Sie zukommen, viel Kummer.«

Ruckartig erhob ich mich.

»Ich glaube nicht an solchen Hokuspokus, Maggie«, sagte ich überzeugter, als ich es war. Unwillkürlich musste ich an die Nacht denken, in der ich meinte, Lady Mabels Geist gesehen zu haben. Mit erstaunlicher Kraft drückte Maggie mich wieder auf den Platz zurück.

»Haben Sie ihn schon gefunden?«, wechselte sie plötzlich das Thema.

»Wie bitte?«

Obwohl ihre Knopfaugen auf mich gerichtet waren, schien es mir, als würde sie mich gar nicht wahrnehmen und einen Punkt weit hinter mir fixieren.

»Sie können ihn finden, wenn Sie es wirklich wollen, denn er ist da irgendwo.« Wieder dieses Kichern, das mir einen unbehaglichen Schauer über den Rücken jagte.

»Von wem oder was sprechen Sie? Was soll ich finden?«

Sie ging auf meine Bemerkung nicht ein.

»Vielleicht gibt es ihn doch nicht, denn keiner hat ihn bisher gefunden. Ich sage mir aber, wenn er da ist, wird man ihn finden. Oder etwa nicht?« Ihre klauenartigen Finger legten sich wie Stahlklammern um mein Handgelenk. Erneut war ich über die Kraft, die in der alten Frau steckte, überrascht.

»Ja, ja, bestimmt!«, beeilte ich mich zu versichern und hatte keine Ahnung, von was oder wem sie sprach. Wahrscheinlich war ihr Geist verwirrt, was in ihrem Alter nicht weiter verwunderlich war. In lichten Augenblicken sprach sie wie ein junges Mädchen, doch jetzt weilte ihr Geist irgendwo in der Vergangenheit.

»Mein Vater hat mir davon erzählt, davor sein Vater ihm und wieder davor dessen Vater«, fuhr sie fort, »aber keiner hat das Geheimnis von Cromdale House bisher finden können.«

Erleichtert holte ich Luft. Natürlich meinte sie die Legende, die sich um die tote Lady Mabel rankte.

»Nein, ich habe es auch nicht gelöst«, sagte ich und verdrängte bewusst den Augenblick, als ich dem angeblichen Geist gegenübergestanden hatte. Ihre klammen Finger tätschelten nun erstaunlich sanft meinen Arm.

»Sie werden es finden, Mylady. Ich sehe es, Sie sind dazu bestimmt, und dann wird alles gut werden!«

»Warum sagen Sie mir nicht deutlich, was Sie meinen, Maggie?«

»Sehen Sie ihr auf die Finger, Mylady«, sprang sie unvermittelt zu einem anderen Thema über. »Sie nähren eine Schlange an Ihrem Busen. Sie sind taub und blind, so ist es immer. Der, den es am meisten angeht, erfährt es zuletzt. Klar sehen nur die Außenstehenden.«

»Und was sehen Sie, Maggie?« Ich lehnte mich vor und versuchte, in ihren Augen eine Antwort zu finden. Ihr Blick trübte sich, ich hatte das Gefühl, sie hätte meine Anwesenheit völlig vergessen. Sie ging zu dem Kessel und rührte so kräftig in der zähen Masse, dass der Geruch mir beißend in die Nase stieg.

»Zermahlene Krötenbeine und Libellenflügel«, erklärte sie, obwohl ich nicht gefragt hatte, was sie da braute. Unwillkürlich schüttelte ich mich.

»Wofür soll das gut sein?«

»Nach genau drei Stunden müssen dreizehn getrocknete Nacktschnecken hinzugefügt werden«, fuhr sie fort. »Es ist gegen Lungenleiden jeglicher Art. Morgens und abends ein Löffel davon befreit von jedem Husten.«

Ich schüttelte mich angewidert, beschloss zu gehen, bevor sie auf den Gedanken kam, mir von dem Gebräu anzubieten, und wünschte Maggie noch einen schönen Tag. Als trüge ich eine schwere Last auf meinen Schultern, ging ich durch den Wald. Obwohl die Alte keine Namen genannt hatte, wusste ich genau, was sie mir zu verstehen geben wollte. Es deckte sich mit meinen eigenen Überlegungen. Dieses Mal war es taghell, und ich hatte mir den Weg gut eingeprägt, so dass ich binnen kurzer Zeit Cromdale House erreichte, just in dem Moment, als Harrison und Violet Seite an Seite lachend ausritten. Sie hatten mich nicht bemerkt. Ich starrte ihnen nach, bis sie hinter einer Wegbiegung verschwunden waren.

Harrison wollte zwei, drei Tage nach Inverness fahren. Auf meine Frage, was für Geschäfte er zu erledigen habe, zog er mich lachend an sich und hauchte mir einen Kuss auf die Nase.

»Das ist mein Geheimnis, meine Liebe! Wir heiraten schließlich bald, und ich habe noch einiges vorzubereiten.«

Ich schluckte und wurde in seinen Armen stocksteif. Jetzt war der Moment gekommen, ihm zu sagen, dass ich nicht seine Frau werden würde, nicht werden konnte! Aber seine Nähe raubte mir die Sinne, in seinen Armen schien ich völlig willenlos zu werden. Ich würde es ihm sagen, wenn er aus der Stadt zurückkam.

Ich war nicht sonderlich überrascht, als ich erfuhr, dass Violet Harrison begleiten würde.

»Ich brauche ein paar neue Bänder und Spitzen. Auch wenn Inverness schrecklich provinziell ist, gibt es dort doch mehr Auswahl als in Grantown.« Spielerisch schlug sie Harrison leicht auf den Arm und schenkte ihm ein betörendes Lächeln. »Ich verzeihe dir nie, dass du mich nicht nach Edinburgh mitgenommen hast! Meine Kleidung lässt doch sehr zu wünschen übrig. Ich brauche unbedingt ein paar neue Sachen.«

Da keine weiteren Schneefälle zu erwarten waren, wählten sie die geschlossene Kutsche. Glendas Miene blieb wie immer undurchsichtig. Es war unmöglich festzustellen, was sie von der Reise hielt.

Ich weiß es noch wie heute: Es war ein relativ milder, nebliger Tag, jeder Busch schien von silbrigen Spinnweben überzogen, in denen winzige Wassertropfen wie Juwelen funkelten. Auf den Wegen lag ein Teppich aus goldgelben, braunen und roten Blättern. Der Herbst bäumte sich ein letztes Mal gegen die eisige Faust des Winters auf, der bereits seine ersten Vorboten gesandt hatte. Ging ich spazieren, mied ich das Wäldchen. Ich wollte Maggie Baldwin nicht mehr begegnen, ob sie nun eine Hexe war oder nicht. So kam ich zum Fluss, und bald stand ich vor der alten Mühle. In den letzten Wochen hatte Harrison nichts mehr darüber gesagt, dass er die Ruine von den Grindles erwerben wollte. Wahrscheinlich empfand er in Violets Gegenwart andere Wünsche. Wünsche, die nichts mit der wirtschaftlichen Situation von Cromdale zu tun hatten. Erst als ich die alte Mühle betreten hatte, fragte ich mich, was ich hier wollte. Suchte ich nach einem Hinweis, dass Harrison und Violet sich erneut getroffen hatten? Hier, weit ab von Cromdale und dem Dorf, waren sie vor Entdeckung sicher. Beinahe wie in Trance ging ich durch die Räume, konnte das Bild von Harrison und Violet, die sich leidenschaftlich umarmten, nicht aus meinen Gedanken verbannen. Mein Selbstmitleid machte mich nicht nur traurig, sondern auch ärgerlich, so ärgerlich, dass ich plötzlich einen großen Stein aufnahm und ihn mit aller Wucht gegen die Wand schleuderte.

»Ich hasse dich, Harrison MacGinny!«

Natürlich hatte ich keine Antwort erwartet, aber dass die Wand plötzlich in sich zusammenfiel, als sei sie aus Pappe, erstaunte mich maßlos. Ich musste husten und presste eine Hand auf den Mund. In der Luft wirbelten Staub und Mörtel, die mir den Atem nahmen und mir in den Augen brannten. Als sich der Schmutz gesenkt hatte, starrte ich fassungslos in ein Loch, das in der Wand klaffte. Aber dahinter sah ich nicht das helle Tageslicht, sondern eine dunkle Höhle. Meine Nerven waren zum Zerreißen gespannt, und ich fürchtete, dass mich aus dem Loch eine schreckliche Kreatur anspringen würde. Es raschelte, ich stieß einen spitzen Schrei aus, es huschte jedoch nur eine Maus an meinen Füßen vorbei. Nach dem ersten Schreck beachtete ich sie nicht weiter und spähte in den Hohlraum, kein Zweifel, hinter der Wand befand sich eine Nische, die kaum für einen Menschen Platz bot. Ich erinnerte mich, im Vorraum Kerzen gesehen zu haben. Zu meiner Erleichterung fand ich auch Zunder, und kurz darauf leuchtete ich in die Öffnung hinein. Jetzt konnte ich sehen, dass es sich keinesfalls nur um ein Versteck handelte, sondern dass eine schmale Treppe steil nach unten führte. Mithilfe eines dicken Astes, den ich hinter der Mühle fand, brach ich das Mauerwerk so weit auf, dass ich mich hindurchzwängen konnte. Für einen Augenblick beschlich mich Beklemmung, als ich in dem finsteren Loch stand. Die Kerzenflamme warf unruhige Schatten an die Wände, und die Luft roch muffig und abgestanden. Langsam, Stufe für Stufe, tastete ich mich in die Tiefe. Die Treppe mündete in einen niedrigen Gang, und ich musste gebückt weitergehen, um mir nicht den Kopf zu stoßen. Der Gang verlief schnurgerade, und nach einigen Minuten wurde mir bewusst, dass ich mich in Richtung Cromdale House bewegte. Ab und zu hörte ich ein Pfeifen und vermutete, dass ich mich in Gesellschaft von Ratten befand. Trotzdem empfand ich weder Ekel noch Angst. Es war offensichtlich, dass ich einen Geheimgang, der die alte Mühle und die Burg verband, gefunden hatte. Wahrscheinlich war der Gang in Zeiten von Belagerungen als Fluchtmöglichkeit gebaut worden. Mein Blut pochte, doch ich dachte nicht daran umzukehren. Jetzt machte der Gang einen scharfen Knick nach links und führte etwas in die Höhe. Obwohl mein Orientierungssinn nicht besonders ausgeprägt war, vermutete ich, dass ich mich nun unter dem Keller der Burg befand. Plötzlich wurde mir der Weg von einer Tür versperrt. Ich hielt die Kerze hoch und leuchtete das metallbeschlagene Holz ab. Ich sah jede Menge Spinnweben, aber keine Klinke. Natürlich, so sagte ich mir, wenn es ein Fluchtweg aus der Burg heraus ist, war niemand daran interessiert, den Eingang von außen zugänglich zu machen. Mein erster Impuls war es, den Weg, den ich gekommen war, zurückzugehen und Harrison von der Entdeckung zu berichten. Dann fiel mir ein, dass er ja mit Violet in Inverness war, dass er sich vielleicht mit ihr in dem Hotel, in dem wir uns das erste Mal begegnet waren, vergnügte. Seufzend strich ich mir das schmutzige Haar aus der Stirn und stieß dabei mit dem Ellbogen an die Wand. Das unangenehme Kribbeln und der Schmerz waren sofort vergessen, als sich die Tür knarrend einen Spalt öffnete. Offensichtlich hatte ich durch Zufall den geheimen Mechanismus gefunden. Ich zwängte mich durch den Spalt und befand mich nun in einer hohen, runden Kammer. Auf den ersten Blick war kein zweiter Zugang zu erkennen, aber ich war sicher, dass es auch hier eine verborgene Tür geben musste. Wenn man die Kammer nicht vom Schloss her betreten konnte, hätte der ganze Gang keinen Sinn gehabt. Während ich die Wände ableuchtete, stolperte ich über einen Gegenstand, den ich beim Eintreten nicht bemerkt hatte. Erstaunt bückte ich mich und hob einen ledernen, nietenbesetzten Handschuh auf. Er musste seit vielen Jahren hier liegen, denn das Leder war brüchig, die Stoffeinsätze zerbröselten unter meinen Fingern. Die Größe ließ vermuten, dass sein Besitzer über mächtige Hände verfügt hatte. Wem gehörte der Handschuh, und wie lange lag er schon hier? War der Träger der Letzte gewesen, der diese Kammer betreten hatte? Erst als ich mich niederkniete und mit der Kerze den aus festgestampftem Lehm bestehenden Boden ableuchtete, sah ich, dass in der Mitte der Kammer die Beschaffenheit eine andere war. Beinahe sah es so aus, als sei hier gegraben worden. Ich kratzte mit den Fingern in der Erde herum, doch sie war so fest, dass ich nichts erreichen konnte.

»Du brauchst einen Spaten«, sagte ich laut. Die Worte hallten dumpf von den Wänden zurück. Unwillkürlich schauerte ich. Was würde ich hier unter der Erde finden? Vielleicht handelte es sich um ein Grab? »Deine Fantasie geht wieder mit dir durch«, rief ich bewusst laut und deutlich. Ich stand auf, klopfte mir die Erde vom Rock und verließ die Kammer. In den Türspalt klemmte ich den Handschuh, damit sie nicht zufallen konnte. Nein, ich würde niemanden von meiner Entdeckung in Kenntnis setzen, nicht, solange ich nicht wusste, wer oder was in der Kammer vergraben war.

Ich hörte Glenda in der Küche hantieren, als ich mich am Hintereingang vorbei in den Schuppen, wo die Gartengeräte standen, schlich. Der Spaten war mittelgroß, so dass ich ihn unter meinem Mantel verbergen konnte. Ungesehen gelangte ich zur Mühle zurück. Außer dem Spaten hatte ich noch eine Petroleumlampe mitgenommen, die mir ausreichend Licht spendete, als ich den schmalen Gang zu der geheimen Kammer entlangkroch. Ich begann zu graben, und binnen weniger Minuten lief mir der Schweiß in Strömen über den Körper. Seufzend hielt ich kurz inne und besah meine schmerzenden Handflächen, in denen sich die ersten roten Druckstellen abzeichneten, doch ich biss die Zähne zusammen und grub weiter. Ich weiß nicht, was genau ich erwartet hatte. Meine Fantasie ließ durchaus zu, dass ich verblichene Knochen entdeckte, darum war ich erleichtert, als die Schaufel auf einen metallischen Gegenstand stieß. Hektisch buddelte ich mit beiden Händen weiter, bis ich eine mittelgroße Kiste freigelegt hatte. Mir stockte der Atem, und ich ließ mich auf mein Hinterteil plumpsen. Längst war es mir egal, dass Staub und Schmutz mir am Körper klebten. Minutenlang starrte ich die Kiste an. Tausend Gedanken schossen mir durch den Kopf, aber sie führten alle zum gleichen Ergebnis: ein Schatz! Eine solche Truhe musste einfach einen Schatz beherbergen! Da die Kiste vollständig aus Metall war, konnte ich unmöglich sagen, wie lange sie hier vergraben gewesen war. Nur an den drei massiven Schlössern zeigten sich kleine Rostspuren.

»Wie willst du das Ding jetzt aufbekommen?«, sagte ich in die Stille hinein. Die Truhe war zu groß, um sie alleine ins Schloss zu schleppen. Mein Erstaunen war groß, als sich die Schlösser ohne weiteres öffnen ließen, das hatte ich nicht erwartet. Mit pochendem Herzen hob ich den Deckel. Das Licht der Lampe spiegelte sich in Hunderten, vielleicht sogar Tausenden von Münzen aller Größen. Langsam glitten meine Finger durch das Geld, dessen Prägung ich nie zuvor gesehen hatte. Ich verstand nichts von Gold und Silber, von Schätzen noch viel weniger, aber ich sah, dass es sich hauptsächlich um Bronze- und Kupfermünzen handelte. Meine Finger stießen an eine Hülle. Überrascht zog ich einen ledernen Umschlag und aus ihm ein zusammengefaltetes Stück Pergament hervor. Das Papier war brüchig, die Tinte an einigen Stellen verwischt. Der Schreiber – oder die Schreiberin? – verfügte über eine klare, steile Handschrift. Atemlos las ich:

In großer Eile schreibe ich dies hier nieder, denn ich muss fliehen. Noch vor dem Abend werden sie hier sein, um mich zu holen und am nächsten Baum aufzuknüpfen. Es ist alles verloren, und ich wurde verraten! Verraten von den Menschen, die ich für meine Freunde hielt. Die spanische Armada, die uns Befreiung und ein neues Leben bringen sollte, ist geschlagen. Hunderte von großen, stolzen Schiffen entweder zerstört oder hilflos treibend sich selbst überlassen. Manche sind bereits an Schottlands Küsten gestrandet. Man sagt, dass es für die spanischen Seeleute besser gewesen wäre, im Meer zu ertrinken, denn jeder, der gefunden wird, erleidet ein grausames Schicksal. Der protestantische Bastard, der sich Königin Elisabeth nennt, sitzt immer noch auf dem Thron und triumphiert nun noch viel mehr. Kaltblütig hat sie unsere gute Königin Maria ermorden lassen. Spaniens Versuch, unser Land von der rothaarigen Hexe zu befreien, ist kläglich gescheitert.

Monatelang habe ich alles Geld, das ich auftreiben konnte, gesammelt. Wollte es den Spaniern geben, wenn sie an Land kommen, und ihnen zeigen, dass sie in Schottland treue Anhänger haben. Ich kann den Schatz nicht mitnehmen, aber ich werde ihn gut verstecken und irgendwann zurückkehren. Das Geld muss dazu verwandt werden, aus Schottland wieder ein gottesfürchtiges, katholisches Land zu machen.

Warum ich diese Zeilen schreibe? Ich weiß es nicht. Vielleicht, weil ich niemandem meine Gedanken anvertrauen kann. Aber ich weiß – eines Tages wird der richtige Glaube siegen.

Connell MacHardy, Laird of Cromdale

Ich zwinkerte und las den Text ein zweites, dann ein drittes Mal. Es war kein Datum vermerkt, aber ich wusste auch so, wann der Schreiber die Zeilen verfasst hatte. Es musste im Herbst 1588 gewesen sein, kurz nachdem die mächtige spanische Flotte von England vernichtend geschlagen worden war. Damals war die Armada von Spanien aus in See gestochen mit dem Ziel, Königin Elisabeth zu ermorden und sich England einzuverleiben. Jeder wusste, dass der Versuch misslungen war. Mein Vorfahr Connell MacHardy hatte offenbar mit den Spaniern sympathisiert und wollte sie finanziell unterstützen. Ob ihm seine Flucht gelungen und was aus ihm geworden war, wusste ich nicht. Auf jeden Fall war er nicht nach Cromdale und zu dem Schatz zurückgekehrt. Damals hatten sich die Spanier von der Niederlage zwar so weit erholt, dass sie 1595 einen erneuten Angriff auf England wagten, aber außer ein paar niedergebrannten Fischerdörfern in Cornwall, im Süden des Landes, war die Mission nicht von Erfolg gekrönt gewesen. Connell MacHardy hatte nie die Gelegenheit bekommen, die Münzen den Spaniern zu übergeben. Ehrfurchtsvoll strich ich über den Rand der Truhe. Seit über vierhundert Jahren lag sie nun schon hier vergraben. Niemand hatte von der Existenz des Schatzes gewusst …

Mit einem Ruck fuhr ich in die Höhe. Deutlich erinnerte ich mich an das letzte Gespräch mit Maggie Baldwin. Ich hatte gedacht, die Alte hätte im Zustand geistiger Verwirrung sinnloses Zeug über das Geheimnis von Cromdale gebrabbelt. Sie sprach von etwas, was nicht gefunden werden konnte, weil es nicht da war. Ich war mir ganz sicher, dass Maggie von dem Schatz wusste, zumindest von einer Legende, die darüber berichtete.

Unentschlossen starrte ich auf die Truhe. Da ich sie nicht fortschaffen konnte, war es das Beste, sie vorerst hier zu lassen. Man hatte den Schatz bisher nicht entdeckt, dann konnte er ruhig noch ein paar Tage an Ort und Stelle bleiben. Den Brief steckte ich in meine Manteltasche. An der Außenseite der Kammer untersuchte ich das Mauerwerk nach dem geheimen Mechanismus, den ich aus Zufall berührt hatte. Tatsächlich fand ich einen Stein, der lose im Mauerwerk hing. Wenn ich darauf drückte, bewegte sich die Tür. Beruhigt, die Kammer jederzeit wieder betreten zu können, verschloss ich sie und ging in die Mühle zurück. Das dortige Loch in der Wand bereitete mir mehr Schwierigkeiten. Ich wollte nicht riskieren, dass jemand aus Zufall den Geheimgang entdeckte. Zwar war die Mühle verlassen, aber es war Tatsache, dass sowohl Harrison als auch Violet wiederholt hier gewesen waren. Während ich mühsam verrottete Bretter, die verteilt im Haus herumlagen, vor das Loch schleppte, spürte ich einen bitteren Geschmack auf der Zunge. Ich hatte den letzten, endgültigen Beweis gefunden! Den Beweis, dass Harrison mich nie geliebt hatte. Wie hatte ich nur so naiv sein können und ihm glauben können, dass er mitten in der Nacht um die Substanz der Kellerwände besorgt war? Nein, Harrison hatte die ganze Zeit gewusst, dass irgendwo in der Burg ein Schatz versteckt lag. Es war ihm nicht gelungen, ihn zu finden, und er wollte nicht das Risiko eingehen, dass ich ihn entdeckte. Als mein Ehemann war er automatisch ebenfalls der Besitzer …

Nachdem das Loch in der Wand auf den ersten Blick nicht mehr zu erkennen war, begab ich mich zielstrebig zu

Maggie Baldwins Hütte. Die Alte saß am Feuer und rührte wieder in einem zähen Brei, der in dem Kupferkessel blubberte.

»Was wissen Sie über den Schatz von Cromdale?«, kam ich ohne Umschweife zur Sache.

Ihr Kopf ruckte in die Höhe, die Knopfaugen bohrten sich in meine.

»Sie haben ihn gefunden.« Es war keine Frage, sondern eine Feststellung. Mit verschränkten Armen lehnte ich mich an die Wand.

»Ich will jetzt die ganze Wahrheit wissen«, forderte ich sie auf. »Und denken Sie nicht, Sie könnten sich hinter Ihrem Alter verstecken, denn hier oben ...«, ich tippte mir an die Stirn, »sind Sie keineswegs so alt, wie Sie es vorzutäuschen versuchen.«

In ihren Augen glomm ein Funken Bewunderung. Von einem Bord holte sie eine Flasche und zwei Gläser.

»Selbst gemachter Holunderbeerwein. Machen Sie mir die Freude, und stoßen Sie mit mir auf Ihren Erfolg an!« Selten hatte Maggie Baldwins Stimme so klar und frei von jeglicher Senilität geklungen. Ich erinnerte mich zwar an Harrisons Warnung, von der angeblichen Hexe nichts anzunehmen, aber da mich Harrison die ganze Zeit über belogen hatte, sah ich nicht ein, warum ich seinem Hinweis Folge leisten sollte, zumal der Wein würzig und vollmundig schmeckte.

Maggie ließ einen Schluck lange im Mund kreisen und schluckte genüsslich, dann begann sie zu erzählen:

»Wir leben in einer Zeit, in der alte Werte und Überlieferungen immer weniger zählen. Selbst hier im Hochland rücken die Menschen durch so unnötige Erfindungen wie die Eisenbahn näher zusammen, in den Städten rauchen die Fabrikschornsteine. Fremde fallen wie Hornissenschwärme in unsere Highlands ein, angeblich, um hier Ruhe und Entspannung zu finden. Pah! Sie sollten sich vielmehr auf ihre eigene Heimat besinnen. Es würde mich nicht wundern, wenn die Menschen irgendwann anfangen, mit Maschinen durch die Lüfte zu fliegen. Damals, als ich geboren wurde, zählte die Dorfgemeinschaft noch etwas. Es ist nun beinahe hundert Jahre her. Man fuhr nicht in die Städte, sondern saß abends vor dem Feuer, sang die alten Lieder und erzählte sich Geschichten: wahre und solche, die wahr sein könnten. Diese Geschichten wurden von Generation zu Generation weitergegeben, vom Großvater zu den Enkelkindern.

So erfuhr ich auch vom Geheimnis von Cromdale. Natürlich gab es die Legende der Frau, die sich selbst tötete, aber ich merkte genau am Blinzeln seiner Augen, ob mein Großvater an den Wahrheitsgehalt einer Geschichte glaubte oder nicht. Und er glaubte an den Schatz. So wie sein Großvater und dessen Großvater zuvor. Einst waren alle Mitglieder unserer Familie in der Burg beschäftigt. Das war in Zeiten, als es noch Ritterturniere und prachtvolle Bankette gab. Die Lairds von Cromdale waren nicht immer ehrliche und rechtschaffene Männer, manchmal waren sie grausam, manchmal auch verschlagen und hinterhältig. Die Legende erzählt von einem gewissen Connell MacHardy, der ein überzeugter Katholik war, und das in einer Zeit, als man sein Leben riskierte, wenn man sich zu Rom bekannte. Die Leute sagten, er habe mit den Spaniern sympathisiert. Der Verdacht wurde zur Gewissheit, als er nach der Zerschlagung der Armada spurlos verschwand und niemals wieder auftauchte. Das Gerücht, er habe eine größere Summe Geld, die für die Feinde bestimmt gewesen war, irgendwo versteckt, verstummte nie.«

Sie brach ab und schloss die Augen. Meine Hand umklammerte fest das Glas.

»Ich hatte bisher keine Ahnung davon«, sagte ich. »Ist die Legende hier in der Gegend allgemein bekannt?«

Ohne die Augen zu öffnen, schüttelte sie den Kopf.

»Ich sagte bereits, dass sich heutzutage niemand mehr für die Vergangenheit interessiert. Ich habe seit fünfzig Jahren keinen über die Legende sprechen hören.«

Hat Harrison darüber Bescheid gewusst?, brannte es mir auf der Zunge, doch ich sprach es nicht aus. Natürlich hatte er es, die Indizien waren eindeutig.

»Maggie, wissen Sie, warum auf Cromdale nie eine Chronik angefertigt worden ist? Es ist doch sehr unüblich, die Familiengeschichte nicht aufzuzeichnen.«

Ihr Kopf ruckte, und die Knopfaugen öffneten sich.

»Sicher gibt es eine Chronik. Der alte Fitzroy hat sie gewissenhaft ergänzt. Nun ist es Ihre Aufgabe, sie fortzuführen.«

»Aber ich habe keine gefunden! In der Bibliothek ist sie nicht, und auch nicht in einem anderen Raum.«

»Sie ist in der Bibliothek: bei den alten Griechen, Plato, Aristoteles und wie sie alle heißen. Dahinter ist ein Versteck. Sie werden es schon finden.«

Alles, was Maggie Baldwin sagte, klang so sicher, dass ich keinen Zweifel hegte. Mit den Bänden der griechischen Philosophen hatte ich mich bisher nicht beschäftigt, da sie mich nicht sonderlich interessierten.

»Woher wissen Sie das alles, Maggie? Warum versteckt man eine Chronik?« Sie zuckte mit den Schultern.

»Das Fach wurde wohl im achtzehnten Jahrhundert angefertigt, als die Engländer plündernd und mordend durch Schottland zogen. Woher ich das alles weiß? Es gab mal eine Zeit, da wurde auf den Rat einer heilkundigen Frau gehört. Man schätzte und bewunderte sie. Ich habe über dreißig Jahre in der Burg gelebt. Dann gab es ein paar ungeklärte Todesfälle, für die man mich verantwortlich machte. Man zerrte mich zwar nicht vors Gericht, denn es gab keine Beweise, aber plötzlich wurde aus der Heilerin eine Hexe, die in den Wald verbannt wurde. Nun, ich muss sagen, dass es durchaus auch seine Vorteile hat, fernab von Intriganten und bösen Menschen zu wohnen. Zumindest im Sommer ist es hier sehr angenehm.«

Diese Erkenntnis verwunderte mich nicht. Voller Mitleid sah ich auf die kleine Gestalt hinab. Das Leben hatte es nicht immer gut mit ihr gemeint, dennoch war sie stets sie selbst geblieben. Egal, was oder wer sie war, eines war sie ganz sicher nicht: eine Hexe.

»Maggie, wenn Sie möchten … Ich meine, Sie können gerne nach Cromdale kommen. Es wird Ihnen jederzeit ein warmes Zimmer zur Verfügung stehen.« Sie entblößte ihren zahnlosen Kiefer und schüttelte den Kopf.

»Ich habe hier alles, was ich in meinem Leben noch brauche, Mylady.«

»Aber es wird Winter, bald wird es wieder schneien und bitterkalt werden! Überlegen Sie es sich, Maggie, ich würde mich freuen, wenn Sie mein Heim als das ihre ansähen.« Ihre Augen blinzelten, beinahe meinte ich, eine Träne im Augenwinkel erkennen zu können.

»Sie sind eine gute Frau, aber es sind nicht alle so wie Sie, Mylady. In Ihrer Umgebung wollen auch nicht alle das Beste. Sehen Sie sich vor! Ich habe damals aus Unwissenheit, für wen sie bestimmt waren, diese Kräuter verkauft ... und ich habe ihr von der Legende erzählt. Sie war so nett und freundlich zu mir, und sie gab mir Geld. Ach, ich wünschte, ich hätte es nicht getan, aber sie sagte, sie sei selbst unschuldig in Schwierigkeiten geraten.«

Ich legte meine Hand auf ihre Schultern.

»Ich weiß, wer die Kräuter erworben hat, Maggie, und ich bin Ihnen nicht böse. Überlegen Sie es sich, den Winter in Cromdale House zu verbringen, Sie sind jederzeit herzlich willkommen.«

Sie schloss erneut die Augen, und ihr Kopf sank auf die Brust. Von einer Sekunde auf die nächste war sie eingeschlafen. Leise verließ ich die Kate und ging nach Hause. Ich schmunzelte, als ich mir Wilmas Gesicht vorstellte, wenn Maggie Baldwin tatsächlich in Cromdale House wohnen würde!

Nachdem ich die Chronik an der von Maggie beschriebenen Stelle gefunden hatte, breitete sich die lückenlose Geschichte meiner Familie vor mir aus. Tatsächlich hatte mein Großvater bis kurz vor seinem Tod gewissenhafte Aufzeichnungen gemacht. Ich erfuhr von seinem Zwiespalt, als sein Sohn die fremde Engländerin heiratete. Auch über seine Reue, als er den letzten Brief entdeckte, hatte er nicht geschwiegen. Nach wie vor konnte ich es nicht verstehen, aber ich begann, ihm seine Handlungsweise zu verzeihen. Auch fand ich, wie es mit Cromdale nach dem Verschwinden von Connell MacHardy weitergegangen war. Er hatte zwei Söhne hinterlassen, die überzeugend erklärten, nichts von den Machenschaften des Vaters gewusst zu haben. Sie schworen einen Eid auf Königin Elisabeth und wagten es nicht, nach dem Schatz zu suchen.

Er hätte ja den Beweis für das hochverräterische Treiben von Connell erbracht. Danach war er anscheinend vergessen worden, denn andere Belange und Sorgen suchten das Hochland heim. Aber die Legende war bei den Bauern nicht in Vergessenheit geraten, sie erzählten sich über Generationen hinweg davon am Torffeuer. Dann gab es da noch die Geschichte von den drei Brüdern. Der Clan der MacHardys hatte im achtzehnten Jahrhundert Prinz Charles Edward in seinen Bemühungen, den Thron für seinen Vater zu gewinnen, unterstützt. Jeder wusste, dass die Aufstände mit der entscheidenden Schlacht im Culloden Moor gescheitert waren. Einer der Brüder ließ sein Leben auf dem Schlachtfeld, zweien gelang die Flucht nach Cromdale. Doch der Älteste hielt dem Druck und der Gewalt, die nun von England aus ganz Schottland überschwemmte, nicht stand und bestieg ein Schiff nach Amerika. Er flehte und bettelte seinen Bruder an, ihn zu begleiten, doch dieser – sein Name war Sylvester – wollte Cromdale House den Engländern nicht kampflos überlassen und blieb. Sylvester hörte nie wieder etwas von seinem Bruder. Es gelang ihm jedoch trotz massiver Repressalien und Schikanen, der Familie den Besitz zu erhalten.

Ich las die ganze Nacht. Als der Morgen dämmerte, spürte ich zum ersten Mal körperlich, dass durch meine Adern das Blut der MacHardys floss. Stolz betrachtete ich mich im Spiegel. Alle meine Vorfahren waren mutige, starke und stolze Kämpfer gewesen, die nie einen Konflikt scheuten. Manchmal standen sie zwar auf der falschen Seite, schafften es aber immer wieder, dass Cromdale House in den Händen der Familie blieb. Auch die wenigen Frauen, die in der Chronik erwähnt waren, zeichneten sich durch Mut und Abenteuerlust aus. Eines hatten alle MacHardys gemein: Sie waren niemals feige gewesen!

Harrison und Violet kehrten am späten Nachmittag aus Inverness zurück. Violets Wangen waren vor Aufregung gerötet, während sie Wilma unfreundlich befahl, die zahlreichen Schachteln aus der Kutsche unverzüglich in ihr

Zimmer zu bringen. Das Mädchen folgte unwillig. Seit die seltsame Nou-Nou abgereist war, musste Wilma beinahe ausschließlich Violets Wünschen und Befehlen gehorchen. Harrison breitete die Arme aus und wollte mich an seine Brust ziehen, doch ich trat einen Schritt zurück und hielt ihm nur kühl meine Wange für einen Kuss hin.

»Ich möchte dich, deine Mutter und Violet um sechs Uhr sprechen. Bitte seid pünktlich in der Halle!« Ich erwiderte fest Harrisons erstaunten Blick und verspürte einen kleinen Triumph. Dein Spiel ist aus, Harrison MacGinny, dachte ich.

»Ich hoffte, von dir mit etwas mehr Begeisterung begrüßt zu werden«, murrte er und machte einen zweiten Versuch, mich in seine Arme zu ziehen. »Möchtest du denn gar nicht wissen, welche Überraschung ich dir aus Inverness mitgebracht habe? Stattdessen hältst du eine Neuigkeit für mich bereit. Was ist es denn?«

Steif entwand ich mich seinen Griff.

»Du wirst dich bis heute Abend gedulden müssen«, antwortete ich vage und ließ einen wirklich verblüfften Harrison, den sonst so schnell nichts aus der Ruhe bringen konnte, zurück.

Für meinen Auftritt hatte ich absichtlich die Halle gewählt, denn es war der älteste Teil von Cromdale House. Hier hatten alle Generationen der MacHardys gespeist, sich unterhalten und über menschliche Schicksale entschieden. Ich war mir sicher, in der Halle die moralische Unterstützung meiner Vorfahren zu erhalten.

Als die drei mich mit erwartungsvollen Augen ansahen, kam ich ohne Umschweife zur Sache.

»Glenda, Violet … Harrison …«, sagte ich und schaute jeden Einzelnen fest an. Glenda senkte den Kopf, Violets Augen funkelten spöttisch, und in Harrisons Blick las ich etwas, das ich vor einigen Tagen noch als Besorgnis interpretiert hätte. »Ich bin kein Freund langer Reden, daher sage ich es ganz direkt, dass ich euch bitte, Cromdale House bis morgen Mittag zu verlassen.«

»Bist du verrückt?«

»Das kann nicht wahr sein!«

»Spinnst du?«

Wie nicht anders zu erwarten, reagierten sie mit Entsetzen. Doch ich hatte den ganzen Tag Zeit gehabt, jede mögliche Situation durchzuspielen, so dass ihre aufgesetzte Überraschung wirkungslos an mir abprallte. Ich hob die Hand und bat um Ruhe.

»Ihr werdet euch fragen, was mich zu dieser Entscheidung veranlasst hat, aber als Herrin von Cromdale bestimme ich ganz allein, wer in diesem Haus lebt und wer nicht.« Ich wandte mich zu Violet und blickte Harrison nicht direkt an. »Violet, Harrison, mein Wunsch, dass ihr geht, richtet sich in erster Linie an euch beide.« Dann schaute ich Glenda an. »Sie, Glenda, sind eine hervorragende Haushälterin, auf die ich ungern verzichte. Obwohl wir in der Vergangenheit einige Differenzen hatten, können Sie bleiben, wenn Sie wollen. Allerdings glaube ich, dass Sie lieber Ihrem Sohn folgen möchten.«

Ich hatte mich dazu entschlossen, nichts von der Vermutung, Harrison und Violet seien ein Liebespaar, zu sagen. Auch mit meiner Überzeugung, Violet habe mein ungeborenes Kind getötet, wollte ich sie ebenso wenig konfrontieren wie den Fund des Schatzes erwähnen. Nein, ich wollte mir einen letzten Rest von Stolz erhalten und nicht als eifersüchtige, von Rache zerfressene Furie erscheinen. Würde und Stolz waren das Einzige, was mir noch geblieben war. Zudem wusste ich, dass ich einer Diskussion mit diesen drei Menschen nicht würde standhalten können. Es war alles gesagt, was nötig war, darum erhob ich mich, um so schnell wie möglich die Halle zu verlassen. Meine kühle Überlegenheit begann zu bröckeln.

»Ich wünsche euch morgen Abend auf meinem Grund und Boden nicht mehr zu sehen! Selbstverständlich werde ich Ihnen, Glenda, und dir, Harrison, den restlichen Lohn für diesen Monat ausbezahlen. Auch erhaltet ihr gute Referenzen, die es euch erleichtern werden, wieder entsprechende Anstellungen zu erhalten.«

Ich war bereits an der Tür, als sich Harrisons Finger fest um meinen Oberarm krallten.

»Lucille! Was ist denn geschehen? Irgendetwas ist doch passiert, als ich fort war! Hast du vergessen, dass wir in vier Wochen heiraten werden?«

Mit einem letzten Rest von Festigkeit und Arroganz in meiner Stimme gelang es mir zu sagen:

»Du kannst nicht wirklich geglaubt haben, dass die Herrin von Cromdale die Frau eines mittellosen Verwalters wird?«

Wie ich in mein Zimmer kam, weiß ich nicht mehr. Ich warf mich aufs Bett und weinte, wie ich nie zuvor in meinem Leben geweint hatte. Meine hochmütige Haltung war wie ein Kartenhaus eingestürzt. Als sich mein Schluchzen etwas beruhigte, hörte ich ein leises Klopfen, und der Knauf drehte sich. Geistesgegenwärtig hatte ich die Tür abgeschlossen.

»Lucille, Liebes, bitte mach auf! Wir müssen miteinander sprechen!«

Geh weg!, schrie alles in mir, aber ich kannte Harrisons Hartnäckigkeit. Deswegen stand ich auf, fuhr mir glättend, wenn auch ohne großen Erfolg, über die Haare und rief:

»Es gibt nichts mehr, was wir uns noch zu sagen hätten.«

»Du kannst mich nicht einfach so fortschicken! Nicht ohne eine Erklärung!«

Mit ein wenig Befriedigung bemerkte ich, dass seine Stimme verletzt klang. O ja, lieber Harrison, aus ist es mit dem schönen Besitz und obendrein mit dem Schatz!

Einen Spalt öffnete ich die Tür, und Harrison drängte sich sofort herein. Beide Hände hatte er zu Fäusten geballt, und an seinem Hals klopfte die Ader in unregelmäßigen Abständen. Breitbeinig baute er sich vor mir auf.

»Nun? Ich höre!«

Er musste bemerkt haben, dass ich geweint hatte. Trotzdem bemühte ich mich um die hochmütigste Miene, die ich am Nachmittag vor dem Spiegel geübt hatte.

»Ich sagte bereits, dass ich keine Erklärung darüber abgeben möchte, mit wem ich unter einem Dach lebe.«

»Vielleicht magst du mit dieser Einstellung gegenüber deinem Verwalter Recht haben, nicht aber gegenüber dem Mann, den du liebst.«

Ich lächelte spöttisch.

»Ach, Harrison! Wenn ich gewusst hätte, dass du dieser kleinen Affäre so viel Bedeutung beimisst, dann hätte ich es nie so weit kommen lassen. Wir sind doch beide Menschen, die mit offenen Augen durch die Welt gehen, du musst doch von Anfang an gewusst haben, dass du und ich … dass unsere Beziehung keine Zukunft haben wird. Ein Verwalter und eine Schlossherrin? Wie lächerlich!«

»Lucille!« Mit einem Aufschrei war er bei mir und packte mich so fest bei den Schultern, dass ich jeden seiner Finger auf meiner Haut spürte. »Wir sind jetzt unter uns, du kannst mit dem grausamen Spiel aufhören! Also, was habe ich dir getan? Warum diese Schmierenkomödie?«

»Komödie? Ausgerechnet du wagst es, von einer Komödie zu sprechen? Du hast mich vom ersten Tag an schamlos belogen.« Ich merkte, wie mich die Selbstbeherrschung verließ. Mein Körper zitterte vor Enttäuschung, aber auch vor maßlosem Zorn. Harrison kniff fest die Augen zusammen, die wie gefrorenes Wasser funkelten.

»Wärmst du jetzt die alten Geschichten wieder auf? Dass ich dir am Anfang mit Skepsis begegnet bin? Ja, ich gebe zu, zuerst wollte ich nicht, dass du unsere kleine Idylle hier störst, obwohl ich mich sofort zu dir hingezogen fühlte. Aber ich habe dich niemals belogen!«

Ich lachte, und es klang hysterisch. Ich wand mich aus seinem Griff und wich ans Fenster zurück.

»Dann, mein lieber Harrison, machen wir doch Folgendes: Ich stelle dir ein paar Fragen, und du antwortest ehrlich darauf. Nur einmal bitte ich dich um absolute Ehrlichkeit!«

»Nun gut, wenn du dieses Spiel willst – ich bin bereit mitzuspielen!«

Ich holte tief Luft und fragte:

»Ist Violet deine Schwester? Ich erinnere dich daran, dass du die Wahrheit sagen willst.«

Harrison druckste verlegen herum.

»Also … ähem … nein. Aber …«

»Schweig! Das ist genug! Nächste Frage: Hast du von dem Schatz gewusst, der angeblich irgendwo in der Burg versteckt sein soll?«

Ich brauchte seine Antwort nicht abzuwarten, denn ich las sie in seinen Augen.

»Du hast ihn gefunden? Lucille!« Er machte einen Schritt auf mich zu, und ich dachte, er würde mich in seine Arme reißen. Doch mein versteinertes Gesicht ließ ihn zögern. »Es gibt ihn also wirklich? Wo war er versteckt?«

Heiser und spöttisch lachte ich auf.

»Das werde ich gerade dir erzählen, selbst wenn es so sein sollte. Meine Vermutung war also richtig: Du hast es die ganze Zeit gewusst!«

»Ja, ich habe von der Legende gehört, aber ich erfuhr erst kürzlich davon und habe nicht ernsthaft daran geglaubt. Nach über vierhundert Jahren hätte bestimmt jemand den Schatz gefunden, wenn er tatsächlich existierte.«

»Darum suchst du auch seit Wochen mitten in der Nacht im Keller danach?«, konterte ich. »Nun die letzte Frage: Ging es dir bei deinen Nachforschungen wirklich nur um den Erhalt des Hauses, oder was hast du im Keller gesucht?«

»Lucille, es ist nicht so, wie du denkst! Ja, es gibt da etwas, was ich dir sagen muss. Ich schlich mich in der Nacht nach unten, um …«

»Halt den Mund, Harrison MacGinny«, sagte ich so scharf, dass er augenblicklich verstummte. »Ich danke dir, dass du einmal in deinem Leben ehrlich zu mir warst.« Ich drehte mich um und schaute aus dem Fenster. Seltsam, dass sich draußen nichts verändert hatte, obwohl gerade meine Welt zusammengebrochen war.

»Langsam wird mir einiges klar«, sagte Harrison leise. »Du glaubst, dass ich dich nur heiraten wollte, um in den Besitz von Cromdale und dem Schatz zu kommen, nicht wahr?«

Ich fuhr herum, meine Hände fest ans Fensterbrett geklammert.

»Ist es nicht so? Wieso sollte ein Mann wie du einen Krüppel lieben? Besonders, wenn er eine Frau wie Violet an seiner Seite hat? James Grindle hätte niemals …«

»Dann heirate doch diesen Schwächling von James Grindle!«, unterbrach er mich wütend. »Er ist eine Memme, mit der du sicher glücklich werden wirst. Statt um dich zu kämpfen, wie ich es täte, streicht er einfach die Segel und verlässt das Land. Pah! Wenn du nicht erkennst, was ein richtiger Mann ist, dann kann ich dir auch nicht helfen!« Nie zuvor hatte ich Harrison so zornig gesehen.

»Ich habe nicht vor, James oder sonst jemanden zu heiraten«, entgegnete ich schwach. Harrison hatte in mir den schwachen Punkt berührt, denn ich selbst zweifelte an James' Gefühlen, da er keine Anstrengungen unternommen hatte, um mich doch noch für sich zu gewinnen. Obwohl ich wusste, James niemals lieben zu können, verletzte es meinen Stolz, dass er einfach aufgegeben hatte.

Harrison trat erneut auf mich zu, streckte die Hand aus, ließ sie aber resigniert fallen, als er meinen eisigen Blick auffing.

»Lucille, du bist voller Komplexe und Selbstmitleid, denkst immer nur daran, dass jeder deine Persönlichkeit mit deiner unwesentlichen Behinderung gleichsetzt. Eigentlich dachte ich, dass du mich nicht für so oberflächlich hältst. Gefühle, tiefe Gefühle für einen anderen Menschen, beschränken sich nicht auf Äußerlichkeiten!« Trotz des unterdrückten Zorns in seiner Stimme klangen seine Worte warm und einschmeichelnd. Wie einfach wäre es, Harrison zu glauben und mich einfach in seine Arme fallen zu lassen. *Glücklich sind die Unwissenden.* Wie Recht hatte das Zitat! Aber es entsprach nicht meinem Wesen. Ich musste der Sache ein Ende bereiten.

»Geh jetzt! Ich möchte dich niemals wiedersehen.«

Ich hielt ihm den Rücken zugekehrt, denn ich wusste, würde ich in sein Gesicht blicken, wäre es um meine Selbstbeherrschung geschehen.

»Du hast mich um die Wahrheit gebeten. Erlaubst du, dass ich jetzt auch dich um völlige Offenheit bitte?« Ich nickte schwach. Möge er doch endlich gehen und mich alleine lassen. »Lucille MacHardy, glaubst du wirklich, ich wollte dich nur aus Berechnung zu meiner Frau nehmen?«

Ich zögerte keinen Moment mit der Antwort und drehte mich zornig zu ihm um.

»Ja, Harrison MacGinny! Es gibt für mich keinen Zweifel.«

Er wich zurück. Kurz glaubte ich in seinen Augen Traurigkeit zu erkennen, aber als er mich nun ansah, waren sie kalt und ausdruckslos.

»Du bist also nicht bereit, dir meine Version der Geschichte anzuhören?« Ich antwortete wieder nicht, drehte ihm nur demonstrativ den Rücken zu. »Dann hat es mit uns wirklich keinen Sinn. Ich möchte eine Frau an meiner Seite, die mir vertraut. Denn Vertrauen ist der wichtigste Bestandteil einer Beziehung. Leidenschaft kann vergehen, doch das Vertrauen darf niemals erschüttert werden. Schade, ich dachte, ich hätte in dir diese Person gefunden.« Er drehte sich um und öffnete die Tür. Bevor sie hinter ihm ins Schloss fiel, sagte er: »Ich habe mich wohl in dir getäuscht.«

IX

Obwohl Cromdale House seit meiner Ankunft kein Ort rauschender Feste und glamouröser Bälle gewesen war, von dem Basar einmal abgesehen, war die nun herrschende Stille in den Mauern manchmal unerträglich. Ich vermisste Harrison, gleichgültig, was er mir angetan hatte. Auch musste ich zugeben, dass Glenda mir fehlte. Unser Haushalt war jetzt so klein geworden, dass keine neue Haushälterin notwendig war. Ich selbst aß wie ein Spatz, also hatte die Köchin nicht viel Arbeit. Wilma schüttelte stets unwillig den Kopf, wenn sie das Tablett mit den kaum angerührten Speisen abtrug. Einzig Violets Anwesenheit vermisste ich nicht und hoffte, sie niemals im Leben wiedersehen zu müssen. Ich hatte darauf bestanden, dass Harrison den Hengst Diavolo mitnahm.

»Es kommt sonst niemand anders mit dem Pferd zurecht«, hatte ich zu ihm gesagt. »Daher gehört er dir.«

»Das würde ich mir gut überlegen, denn Diavolo ist eine Menge wert. Vielleicht solltest du ihn verkaufen?« Zynismus tropfte aus seiner Stimme.

Obwohl er Recht hatte, wollte ich, dass Harrison den Hengst mitnahm. Ich hätte es nicht übers Herz gebracht, das Tier an einen Fremden zu verkaufen. Genauso wenig, wie ich es hätte ertragen können, ihn täglich im Stall nach seinem Herrn wiehern zu hören. Ich wusste nicht, wohin Harrison gegangen war, und versuchte mir einzureden, dass es mir egal war.

Der Schatz war immer noch an dem Ort, an dem ich ihn gefunden hatte. Manchmal ging ich durch den geheimen Gang und setzte mich auf den Boden neben die Truhe. Ich wusste nicht, wie viel die alten Münzen wert waren, und es war mir gleichgültig. Ich hatte zwar einen Schatz gefunden, gleichzeitig aber das Wertvollste, was ich jemals im

Leben besessen hatte, verloren. Das konnte mir alles Geld der Welt nicht zurückbringen.

An manchen Tagen schneite es, dann wechselte sich der Niederschlag mit Regen ab. Trotzdem zog es mich täglich nach draußen. Ich musste der einsamen, bedrückenden Atmosphäre der Burg entfliehen. Noch hatte ich mir keine Gedanken gemacht, wie es weitergehen sollte. Die Ernte war eingebracht, die Speicher waren voll mit Korn und dicken Kartoffeln. Von den Pächtern wurde Cromdale House regelmäßig mit frischer Milch, Butter und Käse versorgt. Wir würden also über den Winter keine Not leiden müssen. Im Frühjahr war dann immer noch Zeit, eine Entscheidung bezüglich eines neuen Verwalters zu treffen. Einen Lichtblick gab es, als etwa drei Wochen vor Weihnachten eine kleine, vermummte Gestalt in die Halle trat.

»Maggie Baldwin!« Mit ausgestreckten Armen eilte ich auf sie zu. Ihr zahnloser Mund verzog sich zu einem Grinsen.

»Der Regen schwemmt mir den Untergrund der Hütte davon. Wollte mal sehen, ob Sie Ihr Angebot, dass ich hier eine Weile unterschlüpfen kann, ernst gemeint haben.«

Ich versicherte ihr, dass ich mich über ihre Anwesenheit freute, und rief sogleich Wilma, die ihr ein besonders hübsches Zimmer herrichten sollte. Das fassungslose Gesicht des abergläubischen Mädchens entlockte mir ein Lächeln.

»Mrs. Baldwin ist unser Gast, Wilma. Ich möchte, dass es ihr an nichts fehlt!«

»Ja, Mylady«, murmelte sie und warf einen scheuen Seitenblick auf die Alte, dabei bekreuzigte sie sich hektisch dreimal hintereinander.

Später ermahnte ich das Mädchen, keine Geschichten über angebliche Hexerei und solche Dinge zu erzählen.

»Maggie Baldwin ist eine alte Frau, die sich auf den Umgang mit Kräutern und Heiltränken versteht. Das ist aber kein Grund, sie als Hexe zu bezeichnen. Hast du das verstanden?«

Wilma knickste und versicherte widerwillig, sich um Maggie zu kümmern.

»Allerdings werde ich mir zum Schutz Knoblauch um den Hals hängen«, bemerkte sie, als sie das Zimmer verließ. »Sicher ist sicher!«

Von Maggie Baldwins Anwesenheit war nicht viel zu spüren. Sie verließ nur selten ihr Zimmer, beschäftigte sich meistens mit sich selbst. Alle zwei, drei Tage ging ich zu ihr, und wir plauderten ein wenig. Das heißt, sie erzählte spannende und auch rührende Geschichten längst vergangener Tage. Ob diese alle der Wahrheit entsprachen, wagte ich zu bezweifeln, dennoch lauschte ich interessiert. Diese Stunden waren eine angenehme Abwechslung in meinem eintönigen Tagesablauf.

Auf einem meiner Spaziergänge meinte ich, eine vertraute Gestalt am Waldesrand zu sehen. Ich blinzelte, und als ich die Augen wieder öffnete, war sie verschwunden. Wahrscheinlich nur eine Einbildung, sagte ich mir, denn ich hatte gemeint, Rosie gesehen zu haben. Aber junge Mädchen in diesem Alter sahen sich alle ähnlich, sicher hatte ich sie mit einer anderen aus dem Dorf verwechselt.

Ich war mir sicher, dass alle im Dorf und auf den umliegenden Gehöften bereits wussten, dass die MacGinnys Cromdale verlassen hatten. Ging ich ins Dorf, meinte ich, die Menschen musterten mich skeptisch, manche auch ein wenig mitleidig. Dr. Craig und seine Frau ließen keinen Zweifel daran, dass es eine gute Entscheidung gewesen war, sich von Harrison MacGinny zu trennen.

»Es grenzte ja schon an Impertinenz, wie sich dieser Mann benommen hat! Der alte Fitzroy hatte ihm viel zu freie Hand gelassen. Kein Wunder, dass er sich niemandem unterordnen konnte. Guter Verwalter hin oder her – das ist kein Grund für eine solch deutliche Respektlosigkeit!«

Ich war den Craigs dankbar, dass sie mit keinem Wort die Hochzeit erwähnten. Es wäre zu peinlich und beschämend gewesen, darüber zu sprechen. Mein gesellschaftliches Leben änderte sich allmählich, und ich wurde von Mrs. Craig wieder öfter zum Tee eingeladen. Dabei traf ich auf alte Bekannte wie Mrs. Oskraind und Mrs. Erradale. An einem Nachmittag traf ich im Arzthaus auch auf Mrs. Grindle und Carla. Befangen begrüßte ich sie freundlich und befürchtete schon, Mrs. Grindle würde sich von mir abwenden. Sie zögerte kurz, dann reichte sie mir die Hand und sagte nur:

»Es tut mir schrecklich Leid!«

Ob sie damit all die Dinge, die mir passiert waren, die geplatzte Hochzeit oder ihr eigenes Verhalten meinte, wusste ich nicht. Es war mir auch egal. Freudig ergriff ich ihre Hand, und ihre kleinen Äuglein zwinkerten mir vertraut zu. Danach plauderten wir in einem munteren Kreis, so dass ich gar nicht bemerkte, wie es schon längst dunkel geworden war. Auch die anderen Damen machten sich nun bereit aufzubrechen.

»Ich hasse diese Wintertage, an denen es beinahe gar nicht hell wird. Es ist noch nicht einmal vier Uhr, und draußen herrscht schon finstere Nacht«, brummte Mrs. Erradale.

Mrs. Craig tätschelte ihren Arm.

»In zwei Wochen ist Wintersonnwende, meine Liebe, dann werden die Tage wieder länger.«

Während ich den Einspänner heimwärts lenkte, dachte ich daran, dass heute mein Hochzeitstag gewesen wäre. Jetzt, am Abend, wäre ich Harrison MacGinnys Frau gewesen, und Cromdale House wäre in einem prachtvollen Fest erstrahlt. Als ich mich den dicken grauen Mauern, die in der Dunkelheit bedrohlich und abweisend wirkten, näherte, verdrängte ich die Vorstellung von erleuchteten Fenstern und munterem Stimmengewirr. Ich hatte es nicht anders gewollt, es war ganz allein meine Entscheidung gewesen. Ich seufzte und wischte mir eine Träne aus dem Augenwinkel. Mrs. Erradale hatte erwähnt, dass man in dieser Jahreszeit leicht zu trübseligen Stimmungen neigte. In wenigen Monaten würde es Frühling werden, dann, dessen war ich mir sicher, würde auch ich meine Freude am Leben wiederfinden.

Obwohl kalter Ostwind und Graupelschauer einen Aufenthalt im Freien nicht gerade zum Vergnügen machten, zog es mich zu meinem täglichen Spaziergang nach draußen. In den letzten Tagen waren die Überlegungen, Cromdale House zu verkaufen und in den Süden zurückzukehren, wieder stärker geworden. Mit etwas Geld könnte ich eine eigene Näherei, vielleicht sogar einen Hutsalon aufmachen. Wenn ich jedoch in die Galerie ging und vor den

Porträts meiner Ahnen stand, wusste ich, dass ich mich niemals von dem Haus trennen würde. Ich war es meinen Vorfahren schuldig, Cromdale House in ihrem Sinne zu erhalten. Es zog mich auch nichts zurück in die Stadt, denn ich hatte am Leben auf dem Land Gefallen gefunden. Ich brauchte keine Theatervorführungen, Restaurants oder sonstigen Vergnügungen.

An diesem Tag führte mich mein Weg hinab zur alten Mühle. Ich wollte einen Blick auf die Truhe werfen, um endgültig zu entscheiden, was mit dem vermeintlichen Schatz geschehen sollte. Als ich mich dem verfallenen Gebäude näherte, erkannte ich, dass ich nicht alleine war. Jemand kauerte auf dem Boden, den Rücken an die Wand gelehnt, und hatte das Gesicht in den Händen verborgen. Mein erster Impuls war, wieder umzudrehen, denn ich wollte mit niemandem sprechen, dann erkannte ich Carla. Ihr zarter Körper bebte und zuckte, Haar und Kleid waren vom Regen durchnässt, denn sie trug weder Hut noch Mantel.

»Carla!« Mit einem Aufschrei war ich an ihrer Seite und rüttelte an ihrer Schulter. »Was machst du hier?«

Als Antwort erhielt ich nur ein verzweifeltes Schluchzen. Ich spürte, dass etwas Furchtbares geschehen sein musste.

»Ist was mit James? Ist ihm etwas zugestoßen?« Eine kalte Hand griff nach meinem Herzen, aber dann schüttelte Carla den Kopf und sah mich mit weit aufgerissenen, traurigen Augen an.

»Nein, nein, James geht es gut. Aber es ist so schrecklich …« Ihre weiteren Worte gingen in einem erneuten Weinkrampf unter. Fest legte ich meinen Arm um ihre Schultern und zog sie in die Höhe. Das Mädchen musste ja bis auf die Haut nass sein! Ich führte sie in die Mühle, wo wir vor dem Graupelschauer geschützt waren. Carla zitterte wie Espenlaub, ihre Zähne schlugen klappernd aufeinander.

»Komm, ich bring dich nach Hause!«

Ihr Körper versteifte sich.

»Nein, bitte nicht! Lass mich hier, Lucille. Ich möchte nur noch sterben.«

»Carla! Sag so etwas nie wieder! Was, um Himmels willen, ist geschehen? So sprich doch endlich!«

Sie schluchzte und wischte sich mit dem Ärmel über ihre triefende Nase.

»Er geht fort! Man schickt ihn auf die Isle auf Sky. O Lucille, ich werde ihn niemals wiedersehen!«

Fieberhaft überlegte ich, wen sie damit meinen könnte, denn mir war kein entsprechender Klatsch zu Ohren gekommen. Carlas Verzweiflung konnte aber nur mit einer Person zusammenhängen.

»Reverend Donaldson?«, fragte ich leise.

Carla warf sich an meine Brust und weinte bitterlich. Zart strich ich ihr über den Rücken. Meine Güte, wie jung sie noch war, wie unschuldig und unglücklich! Nach einigen Minuten hatte sie sich so weit beruhigt, dass sie sagte:

»Er hat uns vorhin einen Besuch abgestattet, da hat er es uns gesagt. Es ist angeblich eine große Chance für ihn, denn die Gemeinde auf der Insel ist viel größer. Natürlich dachte ich zuerst, er würde mich fragen, ob ich ihn begleiten würde. Ein Pfarrer braucht doch eine Frau, die ihm den Haushalt führt und sich um die Belange der Gemeindemitglieder kümmert. Doch er hat nur über mich gelacht und mich wie ein Kind behandelt! Da bin ich davongelaufen.«

»Arme Carla«, versuchte ich sie zu trösten. Ich war sicher, dass der Reverend nicht in böser Absicht gehandelt hatte, denn Carla war mit ihren knapp sechzehn Jahren in seinen Augen wirklich noch ein Kind. Sie war viel zu jung, um ihn zu heiraten, und in ihren verklärten Träumen hatte sie keine Vorstellung, was es bedeutete, Ehefrau zu sein.

»Was soll ich denn jetzt nur machen? Mein Leben ist zerstört!«

Ich unterdrückte ein Schmunzeln. Carla brauchte jetzt Verständnis und nicht das Gefühl, dass man sich über sie lustig machte. Ich hatte in diesem Alter nicht das Gefühl der ersten großen Liebe kennen gelernt, dennoch konnte ich sie verstehen. Liebe war offenbar vom Alter unabhängig, doch je jünger man war, desto mehr verschloss man die Augen vor der Realität.

»Ich bringe dich jetzt nach Hause, sonst holst du dir noch eine Erkältung.«

Carla wehrte sich nicht mehr dagegen, als ich sie nach draußen führte. Ich legte den Arm um ihre Schultern, und sie folgte mir langsam in Richtung des Dorfes.

Der Wind war stärker geworden und hatte die Graupelschauer in heftigen, eiskalten Regen verwandelt, der wie spitze Nadeln in unsere Gesichter stach. Hoffentlich wurde das Mädchen nicht ernsthaft krank! Als die ersten Häuser des Dorfes auftauchten, blieb ich ruckartig stehen.

»Carla, siehst du das Mädchen dort?« Sie hob den Kopf, da aber ihre Augen voller Tränen standen, hatte sie nichts gesehen. Gleich darauf war die Person bereits um die Ecke eines Hauses verschwunden. »Ich bin mir sicher, Rosie gesehen zu haben!«

»Rosie?«, murmelte Carla.

»Das Mädchen, das früher in Cromdale gearbeitet hat.«

Carla zuckte mit den Schultern, Rosie war ihr völlig gleichgültig. Es war nun schon das zweite Mal, dass ich meinte, Rosie in der Nähe des Schlosses gesehen zu haben. Vielleicht war sie wirklich zurückgekehrt? Aber warum kam sie nicht zu mir? Sie musste doch wissen, dass ich ihr nicht ernstlich böse war. Wahrscheinlich hast du nur wieder jemand gesehen, der ihr ähnlich sieht, dachte ich. Auf jeden Fall würde ich in den nächsten Tagen den Schuster aufsuchen. Wenn seine Tochter wieder im Dorf war, musste er es doch wissen.

Völlig durchnässt erreichten wir schließlich den Grindle-Hof. In der Halle stürmte uns Mrs. Grindle aufgeregt entgegen.

»O mein Gott, Carla! Da bist du ja! Wir haben uns solche Sorgen gemacht!«

Sie führte uns sofort in Carlas Zimmer. Mrs. Grindle war es offenbar gleichgültig, dass unsere Kleidung und Schuhe nasse Flecken auf den kostbaren Teppichen hinterließen. Das Stubenmädchen wurde angewiesen, sofort ein Feuer zu entzünden und eine Bettflasche zu richten. Carla reagierte kaum, als ihre Mutter sie entkleidete, den hageren Körper mit einer Decke trocknete und das Mädchen ins Bett steckte. Wir warteten noch, bis die Magd eine Tasse heißen Tee gebracht und Carla einige Schlucke getrunken hatte.

»Ich werde sicherheitshalber nach Dr. Craig schicken«, murmelte Mrs. Grindle, während sie ihrer Tochter sorgenvoll die Hand auf die Stirn legte. Dann wandte sie sich an mich. »Du meine Güte, Sie sind ja auch völlig durchnässt! Sie müssen sofort aus den Sachen heraus.« Ich wehrte ab und meinte, ich wolle sogleich nach Hause gehen und mich dort ins Bett legen, aber Mrs. Grindle ließ den Einwand nicht gelten. Resolut schob sie mich in das Zimmer, das direkt neben dem Carlas lag. »Sie gehen sofort ins Bett, Lucille! Ich werde dafür sorgen, dass Ihre Kleider getrocknet werden. Sie finden ein Nachthemd in der Kommode.«

»Aber Mrs. Grindle, das ist wirklich nicht nötig!« Doch sie hatte dem Mädchen bereits die gleichen Anweisungen für meine Behaglichkeit gegeben.

Kaum war ich allein, merkte ich, dass mir wirklich schrecklich kalt war. Mit klammen Fingern hakte ich mein Kleid auf und zerrte mir die nassen Sachen vom Leib. Das Flanellnachthemd war angenehm weich. Ich zog es an, wickelte mich in ein wollenes Plaid und setzte mich in den Sessel vor dem Kamin. Das lodernde Feuer begann, eine wohlige Wärme zu verströmen, und ich entspannte mich langsam. Ich würde warten, bis meine Kleider getrocknet waren, dann aber sofort nach Cromdale zurückgehen. Das Mädchen kam und holte die nassen Sachen. Wenige Minuten später klopfte es kurz an der Tür, und Mrs. Grindle betrat mit einem Tablett das Zimmer.

»Sie sollten sich hinlegen«, sagte sie und stellte das Tablett mit dem Teegeschirr und frischen Sandwiches auf den Tisch. »Wo haben Sie Carla gefunden?«

Während Mrs. Grindle Tee einschenkte, erklärte ich es ihr. Dann öffnete sie eine Flasche und goss einen ordentlichen Schluck Whisky in meine Tasse. Sofort stieg mir der scharfe Geruch nach Moor und Alkohol in die Nase. Sie bemerkte meinen skeptischen Blick und lächelte.

»Das beste Mittel gegen eine drohende Erkältung ist immer noch Tee mit gutem Grindle-Whisky. Sie wissen doch – Wasser des Lebens! Trinken Sie, es wird Ihnen gut tun.«

Zögernd nahm ich einen Schluck und stellte fest, dass die Schärfe des Whiskys durch den Tee deutlich gemildert wurde. Kaum hatte die Flüssigkeit meinen Magen erreicht, breitete sich ein wohlig warmes Gefühl in mir aus.

»Es tut tatsächlich gut, Mrs. Grindle«, gab ich zu. »Aber jetzt muss ich wieder gehen.«

Sie hinderte mich daran aufzustehen, indem sie mich in den Sessel zurückdrückte.

»Nichts da! Ich habe Dr. Craig informiert, er wird auch einen Blick auf Sie werfen. Sie haben unserer Tochter das Leben gerettet, Lucille, dafür stehen wir tief in Ihrer Schuld.«

Eine flammende Röte schoss in meine Wangen, die nicht allein vom Alkohol kam.

»Das hätte doch jeder getan«, wehrte ich ab. »Zudem glaube ich nicht, dass Carla sich wirklich etwas antun wollte.«

»Aber sie war bei diesem Wetter so lange draußen! Carlas Konstitution ist nicht sehr kräftig, hoffentlich bekommt sie keine Lungenentzündung. Hat Carla Ihnen erzählt, warum sie einfach davongelaufen ist?« Ich nickte, und Mrs. Grindle fuhr nachdenklich fort: »Ich glaube, wir haben die Schwärmerei für Reverend Donaldson nicht ernst genug genommen. Auch der junge Mann dachte, es handle sich lediglich um ein kindliches Anhimmeln, eine harmlose Verehrung. Ich war von der Heftigkeit der Gefühle meiner Tochter überrascht.«

»Es war für Carla bestimmt sehr schmerzhaft zu erfahren, dass der Reverend Hunderte von Meilen fortgeht.«

»Es bietet sich ihm eine neue, reizvolle Aufgabe, die er gerne annehmen möchte. Er ist ein ehrgeiziger junger Mann, der es im Leben bestimmt zu etwas bringen wird. Ich denke nicht, dass der Reverend jemals ans Heiraten gedacht hat, und selbst wenn, dann hat er Carla nie in seine Überlegungen miteinbezogen. Für ihn ist sie nur das nette, freundliche Nachbarskind.« Ich nickte und meinte, dass sein Verhalten verständlich sei.

»Carla wird darüber hinwegkommen. Wer weiß, was die Zukunft für sie bringen mag. Vielleicht sehen sich die zwei in einigen Jahren wieder und können ihre Gefühle prüfen. Ein Mädchen in dem Alter verändert sich von Woche zu Woche.«

Mrs. Grindle lächelte mich liebevoll an.

»Sie verfügen über eine gute Menschenkenntnis, Lucille. Es tut mir furchtbar Leid, dass ich eine Zeit lang so abweisend zu Ihnen gewesen bin. Es geschah aus verletztem Stolz, weil Sie die Hand meines Sohnes abgewiesen haben, ohne dass ich dabei an Ihr Glück gedacht habe. Zuerst habe ich Ihnen meine Freundschaft versichert, Sie dann aber sehr enttäuscht, dafür schäme ich mich. Ich hoffe, Sie können mir eines Tages verzeihen?«

Spontan griff ich nach ihrer Hand und drückte sie fest.

»Es gibt nichts zu verzeihen. Ich habe Ihre offene Art vom ersten Tag an geschätzt. Es ist mir lieber, wenn die Menschen mir ihre Meinung ehrlich ins Gesicht sagen, anstatt sich hinter meinem Rücken den Mund zu zerreißen.«

»Sie vermissen Harrison MacGinny sehr, nicht wahr?«

Die Frage, die mehr eine Feststellung war, kam so überraschend, dass ich beinahe meine Tasse fallen gelassen hätte.

»Er war ein guter Verwalter«, antwortete ich leise.

»Er war viel mehr für Sie, Lucille. Ich weiß nicht, was genau vorgefallen ist und warum es nicht zu der Hochzeit gekommen ist, aber das geht nur Sie und Harrison etwas an. Auf jeden Fall merke ich, wie traurig Sie sind. Egal, was geschehen ist, ich meine es ehrlich, wenn ich sage, dass Sie mein Mitgefühl haben.«

Ich schenkte ihr einen dankbaren Blick, denn ich wusste, dass sie es aufrichtig meinte. Ich las in ihren Augen keine Spur von Spott oder Schadenfreude, obwohl ich es verstanden hätte, wenn sie sich über die Trennung froh gezeigt hätte.

Wir plauderten nun noch über ein paar belanglose Dinge, bis das Mädchen wieder meine Kleider brachte. Nur der Saum des Kleides war noch etwas feucht und verschmutzt. Mrs. Grindle bat mich, sie wieder regelmäßig zu besuchen.

»Sofern die Witterungsverhältnisse es zulassen.«

Ich hatte mich gerade angekleidet, als es an der Tür klopfte. Ich sagte »Herein« und glaubte zum zweiten Mal an diesem Tag, unter Halluzinationen zu leiden.

»James!«

»Guten Tag, Lucille.«

Wir standen uns gegenüber und fassten uns an den Händen.

»Wie kommst du hierher?«, fragte ich schließlich. Er grinste breit.

»Wenn ich dich daran erinnern darf: Ich wohne hier! Ich möchte mich bedanken, dass du meine Schwester gerettet hast.«

Verlegen senkte ich den Blick.

»Ich habe sie nur auf den Hof gebracht, James. Sie war keinen Moment in Gefahr.«

»Dr. Craig hat sie gerade untersucht. Er meint, dass Carla einen heftigen Schnupfen bekommen wird, aber sonst sieht er keine Komplikationen. Der Arzt möchte dich auch noch sehen.«

»Das ist wirklich nicht nötig. Ich fühle mich wohl. Aber wie kommt es, dass du hier bist? Ich dachte, deine Reise würde mehrere Monate in Anspruch nehmen?«

James seufzte, ein trauriges Lächeln huschte um seine Mundwinkel.

»Ach, manchmal kann man Geschäfte schneller als erwartet abwickeln. Das war der Fall, und natürlich wollte ich Weihnachten im Kreise meiner Familie verbringen. Ich bin erst heute Vormittag angekommen.«

Ich sagte ihm nichts von meiner Vermutung, dass er zurückgekommen war, weil sich meine Verlobung zerschlagen hatte. James hatte es bestimmt telegraphisch von seinen Eltern erfahren. Jetzt gab es für ihn keinen Grund mehr, seiner Heimat fernzubleiben. Ich freute mich ehrlich, dass er zurückgekehrt war. Gleichzeitig spürte ich, dass ich ihn nach wie vor nicht liebte, jedenfalls nicht in der Art und Weise, wie ich Harrison geliebt hatte. Hatte …? Nein, nein, darüber wollte ich jetzt nicht nachdenken.

»Ich muss gehen, James«, sagte ich.

»Selbstverständlich bringe ich dich in der Kutsche nach Cromdale hinüber, Lucille. Ich hoffe, wir werden uns in nächster Zeit wieder häufiger sehen.«

»Ich würde mich sehr darüber freuen, aber ich möchte nicht, dass du … ähem … also, dass du der Meinung bist …« Peinlich berührt brach ich ab.

»Dass ich mir erneut Hoffnungen mache? War es das, was du sagen wolltest?«

Ich nickte, ohne James direkt anzusehen. Die Situation war peinlich, aber es war notwendig, dass wir offen über unsere Beziehung sprachen. Ein trauriger Klang schwang in seinem Ton, als er fortfuhr: »Ich kann es nicht leugnen, dass du mir noch immer sehr viel bedeutest, Lucille. Vielleicht können wir zueinander eine Freundschaft ohne gegenseitige Verpflichtungen aufbauen?«

Ich hob den Kopf und sah ihm in die Augen.

»Es würde mir sehr viel bedeuten, dich zum Freund zu haben, James. Mehr kann und will ich dir nicht versprechen.« Er streckte mir die Hand entgegen, und ich schlug ein. Es war, als besiegelten wir ein Geschäft.

»Freunde«, sagten wir gleichzeitig.

Gleich darauf trat Dr. Craig ins Zimmer, und James zog sich zurück, um die Kutsche anspannen zu lassen. Obwohl ich beteuerte, dass ich mich gesund fühlte, konnte ich den Arzt nicht davon abhalten, mich gründlich zu untersuchen. Er war offensichtlich zufrieden, gab mir aber den Rat, mich zu Hause gleich ins Bett zu legen.

Ich folgte seiner Anweisung und schlief bald darauf ein. Zum ersten Mal seit Wochen fühlte ich, wie es mir leichter ums Herz wurde. Es war schön, dass James wieder da war.

Drei Tage später erhielt ich die offizielle Einladung, den Weihnachtstag auf dem Grindle-Hof zu verbringen.

»Wir werden nur ein kleiner Kreis sein, und Sie kennen alle Gäste, Lucille. Reverend Donaldson ist allerdings heute schon auf die Isle of Sky abgereist.«

»Wie geht es Carla?«, erkundigte ich mich Anteil nehmend.

»Sehr viel besser. Sie hat zwar einen ordentlichen Schnupfen und niest so laut, dass unten in der Küche die Dienerschaft erschrocken das Geschirr fallen lässt, aber sonst ist sie beinahe wieder die Alte. Sie müssen wissen, dass uns der Reverend heute Vormittag noch einen Besuch abgestattet hat. Er bat mich um die Erlaubnis, mit Carla allein sprechen zu dürfen. Weder er noch meine Tochter wollten mir sagen, welche Worte sie gewechselt haben, aber Carla ging es ab dem Moment sichtlich besser.«

Ich konnte ihren Optimismus nicht teilen.

»Hoffentlich hat der junge Mann Carla keine Versprechungen gemacht. Mrs. Grindle, glauben Sie, dass aus den beiden irgendwann ein Paar werden könnte?«

Sie hob die Schultern.

»Das wird die Zeit mit sich bringen. Es ist zu bedauerlich, dass mein Mann und James die Destille nicht längere Zeit allein lassen können. Ich würde gerne im Frühjahr mit Carla für einige Wochen nach Edinburgh reisen. In der Stadt würde sie schnell auf andere Gedanken kommen. Vielleicht hätten Sie Zeit und Lust, uns zu begleiten? Wir kommen auch ein paar Wochen ohne die Männer aus, oder?« Sie zwinkerte belustigt mit den Augen.

Bei der Erwähnung von Edinburgh dachte ich unwillkürlich an Harrison. Wie hatte ich ihn damals vermisst, wie glücklich war ich über seine überraschende Heimkehr gewesen! Lag das alles wirklich erst wenige Wochen zurück? Mir schien, als wäre seitdem ein halbes Leben vergangen.

So war es also ausgemachte Sache, dass ich den Weihnachtstag bei den Grindles verbringen würde. Diese Aussicht beruhigte mich ungemein, denn ich hatte mir schon Gedanken wegen des Festes gemacht. Bis auf lange, ausführliche Gottesdienste war im Arbeitshaus nichts von Weihnachten zu spüren gewesen. Trotzdem bedeutete mir der Tag, an dem Christus geboren wurde, sehr viel. Wenn ich in der Heiligen Nacht zu den Sternen hinaufsah, betete ich, dass alle Menschen auf der Welt eines Tages in Frieden vereint wären. Natürlich war das eine Utopie, und Millionen von Menschen glaubten gar nicht an unseren Gott und seinen auf Erden geborenen Sohn. Dennoch war die Nacht für mich stets von Hoffnung auf ein friedvolles, besseres Leben erfüllt gewesen. Wie gerne würde ich diese Wünsche mit anderen Menschen teilen. Menschen, die mir etwas bedeuteten und denen ich wichtig war. Menschen, die mich liebten und die ich liebte. Menschen wie Harrison …

Ich zwang mich zu einer Flickarbeit, um meine Gedanken in eine andere Richtung zu lenken. Es war sinnlos, um Vergangenes, das nicht zu ändern war, zu trauern. Ich musste damit beginnen, nach vorne zu schauen.

Am nächsten Tag ritt ich zum Grindle-Hof und bat James, so bald wie möglich nach Cromdale zu kommen.

»Ich muss dir etwas Wichtiges zeigen und brauche deinen Rat.«

Er nickte und meinte, er könne sich jetzt zwei, drei Stunden Zeit nehmen.

»Mein Vater kommt einen Nachmittag lang auch allein zurecht. Wenn du möchtest, begleite ich dich.«

»Das ist sehr freundlich von dir. Wärst du bitte so nett, zwei starke Lampen mitzunehmen?«

»Lampen?«, fragte James verwundert. »Es wird erst in ungefähr vier Stunden dunkel.«

Ich antwortete nicht, und er holte ohne weitere Fragen das Gewünschte. James war erstaunt, als ich mein Pferd von der Dorfstraße zum Wald und nicht zur Burg lenkte. Schließlich erreichten wir die alte Mühle. Ich stieg ab und band Bachelor an einen Pfosten. Ich hatte die letzte Nacht lange darüber nachgedacht und war zu dem Entschluss gekommen, James meine Entdeckung zu zeigen. Auf Dauer konnte die Kiste mit den Münzen nicht in der Kammer bleiben, zumal der Eingang nur provisorisch verschlossen war.

»Ich weiß zwar, dass die Mühle deiner Familie gehört, dennoch bitte ich dich, mir zu verzeihen, wenn ich sie betrete.«

James lachte und schüttelte den Kopf.

»Solange du nicht auch versuchst, sie mir abzukaufen, darfst du hier gerne ein Picknick machen. Obwohl es auf deinem Grund und Boden weitaus reizvollere Plätze für ein solches Unterfangen gibt.«

Die Tür knarrte, als ich sie aufstieß. Verwundert sah mir James zu, wie ich die Holzbretter entfernte und dahinter ein Loch in der Wand zutage kam.

»James, ich glaube jetzt zu wissen, warum Harrison so sehr an der Mühle interessiert war. Ich habe vor einiger Zeit diesen Geheimgang entdeckt. Er führt direkt bis unter den Keller von Cromdale House.«

Ich wollte als Erste in den Gang steigen, aber James hielt mich zurück und ging voraus. Wir hatten die Lampen entzündet, der flackernde Schein erhellte ausgiebig die feuchten Mauern. Schließlich erreichten wir die Kammer, und James stieß einen schrillen Pfiff aus, als er die Truhe sah.

»Der Schatz von Cromdale«, sagte ich. »Hast du von der Geschichte gehört?«

»Erzähle«, forderte er mich auf.

So berichtete ich James von meinem Vorfahr Connell MacHardy und seinem Engagement für die Katholiken. James hatte von der Legende noch nie gehört und schüttelte immer wieder erstaunt den Kopf.

»So viele Generationen haben auf dieser Truhe mit Geld gelebt, ohne etwas von deren Existenz zu ahnen! Es ist unglaublich! Die Münzen sind allerdings seit Jahrhunderten nicht mehr im Umlauf. Ich weiß nicht, ob der Schatz überhaupt einen materiellen Wert hat. Es handelt sich leider nicht um Goldstücke.«

»Das ist genau der Grund, warum ich ihn dir gezeigt habe, James. Ich weiß nicht, was ich jetzt machen soll.«

Wieder einmal bewies James, dass er ein besonnener und praktischer Mensch war. Er meinte, dass wir die Truhe zuerst an einen anderen Ort bringen sollten.

»Vielleicht bittest du Mr. Grampson, einen Blick darauf zu werfen. Wenn er auch kein Numismatiker ist, weiß er bestimmt, an wen du dich wenden kannst.«

Meine Finger spielten mit den alten Geldstücken, die sich kalt und feucht anfühlten.

»Ich bin überzeugt, dass es zwischen der Kammer und dem Keller von Cromdale House ebenfalls eine Verbindung gibt. Bisher konnte ich jedoch keine Tür finden.« Ich erhob mich aus der Hocke und strich mir eine Haarsträhne aus der Stirn. »Was für einen Sinn macht ein solcher Gang, wenn er von der Burg aus nicht zu erreichen ist? Wenn wir hier einen Zugang finden, dann könnten wir die Truhe auf diesem Weg ins Haus bringen.«

Probehalber hob James die Kiste an einer Seite an.

»Sie ist sehr schwer. Ich müsste meinen Vater oder unseren Aufseher um Hilfe bitten.«

Ich bat ihn, das nicht zu tun.

»Ich bin gar nicht so schwächlich, wie es dir erscheinen mag«, sagte ich grinsend. »Es wäre mir am liebsten, wenn vorerst niemand davon erfährt.«

James sah mich lange an, öffnete seinen Mund, schloss ihn dann aber wieder, ohne etwas zu sagen. Ich glaubte zu wissen, an was oder vielmehr wen er dachte. Es hatte keinen Sinn, die Tatsachen zu leugnen.

»Ja, James, deine Vermutung ist richtig«, sagte ich deswegen. »Harrison MacGinny ging es von Anfang an um den Besitz. Die Burg, das Gut und, nicht zu vergessen, diesen Schatz hier. Er hat davon gewusst, mir allerdings kein Wort davon gesagt.«

»Ist das Grund, warum du ihn nicht ...«

»Geheiratet hast?«, vollendete ich seinen Satz bitter. »Sagen wir mal, es war einer der Gründe, vielleicht der ausschlaggebende.«

Mehr wollte ich darüber nicht sagen. Da James nicht in Schottland gewesen war, als Violet in der Burg wohnte, hielt ich es nicht für nötig, ihm von ihr zu erzählen. Bestimmt hatte er schon längst durch den Dorfklatsch davon erfahren, war aber zu sehr Gentleman, um es mir gegenüber anzusprechen.

James wischte sich seine erdigen Finger achtlos an der hellen Hose ab.

»Dann lassen wir vorerst alles an Ort und Stelle.« Er begann, mit der Lampe jeden Zentimeter Wand in der Kammer abzuleuchten. Leider ohne Erfolg. Ich stand direkt hinter ihm und folgte seinen Blicken.

»Aber es muss einen Zugang geben!«, beharrte ich.

»Vielleicht ist die Tür nur vom Haus aus zu erkennen und zu öffnen. Bei einem Fluchttunnel eine logische Erklärung.«

Ich stimmte James zu, und gemeinsam kehrten wir in die Mühle zurück.

»Ich werde noch heute eine stabile Tür mit einem massiven Schloss hier anbringen«, sagte er, während er die Bretter wieder sorgsam vor das Loch stellte.

»Wird das nicht erst recht Aufmerksamkeit erregen?«, gab ich zu bedenken.

»Ich werde sagen, dass wiederholt Landstreicher und Zigeuner in der Mühle nächtigen und ich nicht möchte, dass die Mühle eines Nachts in Flammen aufgeht, weil die Vagabunden im Inneren ein Feuer entzünden.« Das klang plausibel. Es war die richtige Entscheidung gewesen, James den Schatz zu zeigen. Ich fühlte mich erleichtert, als hätte jemand ein Bleigewicht von meinen Schultern genommen. James konnte ich vertrauen. Warum konnte ich ihn nicht auch lieben?

Bevor wir uns trennten, gab er mir das Versprechen, mit niemandem über die Truhe mit dem Geld zu sprechen, auch nicht mit seiner Mutter.

»Ich glaube nicht, dass wir den Anwalt vor Weihnachten dazu bewegen können, von Inverness ins Hochland zu kommen. Die Sache muss also bis nächstes Jahr warten«, meinte er bedauernd.

»Jetzt hat der Schatz über vierhundert Jahre hier gelegen, ich denke, er wird es noch einige Wochen aushalten können!«

James stimmte in mein Lachen ein. Tatsächlich lachte ich nach langer Zeit wieder einmal aus vollem Herzen. Für einen Moment waren die Schatten von Harrison verschwunden.

Da bereits die Dämmerung hereinbrach, verzichteten wir für heute auf weitere Exkursionen. James versprach, so bald wie möglich wiederzukommen.

»Dann nehmen wir uns jeden Zentimeter im Keller vor. So wie ich die Lage der Kammer beurteile, müsste sie sich direkt unter der Halle befinden. Vielleicht gibt es auch dort eine versteckte Falltür oder Ähnliches?«

Es war offensichtlich, dass James Gefallen an der Sache fand. Er wirkte auf mich wie ein kleiner Junge bei der Schatzsuche. Ich sagte ihm, dass der Fußboden in der Halle aus massiven Steinplatten bestand. Dazwischen gab es nicht die kleinste Ritze oder Spalte, denn ich hatte bereits selbst nachgesehen. Ich erzählte ihm, wie Harrison Nacht für Nacht im Keller die Wände abgeklopft und mir von Schäden im Fundament berichtet hatte.

»Ich habe ihm tatsächlich geglaubt, dass Cromdale House in Bälde über mir zusammenbrechen würde«, schloss ich bitter.

In dieser Nacht schlief ich nach langer Zeit wieder tief und traumlos und erwachte am Morgen erfrischt. Es hatte wieder zu schneien begonnen, und die Landschaft sah wie verzuckert aus. Ich befürchtete, dass James bei dem Wetter nicht kommen würde. Aber ich hatte mir gerade die zweite Tasse Kaffee eingeschenkt, als ich Hufgetrappel hörte. Gleich darauf stürmte James in die Halle, über und über mit Schnee bedeckt.

»Jetzt wird es wohl endgültig Winter«, sagte er und schüttelte sich. »Hast du auch noch eine Tasse für mich? Ich bin auf dem Weg nach Grantown, wollte dir nur kurz einen guten Morgen wünschen.«

Ich bat ihn ins Esszimmer und bot ihm von den Eiern und dem knusprigen Speck an, was er dankend ablehnte.

»Ich habe bereits zu Hause gefrühstückt, zusammen mit Carla, die zum ersten Mal heruntergekommen ist. Sie ist beinahe wieder gesund. Nur hier …«, er legte eine Hand auf sein Herz, »schmerzt es noch immer. Nun, manchmal kann ich meine Schwester verstehen.«

James hielt den Kopf abgewandt, ich konnte seine Augen nicht sehen. Am liebsten wäre ich zu ihm gegangen, hätte ihn umarmt und ihm gesagt, dass ich ihn mochte und seine Frau werden wolle. Aber das durfte ich nicht tun! Mitleid war keine gute Basis für eine Ehe. Ich wollte nur jemanden heiraten, den ich von ganzem Herzen liebte, der meine Gefühle zum Schwingen und meine Haut zum Brennen brachte, den ich vermisste, wenn er nur eine Stunde nicht an meiner Seite war, und mit dem ich die halbe Nacht über alle Themen der Welt diskutieren und den ich danach leidenschaftlich lieben konnte. Da ich tief im Inneren wusste, dass Harrison niemals aus meinem Herzen weichen würde, würde ich das Wunder einer glücklichen Ehe nicht erleben. Aber ich war nicht bereit, Kompromisse einzugehen, dann blieb ich lieber allein.

Am nächsten Tag war ich überrascht, James wiederzusehen. Er kam in Begleitung eines Mannes mittleren Alters.

»Das ist Tom Rushton aus Nairn. Er ist Baumeister und hat bei uns die Brennereigebäude gebaut.«

»Guten Tag«, sagte ich und gab ihm die Hand.

»Mr. Grindle meinte, ob ich mal einen Blick in Ihren Keller werfen könnte, Mylady.«

Ich bedachte James mit einem warmen, dankbaren Blick, und gemeinsam gingen wir in den Keller.

Minutenlang betrachtete Mr. Rushton die Kellerwände, klopfte mit einem mitgebrachten Instrument dagegen und murmelte etwas, das wir nicht verstanden.

»Der ehemalige Verwalter des Hauses meinte, das Fundament sei in einem bedenklichen Zustand«, sagte ich schließlich.

Der Baumeister schüttelte den Kopf.

»Das würde ich so nicht ausdrücken, Mylady. Sicher, bei einem so alten Haus wie diesem hier fallen immer wieder Renovierungen an. Sie sehen selbst, dass das Mauerwerk von Rissen durchzogen ist, aber das ist völlig normal und kein Grund zur Sorge.«

»Sie denken also nicht, dass unmittelbare Einsturzgefahr besteht?«

Er lachte laut auf.

»Weder Sie noch Ihre Kinder oder Enkel müssen befürchten, dass Ihnen das Dach im Schlaf auf den Kopf fällt. Jedoch wäre eine Ausbesserung der Wände anzuraten, wenn es auch keine Eile hat.«

Wie betäubt folgte ich den Männern wieder in die Halle, wo Wilma warmen, würzigen Wein servierte. Ich danke und verabschiedete Mr. Rusthon, der noch einen Kunden in Dufftown aufsuchen wollte.

»Eine weitere Lüge«, bemerkte ich, als ich mit James allein war. Er stand auf.

»Dann schauen wir uns mal den Rest des Kellers an, Lucille. Ich bin gespannt, was wir dort entdecken werden.«

»Ach, James, ich habe Angst davor. Eigentlich möchte ich keine weiteren Überraschungen mehr erleben.« Langsam stand ich auf, fühlte mich plötzlich um Jahre gealtert. »Aber du hast Recht, es ist keine Lösung, die Augen einfach vor unangenehmen Dingen zu verschließen.«

»Du trägst eine große Verantwortung, Lucille ... all die Pächter, die von Cromdale abhängig sind. Du hast Pflichten zu erfüllen, du musst dafür sorgen, dass der Besitz, den deine Vorfahren aufgebaut haben, gedeiht. Das kannst du nicht alleine schaffen. Spätestens im Frühjahr musst du einen tüchtigen Verwalter einstellen.«

»Ich weiß, James«, seufzte ich. »Ich möchte auch nur das Beste für Cromdale House.«

»Gerne würde ich dir bei all diesen Aufgaben behilflich sein, aber wie du weißt, habe ich meine Arbeit in der Destille. Außerdem ...«

Er brach ab, und ich wusste, was er sagen wollte. James war nicht der Herr auf Cromdale, würde es niemals sein. Ich konnte gut verstehen, dass er dafür nicht die Whiskybrennerei im Stich lassen konnte.

Wir nahmen die Lampen zur Hand und stiegen erneut in den Keller hinunter. Tatsächlich war ich im hinteren Teil nie zuvor gewesen.

»Lucille, schau hier! Das ist ja ein richtiger Kerker.«

Staunend blickte ich in eine kleine Zelle, in der eine Holzliege verrottete. Die abgestandene Luft roch muffig, beinahe meinte ich, die Angst und Verzweiflung der einstigen Gefangenen spüren zu können. Die in die Wand eingelassenen eisernen Hand- und Fußfesseln jagten mir einen kalten Schauer über den Rücken.

»Wie schrecklich«, stöhnte ich. »Glaubst du, hier ist auch mal jemand gestorben?«

James zuckte mit den Schultern.

»Kann gut sein. In früheren Zeiten herrschten die Clanoberhäupter wie Könige auf ihrem Land. Sie urteilten über Recht und Unrecht, es lag in ihrem Ermessen, welche Strafe über einen Verbrecher verhängt wurde. Oft war auch gar keine Schandtat vonnöten, um unbequeme Zeitgenossen für immer verschwinden zu lassen.«

Ich knuffte ihn in die Seite, meine Anspannung löste sich.

»Die Schotten gehörten wohl nie zu einem sensiblen Menschenschlag, nicht wahr?« Er stimmte in mein Lachen ein, und wir schlossen die eiserne Tür wieder. Ich nahm mir vor, die Zelle zumauern zu lassen. Weiter hinten befanden sich zwei kleinere Räume, die offenbar einst als Lager gedient hatten. In dem einen roch es nach Alkohol, in der Ecke standen noch einige alte Fässer.

»War wohl der Weinkeller«, bemerkte James. »Es sieht aus, als ob die Räume seit vielen Jahren nicht mehr benutzt worden sind.«

»Nach allem, was ich gehört habe, lebte mein Großvater sehr zurückgezogen. Direkt neben der Küche gibt es Räume, in denen die Lebensmittel aufbewahrt werden. Vor Jahrhunderten waren die Kellerräume bestimmt bis an die Decke mit Vorräten gefüllt.«

Ratlos standen wir mit den Lampen in dem einstigen Weinkeller. James ließ seine Blicke über die Mauern schweifen, und plötzlich stieß er einen Piff aus.

»Schau her, Lucille, hier ist eine Tür! Man bemerkt sie kaum, denn es gibt weder ein Schloss noch eine Klinke.«

Atemlos trat ich neben ihn und fuhr mit der Hand über den kaum sichtbaren Spalt im Mauerwerk.

»Irgendwo muss es einen versteckten Mechanismus geben, ebenso wie zum Eingang in die geheime Kammer.«

Mit klopfenden Herzen drückten wir auf alle Steine, bis ich schließlich einen fand, der locker war. Ich rüttelte daran, und knarrend öffnete sich die Tür. James und ich sahen uns erwartungsvoll an. Ich trat hinter ihm in den Raum. Ich hatte erwartet, eine weitere Kammer mit Spinnweben und dumpfer Luft vorzufinden. Überrascht sah ich mich um. Der Raum war bis an die Decke mit heller Farbe gestrichen, in der Mitte stand ein großer Tisch mit einer seltsamen, metallenen Maschine darauf. An den Wänden stapelten sich zahlreiche Kisten, in denen unbedrucktes Papier lag. In einer Ecke standen mehrere Blechkanister. Es roch seltsam scharf und durchdringend.

Dann hob ich den Deckel einer Kiste und stieß einen Schrei aus.

»James! Du meine Güte, was ist denn das?« Gemeinsam starrten wir auf Hunderte von Banknotenbündeln in allen Werten. »Das müssen ja Tausende, wenn nicht Zehntausende von Pfund sein!«

»Cromdale steht wirklich auf einem sehr finanzkräftigen Fundament«, sagte James trocken und nahm ein paar Banknoten in die Hand. Er ließ sie durch die Finger gleiten, hielt dann zwei, drei vor die Lampe und runzelte die Stirn. »Aber leider muss ich dir sagen, dass das hier nicht das Papier wert ist, auf dem es gedruckt ist.«

Ich trat zu ihm und schaute ihm über die Schulter.

»Was meinst du damit?«

»Es ist Falschgeld. Hergestellt mit dieser Druckmaschine hier.« Er deutete auf den Apparat auf dem Tisch. »Ich weiß nicht warum und wieso, aber offenbar hast du in deinem Keller eine Geldfälscherei.«

Plötzlich gaben meine Knie nach, und ich ließ mich mitten auf den Boden sinken.

»Darum also war er dauernd im Keller! Es ging ihm nie um den Zustand des Hauses, sondern er hat hier unten Banknoten gedruckt.«

»Du sprichst von Harrison?«

Ich nickte, in den Händen hielt ich immer noch die Banknoten. Harrison MacGinny war nicht nur ein Lügner, sondern auch ein Betrüger. Jetzt wurde mir klar, woher er die zwanzigtausend Pfund hatte nehmen wollen. Harrison hätte keine Skrupel gehabt, mir Cromdale House mit Falschgeld abzukaufen, und ich hätte es in meiner Naivität wahrscheinlich nicht mal gemerkt. Für heute war mir die Lust an weiteren Exkursionen vergangen. James drängte mich dazu, Harrison bei den Behörden anzuzeigen, doch darüber wollte ich nicht nachdenken. Nicht heute.

Ich dankte James für seine Hilfe und sah ihm vom Fenster aus nach, als er davonritt. Warum bloß herrschte zwischen meinem Verstand und meinem Gefühl eine so große Diskrepanz? Warum konnte ich nicht einfach James

Grindle heiraten und damit das Vernünftigste für mich und für Cromdale tun? Und warum hing, trotz allem, mein Herz immer noch an dem wilden Schotten mit den eisblauen Augen?

Weihnachten rückte näher, und ich dachte daran, dass ich Geschenke für die Grindles besorgen musste. An einem kalten, klaren Tag fuhr ich mit dem Einspänner nach Grantown. Wilma begleitete mich, so dass wir uns die Fahrt mit kurzweiligem Geplauder vertreiben konnten. Im strahlenden Sonnenlicht glitzerte der Schnee wie Diamanten auf den Wiesen und Feldern. In der Stadt kaufte ich ein paar Kleinigkeiten ein: ein besticktes Taschentuch für Carla, einen Seidenschal für Mrs. Grindle und ein Päckchen Tabak für ihren Mann. Über das Geschenk für James machte ich mir mehr Gedanken. Es durfte nicht zu persönlich sein, dennoch wollte ich ihm etwas geben, was ihm zeigte, wie wertvoll mir seine Freundschaft war. In der Auslage eines Trödelladens sah ich eine kleine Holzkiste für Flaschen, wie sie auf Reisen benutzt wurde. Spontan betrat ich den Laden, in dem allerhand Kunst und Krempel wild durcheinander lag. Der Verkäufer war gerade in ein Gespräch mit einem anderen Kunden vertieft und bat mich um einen Moment Geduld. Der Mann begrüßte mich freundlich und sagte:

»Bitte bedienen Sie die Lady zuerst. Ich habe Zeit und warte gerne, denn unser Geschäft wird noch eine Weile in Anspruch nehmen.« Ich dankte und fragte, ob er aus London käme. Er bestätigte dies und meinte: »Mein Akzent hat mich verraten, nicht wahr? Nun, teilweise habe ich große Schwierigkeiten, die Menschen hier zu verstehen. Ich vermute allerdings in Ihnen auch eine Landsmännin. Verzeihen Sie, wenn ich zu persönlich werde.« Er verbeugte sich und zog seinen Hut. »Mein Name ist Henry Lambrook.«

Ich lächelte und stellte mich ebenfalls vor.

»Sie haben Recht, ich bin ebenfalls in London geboren und aufgewachsen, lebe aber bereits einige Monate hier.«

Wir waren so in unsere Plauderei vertieft, dass der Verkäufer hüstelte und fragte, womit er mir dienen könne. Ich wählte das Kästchen, und er war so freundlich, es mir gleich als Geschenk zu verpacken. Während der Verkäufer das tat, fragte ich Mr. Lambrook:

»Was führt Sie in dieser Jahreszeit in den Norden? Es können doch sicher keine Ferien sein.«

»Ich hatte eine geschäftliche Angelegenheit auf einem Besitz in der Nähe zu regeln. Dann entdeckte ich aus Zufall diese Kommode hier und überlege, ob ich sie erwerben soll. Meines Erachtens stammt sie aus dem frühen siebzehnten Jahrhundert.«

Beeindruckt betrachtete ich das besagte Möbel. Es handelte sich zweifelsohne um ein schönes Stück, wobei es mir aber unmöglich war, das Alter zu schätzen.

»Sie kennen sich mit Antiquitäten aus?«, fragte ich.

»Ich bin Kunsthändler und Auktionator. Manchmal arbeite ich auch im Auftrag des Britischen Museums, welches mich auf den besagten Landsitz geschickt hat. Tatsächlich habe ich dort einige sehr interessante Bilder entdeckt, die das Museum für eine Ausstellung entleihen wird.«

Ein Gedanke schoss mir durch den Kopf. Vielleicht war er verrückt, vielleicht auch abwegig, aber ich konnte es immerhin versuchen.

»Mir gehört einige Meilen östlich von hier ein Haus. Ich habe dort etwas gefunden, worüber ich gerne eine kompetente Meinung einziehen würde. Lassen es Ihre Geschäfte zu, zu einem kurzen Besuch nach Cromdale zu kommen, Mr. Lambrook?«

Er verneigte sich galant.

»Es wäre mir eine Ehre, Mylady. Ich habe ein Pferd gemietet, wenn es Ihnen Recht ist, könnte ich Sie gleich begleiten.«

Dem Verkäufer sagte er, dass er am nächsten Tag noch mal kommen würde, und gemeinsam verließen wir das Geschäft. Wilma war bereits wieder am Wagen, so dass wir zusammen nach Cromdale fuhren. Das Mädchen beäugte den Fremden misstrauisch, stellte aber keine Fragen. Ich erklärte ihr nur, dass Mr. Lambrook uns in einer geschäftlichen Angelegenheit begleitete.

Als er später vor der Truhe mit den Münzen stand, kannte seine Begeisterung keine Grenzen. Ich zeigte ihm auch den Brief von Connell MacHardy.

»Münzen aus dem sechzehnten Jahrhundert! Hier, sehen Sie, da ist das Konterfei von Königin Elisabeth! Du meine Güte, ich hätte nie gedacht, so viele auf einmal in der Hand zu halten.«

»Mr. Lambrook, ich weiß nicht, was ich damit machen soll. Mir wäre Ihre Meinung sehr wichtig«, sagte ich.

»Ich kann natürlich keine hundertprozentige Aussage machen, Lady MacHardy, aber ich glaube, sagen zu können, dass der materielle Wert nicht sehr hoch sein wird. Es handelt sich nämlich nicht um Goldstücke, die sehr wertvoll gewesen wären. Aber wenn Sie erlauben, nehme ich einige Münzen mit und lege sie im Museum vor. Bei der Truhe handelt es sich um eine ausgezeichnete Arbeit aus dieser Zeit. Vielleicht können Sie sie restaurieren lassen. Sie wäre bestimmt ein schönes Schmuckstück für Ihre Halle.«

Ich war nicht enttäuscht, dass der Schatz eigentlich kein Schatz war, zumindest nicht in finanzieller Hinsicht. Nichtsdestotrotz handelte es sich um etwas, das durch die Jahrhunderte hinweg von meiner Familie erhalten worden war.

Im Haus stellte mir Mr. Lambrook eine Quittung über die Münzen aus, die er mitnahm, und gab mir seine Visitenkarte.

»Ich werde in drei, vier Tagen nach London zurückkehren und sofort im Britischen Museum bei Fachleuten für Numismatik vorsprechen. Sie hören in Bälde von mir!«

Als er gegangen war, brühte ich mir eine starke Tasse Tee auf. Ich hätte auch Wilma darum bitten können, wollte jetzt aber allein sein. Die Ironie war kaum zu überbieten! Innerhalb weniger Wochen hatte ich erst eine Truhe voller Geldstücke und dann eine Kiste mit Pfundnoten gefunden, doch nichts von beidem brachte mir einen finanziellen Vorteil. Aber über eines freute ich mich: Harrison hatte mich heiraten wollen, um in den Besitz eines wertlosen Schatzes zu kommen. Fast bedauerte ich, ihm nichts von der Wertlosigkeit berichten zu können. Ich hätte bei der Nachricht zu gerne sein Gesicht gesehen.

Es waren nur noch wenige Tage bis Weihnachten. Mit Wilmas Hilfe schmückte ich die Halle mit Stechpalmen und Mistelzweigen. Einmal gesellte sich Maggie Baldwin zu uns und nickte wohlwollend. Wilma beäugte die Alte immer noch mit ängstlichem Blick. Da aber Maggie bisher das Mädchen nicht mit einem schrecklichen Zauber belegt hatte, fand sie sich von Tag zu Tag mehr mit ihrer Anwesenheit ab.

»Das Haus sieht jetzt wie in alten Zeiten aus«, bemerkte Maggie. »Wie in alten Zeiten … Es fehlt nur das Lachen von Kindern. Ein solches Haus sollte von vielen Kindern bewohnt werden …«

Ich wischte mir über die Augen und versuchte damit, den Schmerz, den ich empfand, zu vertreiben. Einst hatte es eine Zeit gegeben, in der ich mich von eigenen Kindern umgeben gesehen hatte. Nun würde es wohl für immer ein Traum bleiben.

Mrs. Grindle hatte gesagt, dass sie in ihrem Haus die Tradition des Julscheits pflegten.

»Viele eifern der Königin nach und stellen einen Weihnachtsbaum auf, aber wir möchten diese ausländische Sitte nicht haben.«

Mrs. Anderson, die Köchin, hatte darauf bestanden, einen Plumpudding zu machen. In ihren Augen war Weihnachten ohne den süßen, gehaltvollen Kuchen kein Weihnachten. Ich fragte mich zwar, wer das große Gebilde essen sollte, das seit zwei Wochen in der Vorratskammer stand. Ich selbst machte mir nicht viel aus süßen Sachen, ich freute mich vielmehr auf den traditionellen Truthahn.

Das Wetter brachte jetzt Frosttage mit glitzerndem Raureif. Die Welt sah zauberhaft hell und fröhlich aus. Ich las zum zweiten Mal den Brief von Kitty, die mir herzliche Weihnachtsgrüße aus London schickte. Sie arbeitete immer noch bei Madam Mellyn, die inzwischen ein neues Mädchen eingestellt hatte.

Sie versucht zwar, Deine Früchte nachzuahmen, aber die Kundinnen merken den Unterschied und bedauern, dass Madam ihre Kreationen geändert hat …

Es tat mir gut, diese Zeilen zu lesen, und ich beschloss, am Nachmittag Kitty zu antworten. Ich hatte es immer wieder hinausgeschoben, denn ich wusste nicht, wie viel ich ihr berichten sollte. Die ganze Wahrheit hätte wahrscheinlich einen Roman gefüllt, ich konnte aber auch nicht so tun, als lebte ich hier im Paradies. Nun, ich würde jetzt einen Spaziergang machen und dabei darüber nachdenken.

Die Kälte prickelte in meinem Gesicht, tief atmete ich die klare Luft ein. Einige Meter vor mir huschte ein Kaninchen über die schneebedeckte Wiese.

»Armes Ding«, murmelte ich. »Hoffentlich findest du genügend Futter, um den Winter zu überstehen.«

Beinahe zwanghaft lenkte ich meine Schritte zur alten Mühle. Die Erkenntnis, dass mein Fund keinen großen Wert besaß, stimmte mich nicht traurig. Was hätte ich denn mit viel Geld anfangen sollen? Was das Gut abwarf, reichte für mich und die wenigen Angestellten von Cromdale House. Trotz allem, was geschehen war, verspürte ich eine tiefe Liebe zu der Burg und der umliegenden Landschaft. Der Gedanke, Cromdale House zu verkaufen, war längst restlos aus meinen Überlegungen verschwunden. Nein, ich würde hier bleiben und mir ein ruhiges Leben einrichten. Vielleicht könnte ich in der Pfarrgemeinde tätig sein? Alten und Kranken Essen und Decken bringen und ihnen vorlesen? Ich war zwar allein und würde es aller Voraussicht nach auch bleiben, denn niemals in meinem Leben würde ich wieder einen Mann so sehr lieben wie Harrison, aber ich war nicht einsam, denn ich hatte Freunde. Von einer Ehe und Kindern träumte ich nicht mehr, denn niemals wollte ich einem Mann aus Vernunftgründen meine Hand reichen. Ich wollte alles oder nichts!

Als ich die Mühle betrat, war ich so in Gedanken versunken, dass ich nicht bemerkte, dass ich nicht allein war. Da ich auch nicht mit der Anwesenheit einer anderen Person gerechnet hatte, ging das, was jetzt geschah, so schnell, dass ich keine Möglichkeit fand, mich zu wehren. Ich erkannte in einer Ecke nur einen großen Schatten, im nächsten Moment legte sich ein feuchtes Tuch auf mein Gesicht. Ein Ekel erregender Geschmack drang mir in Nase und Mund. Verzweifelt rang ich nach Luft und trat mit den Füßen kraftvoll nach hinten. Eine Sekunde später spürte ich einen Schlag auf meinen Hinterkopf, es war, als würden tausend Sterne in meinem Schädel explodieren, und dann spürte ich gar nichts mehr.

X

Eine Kutschfahrt über die schlecht bis gar nicht befestigten Straßen im Hochland ist kein Vergnügen. Noch weniger, wenn man mitten in einer stürmischen, regnerischen Nacht unterwegs ist. Besonders unangenehm wird es, wenn es sich bei der Kutsche um ein antiquiertes Modell ohne jegliche Federung und Polsterung handelt. Ganz einfach scheußlich wird die ganze Sache, wenn man zu einem Paket verschnürt und mit einem Knebel im Mund hilflos von einer Ecke in die andere geschleudert wird.

Ich wusste nicht, wie lange ich mich bereits in dieser Situation befand, als ich langsam wieder zu mir kam. Mein Kopf brannte wie Feuer, es fühlte sich an, als ob sich die Schädeldecke langsam nach oben ablöste. Wenn damit der stechende und klopfende Schmerz verschwinden würde, war es gar kein so unangenehmer Gedanke! In meinem trockenen Mund spürte ich einen ekligen, süßlichen Geschmack. Ob mir deswegen, wegen des Schlages oder durch das Rütteln speiübel war, konnte ich nicht einordnen. Nur mit Mühe gelang es mir, den Würgereiz zu unterdrücken. Jedes Mal, wenn ich auf die andere Seite geschleudert wurde und mir meine Gliedmaßen an dem rauen Holz anschlug, schwappte eine Welle der Übelkeit in meine Kehle. Ich befürchtete, mich übergeben zu müssen, was angesichts der Tatsache, dass ich einen festen, übel schmeckenden Knebel im Mund hatte, sehr beunruhigend war. Wahrscheinlich würde ich an meinem Erbrochenen hilflos ersticken.

Wenn man sich in einer solchen Lage befindet, denkt man nicht über das Warum und Wieso nach. Ich dachte auch nicht daran, wer meine Entführer sein könnten oder wohin die Fahrt ging. Ich existierte nur für den Augenblick und versuchte, so ruhig und flach wie möglich zu atmen.

»Aaahhrg …«

Ein gurgelndes Geräusch presste sich durch den Knebel, als das Gefährt einen Satz von beinahe einem halben Meter machte – wahrscheinlich hatte ein besonders großer Ast auf dem Weg gelegen – und ich an die Decke geschleudert wurde. Dass ich mir dabei schmerzhaft den Kopf anstieß, war angesichts der Tatsache, dass kein Knochen in meinem Körper mehr heil zu sein schien, eine Kleinigkeit. Durch die geschlossenen Rollos an den Fenstern drang nicht der geringste Lichtschein herein. Folglich musste es mitten in der Nacht sein. Ich konnte das Brüllen des Windes hören und stellte fest, dass durch die Ritzen des Schlages Regen drang. Als ich meine Sinne wieder einigermaßen beisammen hatte, setzte ich meine ganze Konzentration und Kraft ein, um mich in eine Ecke zu rollen. Mit auf dem Rücken gefesselten Händen und verschnürten Fußgelenken war es gar nicht so einfach, die Sohlen fest auf den Boden zu stellen, um mich auf die Sitzbank zu stemmen. Schließlich fand ich eine Position, die mir einigermaßen Schutz davor bot, in der nächsten Kurve wieder in der Kabine herumgeschleudert zu werden. Obwohl der Atem, der meinen Nasenlöchern entwich, kleine, weiße Wölkchen hinterließ, war ich in Schweiß gebadet.

Ich hatte jegliches Zeitgefühl verloren, als die Kutsche plötzlich mit einem Ruck zum Stehen kam. Durch einen Spalt in den Rollos erkannte ich ein schwaches Licht und hörte leise Stimmen. Gleich darauf wurde der Schlag aufgerissen, und ein großer Schatten schob sich in die Öffnung.

»Ah! Sie sind aufgewacht! Gut, ich dachte schon, mein Gefährte hätte etwas zu stark zugeschlagen. Das wäre doch so gar nicht in meinem Interesse gewesen.«

»Was wollen Sie?«

Mit blieb nichts anderes übrig, als diese Worte zu denken, denn durch den Knebel drang nur ein unverständliches Gegurgel.

»Wenn Sie versprechen, nicht zu schreien, löse ich den Knebel. Sie haben sicher Durst, Mylady, oder? Aber ein Laut, und Sie erhalten kein Wasser. Sie werden dann niemals wieder in Ihrem Leben in den Genuss kommen zu trinken. Haben Sie mich verstanden?«

Ich nickte und überlegte fieberhaft. Er saß eindeutig am längeren Hebel. Den Umrissen nach, die hinter dem Schatten deutlich wurden, befanden wir uns in der Nähe eines Gasthofes. Von innen erklangen laute Musik und grölende Stimmen. Es war unwahrscheinlich, dass es jemand hören würde, wenn ich schrie. Wenn es mir allerdings gelänge, in das Haus zu laufen …

Ich verwarf den Gedanken sogleich, denn der Schatten hatte nur davon gesprochen, den Knebel zu lösen. Der Mann hielt eine Laterne in der Hand und stieg in die Kutsche. Als das schwache Licht auf sein Gesicht fiel, blinzelte ich erstaunt. Zwar war ich nie zuvor Opfer einer Entführung geworden, aber hörte man nicht immer wieder von Straßenräubern, die ehrbare Bürger überfielen? Dabei handelte es sich meistens um arme, vom Leben benachteiligte Menschen, die keinen anderen Weg wussten, ihren Lebensunterhalt zu verdienen. Der Mann, der jetzt mit schlanken, gepflegten Fingern den Knoten an meinem Hinterkopf löste, sah alles andere als arm aus. Im Gegenteil! Sein gefälteltes Hemd erstrahlte in einem makellosen Weiß und passte perfekt zu dem grünen Anzug aus teurem Tuch. Ich schätzte ihn auf ungefähr dreißig Jahre, wobei sich unter seinen Augen bereits Tränensäcke abzeichneten, die seinem sonst recht ansehnlichen Gesicht einen verlebten Ausdruck verliehen.

Kaum hatte er den Stofffetzen aus meinem Mund genommen, wurde ich von heftigem Husten geschüttelt. Meine Kehle war ausgedörrt, die Zunge schien auf das Doppelte angeschwollen zu sein. Mir wurde ein Holzbecher an meine rissigen Lippen gesetzt, und gierig schluckte ich das kühle Wasser, das mir nie zuvor so köstlich geschmeckt hatte.

»So, das ist genug!« Der Becher mit der Hand, die einen leichten Geruch nach Lavendel ausströmte, entfernte sich. »Wir wollen Sie ja nicht zu sehr verwöhnen, Lady MacHardy.«

»Wer sind Sie?«, konnte ich jetzt endlich hervorbringen, wobei meine Stimme nicht mehr als ein rostiges Krächzen war. »Was wollen Sie von mir?«

Entsetzt bemerkte ich, wie er meine Wange tätschelte. Ich zerrte an den Fesseln auf dem Rücken, konnte sie jedoch keinen Millimeter lockern.

»Nehmen Sie Ihre Finger weg!«, fauchte ich und versuchte, ihm ins Gesicht zu spucken. Er lachte. Da die Laterne an einem Haken an der Decke baumelte, konnte ich sein Gesicht ganz genau studieren.

»Keine Angst, meine Liebe, ich werde mich nicht an Ihnen vergreifen. Obwohl Sie schon ein leckerer Happen wären! Aber …« Mit einer bedauernden Bewegung hob er die Hände und zuckte mit den Schultern. »Wir haben noch einen weiten Weg vor uns. Sicher ist es Ihnen lieber, wenn ich Ihnen diesen dreckigen Lappen nicht mehr in den Mund stopfe. Sie können auch schreien, so viel Sie möchten. Es wird Sie niemand hören können. Dort drüben im Gasthaus sind alle betrunken, und während der Fahrt werden wir auf keine Menschenseele treffen, es ist schließlich mitten in der Nacht. Darum schlage ich vor, Sie schonen Ihre Stimmbänder und meine Nerven und halten ganz einfach den Mund, ja?«

Ich schloss die Augen und nickte erneut. Was blieb mir auch für eine Wahl? Einen Moment später merkte ich, wie jemand auf den Kutschbock kletterte. Mein Verdacht, es handle sich um mehrere Entführer, erhärtete sich. Der Fremde schloss jetzt den Schlag und machte es sich mir gegenüber auf der Bank bequem.

»Ich werde Ihnen ein wenig Gesellschaft leisten, Mylady. Dort draußen ist es in Anbetracht des Wetters doch etwas ungemütlich.«

Ich erwiderte nichts, obwohl mir viel auf der Zunge brannte. Nicht nur Fragen, auf die ich sowieso keine Antwort erhalten würde, sondern auch eine Tirade von Schimpfwörtern, die ich seit dem Arbeitshaus nicht mehr vernommen hatte. Aber wahrscheinlich hatte der Fremde Recht: Ich musste versuchen, mich zu schonen. Da ich keine Ahnung hatte, wohin man mich bringen würde und was mit mir geschehen sollte, mussten meine Nerven so weit gefestigt sein, dass ich die erste Möglichkeit zu einer Flucht erkennen und ergreifen konnte. Darum schwieg ich und betrachtete meinen Entführer im flackernden Schein der Lampe.

Wie ich schon bemerkte, verfügte er über ein angenehmes Äußeres. Sein kurzes, dunkles Haar lockte sich über leicht abstehenden Ohren. Die lange und gerade Nase gab ihm im Zusammenhang mit dem energischen Kinn ein aristokratisches Aussehen. Mir war aufgefallen, dass er sich sehr gepflegt ausdrückte. Er war zweifelsohne ein Mann aus der höheren Gesellschaftsschicht. Er bemerkte, wie unverwandt ich ihn anstarrte, und sagte:

»Es ehrt mich, dass Sie mich so intensiv betrachten. Ich hoffe, meine Gestalt findet Ihre Zustimmung. In einer Situation, die es erfordert, dass wir einige Zeit miteinander verbringen werden, ist es doch bedeutend angenehmer, wenn man sich gegenseitig sympathisch findet.«

»Das Gefühl, das ich für Sie empfinde, ist von Sympathie so weit entfernt wie der Mond von der Erde!«, zischte ich und drehte den Kopf zur Seite.

Erneut lachte er, es war ein kehliger, nicht unangenehmer Laut.

»Man sagte mir bereits, dass Sie recht kratzbürstig sein können. Wie ich sehe, hatte man Recht!« Er hatte wieder mein Interesse geweckt.

»Und wer ist *man*? Wer steckt hinter dieser Teufelei?«

»Das, meine Liebe, kann ich Ihnen natürlich nicht sagen, wie Sie sicher verstehen werden. Noch nicht! Wenn die Zeit gekommen ist, werden Sie alles erfahren.«

»Für Sie scheint es sich um ein aufregendes Gesellschaftsspiel zu handeln, das Sie offenbar amüsiert. Nun, ich würde ja gerne mitspielen, aber es wurde versäumt, mich über die Spielregeln zu informieren.«

Nein, ich täuschte mich nicht! Er zwinkerte mir tatsächlich verschwörerisch zu.

»Nur Geduld, meine liebe Lady Lucille! Alles zu seiner Zeit.«

Soweit es meine Fesseln zuließen, richtete ich mich gerade auf. Mochte ich mich auch körperlich in der schlechteren Position befinden, mein Verstand arbeitete wieder zu hundert Prozent.

»Da Sie über meine Identität informiert sind, haben Sie einen eindeutigen Vorsprung in dem Spiel. Ihrer äußeren Erscheinung nach sind Sie ein Gentleman. Ihr Benehmen allerdings lässt das Gegenteil vermuten. Ein wahrer Herr hätte es nicht versäumt, sich einer Dame gegenüber vorzustellen.«

Auf den darauf folgenden Heiterkeitsausbruch war ich nicht gefasst. Er lachte und schlug sich auf die Schenkel, bis ihm die Tränen über die Wangen liefen.

»Sie sind wirklich ein Juwel, Lady Lucille! Man hat mit Ihrer Beschreibung nicht übertrieben! Also gut, wenn Sie auf einer vollendeten Vorstellung bestehen …« Er erhob sich so weit von der Bank, bis sein Kopf beinahe an die Decke stieß. Dann verbeugte er sich trotz der Enge so galant, als würden wir auf einem Spazierweg im Hyde Park einander vorgestellt. »John Winterton, Mylady.« Er nahm wieder Platz. »Ich würde mich freuen, wenn Sie mich Sir John nennen würden.«

»Ganz wie Sie wünschen, *Sir John*«, zischte ich. Die Situation war grotesk! Wann hatte jemals ein Opfer mit seinem Entführer so zwanglos geplaudert, als säße man sich im Salon bei einer Tasse Tee gegenüber?

Ich wandte meinen Kopf und starrte durch den Spalt im Rollo in die dunkle Nacht. Für die nächsten Stunden erstarb jedes weitere Gespräch zwischen Sir John und mir.

Der Morgen zeichnete sich als schmaler, heller Streifen am Horizont ab – ein Zeichen, dass wir gen Osten fuhren –, als Sir John nach dem schmutzigen Tuch griff. Ich befürchtete, erneut geknebelt zu werden, doch zu meinem Erstaunen band er es mir fest um die Augen, so dass mich völlige Dunkelheit umgab. Dann löste er die Fesseln an meinen Füßen.

»Schreien ist nach wie vor zwecklos, Mylady. Es kann Sie hier niemand hören. Versuchen Sie auch nicht fortzulaufen, Sie könnten nach wenigen Schritten über die Klippen ins Meer stürzen.«

Gleich darauf klapperten die Pferdehufe auf Plastersteinen, und die Kutsche kam zum Stillstand. Die Hände meines Entführers packten meinen Oberarm, und ich wurde ins Freie gezerrt. Während ich ihm über unebene Pflastersteine nachstolperte, peitschte mir der Regen ins Gesicht und durchnässte binnen kurzer Zeit mein Kleid. Im Hintergrund hörte ich ein Rauschen, das ich nicht zuordnen konnte. Dann wurde ich ein paar Stufen hinaufgezerrt, eine Tür knarrte, und ich befand mich im Trockenen. Mein Geruchssinn signalisierte mir abgestandene Luft, in der aber ein Hauch von Rauch lag. Ein Zeichen, dass irgendwo ein Kaminfeuer brannte. Erneut ging es hinauf, dieses Mal offenbar über eine Wendeltreppe. Unter meinen Füßen spürte ich, wie die Stufen in der Mitte von unzähligen Schritten ausgetreten waren, ergo musste ich mich in einem alten Haus befinden. Eine knarrende Tür wurde geöffnet, und angenehme Wärme empfing mich. Unwillkürlich seufzte ich.

»Wir sind am Ziel, Lady Lucille.«

Sir John löste zuerst die Stricke um meine Handgelenke, dann nahm er mir die Augenbinde ab. Der Anblick, der sich mir bot, war so überraschend, dass ich zuerst dachte, mich in Cromdale House zu befinden. Das kleine Zimmer war dem meinen sehr ähnlich. Erst auf den zweiten Blick erkannte ich, dass die Farben der Bettvorhänge und der Teppich dunkler waren. Im Kamin brannte ein wohliges Feuer, das das Zimmer in ein diffuses Licht tauchte, denn die Morgendämmerung setzte gerade erst ein. Das Blut strömte mir in die Hände zurück, die heftig zu kribbeln begannen.

»Was soll das?«, fuhr ich zu Sir John herum.

Er verbeugte sich leicht.

»Ich werde dafür sorgen, dass Sie recht bald ein Frühstück bekommen. Bis dahin möchten Sie sich bestimmt von den Strapazen der Reise ausruhen. Ich werde mich jetzt ein wenig hinlegen, die Nacht war doch sehr anstrengend, nicht wahr?«

Ohne eine Antwort abzuwarten, verließ er den Raum und schloss die Tür hinter sich. Das zweimalige Drehen des Schlüssels im Schloss erinnerte mich daran, dass ich mich nicht zu einer Jagdpartie bei Freunden befand, sondern eine Gefangene war. Erstaunt bemerkte ich jetzt meine Reisetasche auf dem Bett. Sie enthielt zwei meiner Kleider, Unterwäsche, ein Nachthemd und meinen Morgenmantel. Ich kicherte und presste beide Hände auf den Mund.

»Du darfst jetzt nicht hysterisch werden!«, sagte ich laut. Offenbar hatten meine Entführer kein Interesse daran, mich in einem Verlies verrotten zu lassen. Alles ließ darauf schließen, dass ich Gast in einem herrschaftlichen Haus war. Nur gab es dabei einen Haken: Ich hätte gerne selbst entschieden, ob ich eine dementsprechende Einladung hätte annehmen wollen. Erneut vernahm ich das laute Rauschen, das eindeutig nicht vom Regen stammen konnte. Ich trat zum Fenster, schob den leichten, hellen Vorhang zur Seite und öffnete einen Flügel. Im nächsten Moment waren alle meine Sorgen und Bedenken vergessen.

Einundzwanzig Jahre hatte ich in London verbracht und die Stadt niemals verlassen. Natürlich kannte ich die breite, mächtige Themse mit ihren Tausenden von Schiffen. Aber ich hatte nie zuvor das Meer gesehen! Auch während meiner Reise nach Schottland war die Fahrt nicht an der Küste entlang gegangen. Cromdale House selbst lag inmitten des Hochlands. Natürlich hatte ich Bilder und auch diese neuartigen Aufnahmen, die sich Fotografien nannten, von Ozeanen gesehen. Aber was sich jetzt vor meinen Augen bis zum Horizont hin ausbreitete, war so atemberaubend, wie ich es mir niemals hätte vorstellen können. Grün, Grau, Blau – beinahe alle Farben wirbelten mit weißen Schaumkronen besetzt auf einer riesigen Fläche durcheinander. Mit Getöse brach sich eine Welle nach der anderen an den mächtigen Klippen, die sich schwarzglänzend aus der brodelnden Gischt erhoben und jedem Brecher unerschütterlich standhielten. Manchmal erreichten Spritzer mein Gesicht, und ich leckte mit der Zungenspitze die salzigen Tropfen ab. Die Luft war rein und klar, beinahe, als sei sie gar nicht vorhanden. Das unter mir tosende Meer machte mir klar, warum die Fenster meines Gefängnisses nicht vergittert waren. Ich befand mich zweifelsohne in einer alten Burg, Cromdale nicht unähnlich, die direkt aus dem Meer heraus erbaut war. Wenn ich mich weit vorlehnte, erkannte ich drei weitere Fensterreihen unter mir. Darunter kam nichts als der blanke Fels, an den in Sekundenabständen meterhohe Wellen donnerten. Selbst wenn es mir gelingen sollte, mich mithilfe eines Seiles oder zusammengeknoteten Bettlakens in die Tiefe hinabzulassen: Wenn ich nicht sofort an den Klippen zerschellte, würde ich binnen kurzer Zeit in dem eisigen Wasser jämmerlich ertrinken. Selbst ein guter Schwimmer hatte in dieser brodelnden und schäumenden Hexenküche nicht die geringste Chance. Und ich konnte nicht einmal schwimmen. Der Regen ließ langsam nach, schwach zeigte sich in der Ferne ein rötlicher Streifen.

»Morgenrot – Schlechtwetterbot«, erinnerte ich mich an das Sprichwort. Es war folglich nicht mit Sonnenschein zu rechnen. Wenigstens hatte ich jetzt eine ungefähre Vorstellung davon, in welchem Teil Schottlands ich mich befand. Da wir nach Osten gefahren waren, musste sich die Burg irgendwo an der Nordküste zwischen Lossiemouth und Fraserburgh befinden. Ich konnte mir nicht vorstellen, dass wir uns nördlich von Aberdeen befanden, denn dazu war die Reise zu kurz gewesen.

»Und was nützt dir das jetzt?«, fragte ich mich laut. »Vielleicht kannst du ja eine Flaschenpost ins Meer werfen in der Hoffnung, dass ein Ritter in schimmernder Rüstung zu deiner Befreiung eilt.«

Wenigstens hatte ich noch nicht meinen gesamten Humor verloren. Es war nur bedauerlich, dass im ganzen Zimmer weder eine Flasche noch irgendwelches Schreibmaterial zu finden waren. Nun, meine Wärter wussten wahrscheinlich, warum.

Da ich in meinem feuchten Kleid fror, kleidete ich mich in mein Nachthemd. Ich war gerade rechtzeitig fertig, als der Schlüssel gedreht und die Tür geöffnet wurde. Da ich Sir John erwartet hatte, war ich erstaunt, einem Mädchen gegenüberzustehen. Sie war etwa in meinem Alter, dabei aber mager und blass, mit dunklen Schatten unter den Augen. Ohne den Blick auf mich zu richten oder ein Wort zu sagen, stellte sie ein Tablett auf den Tisch.

»Ich danke dir«, sagte ich. »Wie ist dein Name?«

»Bridget«, war die kurze Antwort, dann verschwand sie so rasch, wie sie erschienen war, nicht ohne die Tür sorgfältig hinter sich abzuschließen.

Sarkastisch lächelte ich. Man war sogar so freundlich gewesen, mir ein Mädchen zur Verfügung zu stellen! Wirklich, wenn da nicht noch die roten Male von den Stricken an meinen Hand- und Fußgelenken gewesen wären, hätte ich mir wie auf einer Erholungsreise vorkommen können. Trotz aller Aufregungen meldeten sich meine natürlichen Körperfunktionen, und ich merkte, dass ich hungrig war wie ein Wolf. Das Mädchen hatte mir warmen Kakao, Eier, Schinken und Weißbrot gebracht. Binnen Minuten hatte ich alles bis auf den letzten Krümel aufgegessen. Nun, nachdem mein Bauch gefüllt war, überfiel mich eine bleierne Müdigkeit. Das Bett war weich und frisch bezogen. Es duftete leicht nach Rosenwasser. Noch bevor mein Kopf das Kissen berührt hatte, war ich bereits eingeschlafen.

Ich erwachte mit einem Gefühl absoluter Entspanntheit. Der Raum war in ein mildes Dämmerlicht getaucht, und in dem unwirklichen Moment, der zwischen Traum und Erwachen liegt, fühlte ich mich leicht und unbeschwert. Doch dann bemerkte ich den pochenden Schmerz unter meiner Schädeldecke, und mit einem Schlag wurde mir wieder bewusst, wo ich mich befand und unter welchen Umständen ich hierher gekommen war. Schnell setzte ich mich auf und starrte in das unbewegliche Gesicht von Bridget. Jetzt wusste ich auch, dass mich ihr Eintreten geweckt hatte. In Ermangelung einer Uhr schätzte ich, dass es früher Abend sein musste, da eine fahle Sonne ihre Strahlen schräg durch das Fenster schickte. Das Mädchen hatte ein Tablett auf den Tisch gestellt.

»Sie haben den ganzen Tag geschlafen«, sagte sie vorwurfsvoll. »Ich habe Ihnen Tee und warmes Wasser gebracht, Mylady. Der Herr erwartet Sie nachher zum Dinner.«

Bevor ich eine der vielen Fragen, die mir auf der Zunge brannten, loswerden konnte, hatte sie das Zimmer bereits verlassen – nicht ohne den Schlüssel wieder sorgsam herumzudrehen. Als mir der Duft der frisch gebackenen Rosinenbrötchen in die Nase stieg, merkte ich, wie hungrig ich schon wieder war. Der Tee war heiß und stark, und die dicke Butter zerfloss wie schmelzender Schnee auf den warmen Scones. Ich aß alles auf, dann wusch ich mich und richtete mein Haar, so gut es eben ohne Kamm und Bürste ging. Inzwischen war es dunkel geworden. Nur das Tosen und Krachen der Brandung erinnerte mich daran, dass ich mich in einer Festung hoch über dem Meer befand. Da mein Kleid verknittert war, schlüpfte ich in ein frisches. Wie aufmerksam von meinen Entführern, an meine Garderobe zu denken, dachte ich ironisch. Danach musste ich nicht lange warten, bis Bridget mich abholte. Als ich hinter ihr auf den Gang trat, sah ich mich zur Orientierung rasch um. Das Mädchen besaß ungefähr meine Größe und Statur, und ich rechnete mir blitzschnell die Chancen aus, sie überwältigen zu können. Sie trug offenbar keine Waffe bei sich. Ich folgte ihr über eine Wendeltreppe nach unten. Erneut stellte ich fest, dass diese Burg eine große Ähnlichkeit mit Cromdale House besaß. Wahrscheinlich war sie ungefähr zur gleichen Zeit erbaut worden. Die Treppe endete in einer holzgetäfelten Halle, den Stufen gegenüber erkannte ich im Kerzenlicht die Eingangstür. Ich nahm meine ganze Kraft zusammen und schubste das Mädchen mit beiden Händen nach vorne. Sie strauchelte und fiel auf die Knie, die Kerze fiel zu Boden und verlosch. Bevor sie sich von ihrer Überraschung erholen konnte, hatte ich bereits die Tür erreicht. Mit zitternden Fingern schob ich den massiven Riegel zur Seite und drückte auf die Klinke.

»Verdammt!«

So sehr ich auch zerrte und rüttelte, die Tür bewegte sich keinen Zentimeter. Plötzlich hörte ich ein Lachen an meiner Seite.

»Aber, aber, meine Liebe! Schätzen Sie meine Gastfreundschaft so wenig, dass Sie mich ohne ein Wort des Abschieds verlassen wollen? Das wäre doch sehr töricht von Ihnen, denn wie Sie sehen, ist es bereits wieder dunkel. Wie leicht könnten Sie sich verirren und ins Meer stürzen.« Wie aus dem Nichts aufgetaucht, stand Sir John neben mir. Mit der rechten Hand spielte er mit einem Schlüssel, dabei blitzten seine Augen provozierend.

»Lassen Sie mich sofort hier raus!«, keuchte ich. Wie hatte ich auch nur einen Moment lang glauben können, auf eine unverschlossene Tür zu stoßen?

Sir John hob bedauernd die Schultern, steckte den Schlüssel in die Hosentasche und ergriff meinen Arm.

»Das Dinner ist serviert, Mylady. Darf ich Sie zu Tisch bitten?«

Mir blieb nichts anderes übrig, als ihm in das Speisezimmer zu folgen. Bridget stand an der Tür, stemmte die Arme in die Hüften und sah mich mit zornigen Augen an. Sir John betrachtete uns schmunzelnd.

»Respekt, wie tatkräftig Sie sich zur Wehr setzen, meine Liebe. Aber bedenken Sie, das Mädchen folgt nur meinen Befehlen. Kein Grund, ihr gegenüber handgreiflich zu werden.«

Ich verzichtete auf eine Antwort und ließ mich von ihm an einen mit Geschirr und verschiedenen Gläsern gedeckten Platz führen. Im Kamin brannte ein Feuer, Dutzende von Kerzen beleuchteten safrangelbe Vorhänge und Teppiche. Die scheinbare Idylle wurde allerdings durch die Tatsache, dass sich vor dem Fenster Gitterstäbe befanden, erheblich getrübt. Sir John setzte sich mir gegenüber an den Tisch, der gut und gerne zwanzig Personen Platz bot. Er hob eine Hand und winkte, woraufhin aus dem Schatten der hinteren Ecke ein bulliger Kerl mit wenig vertrauenswürdigen Gesichtszügen trat. Wortlos schenkte er aus einer Karaffe goldgelben Wein ein, erst mir, dann Sir John. Ich hob das Glas und schnupperte daran.

»Es handelt sich um erstklassigen Rheinwein aus Deutschland. Sie können ihn unbesorgt genießen, es wurde kein Gift beigemischt.«

»Da wäre ich mir nicht so sicher«, murmelte ich und stellte das Glas zur Seite. Ich musste auf jeden Fall einen klaren Kopf behalten. Unter gesenkten Augenlidern musterte ich Sir John, der das Glas auf einen Zug leerte. Sogleich wurde es wieder gefüllt. Uns trennten einige Meter. Aus dieser Entfernung und unter der Einwirkung des schmeichelnden Kerzenlichtes konnte man Sir John durchaus als attraktiv bezeichnen. Seine Figur war wohlgeformt, seine Gesichtszüge waren angenehm. Er erinnerte mich ein wenig an James Grindle. Gut aussehend, aber auch ein wenig langweilig. Sogleich drängte sich mir der Vergleich mit Harrison auf. Was für ein Unterschied bestand zwischen den beiden Männern! Nicht nur im Aussehen, sondern auch in der Art, wie Harrison saß, wie er sein Glas hielt, wie er …

Genug, befahl ich mir. Harrison MacGinny war ein Teil meines Lebens, den ich am besten so schnell wie möglich vergaß. Ich würde diesen Mann niemals wiedersehen.

Der Diener servierte nun eine Suppe, die zugegebenermaßen köstlich duftete. Trotz Tee und Scones knurrte mein Magen bedenklich, dennoch zögerte ich. Sir John lächelte.

»Glauben Sie mir, Lady Lucille, ich habe kein Interesse daran, Ihnen Schaden zuzufügen. Meine und Ihre Suppe stammen aus dem gleichen Topf. Und sehen Sie – mir mundet sie vorzüglich.« Er tauchte den Löffel in die sämigweiße Flüssigkeit und führte ihn zum Mund. Skeptisch tat ich es ihm gleich. Hätte Sir John mich töten wollen, hätte er sich nicht die Mühe machen müssen, mich quer durch Schottland hierher zu bringen. Nachdem ich gekostet hatte, entfuhr mir ein Laut der Verwunderung.

»Köstlich, nicht wahr, meine Liebe?«, bemerkte Sir John. »Miesmuschelsuppe mit Knoblauch und Weißwein. Abgeschmeckt mit einer Portion Sahne.«

Ich musste gestehen, dass ich nie zuvor eine solch wohlschmeckende Speise genossen hatte, und leerte den Teller bis auf den letzten Tropfen. Sogleich wurde er von dem Diener – oder wer immer der Kerl war – abgeräumt, und es folgte eine Platte mit verschiedenen Fleischsorten, nicht üppig, aber liebevoll angerichtet und dekoriert.

»Rebhuhn und Wachteln«, erklärte Sir John. »Sie müssen unbedingt von beidem kosten.«

Ich tat es und musste auch hier zugegeben, dass die Speisen nicht nur fürs Auge, sondern auch für den Gaumen mehr als ansprechend waren.

»Sie müssen mir Ihre Köchin einmal ausleihen«, spottete ich und tupfte mir die Lippen ab. »Meine ist zwar auch sehr gut, aber solche Köstlichkeiten kann sie nicht zaubern.«

Ich erkannte, wie Sir John leicht errötete. Er hob sein Glas und prostete mir zu. Ich tat es ihm gleich.

»Es freut mich außerordentlich, dass ich Ihren Geschmack getroffen habe. Allerdings muss ich gestehen, dass ich keine Köchin beschäftige. Das Mädchen, das Sie bereits kennen gelernt haben, mein Diener und Vertrauter Stephen und meine Wenigkeit sind derzeit die Einzigen, die dieses Haus bewohnen.«

Überrascht blickte ich auf den Diener, dessen Name offenbar Stephen lautete. Er war von gedrungener, bulliger Gestalt mit kurzen Armen und kräftigen Händen. Seine niedrige Stirn, die eng stehenden Augen und der stiere Blick ließen nicht gerade darauf schließen, dass er ein Meisterkoch war. Aber so kann man sich täuschen. Oder sollte das Mädchen Bridget all die Köstlichkeiten gezaubert haben? Um meine Verwunderung perfekt zu machen, fuhr Sir John fort:

»Ich habe den ganzen Nachmittag in der Küche gestanden, meine Liebe. Aber da ich sehe, dass es Ihnen offensichtlich gemundet hat, war es die Arbeit wert.«

»*Sie?* Sie haben gekocht?«

Sir John lehnte sich geschmeichelt zurück.

»Ich muss gestehen, dass ich mich auf die französische Küche verstehe.«

Fassungslos spielte ich mit dem Rand meiner Serviette.

»Sie scheinen ein Mann mit vielen Talenten zu sein«, meinte ich ironisch und tastete unwillkürlich an meinen Hinterkopf. Dort hatte sich zwischenzeitlich eine nicht unerhebliche Beule gebildet. Sir John entging meine Zweideutigkeit. Wohlgefällig nickte er.

»Ja, ich mag es, mich in verschiedene Richtungen zu orientieren. Ich garantiere Ihnen, Sie werden sich in meiner Gegenwart nicht langweilen.« Ich hob spöttisch die Mundwinkel.

»Wenn ich es nicht besser wüsste, würde ich meinen, Sie versuchten, mit mir zu flirten, Sir John. Oder wie immer Ihr Name lauten mag.« Er stand auf, umrundete den Tisch und setzte sich auf den Stuhl zu meiner Rechten.

»Warum erscheint es Ihnen als so abwegig, dass ich Ihre Gesellschaft und Nähe suche? Dass ich versuche, Sie zu beeindrucken?«

Ich merkte, wie sich meine anfängliche Belustigung in Wut wandelte. Heftig warf ich die Serviette auf den Tisch. Schließlich befand ich mich hier nicht bei einer Wochenendeinladung bei Freunden und betrieb zwanglose Konversation.

»Warum ich daran zweifle? Vielleicht, weil mir die Umstände, wie ich in den Genuss dieses Essens gekommen bin, nicht sonderlich zusagen.« Wütend funkelte ich ihn an. Jetzt, da er mir so nah war, erkannte ich deutlich den verlebten Zug um seine Mundwinkel, die roten Äderchen auf den Wangen und die ausgeprägten Tränensäcke. »Muss ich Sie daran erinnern, dass Sie mich betäubt, niedergeschlagen, gefesselt und geknebelt, entführt, quer durch Schottland verschleppt und schließlich eingesperrt haben? Alles in allem bin ich nicht Ihr Gast, sondern Ihre Gefangene hinter verschlossenen Türen und vergitterten Fenstern! Um diese Tatsache aufzuklären, bedarf es weitaus mehr als eines delikaten Essens!«

Er lächelte nachsichtig und tätschelte meine Hand. Ich zog sie schnell zurück, denn die Berührung war mir unangenehm.

»Ach, meine liebe Lady Lucille, warum entspannen Sie sich nicht und versuchen, ein paar Tage die Situation zu genießen? Zu meiner Verteidigung muss ich anbringen, dass ich nicht für die Widrigkeiten, die Sie durchstehen mussten, verantwortlich bin, wenngleich ich auch zugeben muss, dass mein treuer Diener Stephen in seinem Eifer wohl zu viel des Guten getan hat. Er wollte wohl ganz sicher gehen und hatte den Eindruck, dass das chloroformgetränkte Tuch nicht ausreichend war.«

»Darum zog er mir einen Knüppel über den Kopf? Wie aufmerksam von ihm«, warf ich trocken ein.

»Nun, es war vielleicht etwas zu heftig, da haben Sie Recht. Andererseits haben Sie sich so sehr gewehrt, dass der Arme einen Bluterguss am Schenkel davongetragen hat. Ihre Tritte sind nicht ohne, Lady Lucille!«

Ich verdrehte die Augen und schüttelte den Kopf.

»Verlangen Sie jetzt von mir, dass ich mich bei diesem ungehobelten Kerl entschuldige? Gerne gebe ich zu, dass es mir Leid tut. Leid, dass es mir nicht gelungen ist, ihm sämtliche Knochen zu brechen! Ich habe Sie um die Einladung in Ihr Haus nicht gebeten. Es ist doch Ihr Haus, oder?«

Er nickte, und Stolz glomm in seinen Augen.

»Die Burg ist seit vielen Generationen im Besitz meiner Familie. Das bedeutet für mich eine große Belastung. Täglich sehe ich die Porträts meiner Ahnen, die lächelnd auf mich herunterschauen. Ich lese in ihren Augen den Vorwurf, dass ich immer noch nicht verheiratet bin und keinen Erben vorweisen kann. Tja, einem alten Geschlecht anzugehören bedeutet gleichzeitig auch, eine große Verantwortung zu tragen.«

»Sir John, es ist genug!«, sagte ich scharf und versuchte, mich zu erheben. Sogleich war er neben mir und drückte mich mit sanfter Gewalt auf den Stuhl zurück. Man sah ihm nicht an, wie viel Kraft in seinen Armen steckte. Es würde mir nicht gelingen, ihn zu überwältigen, um in den Besitz des Schlüsselbundes zu kommen. Zudem hielt sich die bullige Gestalt des Dieners stets im Hintergrund auf. »Auch wenn ich in Ihren Augen Ihre Gastfreundschaft nicht zu schätzen weiß, so möchte ich jetzt endlich wissen, warum Sie mich entführt haben. Wenn Sie sich Lösegeld erhoffen, so muss ich Sie leider enttäuschen. Ich besitze gerade genügend, um mich selbst über Wasser zu halten.«

Sir John ließ mich keinen Augenblick aus den Augen.

»Sie werden bald erfahren, warum, meine Liebe. So lange muss ich Sie bitten, sich zu gedulden. Das Mädchen wird dafür sorgen, dass es Ihnen an nichts fehlt. Sie brauchen nur Ihre Wünsche zu äußern …«

»Dann wünsche ich, umgehend nach Cromdale zurückgebracht zu werden«, unterbrach ich ihn scharf. »Wenn Sie mich noch heute Nacht gehen lassen, werde ich von einer Anzeige absehen.«

In dem Moment, als ich es aussprach, wusste ich, dass ich eine Anzeige nicht hätte erwähnen sollen. In seinen sonst ruhigen Augen glomm ein Funke von Härte auf, der mir sagte, dass seine Freundlichkeit nur oberflächlich war. Ein furchtbarer Verdacht stieg in mir auf. Bisher hatte ich gedacht, das Opfer einer Erpressung zu sein. Sobald er feststellte, dass ich nicht über Reichtümer verfügte, würde er mich gehen lassen. Aber jetzt konnte ich mich dem Gedanken, einem Geisteskranken in die Hände gefallen zu sein, nicht verschließen. Sir John hatte davon gesprochen, heiraten und einen Erben bekommen zu müssen. Wenn er sich auf diese Art und Weise eine Frau besorgen musste, stimmte offenbar mit ihm etwas nicht. Aber warum war die Wahl ausgerechnet auf mich gefallen? Wir waren uns nie zuvor begegnet, jedenfalls konnte ich mich nicht an ihn erinnern. In meinem Kopf wirbelten die Gedanken durcheinander. Ich glaubte, seine Anwesenheit keinen Moment länger ertragen zu können.

»Bitte, Sir John, ich möchte mich jetzt zurückziehen«, versuchte ich so freundlich wie möglich zu sagen. Ich erinnerte mich daran, dass man Verrückte höflich und zuvorkommend behandeln sollte. »Ich danke Ihnen für das ausgezeichnete Mahl, aber jetzt bin ich sehr müde.«

Er stand auf und verneigte sich. Dann schnippte er mit den Fingern, und lautlos trat Bridget ein. Sie musste wohl vor der Tür gewartet haben.

»Führe Mylady in ihr Zimmer«, befahl er, ohne dem Mädchen einen Blick zu gönnen. »Lady Lucille, Sie werden jetzt folgsam sein, oder? Seien Sie versichert, dass keine der Türen offen steht. Sollte Ihnen dennoch die Flucht ins Freie gelingen, so muss ich Sie warnen! Das Haus ist von drei Seiten vom Meer umgeben und verfügt zum Land hin über eine Zugbrücke, die selbstverständlich hochgezogen ist.« Er lächelte, nicht ohne Charme, und fuhr fort: »Sollten Sie es dennoch irgendwie schaffen, die Burg zu verlassen, so befinden Sie sich in einem Moorgebiet, in das sich selbst die Einheimischen nicht wagen. Sie könnten auch über die Klippen ins Meer stürzen. Ich denke, dass Sie die gemütliche Wärme Ihres Zimmers diesen Aussichten vorziehen werden, oder?«

Ich verzichtete auf eine Antwort und folgte dem Mädchen die Treppe hinauf. Stephen begleitete uns. Sir John ging nicht wieder das Risiko ein, dass ich Bridget überwältigen könnte. Auch wenn alles den Anschein hatte, als drohe mir keine unmittelbare Gefahr, ich musste auf der Hut sein. Es musste mir einfach gelingen, die Burg so schnell wie möglich zu verlassen!

Am nächsten Tag sah ich Sir John erst wieder am Abend. Der Regen hatte aufgehört, und Bridget führte mich am Vormittag in einen kleinen Innenhof, der von den Gebäuden der Burg umschlossen war. Außer der Pforte, durch die wir getreten waren, gab es keinen weiteren Zugang. In den ungepflegten Beeten wucherte verdorrtes Unkraut, das der Winter noch nicht restlos zerstört hatte. In der Mitte befand sich eine moosüberzogene Sonnenuhr, daneben eine hölzerne Bank. Seufzend ließ ich mich auf dieser nieder und streckte mein Gesicht der Sonne entgegen. Obwohl der Wind kühl war, tat der Aufenthalt an der frischen Luft gut. Die halbe Nacht hatte ich wach gelegen und über meine Lage nachgedacht. Doch von welcher Seite ich die Angelegenheit auch betrachtete, es gab keine Lösung. Nicht, bevor ich nicht wusste, welche Ziele Sir John verfolgte. Irgendwie schien mir heute die Vorstellung, er hätte mich entführt, um mich zu zwingen, ihn zu heiraten, absurd. Aber waren in den letzten Monaten in meinem Leben nicht lauter Absurditäten geschehen? Zuerst das Erbe eines unbekannten Großvaters, die Kämpfe mit Glenda und Fiona Ardwell um Cromdale, schließlich die vermeintliche Liebe zu Harrison MacGinny. Harrison … Beim Gedanken an ihn zog sich mein Herz zusammen. Die Wut über seine Lügen und Hinterhältigkeiten konnte den Schmerz über seinen Verrat nicht überdecken. Trotz allem, was er mir angetan hatte, spürte ich im hintersten Winkel, dass ich ihn immer noch liebte. Obwohl das Ende schmerzlich gewesen war, hatte mir Harrison für kurze Zeit immerhin das größte Wunder auf Erden geschenkt: jemanden mit Haut und Haaren zu lieben, zu spüren, dass wir Menschen für die Liebe geschaffen wurden und ohne sie nicht existieren können. Auch wenn alles nur Lüge gewesen war, die Zeit mit Harrison würde ich niemals bedauern oder mit Hass daran zurückdenken.

Zwei weitere Tage vergingen, in denen mir nichts weiter übrig blieb, als in meinem Gefängnis ruhelos auf und ab zu laufen. Abends speiste ich mit John Winterton, der versuchte, meinen Appetit mit wirklich köstlichen Speisen anzuregen. Die Überlegung, in eine Art Hungerstreik zu treten, hatte ich schnell wieder verworfen. Mein Bestreben war es, bei der ersten sich bietenden Gelegenheit zu fliehen. Dazu musste ich bei Kräften und Herr meiner Sinne sein. Die Unterhaltung am Abend verlief einsilbig. Sir John war nicht gewillt, mir irgendetwas über den Sinn und Zweck meiner Entführung zu offenbaren. Dann brach der nächste Tag an, und ich stellte beim Aufwachen fest, dass Weihnachten war. In meinen kühnsten Träumen hätte ich mir nicht vorgestellt, das Fest als Gefangene fernab von Cromdale zu verbringen. Ich war sicher, dass mein Verschwinden längst bemerkt worden war und ebenso, dass ich Cromdale nicht freiwillig verlassen hatte, denn es fehlten nur wenige meiner Sachen. Mit Wehmut dachte ich an die fröhliche Gesellschaft, die sich heute auf dem Grindle-Hof einfand. Bestimmt sprach man über mich. Aber wo sollten sie anfangen zu suchen? Würden sie mich überhaupt suchen? Fragen über Fragen, auf die ich keine Antwort fand.

Gegen Mittag erschien Bridget und führte mich in den Salon. John Winterton begrüßte mich herzlich.

»Ich wünsche Ihnen ein schönes Weihnachtsfest, Lady Lucille. Sie müssen entschuldigen, dass ich kein Geschenk für Sie habe, aber leider ist mir Ihr Geschmack noch nicht vertraut.«

»Was ich mag und was nicht, werden Sie auch nie erfahren«, zischte ich wütend. »Das Einzige, was ich will, ist unverzüglich nach Hause gebracht zu werden!«

»Aber meine liebe Lucille, tun wir nicht alles, um deinen Aufenthalt so angenehm wie möglich zu gestalten?«

Als ich die mir wohl bekannte Stimme hinter mir hörte, erstarrte ich beinahe zur Salzsäule. Der Albtraum begann in Dimensionen zu gipfeln, die über meine Vorstellungskraft hinausgingen. Linkisch, als würden meine Glieder mir nicht mehr gehorchen, drehte ich mich um.

»Violet!«

Sie stand in einem eleganten taubengrauen Kostüm an den Türrahmen gelehnt. Ihre Lippen lächelten, doch ihre Augen waren eiskalt.

»So sieht man sich wieder, Lucille. Nachdem ich so lange deine Gastfreundschaft genießen konnte, hoffe ich, dass ich dir ein wenig davon bei deinem Aufenthalt in meinem Haus vergelten kann.«

»Dein Haus?« Fassungslos hielt ich mich an der Tischkante fest. »Ich dachte … Sir John …?«

Violet schlenderte langsam durch den Raum und hakte sich bei Sir John unter.

»Mein Bruder sagte mir bereits, dass du dich wenig kooperativ zeigst.«

»Du scheinst viele Brüder zu haben, Violet«, sagte ich ironisch, was sie aber völlig unberührt ließ. »Was willst du von mir?« Beinahe wäre mir eine Frage nach Harrison entschlüpft. Ich rechnete jeden Moment damit, auch ihn zu sehen. Bestimmt war er ihr Komplize. Was für einen perfiden Plan hatten sich die beiden ausgedacht?

Violets hoheitsvolles Lächeln wurde eine Spur süffisanter:

»Wie du selbst weißt, verschlingt der Unterhalt eines solchen Hauses immense Summen. Leider hat bereits unser Vater seine Zeit lieber in gewissen Etablissements und an Spieltischen verbracht, als sich um die Burg zu kümmern.«

»Diese Eigenschaft habe ich von ihm geerbt«, warf John Winterton grinsend ein. »Das Leben ist so kurz, man sollte jeden Tag genießen, nicht wahr, Schwesterchen?«

Sie lächelte ihn liebevoll an. Deutlich erkannte ich den Unterschied zu den Blicken, mit denen sie Harrison bedacht hatte. Ja, sagte ich mir, so schaut eine Frau ihren Bruder an. Jetzt, wo Violet unmittelbar neben ihm stand, erkannte ich die Ähnlichkeit zwischen den Geschwistern. Beide verfügten über schräg stehende, kalte Augen. Violet setzte sich und forderte uns auf, es ihr gleichzutun. Kurz darauf brachte Bridget den Tee, den ich jedoch unberührt stehen ließ.

»Erfahre ich jetzt endlich die Wahrheit, Violet?«, fragte ich. »Sofern du überhaupt in der Lage bist, über deine Lippen etwas anderes als Lügen zu bringen.«

Ihre Mundwinkel zuckten, es traf mich ein hasserfüllter Blick.

»Du bist nicht in der Position, irgendwelche Forderungen zu stellen oder mich zu beleidigen! Nur weil du dir eingebildet hast, ein Mann wie Harrison könnte dich lieben, besteht kein Grund zur Überheblichkeit.«

Die Erwähnung des geliebten Namens erregte mich sehr. Ich bemühte mich, mir nichts anmerken zu lassen, und erwiderte kühl:

»Wo steckt denn Harrison? Ich bin sicher, seine feine Mutter steckt ebenfalls mit euch unter einer Decke.«

John lachte glucksend vor sich hin.

»Harrison MacGinny ist wohl der letzte Mensch, der sich hier blicken lassen würde.«

»Halt den Mund!«, fuhr Violet ihn böse an. »Das tut nichts zur Sache!« Grübelnd zog ich die Stirn kraus und wartete, bis Violet fortfuhr: »Natürlich bin ich daran interessiert, dass dies …«, sie blickte in die Runde, »nicht den Banken zum Opfer fällt, schließlich ist das Haus seit vielen Generationen im Besitz unserer Familie. Nur darum habe ich diesen senilen französischen Idioten geheiratet. Zu Anfang hat mich Jacques regelrecht vergöttert, er war völlig vernarrt in mich. Es gelang mir auch, meinem Bruder immer wieder Geld zu schicken. Dann aber wurde der alte Narr misstrauisch und kontrollierte meine Ausgaben. Er war nicht gewillt, die Eskapaden – wie er es nannte – meines Bruders zu unterstützen.«

»Dabei brauche ich das Geld dringend«, warf Sir John ein, »denn ich habe das Haus bereits mit so vielen Hypotheken belastet, dass mir keine Bank mehr einen weiteren Kredit geben will.«

»Wie wäre es mit ehrlicher Arbeit?«, bemerkte ich zynisch und fragte mich, warum sie mir das alles erzählten. Ich sollte es bald erfahren.

»Offenbar war Jacques dahinter gekommen, dass ich in Frankreich eine kleine … na, sagen wir mal Liaison mit einem jungen Mann hatte, also gab er mir gar kein Geld mehr. Wie konnte ich ahnen, dass er mich auch in seinem Testament nicht bedachte? Alles ging an seinen Sohn, der mir gerade mal das überließ, was ich zur Überfahrt nach

Schottland brauchte. Dabei habe ich mir alle erdenkliche Mühe gegeben, Jacques' Tod wie einen bedauerlichen Unfall aussehen zu lassen.«

»Du hast ihn umgebracht?«

Vor Entsetzen war ich aufgesprungen, und John drückte mich sofort wieder auf meinen Platz zurück. Meine Hände zitterten, als ich sie ineinander verschränkte.

Violet zuckte verächtlich mit den Schultern.

»Er hatte selbst Schuld, wenn er glaubte, er könne eine junge, hübsche Frau wie mich dauerhaft an sich fesseln. Alles, was ich von Jacques wollte, war sein Geld.«

»Was dann gründlich schief gegangen ist«, gab John zu bedenken. »Darum muss ich mich jetzt opfern und Lucille heiraten.«

»Was?« Hätte ich nicht meine Fingernägel, die sich ins Fleisch bohrten, schmerzhaft gespürt, hätte ich gedacht, in einem Albtraum gefangen zu sein. »Das ist ungeheuerlich! Wie du selber weißt, liegen die Einnahmen von Cromdale gerade so am Existenzminimum. Ich habe kein Geld, auf keinen Fall so viel, zwei Burgen unterhalten zu können.«

Sie beugte sich vor und blinzelte mich feindselig an.

»Du hast etwas, was sehr wertvoll ist. Sag jetzt nicht, dass du nicht weißt, wovon ich spreche. Ich bin mir nämlich ganz sicher, dass du den legendären Schatz von Connell MacHardy gefunden hast. Aus diesem Grund hast du uns doch aus dem Haus geworfen.«

Ich lachte laut und bitter auf.

»Nach allem, was ich von dir weiß, wundert es mich nicht, dass du auch darüber Bescheid weißt. Wie hast du davon erfahren?«

»Das ist nicht von Wichtigkeit«, zischte Violet. »Also, wo ist der Schatz versteckt?«

Ich wusste, dass Violet die Legende von Maggie Baldwin gehört hatte, ebenso wie sie von der Alten auch die unheilvollen Kräuter erworben hatte. Das war aber geschehen, bevor Maggie und ich uns persönlich kennen gelernt hatten.

»Ja, ich habe das Versteck gefunden. Wieso sollte ich es nicht zugeben? Es existiert tatsächlich eine Truhe, die randvoll mit Münzen gefüllt ist, aber sie sind nichts wert. Hörst du, Violet, der angebliche Schatz ist von keiner materiellen Bedeutung.«

»Das glaube ich dir nicht! Woher solltest du das wissen?«

Ich spielte meinen Trumpf aus:

»Er wurde bereits von einem Herrn vom Britischen Museum in London begutachtet. Es tut mir Leid, dir das sagen zu müssen, aber die Entführung war völlig umsonst. Es gibt bei mir nichts zu holen.«

Bebend umklammerte Violet ihre Tasse, dann warf sie diese voller Zorn an die Wand. Der Tee spritzte nach allen Seiten, und die Scherben fielen klirrend zu Boden.

»Ich glaube dir kein Wort! Du wirst uns den Schatz umgehend aushändigen, sonst ...« In ihren Augen stand pure Mordlust. Ich schauderte, wenn ich daran dachte, dass sie tatsächlich einen Menschen getötet hatte.

»Ich denke, ich soll diesen Mann hier heiraten.« Ich deutete auf John. »Das ist aber schlecht möglich, wenn du mir etwas antust. Vielleicht könnt ihr zwei euch einigen, was ihr wollt.«

Meine Verfassung war keineswegs so ruhig, wie die Worte es vermuten ließen. Ich hatte Angst, und in mir tobte die Frage, was Harrison mit der ganzen Sache zu tun hatte. Schließlich konnte ich mich nicht länger zurückhalten und sagte:

»Der perfide Plan, Harrisons Frau zu werden, ist nicht aufgegangen, Violet. Sicher hast du dir erhofft, als seine Geliebte in der Nähe leben und von dem Schatz profitieren zu können. Was hattet ihr dann vor? Wollte Harrison nach der Hochzeit offen nach dem Versteck suchen und mich anschließend ebenfalls töten?«

Auf die heftige Reaktion, die meine Worte auslösten, war ich nicht gefasst. Violet sprang auf und schlug mich mitten ins Gesicht. Fassungslos und unfähig, mich zu bewegen, starrte ich sie an.

»Wage es niemals wieder, in meiner Gegenwart diesen Namen auszusprechen!« Sie stürmte aus dem Zimmer und warf die Tür so heftig hinter sich zu, dass die Fensterscheiben klirrten. John trat an meine Seite und fuhr mir leicht über die Wange, auf der sich jetzt die Abdrücke von Violets Fingern zeigten. Ich zuckte zurück, wollte nicht, dass er mich berührte.

»Sie müssen die Heftigkeit meiner Schwester entschuldigen. Aber immer, wenn es um Harrison MacGinny geht, ist sie nicht mehr Herr ihrer Sinne.«

»Ich verstehe nicht …«

»Violet liebt ihn seit vielen Jahren. Sie war damals noch sehr jung, als sie sich aus Zufall in Inverness begegneten. Harrison ist die einzige Person auf der ganzen Welt, die meine Schwester mehr als sich selbst liebt. Mich eingeschlossen.«

»Und Harrison?«, fragte ich atemlos.

Er hob die Schultern und schüttelte den Kopf.

»Ich habe ihn nicht oft gesehen, aber mein Eindruck war immer, dass er Violet nicht die gleichen Empfindungen entgegenbringt. Vor zwei Jahren muss es einen heftigen Streit zwischen den beiden gegeben haben, ich weiß aber nichts Näheres darüber. Auf jeden Fall wäre Violet nur zu gerne seine Frau. Für Harrison MacGinny würde sie sogar auf jeglichen Luxus verzichten.« Plötzlich brach er ab und starrte mich an. »Warum zum Teufel erzähle ich Ihnen das eigentlich? Sie werden jetzt unverzüglich meinem Diener sagen, wo der Schatz versteckt ist, und er wird ihn hierher bringen. Danach können Sie gehen.«

»Das glauben Sie doch selbst nicht!«, hielt ich dagegen. »Sie wissen ebenso wie ich, dass ich unverzüglich zur Polizei gehen und Sie anzeigen würde. Nein, dieses Risiko können Sie nicht eingehen.«

Während ich die Worte aussprach, wurde mir bewusst, in welch gefährlicher Lage ich mich befand. Und doch glomm ein Freudenfunken in meinem Inneren, der zwar völlig hoffnungslos, aber so wohltuend wärmend war: Harrison liebte Violet nicht! Er wollte sie nicht! Ich glaube, in diesem Moment war mir alles andere, auch die Sorge um mein Leben, völlig gleichgültig.

Für den Rest des Tages wurde ich wieder in meinem Zimmer eingesperrt. So hatte ich Zeit, über alles, was ich erfahren hatte, nachzudenken.

Zwei Tage kamen und gingen, ohne dass etwas geschah. Die mürrische Bridget brachte mir das Essen, Violet und ihren Bruder sah ich nicht. Mir blieb nichts anderes übrig, als ruhelos in meinem Gefängnis auf und ab zu gehen, doch so sehr ich auch über alle Möglichkeiten einer Flucht nachdachte, es gab keinen Weg, die Burg zu verlassen. Die Ritter des Mittelalters hatten schon gewusst, warum sie diese Festung auf den Klippen erbauten. Die Burg zu erobern war einst unmöglich gewesen. Genauso wenig konnte es mir gelingen, aus ihr zu entfliehen. Obwohl ich Violet gegenüber wahrlich keine Sympathie empfand, war ich doch erleichtert, als sie am dritten Tag in mein Zimmer kam. Egal, was nun geschehen würde, alles war besser als diese zermürbende Untätigkeit.

»So, Lucille, ich hoffe, du hast jetzt Zeit genug gehabt, über alles nachzudenken. Du kannst noch viele, viele Jahre hier bleiben, kein Mensch wird dich finden. Oder du bist jetzt bereit, mir zu verraten, wo der Schatz versteckt ist.«

Ich wiederholte, was ich bereits John gesagt hatte:

»Welche Garantie habe ich, dass ihr mich wirklich gehen lasst, wenn ich euch alles sage? Wäre es nicht zu gefährlich, mich einfach so freizulassen?«

Violet lächelte mit kalten Augen.

»Selbstverständlich musst du noch eine Weile ausharren, so lange, bis mein Bruder und ich das Land verlassen haben. Man wird unsere Spur niemals finden.«

Angestrengt dachte ich nach. Wenn ich davon ausging, dass sie es ernst meinte, konnte ich mir nicht vorstellen, dass sich Violet die Mühe machen würde, noch in Schottland den Wert der Truhe bestimmen zu lassen. Ich ging also nur ein geringes Risiko ein, wenn ich ihnen den angeblichen Schatz aushändigte. Mir kam noch etwas anderes in den Sinn.

»Es wird bestimmt schwierig werden, den Schatz zu veräußern. Ich kann dir allerdings eine größere Summe Bargeld anbieten. Mehrere Tausend Pfund.«

»Woher willst du so viel Geld nehmen, Lucille? Es sei denn, du hast mich angelogen und bereits Teile des Schatzes veräußert.«

Ich schüttelte den Kopf.

»Dieses Geld liegt im Keller von Cromdale. Es ist ebenfalls eine Art Schatz.« Zu meinem Erstaunen winkte Violet gelangweilt ab.

»Versuch nicht, mir das Falschgeld aufzuschwatzen! Glaubst du, ich will auf direktem Weg ins Gefängnis wandern?«

»Du weißt davon?« Du meine Güte, die Frau schaffte es immer noch, mich in Erstaunen zu versetzen! Auf wie viele Abgründe in ihrer Seele würde ich noch stoßen?

»Harrison ist ja so dumm! Ich sagte zu ihm: ›Lass uns mit dem Geld fortgehen und ein neues Leben beginnen‹, aber er hat mich nur ausgelacht. Irgendjemand hat ihm die alte Druckerpresse geschenkt, und Harrison hat versucht, Banknoten zu drucken. Natürlich sind sie von mangelhafter Qualität, aber wenn er sich nur mehr bemüht hätte, dann wäre er durchaus in der Lage gewesen, Banknoten herzustellen, die von richtigen kaum zu unterscheiden gewesen wären.«

Mit klopfendem Herzen lehnte ich mich vor und fragte: »Harrison hat das Geld niemals ausgegeben?«

Violet schnaubte verächtlich.

»Nein, zum Teufel! Er dachte darüber nach, aber er sagte, dass es sein Gewissen nicht zuließe, andere Menschen zu betrügen. Gewissen! In der heutigen Zeit erkämpft man sich seinen Platz in der Gesellschaft nicht mit solchen Sentimentalitäten wie einem Gewissen. Geld ist das Einzige, was zählt. Ich habe selten einen so ehrlichen Mann wie Harrison kennen gelernt, aber wenn du nicht aufgetaucht wärst, hätte ich ihn bestimmt von der Richtigkeit, sich auch einen Teil des großen Kuchens zu nehmen, überzeugen können. Du hast alles zerstört, und dafür hasse ich dich!«

Alles in meinem Inneren jubilierte, denn ich glaubte Violet. Harrison war kein Fälscher und Betrüger. Er hatte in den Nächten nicht nach dem Schatz gesucht, sondern seinem Hobby gefrönt, das zugegebenermaßen schon seltsam war. Ich wünschte, ich könnte ihn um Verzeihung bitten. Meine Gefühle waren so stark, dass ich laut aufseufzte. Sofort versetzte mir Violet einen schmerzhaften Schlag auf den Oberarm.

»Ja, heul nur deinem göttlichen Harrison nach! Soll ich dir sagen, was er in meinen Augen ist? Eine Memme! Ein Pantoffelheld! Er hätte mich haben können, stattdessen wollte er einen naiven Krüppel. Schau mich an!« Leichtfüßig machte sie ein paar Tanzschritte vor mir und strich sich mit einer verführerischen Geste die Locken nach hinten. »Ich bin jung und hübsch. An meiner Seite hätte Harrison das wahre Leben kennen gelernt. Aber nein, er wollte für immer in dem alten Haus inmitten der tiefsten Provinz versauern und sich an eine Person wie dich binden. Pah!«

Verächtlich spuckte sie wenig damenhaft vor mir aus. Ich hatte bereits auf Cromdale bemerkt, wie schnell sich Violets Stimmungen wandelten. Sie war unberechenbar. Würde ich jemals die Gelegenheit bekommen, Harrison wiederzusehen? Ich hatte keine Ahnung, wo er sich aufhielt. Ich hatte nur eine Chance, darum sagte ich:

»Ihr werdet den Schatz in einer geheimen Kammer unter der Burg finden. Der Zugang ist in der alten Mühle auf dem Land der Grindles.«

Mit funkelnden Augen packte mich Violet fest an den Schultern.

»Schön, dass du vernünftig geworden bist. Stephen wird heute Nacht losreiten und ihn holen. Wenn alles stimmt, was du sagst, werden John und ich gleich morgen in ein neues, aufregendes Leben aufbrechen!« Sie kniff die Augen zusammen, ihre Finger gruben sich schmerzhaft in mein Fleisch. »Das ist doch kein Trick, oder? Wenn irgendetwas nicht der Wahrheit entspricht, wirst du mit deinem Leben dafür bezahlen.« Keinen Moment zweifelte ich an dem Ernst ihrer Worte. Diese Frau war zu allem fähig.

Kurz nachdem sie mich verlassen hatte, kam John in mein Zimmer. Auch seine Augen strahlten.

»Ich hörte, dass Sie meiner Schwester das Gewünschte mitgeteilt haben. Das ist sehr schön, allerdings finde ich es schade, dass ich nun nicht in den Genuss komme, Sie zu heiraten. Wir hätten bestimmt eine aufregende Ehe geführt, meinen Sie nicht auch?«

»Sicher nicht«, fauchte ich ihn an. »Für alles Gold der Welt hätte ich Sie nicht geheiratet! Lieber verzichte ich für den Rest meines Lebens auf jeden Penny!«

John zeigte sich von meinen Worten nicht betroffen. Ihm ging es in erster Linie um ein angenehmes Leben, zu dem Alkohol und Spieltische gehörten. Wann würden sie wohl bemerken, dass ihr Diener eine wertlose Kiste geborgen hatte? Ich versuchte, mein Zittern zu verbergen, und sagte:

»Wann kann ich mit meiner Freilassung rechnen?«

John wiegte nachdenklich den Kopf.

»Wenn alles gut geht, wird Stephen bei Tagesanbruch zurück sein. Violet hat das Mädchen bereits für diverse Einkäufe ins Dorf geschickt. Wir werden heute Abend packen und, sobald das Gold hier ist, aufbrechen. Bridget bleibt zu Ihrer Bequemlichkeit hier, denn wir wollen es Ihnen doch an nichts fehlen lassen. So in drei, vier Wochen denke ich, kann sie Ihre Tür aufsperren.«

Drei, vier Wochen! Wie von der Nadel gestochen, stürmte ich auf John zu und trommelte gegen seine Brust.

»Ich gebe Ihnen, was Sie wollen! Sie müssen mich sofort gehen lassen! Hören Sie – sofort!«

Sachte löste er meine Hände von seinem Revers.

»Aber, aber, meine Liebe! Sie müssen verstehen, dass wir einen gewissen Vorsprung brauchen. Jetzt muss ich Sie allein lassen, denn es sind, wie Sie sich denken können, noch viele Vorbereitungen zu treffen.«

Als er gegangen war, sank ich kraftlos auf mein Bett. Vier Wochen! In dieser Zeit hatte Violet sicher festgestellt, dass der Schatz kaum von Wert war. Was würde dann mit mir geschehen?

Ich brauchte keine Wochen mehr zu warten, denn am nächsten Tag überschlugen sich die Ereignisse. Ich stand am Fenster und blickte auf das tosende Meer. Über Mittag war ein Sturm aufgezogen, der den Regen waagerecht an die Fenster peitschte. Eiskalt zog es durch alle Ritzen, und das Kaminfeuer war längst ausgegangen. Ein wenig erinnerte mich der Sturm an die Nacht, in der Harrison mein Leben gerettet hatte. Die Tür wurde aufgesperrt, und John kam in einem Zustand ins Zimmer gestürmt, in dem ich ihn nie zuvor gesehen hatte. Sein Haar hing ihm wild ins gerötete Gesicht, der Kragen stand offen, und er roch penetrant nach Alkohol.

»Sie kleines Biest! Das werden Sie büßen!«

Er packte mich und schüttelte mich so heftig, dass mein Kopf gegen den Fensterrahmen schlug. Vor Schmerz schrie ich auf. Gleich darauf erschien Violet, ihre Wut stand der ihres Bruders in nichts nach.

»Du wolltest uns betrügen!«

In der Hand hielt sie eine Zeitung, die sie mir ohne Vorwarnung mitten ins Gesicht schlug. Da ich keine Ahnung hatte, was vor sich ging, blieb ich wie erstarrt stehen.

»Das Mädchen hat die Zeitung aus dem Dorf mitgebracht. Sie ist schon einige Tage alt, und der Gemüsehändler verwendete sie zum Einpacken«, erklärte John. Violet hielt mir eine Seite vor die Nase. Ich las:

Geldtruhe aus dem 16. Jahrhundert entdeckt

Ein sensationeller Fund aus der Zeit der spanischen Armada gelang der jungen Herrin von Cromdale House, einer Burg in den Grampian Mountains. Aus historischer Sicht kann man von einem Schatz sprechen, obwohl die alten Münzen keinen materiellen Wert mehr darstellen. Das Britische Museum hat bereits sein Interesse an dem Fund bekundet …

Sprachlos ließ ich die Zeitung fallen.

»Ich hatte keine Ahnung, dass es bereits in der Zeitung steht.« Es konnte nur Mr. Lambrook gewesen sein, der sich an die Zeitung gewandt hatte. »Aber ich habe euch von Anfang an gesagt, dass der angebliche Schatz nichts wert ist«, begehrte ich auf.

Violet kam mir bedrohlich nahe.

»Trotzdem hast du versucht, uns hinters Licht zu führen, du Miststück! Das wirst du mir büßen!«

Vor Wut bebend, stand sie vor mir, ihre Augen funkelten böse.

»Fast wäre es mir gelungen, dich zu Tode zu erschrecken. Du hast damals tatsächlich geglaubt, dem Geist der Lady Mabel gegenüberzustehen. Ich konnte die Angst in deinen Augen sehen. Wie lächerlich! Dabei war es nur ich! Ach, ich hätte dich bereits damals töten sollen!«

Violet steckte also hinter der irrwitzigen Vorstellung. Wie hatte ich nur jemals annehmen können, Harrison hätte etwas damit zu tun?

Sie zog an der Klingelschnur, und augenblicklich erschien Stephen. Er musste am Vormittag zurückgekehrt sein. Violet gab ihm einen Wink, und er zog aus der Jackentasche ein starkes Seil.

»Was hast du vor?«, stammelte John mit sichtlichem Unbehagen.

Der bullige Diener packte meine Arme, riss sie auf den Rücken und fesselte meine Handgelenke so grob, dass ich vor Schmerz aufschrie.

»Du bist zu nichts nütze, Lucille! Nicht nur, dass du mir den einzigen Mann, den ich jemals geliebt habe, genommen hast. Du hast mein Leben zerstört, denn wenn du nicht aufgetaucht wärst, hätte Harrison mich irgendwann geheiratet. Glaubst du wirklich, ich lasse es zu, dass du nach Cromdale zurückkehrst und dort bis ans Ende deiner Tage in Frieden leben kannst?« Ihr Lachen klang hysterisch, und sie schlug mir erneut ins Gesicht. Gefesselt, wie ich war, musste ich ihre Attacke hilflos über mich ergehen lassen. »Nein, Harrison wird dich nicht bekommen! Dich nicht und nicht Cromdale! Wenn ich mit dir fertig bin, wird Cromdale House in Flammen aufgehen, dann kann Harrison von mir, aus Herr über eine Ruine sein. Er wird nie erfahren, was mit dir geschehen ist.«

»Violet!« Ich spürte, wie ernst es ihr war, sah die Mordlust in ihren Augen. Verzweifelt drehte ich den Kopf zu John. »Tun Sie doch was! Verdammt, Sie sind doch ein Ehrenmann!«

Er verbarg das Gesicht in den Händen.

»Ich weiß nicht, was ich tun soll«, jammerte er. »Die Banken werden mein Elternhaus versteigern. Wir werden alles verlieren! O mein Gott, das ist das Ende.«

Voller Verachtung spuckte ich vor ihm aus. Stephen nahm mich hoch und warf mich wie ein Lumpenbündel über die Schulter. Er schleppte mich an der Halle vorbei die Treppen hinab. Violet und John folgten. Es ging immer tiefer hinunter. Hier waren die unbehauenen Wände nass und glitschig, und es roch nach Moder. Das Rauschen des Meeres war deutlich zu vernehmen. John schloss eine Pforte auf und warf mich wie einen nassen Sack in den Sand. Wir befanden uns auf einem kleinen Strand, direkt über mir ragten die grauen Mauern der Burg empor. Die Dämmerung setzte gerade ein, und es stürmte heftig. Die Wellen des aufgewühlten Meeres schwappten auf den Strand und durchnässten meine Füße und den Rocksaum. An einem kleinen Steg vertäut lagen zwei Ruderboote. Offenbar hatte Violet bereits alles mit dem Diener abgesprochen, denn jetzt zerrte er mich in das eine Boot und setzte mich auf die morsche hölzerne Bank. Ich strampelte und versuchte, ihn mit meinen Füßen zu treffen, doch gegen seine Stärke hatte ich keine Chance. Mit geschickten Handgriffen fesselte er nun auch meine Fußgelenke, zog dann den Strick unter der Ruderbank hindurch und verband ihn mit meinen Händen. Ich war an das Boot gefesselt. Verzweifelt zog ich an dem Seil, das mir daraufhin nur noch tiefer ins Fleisch schnitt.

»Du wirst sterben, Lucille MacHardy!« Violet lachte irre. Der Sturmwind ließ ihre Haare und Röcke flattern, sie sah aus, als wäre sie direkt der Hölle entstiegen. Die Erkenntnis, was jetzt geschehen würde, nahm mir fast den Atem, und mein klägliches Schreien ging im Toben der Brandung unter. Stephen schwang sich nun in das zweite Boot, vertäute es mit meinem und ruderte mit kräftigen Schlägen auf das brodelnde Meer hinaus. Mein Nachen schwankte und schlingerte. Stephen musste über unsägliche Kräfte verfügen, dass er es schaffte, mit beiden Booten den Wellen zu trotzen. Als Violet und John nur noch als schemenhafte Schatten zu erkennen waren, beugte er sich hinüber und hieb mit einer Axt auf die Planken meines Bootes ein. Sofort schoss eisiges Wasser herein. Stephen grinste diabolisch, löste das Verbindungstau und ruderte zu der kleinen Bucht zurück. In Sekundenschnelle sank das Boot. So sehr ich auch an den Fesseln zerrte, sie lösten sich keinen Millimeter.

»O Harrison!«, schrie ich in den Sturm hinaus. Das Wasser hatte bereits meine Brust erreicht, die Kälte nahm mir schier den Atem. Irgendwann hatte ich einmal gelesen, dass man im Moment des Ertrinkens sein ganzes Leben vor sich sieht. Ich sah jedoch nur eines vor mir: Harrisons Gesicht! Hörte seine Stimme, die voller Angst meinen Namen rief. Irgendwo meinte ich ein Geräusch, einem Pistolenschuss ähnlich, zu vernehmen. Vielleicht hatte ich mich auch getäuscht. Dann tauchte ich in die eisigen Fluten ein. Mein rechtes Bein schlug an etwas, und ein unsäglicher Schmerz durchfuhr mich. Das war das Ende! Meine Sinne schwanden, kurz tauchte ich noch einmal nach oben. Instinktiv schnappte ich nach Luft, um gleich wieder zu versinken. Ich spürte einen weiteren Schlag, und irgendetwas stieß mich nach oben. In diesem Moment wusste ich, dass ich tot war, denn ich sah Harrison vor mir.

»Lucille! Mein Liebes! Halte durch!«

Harrison, wollte ich flüstern, schluckte dabei wieder Wasser und tauchte unter. Wenn das der Tod war, wenn ich jetzt ein letztes Mal bei Harrison sein könnte, ihn sehen und seine Stimme hören könnte, dann war er mir willkommen. Plötzlich hatte ich keine Angst mehr. Mir schwanden die Sinne, und ich versank in die erlösende Dunkelheit.

XI

Wenn man jung und gesund ist, macht man sich keine Gedanken, was einen nach dem Tod erwartet. Meine Kindheit und Jugend war von den Predigten Hochwürden Dickens' über Himmel und Hölle geprägt. Selbstverständlich hatte ich immer gedacht, ganz bestimmt zu den Engeln in den Himmel zu kommen. Jetzt jedoch war mir unerträglich heiß, und mein ganzer Körper schmerzte, als sei er auf einen Mühlstein gespannt, der mit mir über einen unebenen Weg rumpelte. Flammen griffen von allen Seiten nach mir, offenbar war ich doch in der Hölle gelandet. Ich versuchte, meine Hände zu bewegen, konnte sie aber nicht spüren. Flatternd öffnete ich die Augen, schloss sie aber vor dem grellen Licht sofort wieder. Nun war ich sicher, dass der Teufel meine Seele zu sich genommen hatte.

»Sie kommt zu sich!«

Flüsternde Stimmen waren um mich herum. Etwas Kühles griff an meinen Nacken und setzte einen Becher an meine Lippen. Ich wollte nicht schlucken, aber es blieb mir keine andere Wahl. Bitter und scharf rann mir eine Flüssigkeit durch die Kehle.

»Sie wird gleich wieder schlafen«, hörte ich eine weibliche Stimme, die mir irgendwie bekannt vorkam. Sie klang wie die der alten Maggie Baldwin. Folglich war sie doch eine Hexe gewesen, warum sonst sollte auch sie in der Hölle sein? Nun fuhr der Teufel mit seinem Werk fort, und ein furchtbarer Schmerz peinigte mein rechtes Bein. Ich wollte schreien, brachte aber nicht mehr als ein Krächzen hervor.

»Sscht! Es ist bald vorbei!«

Plötzlich meinte ich zu schweben, und dann wusste ich nichts mehr.

Als ich das nächste Mal erwachte, saß tatsächlich Maggie Baldwin an meinem Bett. Obwohl ich immer noch

Schmerzen hatte und mich schwach fühlte, wusste ich instinktiv, dass ich nicht tot war. Meine Augen funktionierten wieder so weit, dass ich erkannte, dass ich in meinem Zimmer in Cromdale House lag. Die Alte lächelte mich aus zahnlosem Mund beinahe zärtlich an.

»Hallo, Mylady! Schön, dass Sie wieder bei uns sind.«

Ich versuchte, mich aufzurichten, doch der Schmerz in meinem Bein war so stark, dass ich mich mit einem Schrei wieder in die Kissen fallen ließ. Maggies Hand drückte leicht auf meine Schulter.

»Sie müssen ruhig liegen bleiben, Mylady. Es kommt alles wieder in Ordnung, aber wir brauchen Geduld.«

»Was ... ist ... geschehen ...?«

Sie legte ihren knochigen Finger auf die schmalen Lippen.

»Pst! Sie brauchen jetzt Ruhe, dann werden Sie alles erfahren. Hier, trinken Sie das, es wird Ihnen gut tun.«

Dieses Mal war das Getränk nicht bitter, aber es schmeckte stark nach Whisky. Tatsächlich fühlte ich mich danach sehr müde und versank in einen traumlosen Schlaf.

Erst vier Tage später war ich in der Verfassung, meine Umgebung klar wahrzunehmen. Ich erfuhr, dass ich bereits seit zehn Tagen hier lag und dass alle um mein Leben gebangt hatten. Jetzt war ich über den Berg. Neben Maggie Baldwin kam auch Dr. Craig, der mein bandagiertes Bein abtastete. Es schmerzte immer noch, aber es war inzwischen erträglich. Zu meinem grenzenlosen Erstaunen sah ich Glenda MacGinny in der Zimmerecke stehen.

»Sie haben sich an einem scharfkantigen Felsen im Meer das Bein verletzt«, sagte Dr. Craig. »Es ist gebrochen, aber wir bekommen es wieder hin.« Er beugte sich über mich und zwinkerte verschwörerisch. »Ich glaube, Sie haben der alten Maggie viel zu verdanken. Ich als Arzt dürfte es zwar nicht sagen, aber dennoch gibt es wohl einiges, das wir Schulmediziner nicht wissen. Sie ist eine gute Frau.« Verwirrt schüttelte ich den Kopf.

»Warum bin ich nicht tot? Wer hat mich gerettet, und wie bin ich überhaupt nach Cromdale gekommen?«

Glenda trat auf die andere Seite des Bettes.

»Das kann dir alles jemand erklären, der seit Tagen wie ein wilder Stier vor deinem Zimmer Wache hält, Lucille. Er hat sogar auf dem Flur geschlafen, weil er dich nicht allein lassen wollte. Darf ich ihn hereinlassen?«

Erstaunt nickte ich. Glenda hatte mich zum ersten Mal geduzt. Überhaupt sah ich eine Besorgtheit in ihrem Blick, die ich niemals erwartet hätte.

Kann man meine Überraschung und meine Freude beschreiben, als wenige Sekunden später Harrison an mein Bett trat? Zuerst glaubte ich zu träumen, doch als seine warme Hand fest die meine umschloss, war ich bereit zu glauben, dass er es wirklich war. Sein Gesicht zeigte Spuren von durchwachten Nächten, und er hatte sich seit Tagen nicht rasiert, aber das störte mich nicht. Nach und nach erfuhr ich jetzt, was sich zugetragen hatte:

Harrison war gerade noch rechtzeitig in der Burg eingetroffen. Da er schon einmal dort gewesen war, wusste er von dem Kellergang, der zur Bucht führte. Als er mich und Violet nirgends hatte finden können, war er hinab ans Meer geeilt.

»Gerade noch rechtzeitig, denn das Boot war bereits gesunken, und du warst in den Fluten verschwunden. Es war nicht schwierig, die völlig überraschte Violet zu überwältigen, ihr Bruder saß ohnehin vollständig betrunken auf der Erde. Nur dieser bullige Diener ging auf mich los, ich hatte keine andere Wahl, als ihn zu erschießen. In letzter Minute gelang es mir, dich aus dem Wasser zu ziehen.«

Ich schloss die Augen und atmete tief ein. Es war also kein Trugbild gewesen! Er war gekommen und saß jetzt wirklich und leibhaftig neben mir und hielt meine Hand.

»Harrison, ich muss dir so viel sagen! Ich habe dir so Unrecht getan! Ich …« Er legte seinen Finger auf meine Lippen.

»Pst, mein Liebling, du darfst dich jetzt nicht anstrengen. Ich weiß alles. Bevor die Polizei die beiden abführte, hat Violet mir voller Hass gestanden, dass sie für die An-

schläge auf dich verantwortlich ist. Du kannst beruhigt sein, Violet wird unser Leben niemals wieder kreuzen.«

Ich jubilierte. Er hatte »unser Leben« gesagt, aber dann fiel mir etwas ein.

»Harrison, wie kam es, dass du überhaupt in der Burg warst? Woher wusstest du, dass man mich entführt und dorthin gebracht hatte?«

Er grinste schelmisch.

»Ich habe eine Überraschung für dich, mein Schatz. Fühlst du dich für einen weiteren Besucher kräftig genug?«

Ich versicherte, dass ich mich wohl fühlte und alles wissen wollte. Er öffnete die Tür, und eine Gestalt trat herein.

»Rosie«, rief ich erfreut und glaubte zu träumen, als sie sagte:

»Ich bin froh, dass es Ihnen besser geht, Mylady!«

Ich konnte und wollte die Tränen, die mir über die Wangen liefen, nicht zurückhalten.

»Du kannst sprechen! Du kannst wirklich wieder sprechen!«, stammelte ich.

Rosie nickte und sagte gleich noch ein paar Sätze, um zu beweisen, dass es wirklich wahr war. Ihre Stimme klang noch sehr krächzend, was unweigerlich von der jahrelangen Stummheit kam. Gemeinsam mit Harrison erzählte sie dann den Rest der Geschichte:

Vor einigen Jahren hatte Harrison Violet in Inverness bei einer landwirtschaftlichen Ausstellung, die sie mit ihrem Bruder besuchte, getroffen. Sie waren im gleichen Hotel abgestiegen, am Abend gab es Musik und Tanz. Harrison scheute sich nicht zuzugeben, dass er von der Schönheit und Lebhaftigkeit Violets angezogen wurde. Sie flirteten heftig miteinander, mehr war aber nicht geschehen. Als Harrison nach Cromdale zurückkehrte, hatte er Violet bereits vergessen. Anders jedoch sie. Sie besuchte ihn und versuchte alles, damit er ihr einen Antrag machte. Harrison wollte sie zuerst nicht brüsk zurückweisen und versuchte, es ihr freundlich beizubringen, dass er sie nicht lieben würde. Durch einen unglücklichen Zufall fand Violet die Geldfälscherwerkstatt im Keller. Sie hatte vor, ihn anzuzeigen, wenn er sie abwies.

»Ich muss leider zugeben, Lucille, dass ich mit dem Gedanken gespielt habe, mir mit dem Falschgeld ein neues Leben aufzubauen.« Zerknirscht zuckte er mit den Schultern. Ich fühlte so viel Zärtlichkeit und Liebe für ihn, dass ich ihn dafür nicht verurteilen konnte.

»Es war für dich immer schwer, für andere Menschen zu arbeiten, nicht wahr?« Er nickte.

»Ich weiß, dass Gott jeden Mensch auf seinen Platz in dieser Welt gestellt hat, dennoch wollte ich mich mit meinem Schicksal nicht abfinden. Seit ich nach Cromdale gekommen war, träumte ich von einem eigenen Haus und Land, von etwas, das mir ganz allein gehört. Erst durch dich habe ich eingesehen, dass der Weg des Betruges der falsche ist.«

»Durch mich?« Mühsam richtete ich mich auf, mein schmerzendes Bein ignorierend, denn ich wollte Harrison nah sein. Zu meiner Enttäuschung stand er auf und begann, im Zimmer auf und ab zu wandern, während er fortfuhr:

»Ehrlichkeit ist ein dehnbarer Begriff. Ich dachte früher, dass ich niemandem damit schade, wenn ich mit Falschgeld ein Stück Land kaufe. Als Violet jedoch versuchte, mich mit ihrem Wissen zu erpressen, wusste ich, dass eine kriminelle Handlung die nächste nach sich zieht. Es ist wie mit Lügen: Wenn du nur einmal nicht die Wahrheit sagst, verstrickst du dich in ein Netz von Unwahrheiten, aus dem es irgendwann kein Entrinnen mehr gibt.«

»Was ist dann zwischen dir und Violet geschehen, und welche Rolle spielte Rosie?«, fragte ich gespannt.

»Ich sagte Violet, dass ich die Maschine und alles Geld sofort vernichten würde«, erzählte Harrison. »Auf keinen Fall würde ich mich von ihr erpressen lassen. Daraufhin ist sie völlig hysterisch geworden. Sie begann, sich die Bluse aufzureißen und sich das Gesicht zu zerkratzen. Dabei fing sie laut zu schreien an.«

Violet drohte Harrison, ihn wegen versuchter Vergewaltigung anzuzeigen. Das Gespräch fand im Pferdestall statt. Was die beiden nicht wussten, war, dass sich ein junges Mädchen in der letzten Box versteckt hatte, als Harrison und Violet den Stall betraten. Das Mädchen war Rosie, die eigentlich auf dem Grund und Boden von Cromdale nichts zu suchen hatte. Da sie aber Pferde liebte, schlich sie sich manchmal heimlich in den Stall, um mit den Tieren zu sprechen. Obwohl Rosie damals fast noch ein Kind war, bewunderte und verehrte sie Harrison.

»Ich musste ihm einfach helfen, Mylady«, ergänzte Rosie. »Ich trat also vor und sagte, ich hätte alles mitangehört und würde bei der Polizei selbstverständlich die Wahrheit sagen. Daraufhin nahm die böse Frau einen Spaten und schlug auf mich ein.«

Harrison wischte sich in Erinnerung an die schreckliche Szene fahrig übers Haar.

»Es war schrecklich! Rosie war bewusstlos und blutete stark. Während ich mich um sie kümmerte, gelang es Violet zu verschwinden. Ich verzichtete in dem Moment auf eine Verfolgung. Tagelang bangten wir um Rosies Leben. Als Rosie endlich erwachte, hatte sie ihre Stimme verloren. Ich versuchte, Violet zu finden, um sie für die Tat zur Rechenschaft zu ziehen, und erfuhr, dass sie inzwischen in Frankreich verheiratet war. Ich, wir alle hofften, niemals wieder etwas von ihr zu sehen oder zu hören. Ein verhängnisvoller Irrtum, wie sich herausstellte.«

Langsam setzte sich wie in einem Puzzlespiel für mich alles zusammen. Und als Violet plötzlich wieder auftauchte, erkannte Rosie sie natürlich.

»Sie hat mir gedroht, mich dieses Mal endgültig zu töten«, sagte Rosie, als ich ihr plötzliches Verschwinden ansprach. »Mylady, ich hatte schreckliche Angst, denn ich sah in ihren Augen, dass es ihr ernst damit war.«

»Warum bist du nicht zu mir gekommen und hast mir alles gesagt?«, fragte ich das Mädchen.

»Ich traute mich nicht. Sie hätte mich wirklich umgebracht.«

Nach meinem Erlebnis mit Violet hegte ich keine Zweifel, dass sie Rosie wirklich etwas angetan hätte. Nun konnte ich alles verstehen. Harrison lehnte gegen den Fensterrahmen und sagte mit vor der Brust verschränkten Armen:

»Du fragst dich mit Recht, Lucille, warum ich Violet nicht sofort wieder fortgeschickt habe, nicht wahr? Warum ich es geduldet habe, dass sie sich so massiv in unser

Leben drängte?« Ich nickte beklommen. Obwohl nun alles dagegen sprach, schnürte mir die Angst, Harrison könne gestehen, dass er etwas für Violet empfand, die Kehle zu. »Ich hatte Angst, dich zu verlieren, wenn du die Wahrheit erfährst«, fuhr Harrison fort. Die Worte klangen süß in meinen Ohren, und mein beschleunigter Puls beruhigte sich langsam wieder. Ich schenkte ihm einen warmen Blick. Ich hatte ihm viel zu sagen, würde aber damit warten, bis wir allein wären. Jetzt wollte ich den Rest der Geschichte hören.

»Aber wie kam es, dass ihr beide wieder hier seid? Woher wusstet ihr überhaupt, dass man mich entführt hatte?«

In einer ländlichen Gegend sprechen sich Neuigkeiten natürlich rasch herum. Rosie war einige Dörfer weiter in einem Gasthaus als Küchenmagd untergekommen. Ein Durchreisender erzählte von der geplatzten Hochzeit in Cromdale. Daraufhin kehrte Rosie zurück, da sie sich aber wegen ihres Verhaltens schämte, wagte sie nicht, mich aufzusuchen. Sie hatte Angst, ich würde sie wieder fortschicken, weil sie doch damals einfach so verschwunden war. Da sie nicht sprechen konnte und ihre Schreibkenntnisse gering waren, wusste sie nicht, wie sie sich erklären sollte, aber sie begann, mich zu beobachteten.

»Ich weiß, Rosie«, warf ich ein. »Ich meinte, dich ein paar Mal aus der Ferne gesehen zu haben.«

An dem verhängnisvollen Tag war Rosie mir zu der alten Mühle gefolgt. Sie dachte, es wäre eine günstige Gelegenheit, mich alleine zu treffen. Bevor es jedoch dazu kam, sah sie, wie zwei Männer mich überfielen, betäubten und mich zu der Kutsche schleppten. Als der Schlag geöffnet wurde, erkannte sie im Inneren Violet und hörte, wie diese sagte:

»Bringt sie in mein Haus, ich komme in einigen Tagen nach!«

In ihrer Verzweiflung wusste Rosie nicht, an wen sie sich wenden sollte. Schließlich erinnerte sie sich meiner Freundschaft mit den Grindles und eilte auf den Grindle-Hof. Voller Panik keuchte sie: »Die Lady … ein Überfall …« James packte sie an den Schultern und schüttelte sie. Zu ihrer eigenen Verwunderung würgte sie hervor: »Violet hat die Lady entführt.« Es war, als wäre in dem Mädchen ein Knoten geplatzt. Durch den Schock war sie wieder Herrin ihrer Stimme. Die Grindles hatten allerdings keine Ahnung, wohin man mich gebracht haben könnte.

»Ich habe mich in James getäuscht«, sagte Harrison. »Ich hielt ihn für einen schwachen Menschen. Du kannst dir sicher meine Überraschung vorstellen, als er drei Tage nach Weihnachten vor meiner Tür stand. Tagelang ist er kreuz und quer durch die Gegend geritten und hat jeden nach mir und auch nach Violet gefragt. Schließlich fand er mich in Turriff, wo ich eine Arbeit als Pförtner angenommen hatte. James erzählte mir alles, was er von Rosie erfahren hatte. Für mich gab es nur eine Möglichkeit, wo du sein könntest, und ich hatte Recht. Nachdem ich auf den Diener geschossen hatte, warf ich James meine Waffe zu, bevor ich dich aus dem Wasser zog. So konnte er ohne Probleme Violet und John in Schach halten.«

»Er ist auch dort gewesen?«, fragte ich erstaunt. »Warum hat er mich bis jetzt nicht besucht? Ich muss ihm doch danken!«

Verlegen druckste Harrison herum.

»Er wusste nicht, ob er willkommen ist, Lucille. Ich habe seine Gefühle für dich unterschätzt. Er ist dir ehrlich zugetan. Ich glaube, du würdest an seiner Seite eine sehr glückliche Frau werden.«

»Harrison!« Enttäuscht drehte ich meinen Kopf zur Seite. Er sollte meine Tränen nicht sehen. Der Mann, den ich liebte, versuchte, mir einen anderen schmackhaft zu machen. Wie hatte ich nur annehmen können, dass mir Harrison mein Misstrauen verzeihen würde? Ein Mann mit seinem Stolz!

Rosie verließ leise das Zimmer, sie spürte, dass sie nun störte. Harrison setzte sich zu mir und strich mir zärtlich übers Haar, daraufhin konnte ich meine Tränen nicht länger zurückhalten. Ich schluchzte laut und presste mein Gesicht in das Kissen.

»Liebes, was ist denn geschehen?«, fragte er verwundert.

»Du willst, dass ich James heirate«, platzte ich heraus. »Du willst mich nicht mehr!«

Langsam drehte er mich zu sich um. Ich wollte ihn nicht ansehen, doch er hob mein Kinn und zwang mich, ihm in die Augen zu schauen. Überrascht sah ich, dass auch in seinen Augen Tränen schimmerten. Er sah so traurig aus, dass mein Herz vor Liebe überquoll. Resigniert sagte er:

»Hast du vergessen, wie sehr du mich zurückgestoßen und beleidigt hast?«

Ich konnte ihm nicht widersprechen. Flehend sah ich ihn an, sehnte mich danach, dass er mich in seine Arme schloss. Am liebsten hätte ich gesagt: Dieses Mal werde ich dir vertrauen! Es tut mir so Leid, dass ich mich so unvernünftig verhalten habe. Aber ich brachte kein Wort über die Lippen, einzig meine Augen flehten um Verzeihung. Kann jemand mein Glücksgefühl nachempfinden, als Harrison sagte:

»Ich denke, wir sollten es noch einmal miteinander versuchen. Aber überlege es dir im letzten Augenblick nicht wieder anders, hörst du?« Nun zwinkerte er lustig mit den Augen, der sentimentale Moment war vorüber. Ohne Rücksicht auf mein schmerzendes Bein warf ich mich in seine Arme.

»Wir haben so viel Zeit vergeudet. Ach, Harrison, wieso misstrauen wir so oft den Menschen, die wir eigentlich lieben? Warum suchen wir bei ihnen nach Fehlern, anstatt sie einfach so zu akzeptieren, wie sie nun mal sind?«

»Du hattest nicht gerade eine gute Meinung von mir, du hast geglaubt, ich wolle dich nur heiraten, um Cromdale zu bekommen.«

»Ja, ich dachte, du hast es auf den legendären Schatz abgesehen. Wie du sicher inzwischen weißt, ist er so gut wie nichts wert.«

Sanft strichen seine Hände über mein Haar, dazwischen hauchte er leichte Küsse auf meinen Scheitel.

»Zwei Tage vor unserem schrecklichen Streit erzählte mir Violet von dem Gerücht um den Schatz. Glaubst du mir, wenn ich dir sage, dass ich vorher wirklich nie etwas davon gehört habe? Tja, und was ich im Keller gemacht habe, weißt du inzwischen auch. Ich war wirklich kein Engel, aber ich gelobe Besserung.«

Ich versicherte, dass ich ihm glaubte und dass nie wieder etwas unausgesprochen zwischen uns stehen dürfe.

»Nie wieder, geliebter Schatz!«

Bei dem folgenden Kuss vergaß ich sämtliche Schmerzen.

Wegen der Beinverletzung musste ich noch sechs Wochen das Bett hüten. Die Untätigkeit war beinahe unerträglich, und ich war bestimmt keine leicht zu betreuende Patientin. Täglich kam Maggie Baldwin zu mir und massierte mit wohlriechenden Mixturen das Bein. Es war ein angenehmes Gefühl, einzig ihre gemurmelten, für mich unverständlichen gälischen Sprüche bereiteten mir etwas Unbehagen. Nach allem, was ich erlebt hatte, war ich nämlich nicht mehr völlig davon überzeugt, dass es sich nicht doch um Zaubersprüche handelte. Ich war glücklich, als ich endlich aufstehen und an zwei Krücken durch das Haus humpeln durfte. Jetzt begannen sämtliche Nachbarn, mir nach und nach ihre Aufwartung zu machen, und alle versicherten mir, wie froh sie wären, dass mein schreckliches Erlebnis einen so guten Ausgang genommen hatte. An einem Nachmittag führte ich auch ein langes Gespräch mit James Grindle. Er bot mir erneut seine Freundschaft an und sagte, er habe eingesehen, dass mein Glück an der Seite von Harrison MacGinny liege.

»Manchmal erscheint es uns unverständlich, warum sich jemand gerade zu einer bestimmten Person hingezogen fühlt. Aber ich habe erkannt, dass du ohne Harrison nur ein halber Mensch bist, darum wünsche ich dir alles Glück der Welt, Lucille«, sagte er zum Abschied.

Ein Tag, den ich niemals vergessen werde, war der, als Dr. Craig meinte, ich könnte mein Bein jetzt ohne den lästigen Stock belasten. Harrison war bei mir, als ich aufstand und langsam durch das Zimmer ging. Ich verspürte zwar noch ein leichtes Ziehen im Unterschenkel, aber es war kaum der Rede wert. Plötzlich sah ich, wie Harrison mich fassungslos anstarrte.

»Komm auf mich zu, Lucille«, flüsterte er heiser und streckte die Arme aus. »Komm ganz langsam zu mir!«

Ich tat es, dann forderte er mich auf, zum Fenster zurückzugehen.

»Was ist los, Harrison?«

»Du meine Güte, Lucille! Merkst du es nicht selbst?« In seinen Augen standen Tränen, es gab keinen Zweifel, er weinte. »Du hinkst nicht mehr! Lucille, es ist nichts mehr zu bemerken!«

Erstaunt blickte ich an mir herunter. Natürlich sah ich nichts, doch dann trat ich auf den Gang hinaus und ging ein paar Mal auf und ab. Harrison hatte Recht! Ich zog mein Bein nicht mehr nach, sondern lief so gerade und sicher wie alle anderen Menschen auch.

»Wie ist das möglich?«, flüsterte ich und schmiegte mich an Harrisons Brust.

Von Dr. Craig kam die Aufklärung. Nach meinem ersten Unfall war der Bruch nicht sorgsam genug eingerichtet worden, so dass die zwei Knochen in einem flachen Winkel schräg zusammenwuchsen. Dadurch war es zu der Beinverkürzung gekommen. Als ich nun unter Wasser an den Felsen geschleudert wurde, waren die Knochen an genau der gleichen Stelle erneut gebrochen. Zwischenzeitlich hatte die Medizin erhebliche Fortschritte gemacht, und Dr. Craig hatte erkannt, dass er das Bein strecken musste, was aber nicht ohne erhebliche Schmerzen zu machen war, wie ich mich deutlich erinnerte. Von Maggie Baldwin erhielt er unerwartet Unterstützung. Wenn ich zu unruhig wurde, hatte sie mir Mohnsaft eingeflößt.

»Wir haben Ihnen nichts gesagt, Lady Lucille, weil wir nicht sicher waren, ob es funktioniert. Ihre Enttäuschung wäre zu groß gewesen, wenn die Verkürzung geblieben wäre.«

Dieser Tag war der zweitglücklichste in meinem Leben. Der glücklichste folgte zwei Monate später. Die Bäume standen bereits in voller Blüte, als Harrison und ich in der Dorfkirche von Cromdale getraut wurden. Reverend Donaldson, der nach relativ kurzer Zeit wieder von der Insel zurückgekehrt war, legte unsere Hände ineinander und segnete uns.

»Hier sind meine Freunde, und die sind mir wichtiger als eine Karriere«, hatte er vor der Trauung gesagt, und Carla hatte neben ihm glücklich gelächelt.

Als wir unter einem Blütenregen aus der Kirche traten und die Glückwünsche aller Nachbarn in Empfang nahmen, bemerkte ich James Grindle, der Rosie am Arm führte. Sie blickte voller Bewunderung zu ihm hinauf, und James erwiderte ihren Blick mit verhaltener Zärtlichkeit. Die beiden passten gut zusammen. James stammte zwar aus einer vermögenden, aber nicht adligen Familie. Rosie war ein aufgewecktes Mädchen, das anzupacken wusste. Sie war genau die Frau, die ein Whiskyfabrikant an seiner Seite brauchte. Ich wünschte James von ganzem Herzen, dass er nur annähernd so glücklich werden würde, wie ich es heute war.

In der Halle wurde noch gefeiert und getanzt, als Harrison und ich uns zurückzogen. Das Brautgemach war mit unzähligen Blütenblättern geschmückt. Gegenseitig halfen wir uns aus den Kleidern. Es war nicht das erste Mal, dass ich mit Harrison das Bett teilte, dennoch konnte eine Jungfrau vor der Hochzeitsnacht nicht aufgeregter sein als ich. Nun war ich tatsächlich Harrison MacGinnys Frau!

»Mein armer Harrison«, sagte ich später in die Dunkelheit, »für dich hätte ich mir so sehr gewünscht, dass der Schatz aus Gold und Silber gewesen wäre. Dann hättest du aus Cromdale einen prachtvollen Besitz machen können. Schade, dass meine Entdeckung so unbedeutend war.«

»Eigentlich habe ich ja den größten Schatz in den Highlands gefunden«, erwiderte er lächelnd und zog mich fest in seine Arme.

»Nanu? Welchen denn?«

»Ich habe dich gefunden!«

Was konnte ich mehr verlangen?

»Sinnlich, spannend und erfrischend!«
Romantic Times

Gabby Jerningham reist voll freudiger Erwartung nach London, um dort ihren Verlobten Peter Dewland zu heiraten. Der sieht ihrer Ankunft jedoch mit Grauen entgegen: Er wurde zur Verlobung mit ihr gedrängt, weil sein älterer Bruder Quill für eine Ehe nicht in Frage kommt. Seit einem Reitunfall bekommt Quill nämlich bei jeder Art von körperlicher Betätigung höllische Kopfschmerzen. Für die Liebe ist er daher völlig ungeeignet ... Doch Quills erste Begegnung mit Gabby ändert alles: Er ist von der sinnlichen Frau so hingerissen, dass er sie unbedingt haben muss – komme, was da wolle!

Ein historischer Roman voller komischer Verwicklungen und prickelnder Leidenschaft.

Eloisa James

Feuer der Liebe

Roman

Deutsche Erstausgabe

ULLSTEIN TASCHENBUCH

Der neue große Roman von Kitty Ray
über die Macht verborgener Gefühle

Kurz nach Ausbruch des Zweiten Weltkrieges lernt Rose auf Waterslain, dem Hof ihrer Familie, den polnischen Flüchtling Reuben kennen. Sie hat nie einen anderen Mann als ihren Verlobten Henry geliebt und sieht in ihren Gefühlen für Reuben lange Zeit nichts als freundschaftliche Zuneigung. Erst nach der Heirat mit Henry begreift Rose, was sie mit Reuben verbindet. Und so beginnt eine heimliche Liebe, von der nie jemand etwas erfahren darf und die immer stärker wird, je aussichtsloser sie scheint.

»Ein Liebesroman
zum Abtauchen«
Für Sie

Kitty Ray
Himmel über Waterslain
Roman

ULLSTEIN TASCHENBUCH

»Gefühlvoll!«
Tina

Die Zwillingsschwestern Victoria und Olivia sehen sich zum Verwechseln ähnlich und könnten doch unterschiedlicher kaum sein: Victoria sehnt sich nach Abenteuern und Freiheit, während Olivia von der großen Liebe träumt. Als Victoria von ihrem Vater gezwungen wird, Charles Dawson zu heiraten, ahnt niemand, dass Olivia seit Jahren unglücklich in Charles verliebt ist ...

Danielle Steel
Vertauschtes Glück
Roman

ULLSTEIN TASCHENBUCH

UB227